Daniil Granin
Mein Leutnant

atb aufbau taschenbuch

Daniil Granin, geb. 1919 in Wolyn, studierte Elektrotechnik, arbeitete als Ingenieur, meldete sich 1941 als Kriegsfreiwilliger. Veröffentlichte ab 1949 zahlreiche Romane, von denen viele ins Deutsche übersetzt wurden. Verfasste zusammen mit Ales Adamowitsch »Das Blockadebuch«. Am 27. Januar 2014 hielt er eine vielbeachtete Rede vor dem Deutschen Bundestag zum Gedenken an die Opfer der Leningrader Blockade. Im März 2016 wurde ihm der Dr. Friedrich Joseph Haass-Preis 2016 des Deutsch-Russischen Forums e.V. verliehen.

Direkt nach dem Überfall der deutschen Wehrmacht auf die Sowjetunion im Juni 1941 meldete sich Daniil Granin als Kriegsfreiwilliger und wurde, unerfahren und unbewaffnet, »in den Fleischwolf« des Krieges geworfen. Heute, mehr als 70 Jahre nach Kriegsende, hinterfragt der große russische Autor die Wahrheiten der Vergangenheit und der Gegenwart aus der Perspektive des jungen Leutnants D. Die sinnlose Opferung von Menschenleben, die hohen materiellen Verluste, die Vernichtung ganzer Armeen aus ideologischen Gründen und die Heimkehr der Kriegsveteranen, die mit ihren physischen und psychischen Schäden allein gelassen wurden – mit all diesen lange verschwiegenen Seiten des Krieges setzt sich Granin in seinem vielbeachteten Roman auseinander.

Daniil Granin

Mein Leutnant

Roman

Aus dem Russischen
von Jekatherina Lebedewa

Mit einem Vorwort
von Helmut Schmidt

atb aufbau taschenbuch

Die Originalausgabe unter dem Titel
Мой лейтенант
erschien 2011 bei Olma Media Group, St. Petersburg.

Alle Nachdichtungen von Jekatherina Lebedewa.

Dieses Buch wurde gefördert
von der Mikhail Prokhorov Foundation
TRANSCRIPT: Programme to Support Translations
of Russian Literature

Mikhail Prokhorov Fund
transcript

MIX
Papier aus verantwortungsvollen Quellen
FSC® C083411
www.fsc.org

ISBN 978-3-7466-3239-1

Aufbau Taschenbuch ist eine Marke der Aufbau Verlag GmbH & Co. KG

1. Auflage 2016

Die deutsche Erstausgabe erschien 2015 bei Aufbau,
einer Marke der Aufbau Verlag GmbH & Co. KG
Umschlaggestaltung © studio stg, Berlin
Satz Dörlemann Satz GmbH, Lemförde
Druck und Binden CPI books GmbH, Leck, Germany
Printed in Germany

www.aufbau-verlag.de

Vorwort

Daniil Granin habe ich im Januar 2014 persönlich kennengelernt. Damals wurde er zum Gedenktag für die Opfer des Nationalsozialismus nach Berlin eingeladen und hat im Deutschen Bundestag über die Schlacht um Leningrad gesprochen. Wir trafen uns zum Gespräch, weil wir zu den wenigen noch Lebenden gehören, die sich zur gleichen Zeit an der Leningrader Front gegenüberstanden.

In seinem Roman »Mein Leutnant«, der in Russland bereits 2012 mit dem Literaturpreis »Großes Buch« ausgezeichnet worden ist, schreibt Daniil Granin über seine Kriegserlebnisse. Granin wagt darin eine wahrhaftige Kriegserzählung, ohne alle schrecklichen Grausamkeiten des Krieges zu verschweigen. Er beschreibt den Krieg aus der Sicht eines unerfahrenen jungen Mannes, der sich bei Kriegsbeginn freiwillig zur Armee meldete und – weil es nicht genügend Waffen für die Soldaten gab – unbewaffnet in den Krieg zog, oder, wie Granin es ausdrückt, »in den Fleischwolf des Krieges geworfen wurde«. Er erzählt hier seine »Schützengrabenwahrheit«, wie er es selbst nennt.

Der Zweite Weltkrieg war der bislang größte militärische Konflikt in der Geschichte der Menschheit und die schlimmste Katastrophe des zwanzigsten Jahrhunderts. Allein der Blockade Leningrads fielen rund eine Million

Menschen zum Opfer. Die Deutschen marschierten nicht ein, obgleich ihnen die Stadt offen stand. Der Hungertod der Einwohner war geplant, die Bevölkerung Leningrads fiel einer Hungerstrategie Hitlers zum Opfer. Fast 900 Tage lang war die über drei Millionen Einwohner zählende Stadt vom Hinterland abgeschnitten. Dies war uns deutschen Soldaten 1941 nicht bewusst, wir wussten nichts von den grausamen Plänen. Auch heute, siebzig Jahre später, wissen wir Deutschen nur sehr wenig davon.

Als Hitlers Herrschaft im Januar 1933 begann, war ich vierzehn Jahre alt. Im Jahre 1937 habe ich mich wie die meisten anderen Abiturienten vorzeitig zur Wehrpflicht gemeldet, um mein damals geplantes Architekturstudium später nicht unterbrechen zu müssen. Dies war, wie sich zeigen sollte, eine Fehlentscheidung; denn meine Wehrpflicht dauerte praktisch acht Jahre. Den Ausbruch des Krieges haben wir wie ein Naturereignis hingenommen, das man nicht verhindern kann. Damals begann für mich das, was ich eine gespaltene Bewusstseinslage nennen könnte: Während ich einerseits den Nationalsozialismus ablehnte und ein schlimmes Ende des Krieges erwartete, zweifelte ich andererseits nicht an meiner Pflicht, als Soldat für Deutschland einzustehen. Ich hatte einen jüdischen Großvater; aber ich dachte, ich muss meine vaterländische Pflicht erfüllen so wie alle anderen auch. So ist es den meisten deutschen Soldaten ergangen. Man kann als Deutscher die Katastrophe des Zweiten Weltkriegs auch eine Tragödie unseres Pflichtbewusstseins nennen, das Hitler benutzt und missbraucht hat.

Kurz nach Hitlers Angriff auf die Sowjetunion wurde ich an die russische Front versetzt. Ich war bei der 1. Panzerdivision, und wir haben den Vorstoß auf Leningrad mitgemacht. Unsere Division wurde aber schnell abberufen und in Richtung Moskau in Marsch gesetzt. Vor Moskau vertiefte sich meine Bewusstseinsspaltung. Ich war ganz sicher: Diesen Krieg werden wir verlieren. Leider hat es länger gedauert, als ich gehofft hatte. Es hat viel zu lange gedauert. Aber in der Weite Russlands hat sich das Schicksal Napoleons wiederholt.

Ich habe Hitler damals für einen Verrückten gehalten. Dass er ein Verbrecher war, habe ich erst im Sommer 1944 begriffen, als ich einen Tag als Zuhörer im Volksgerichtshof war. Ich habe gehört und gesehen, wie mit den angeklagten Widerstandskämpfern umgegangen wurde. Der Prozess war ausschließlich auf menschliche Entwürdigung und seelische Vernichtung ausgerichtet. Damals habe ich begriffen, dass die Führer der Nazis Verbrecher waren. Die Deutschen mussten den Krieg verlieren.

Daniil Granin ging 1941 freiwillig an die Front, er war bereit, für sein Land zu sterben. Granin und ich, wir sind beide heute 96 Jahre alt und haben die schlimmen Erfahrungen des Zweiten Weltkrieges hinter uns. Seit Beginn der Blockade Leningrads sind inzwischen über siebzig Jahre vergangen. Persönlich lernten wir uns 2014 kennen, in einer Zeit, in der es fast als unvorstellbar erscheint, dass wir uns je als Feinde gegenüberstehen konnten. Aber damals haben Granin und ich an derselben Front auf zwei verschiedenen Seiten gekämpft. Und wir hatten Glück. Wir haben beide den schlimmen Krieg überlebt. Heute treffen wir uns als Freunde, nicht als Feinde. Das ist ein wunderbares Geschenk der Geschichte.

Nach Kriegsende bin ich 1966 das erste Mal in Leningrad gewesen. Mit einem Pkw bin ich mit Ehefrau und Tochter nach Prag, Warschau, Moskau, Leningrad und dann nach Finnland gereist. Damals habe ich gemerkt, dass der gegenseitige Hass und auch die Angst noch vorhanden waren. Aber heute ist von dem Hass nichts mehr zu spüren.

Die Russen sind die stärkste und größte europäische Nation. Sie werden dies auch im 21. Jahrhundert sein. Deutsche und Russen werden Nachbarn bleiben, so wie sie es seit Peter dem Großen oder Katharina der Großen gewesen sind. Und wir alle gehören zu Europa. Für den Zusammenhalt in Europa gibt es mindestens zwei Elemente, die Hoffnung geben. Alle Europäer haben die gleiche klassische Musik. Mussorgski, Prokofjew, Glinka, Vivaldi, Bach, Mozart, Beethoven, Schostakowitsch, und: Die Musik benötigt keine Übersetzung. Und wir haben eine gemeinsame Literatur, obwohl wir alle verschiedene Sprachen sprechen. Das gibt es auf keinem anderen Kontinent.

Für uns Deutsche wird in Europa weiterhin gelten: Wir haben mit allen unseren Nachbarn Jahrhunderte gemeinsamer Geschichte hinter uns, relativ selten im Guten, häufiger im Schlechten. Unsere geografische Lage inmitten des relativ kleinen europäischen Kontinents hat unser Territorium immer wieder zum Schlachtfeld gemacht – am schlimmsten im Dreißigjährigen Krieg gegen die Mitte des 17. Jahrhunderts. Unzählige Bürger und Soldaten haben ihr Leben verloren. Dennoch haben am Ende des 20. Jahrhunderts die allermeisten Russen – und ähnlich die Polen – ihren Hass auf uns Deutsche hinter sich gelassen.

Frieden ist ein unschätzbares Gut. Das Buch von Daniil Granin erinnert sehr eindringlich daran. Frieden ist jedoch alles andere als selbstverständlich, wie wir heute am Konflikt um die Ukraine sehen können. Sowohl die gegenwärtigen Handlungen Russlands als auch die der Ukrainer, der Europäischen Union und der NATO sind geeignet, den Frieden in Europa erheblich zu gefährden. Heute gilt es, alles dafür zu tun, den Frieden in Europa zu erhalten. Russland ist der größte Partner und der mächtigste Nachbar in Europa. Ohne Russland kann es in Europa keinen Frieden geben.

Helmut Schmidt 26. November 2014

»Schreiben Sie über sich?«
»Ach wo, diesen Menschen
gibt es schon lange nicht mehr!«

Erster Teil

Der erste Bombenangriff

Echte Angst, Angst und Schrecken erfuhr ich, als ich noch ganz jung war, im Krieg. Es war der erste Bombenangriff. Unser Volkswehrzug ging Anfang Juli 1941 an die Front. Die deutschen Truppen rückten schnell nach Leningrad vor. Zwei Tage später kam der Zug auf der Station Batezkaja an, etwa 150 Kilometer von Leningrad entfernt. Die Volkswehrsoldaten waren gerade dabei auszusteigen, da griff uns die deutsche Luftwaffe an. Wie viele Stukas es waren, weiß ich nicht mehr. Für mich verdunkelte sich der Himmel vor Flugzeugen. Der klare, warme Sommerhimmel begann zu brummen, zu beben, der surrende Ton wurde immer lauter. Fliegende schwarze Schatten bedeckten uns. Ich ließ mich vom Eisenbahndamm hinabrollen, warf mich unter den nächsten Strauch, krümmte mich zusammen und steckte den Kopf ins Gestrüpp. Die erste Bombe fiel, die Erde erzitterte, dann hagelte es Bomben, Explosionen mündeten in donnernden Lärm, alles bebte. Flugzeuge griffen im Sturzflug an, eins nach dem anderen gingen sie auf ihr Ziel los. Und dieses Ziel war ich. Alle versuchten mich zu treffen, rasten direkt auf mich zu, so dass die heiße Luft der Propeller meine Haare zauste.

Die Flugzeuge heulten, die fallenden Bomben heulten noch durchdringender. Dieser Ton bohrte sich ins Gehirn, drang in Brust und Bauch, wühlte das Innerste auf. Der wütende Schrei fliegender Bomben füllte alles ringsumher, ließ keinen Platz für etwas anderes. Das Heulen brach nicht ab, es saugte alle Gefühle aus mir heraus, unmöglich, an etwas anderes zu denken. Entsetzen packte mich. Das Donnern der Explosion klang fast erleichternd. Ich presste mich an die Erde, damit die Splitter über mich hinwegpfiffen. Die Angst war mein Lehrer. Pfeifen heißt – eine Sekunde Pause. Um den klebrigen Schweiß abzuwischen, einen ekelhaften, stinkenden Angstschweiß, um den Kopf zum Himmel zu heben. Doch dort, im sonnigen, friedlichen Blau entstand ein neues, noch tieferes vibrierendes Heulen. Diesmal fiel das schwarze Kreuz des Flugzeugs genau auf meinen Strauch. Ich versuchte mich zusammenzukauern, mich kleinzumachen. Ich fühlte geradezu, wie sichtbar meine Gestalt im Gras war, wie meine in Fußlappen gewickelten Füße in den Schuhen und der Buckel des auf dem Rücken zusammengerollten Soldatenmantels herausragten. Erdklumpen prasselten auf meinen Kopf. Ein neuer Anflug. Der Ton des im Sturzflug angreifenden Flugzeugs presste mich nieder. Mit diesem Heulen nahte der letzte Augenblick meines Lebens. Ich betete. Ich kannte kein einziges Gebet. Ich hatte nie an Gott geglaubt und wusste dank meiner nagelneuen Hochschulbildung, der Astronomie, der erstaunlichen Gesetze der Physik, dass es keinen Gott gibt, und dennoch betete ich.

Der Himmel hatte mich verraten, weder Diplome noch Wissen konnten mir helfen. Ich blieb allein, Auge in Auge mit diesem von allen Seiten auf mich zufliegenden Tod. Meine verkrusteten Lippen flüsterten: Herrgott, erbarme Dich meiner! Rette mich, lass mich nicht sterben, ich bitte Dich, lass es daneben gehen, mach, dass es nicht trifft, Herrgott, erbarme Dich meiner! Mir erschloss sich plötzlich der Sinn dieser von alters her überlieferten Worte – Herrgott … erbarme Dich meiner! In einer mir unbekannten Tiefe öffnete sich etwas, und von dort strömten heiße

Worte hervor, die ich nie zuvor gehört, nie ausgesprochen hatte – Herrgott, schütze mich, ich bete zu Dir, im Namen all dessen, was heilig ist … Eine Detonation warf nicht weit von mir einen blutigen Körper empor, etwas klatschte neben mir auf. Das hohe Pumpenhaus aus verrußten Ziegeln neigte sich langsam, lautlos, wie im Traum, und fiel auf den Eisenbahnzug. Eine Detonation ging vor der Dampflok hoch, und die Dampflok hüllte sich daraufhin in weißen Dampf. Detonationen verbogen die Gleise, Schwellen wurden hochgeschleudert, Waggons kippten um, die Fenster der Bahnstation leuchteten purpurrot. Doch all das geschah irgendwo weit weg, ich bemühte mich, nichts zu sehen, nicht hinzuschauen, ich schaute auf die grünen Halme, wo zwischen Gräsern eine rote Ameise kroch und eine dicke blasse Raupe sich von einem Zweig herabhängen ließ. Im Gras ging das gewöhnliche sommerliche Leben weiter, langsam, wunderschön, vernünftig. Gott konnte nicht in diesem Himmel sein, der von Hass und Tod erfüllt war. Gott war hier, inmitten von Blumen, Larven, Käfern …

Die Flugzeuge flogen wieder und wieder an, dieser höllische Kreislauf nahm kein Ende. Er wollte die ganze Welt vernichten. Sollte ich nicht im Kampf fallen, sondern einfach so, erbärmlich, ohne gekämpft zu haben, ohne ein einziges Mal geschossen zu haben? Ich hatte eine Handgranate, aber die konnte ich doch nicht auf ein im Sturzflug angreifendes Flugzeug werfen. Ich war zerschmettert vor Angst. Wie viel Angst in mir war! Der Bombenangriff trieb immer neue und neue Wellen von Angst heran, gemeine, beschämende, allmächtige, ich konnte sie nicht bezwingen.

Es vergingen Minuten, sie töteten mich nicht, sie verwandelten mich in zitternden Schleim, ich war kein Mensch mehr, ich wurde zu einer erbärmlichen, schreckerfüllten Kreatur.

Die Stille kehrte langsam zurück. Flammen brannten knisternd, zischend. Verwundete stöhnten. Das Pumpenhaus fiel in sich zusammen. Es roch verbrannt, Rauch und Staub standen in der windstillen Luft. Der unversehrte Himmel erstrahlte in derselben teilnahmslosen Schönheit wie zuvor. Vögel begannen zu zwitschern. Die Natur kehrte zu ihrem gewohnten Rhythmus zurück. Sie kannte keine Angst. Ich konnte lange nicht zu mir kommen. Ich war leer, widerte mich an, niemals hätte ich gedacht, dass ich so ein Feigling bin.

Dieser Bombenangriff hatte seinen Zweck erfüllt, er hatte mich auf einmal in einen Soldaten verwandelt. Alle anderen auch. Der durchlebte Schrecken hatte den Organismus verändert. Die folgenden Bombenangriffe empfand man anders. Ich entdeckte plötzlich, dass sie wenig effektiv waren. Sie wirkten vor allem auf die Psyche, in Wirklichkeit ist es gar nicht so leicht, einen einzelnen Soldaten zu treffen. Ich begann, an meine Unverwundbarkeit zu glauben. Das heißt daran, dass ich unverwundbar sein könnte. Das ist ein besonderes Soldatengefühl, welches es möglich macht, in Ruhe Deckung zu suchen, nach dem Geräusch einer hochgehenden Mine oder eines Geschosses den Ort der Explosion festzustellen, nicht das Warten eines Verurteilten auf den Tod, sondern Kampf.

Wir überwanden die Angst, indem wir uns wehrten, schossen, dem Gegner gefährlich wurden.

In den ersten Monaten des Krieges jagten uns die deutschen Soldaten mit ihren Stahlhelmen, den feldgrauen Mänteln, mit ihren Maschinenpistolen, Panzern und der Herrschaft über den Himmel Angst ein. Sie schienen unbesiegbar zu sein. Der Rückzug erklärte sich vor allem aus diesem Gefühl. Ihre Waffen waren den unseren überlegen, und es umgab sie außerdem die Aureole professioneller Kämpfer. Wir von der Volkswehr sahen dagegen bemitleidenswert aus: blaue Reithosen der Kavallerie, anstelle von Stiefeln – Schuhe und Fußlappen, Soldatenmäntel, die uns nicht passten, und Schiffchen auf dem Kopf …

Es vergingen drei Wochen, ein Monat, und alles begann sich zu ändern. Wir sahen, dass auch unsere Geschosse und Kugeln den Gegner trafen und dass die verwundeten Deutschen genauso schrien und starben. Schließlich erlebten wir, wie die Deutschen den Rückzug antraten. Es gab erste vereinzelte, kleinere Kämpfe, nach denen sie flohen. Das war eine Offenbarung. Von den Gefangenen erfuhr man, dass wir von der Volkswehr in unseren unsinnigen Reithosen ihnen offenbar auch Angst einflößten. Die Standhaftigkeit, der Ingrimm der Volkswehr stoppte den unaufhaltsamen Vormarsch am Lugaer Verteidigungsabschnitt. Hier blieben die deutschen Truppen stecken. Das bedrückende Gefühl nach den ersten niederschmetternden Schlägen verging. Wir hörten auf, Angst zu haben.

Während der Blockade glich sich das militärische Können aus. Unsere hungrigen, schlecht mit Waffen ausgerüsteten Soldaten hielten die Stellungen im Verlauf der gesamten 900 Tage gegen einen satten, waffenstarrenden Feind kraft ihrer moralischen Überlegenheit.

Ich gehe von meiner persönlichen Erfahrung aus, doch wahrscheinlich überwand man die Angst überall an unseren Fronten auf ähnliche Art. Angst ist im Krieg immer vorhanden. Sie begleitet auch kampferfahrene Soldaten, die wissen, wovor man Angst haben muss, wie man sich verhält, die wissen, dass Angst einem die Kraft raubt.

Man muss persönliche Angst und kollektive Angst unterscheiden. Letztere führt zur Panik. So zum Beispiel die Angst vor der Einkesselung. Sie entsteht im Augenblick. Das Krachen der deutschen Maschinenpistolen im Hinterland, ein Schrei »Wir sind eingekesselt!« – schon begann man zu fliehen. Man floh zurück, rannte, ohne auf den

Weg zu achten, Hauptsache aus dem Kessel rauskommen. Es war unmöglich, sich dem zu entziehen, und es war unmöglich, die Fliehenden aufzuhalten. Massenhysterie paralysiert das Denken. Während des Kampfes, wenn die Nerven äußerst angespannt sind, reichen ein Schrei und ein Feigling aus, um eine Massenpanik auszulösen. Die Angst vor der Einkesselung war eine Erscheinung der ersten Kriegsmonate. Später lernten wir, aus dem Kessel auszubrechen, die Einkesselung hörte auf, uns Angst zu machen.

Gegen Angst hilft seltsamerweise Lachen. Wer Angst hat, lacht nicht. Doch wenn man lacht, vergeht die Angst, sie verträgt kein Lachen, Lachen tötet sie, negiert sie, verjagt sie, jedenfalls für eine gewisse Zeit. Aus diesem Anlass möchte ich eine Geschichte erzählen, die ich von dem wunderbaren Schriftsteller Michail Soschtschenko gehört habe.

Kurz vor seinem Tod veranstaltete man im Haus des Schriftstellers einen Abend für ihn. Sostschenko war in Ungnade gefallen, er wurde nicht verlegt, seine Auftritte waren verboten. Der Abend fand heimlich statt, unter dem Vorwand einer Rechenschaftslegung über sein Schaffen. Nur Auserwählte waren eingeladen. Sostschenko freute sich, denn in letzter Zeit war er isoliert, nirgends dabei, nirgendwo eingeladen – Angst ging um.

Der Abend war anrührend und feierlich. Soschtschenko erzählte, woran er arbeitete. Er plante eine Serie von Erzählungen: »Hundert der erstaunlichsten Geschichten meines Lebens«, einige davon erzählte er uns. Er las nicht. Er besaß kein Manuskript. Offensichtlich hatte er sie noch nicht aufgeschrieben. Eine dieser Geschichten steht in direkter Beziehung zu unserem Thema. Ich versuche, sie aus dem Gedächtnis wiederzugeben, leider mit meinen Worten und nicht in jener wundervollen Sprache, die nur Michail Sostschenko beherrschte.

Es geschah im Krieg, an der Leningrader Front. Einer unserer Spähtrupps bewegte sich auf einem Waldweg voran. Es war Spätherbst. Blätter raschelten unter den Füßen, und diese Geräusche störten beim Hören. Die Männer hielten die Maschinenpistolen im Anschlag, sie gingen schon lange so, und vielleicht hatte ihre Anspannung ein wenig nachgelassen. Der Weg bog scharf ab, und in dieser Wegbiegung standen sie plötzlich von Angesicht zu Angesicht Deutschen gegenüber, einem ebenso kleinen Spähtrupp. Die einen waren genauso verwirrt wie die anderen. Ohne Kommando sprangen die Deutschen in den Straßengraben auf der einen Seite des Weges, Unsere in den Straßengraben auf der anderen Seite. Aber ein junger deutscher Soldat war in der Aufregung in den Graben mit den sowjetischen Soldaten gesprungen. Er bemerkte seinen Fehler nicht sofort. Doch als er neben sich Soldaten mit Schiffchen und Sternen sah, schrie er erschrocken auf, stürzte aus dem Graben und setzte mit einem gewaltigen Sprung über den ganzen Weg durch das aufwirbelnde Herbstlaub hinüber zu den Seinen. Die Angst steigerte seine Kräfte; es ist durchaus möglich, dass er einen Rekord sprang.

Bei diesem Anblick fingen unsere Soldaten an zu lachen, und die deutschen auch. Sie saßen einander in den Straßengräben mit vorgestreckten Maschinenpistolen gegenüber und lachten aus vollem Halse über den armen jungen Soldaten.

Danach war es unmöglich geworden zu schießen. Das Lachen verband alle durch ein gemeinsames menschliches Gefühl. Die Deutschen krochen verwirrt durch den Graben in die eine Richtung, Unsere in die andere. Sie gingen auseinander, ohne dass ein einziger Schuss fiel.

Letni Sad – Der Sommergarten

Vor dem Abschied trafen wir drei uns hinter dem Palast von Peter I. im Rücken einer Marmorgöttin mit altrömischem Hinterteil. Dort war unser Lieblingsplatz. Dort verabredeten wir uns mit unseren Mädchen. Dort, in der schattigen Kühle, rekelten sich Sonnenflecken auf dem gemähten Rasen des Sommergartens.

Ben kam zu einer Flak-Einheit, Wadim zur Küstenartillerie. Sie brüsteten sich mit ihren Kanonen, beide hatten den Rang eines Leutnants aus ihrer Studienzeit an der Universität. Die roten Rechtecke glänzten am Kragenspiegel der neuen Militärblusen. Die Offiziersuniform verwandelte sie. Wadim sah besonders gut aus. Eine verwegen sitzende Schirmmütze, seine schmale, von einem Koppel mit Sternenschnalle enggeschnürte Taille, geschniegelt und gebügelt. Ben dagegen wirkte schwerfällig, er hatte das Zivile noch nicht abgelegt, zivil war auch seine Traurigkeit, er war traurig über unsere bevorstehende Trennung.

Ich konnte mich mit ihnen in keiner Weise messen. Eine gebrauchte baumwollene Militärbluse, an den Füßen ausgetretene Schuhe, Fußlappen und als Krönung blaue, nach unten schmal zulaufende Reithosen der Kavallerie. So hatte man uns Volkswehrsoldaten ausstaffiert. Vor vielen Jahren fand ich ein altes, nachgedunkeltes Foto, entstanden an jenem Tag. Mit einem Computer und Zaubersprüchen gelang es dem wunderbaren Fotografen Valeri Plotnikow uns drei aus der Dunkelheit unseres letzten Treffens ans Licht zu ziehen, und ich sah mich nun in jenem Aufzug. Welch ein Anblick, so ging ich also damals an die Front. Ich erinnere mich nicht, dass sie über mich gelacht hätten, eher empörte es sie, dass man mich, einen Freiwilligen, wie mich Wadim nannte, nicht einzukleiden vermochten, wie es sich gehört!

Sie zitierten ärgerlich den Aufruf, der damals auf allen Meetings zu hören war: »Verteidigt Leningrad mit Eurem Leib!« Mit unserem Leib – sollte das heißen, dass wir nichts anderes hatten? Mit dem Körper gegen Maschinenpistolen und Panzer? Eine idiotische Wortwahl, aber es stimmte wohl – wir hatten ja auch nur Lappen um die Füße gewickelt.

Ich sagte, dass ich selbst für die Fußlappen dankbar sei, denn ich hatte nur mit Mühe erreicht, dass sie meine Freistellung vom Militär aufhoben und mich in die Volkswehr aufnahmen.

»Was, du gehst als gemeiner Soldat zur Infanterie?«, fragten sie. Was ich denn in der Volkswehr wolle, das sei doch ein Haufen ohne jede Kampferfahrung, Kanonenfutter. Kämpfen will gelernt sein, erklärte Ben.

Mich rührte ihre Anteilnahme. Für mich waren beide Auserwählte des Glücks. In der Universität setzte man große Hoffnungen auf Wadim. Akademiemitglied Fok persönlich, eine Koryphäe in der theoretischen Physik, schätzte ihn. Es hieß, dass Wadim Puschkarjow große Entdeckungen vorbestimmt seien. Ben hatte sich als Mathematiker hervorgetan, ihn förderte Lurè, ebenfalls eine Berühmtheit, habilitiert und möglicherweise sogar korrespondierendes Akademiemitglied.

Ich war stolz auf ihre Freundschaft, darauf, dass ich dazugehören durfte. Auf mich, einen einfachen Ingenieur setzte niemand … In ihrer Gesellschaft kam ich mir immer vor wie ein Depp, mit mir verglichen, wirkten sie wie Aristokraten. In mir war das Plebejische unausrottbar. Doch sie liebten mich, wofür auch immer.

Wadim holte eine Feldflasche mit Wodka aus der Tasche, vom Vater, erklärte er, aus dem Ersten Weltkrieg, wir tranken der Reihe nach und ließen uns von einem Vorübergehenden fotografieren. Ben hatte eine kleine Leica.

Die glänzende Linse des Objektivs starrte uns an, von dort wehte uns plötzlich Kälte entgegen, für einen Moment öffnete sich das Dunkel einer unbekannten Zukunft, was erwartete uns? Wadim wurde ernst, und Ben umarmte uns und versicherte, dass wir den Gegner einfach zerschmettern müssten, wenn erst der »Überraschungsfaktor« überwunden sei, würden wir ihn mit einem mächtigen Schlag vernichten, denn:

... von der Taiga
bis zum britischen Meer
ist die Rote Armee
das stärkste Heer!

Wir verabschiedeten uns voneinander, überzeugt, dass es nicht für lange sein würde. So oder anders, wir würden sie vernichten.

Sehr bald setzte Ernüchterung ein, sie ging in Verzweiflung über, die Verzweiflung in Wut sowohl auf die Deutschen als auch auf unsere Vorgesetzten, und dennoch bewahrten wir uns im Verborgenen unsere Überzeugung, düster und voller Leidenschaft. Wir liefen die Hauptallee entlang, die altrömischen Götter schauten auf uns herab, für sie hatte es das alles schon einmal gegeben – Krieg, Fall des Imperiums, Pest, Zerstörung.

Im November erhielt ich Bens Brief von der Karelischen Front. Er befehligte dort eine Flakbatterie; erst in den allerletzten Zeilen, offenbar hatte er sich nicht eher dazu durchringen können, stand etwas über Wadims Tod bei Oranienbaum, Einzelheiten waren unbekannt, mitgeteilt hatten es Regimentskameraden von der Universität. »Aber ich glaube es nicht«, schloss Ben. Zu jener Zeit hatte ich mich bereits an den Tod gewöhnt, doch an diesen glaubte auch ich nicht. Den ganzen Krieg über glaubte ich nicht daran und kann es bis heute nicht glauben.

An jenem Sonntag

Es ist schon merkwürdig, dass ich nie über diese ungewöhnliche Fügung nachgedacht habe, sie für einen amüsanten Zufall hielt, nicht mehr. Ich verliebte mich im Juni 1941, am 22. Juni; an jenem Sonntag fuhren wir morgens nach Duderhof, um im Wäldchen spazieren zu gehen und uns ein stilles Plätzchen zu suchen. Meine Absichten waren, wie ich später bekannte, die schändlichsten. In jenen stürmischen jungen Jahren ließ ich keine Gelegenheit aus, vom weiblichen Geschlecht das zu bekommen, was es zu geben hat. Bisher hatte ich es mit Frauen zu tun gehabt, mehr oder weniger erfahrenen. Wer ihnen wann die Jungfräulichkeit genommen hatte, weiß ich nicht.

Hier war es anders. Ganz anders. Ich fühlte, dass sie noch ein Mädchen war. Das schreckte mich eher ab, als dass es mich freute. In jenen Zeiten hielt man moralische Regeln noch nicht für Vorurteile. Wie sich später herausstellte, hatte ich mehr Angst als sie.

Es war ein strahlender Tag mit tiefblauem Himmel, der Flieder stand in voller Blüte, es würde heiß werden. Ein duftender Tag zur Zeit der Sommersonnenwende, auf dem Höhepunkt der Weißen Nächte. Unsere Beziehung war so weit vorangeschritten, dass sie sich dem entscheidenden Schritt näherte. Weitergehen oder verzichten? Letzteres hatte ich nicht vor, und sie auch nicht. Sie erriet meine Absichten, und ich wusste, dass sie sie erriet, deswegen alberten wir viel herum. Lachend warf sie den Kopf in den Nacken, schüttelte ihren dunklen Pony, rief: »Ach, was gäbe ich für einen Schluck Wasser!« Ihre ebenmäßigen weißen Zähne blitzten einladend. Die Freude an ihrem Lachen ließ meine Bemerkungen witziger werden. Ich wollte sie wieder und wieder erobern. Unsere Beziehung dauerte bereits drei Monate, mir war das zu wenig. Unter ihren Verehrern gab es ein paar gestandene Männer. Darunter ein »hohes Tier«, von dem sie ins Restaurant ausgeführt und mit Kaviar bewirtet wurde. Damit brüstete sie sich, um mich zu reizen. Dann war da noch ein höherer Mitarbeiter des Zentrallabors, ein begabter Schönling. Unter irgendeinem Vorwand schaute ich im Labor vorbei, um mir den Rivalen anzusehen. Er erwies sich in Wirklichkeit als sympathischer Kerl, größer als ich, lockig, mit gutmütigem Lächeln. Rimma hatte nicht übertrieben, sie konnte überhaupt nicht lügen, ihre Ehrlichkeit erschlug einen geradezu.

In der Betriebsbibliothek lieh ich mir eine amerikanische Zeitschrift über Elektrotechnik aus und steckte sie so in die Jackentasche, dass der bunte Umschlag und der Titel herausschauten. Sollte sie ruhig sehen, dass ich auch kein Trottel war. In Duderhof spielte ich mich mächtig auf – wagte es, über einen breiten Wasserlauf zu springen, was wohl kaum einer vor mir geschafft hatte. Plötzlich hat man Geschicklichkeit und Kraft, es ist ein Urinstinkt, der Mensch ist wieder wunderbar natürlich und ursprünglich, er singt Serenaden, ohne zu ermüden, die Spechte klopfen ihre Balzrufe, man riskiert Kopf und Kragen, nicht nur wegen der Weibchen, der Frühling weckt all unsere Lebenskräfte, das Männchen präsentiert sich, sucht nach Bestätigung, spreizt sich.

Welch glückliche Übereinstimmung mit der Natur. Wir gleichen einander, auch wir sind bereit, zu singen, uns im Gras zu rollen, zu raufen.

Ein abgelegenes grünes Plätzchen tauchte vor uns auf, vom Architekten des Waldes extra für uns geschaffen. Wir legten uns nieder, und es begann das Spiel der Berührungen, Küsse, erneuten Berührungen. Ihre ebenmäßigen weißen Zähne und der reine Atem erschienen mir als Teil der blühenden Natur, als küsste ich diesen Tag, das junge durchsichtige Laub.

Später fragte ich mich oft: Warum bereiteten mir andere Lippen, andere Körper, ebenfalls jung und schön, nie solchen Genuss?

Die Linde über uns fing die Sonne in ihrem grünen Netz ein, der Tag versprach Hitze und Glück. Unerwartet ertönten plötzlich Stimmen, schneidende, grobe, ihnen antworteten andere, links und rechts; sie kamen schnell näher.

Ich stand auf und erblickte Soldatenköpfe mit Feldmützen. Die Soldaten bewegten sich in einer Kette vorwärts, hielten an, stellten irgendwelche Schilder auf. Ein Leutnant, auf den Kragenspiegeln ein Rechteck, kam auf uns zu und sagte: »Geht weg, hier darf man jetzt nicht bleiben.«

»Was heißt das?«, fragte ich.

»Es ist Krieg«, warf er kurz hin und lief los.

Einen dümmeren Grund, um uns von hier fortzuscheuchen, hätte sich niemand ausdenken können. Auch der Tag glaubte nicht daran, er frohlockte einfach weiter mit seinem Vogelgezwitscher.

Wir liefen, rannten lachend Hand in Hand, und Rimma wirkte noch verführerischer.

Gegen Abend kehrten wir beide zurück in die Stadt. Der Zug war überfüllt. Wir standen aneinandergeschmiegt auf der Plattform und freuten uns. Um uns herum sprach man über Krieg und Bombenangriffe. Krieg mit wem – mit den Deutschen? Ich wunderte mich, konnte es kaum glauben, ahnte aber schon, dass es die Wahrheit war. Was diese Wahrheit bedeutete, konnte ich mir nicht vorstellen, doch die Wogen allgemeiner Aufregung erreichten schließlich auch uns.

Es ist ungewiss, wie sich unsere Beziehung weiterentwickelt hätte, vielleicht wäre sie schnell vorbei gewesen, wie es mir schon ab und an passiert war; Jugend dürstet nach immer neuen Verliebtheiten.

Vom Bahnhof fuhr ich zum Werk. Ich musste mich selbst davon überzeugen, musste das Unglaubliche begreifen, über das geredet wurde.

Im Werk meldeten sich bereits die Ersten freiwillig zur Volkswehr. Vor den Türen des Parteikomitees und des Kommunistischen Jugendverbandes standen Schlangen. Auch ich beschloss, mich zu melden, was sonst, es war Krieg, und ich sollte nicht dabei sein?

Es ist schwer, herauszufinden, was damals überwog – Ruhmsucht, Patriotismus, Abenteuerlust. Ernst nahm ich den Krieg jedenfalls nicht. Mir bot sich eine günstige Gelegenheit, durch Deutschland zu spazieren und den Faschisten eine Lektion zu erteilen. Meine Abenteuerlust zeigte sich stets unerwartet und nahm wunderliche Formen an. Einmal, als ich von der Ankunft des Schriftstellers Juri Olescha in Leningrad erfahren hatte, war ich zu ihm ins Hotel »Europa« geeilt. Wozu, weshalb – gerade hatte ich seinen Roman »Neid« gelesen, war begeistert und beschloss, ihm meine Meinung mitzuteilen. Ich hatte meinen Freund Kostja überredet mitzukommen, und so klopften zwei Studenten am Hotelzimmer von Juri Olescha an. Keine Blumen, keine Torte als Geschenk, nicht mal einen anständigen Vorwand hatten wir uns ausgedacht. Olescha saß mit seiner Frau zusammen, sie tranken Tee. Vielleicht war es auch Wein, keine Ahnung. Von der Schwelle aus verkündete ich, dass wir seine begeisterten Leser seien. Auf der Treppe hatte ich mir eine kurze Rede zurechtgelegt. Juri Olescha hörte schweigend zu und wartete ab; wahrscheinlich interessierte ihn, wie wir aus der Sache wieder herauskommen würden. Das erledigte seine Frau, sie rief, dass er die »Jungs« hereinbitten solle.

Das Weitere hat sich mir nicht eingeprägt, der Hausherr erzählte irgendetwas über einen Film, der nach einem Szenarium von ihm gedreht werden sollte, und fragte ohne großes Interesse, wo wir studierten. Er sagte nichts, was ich später hätte zitieren können. Man könnte diesen Besuch für sinnlos halten. Aber nein, immerhin wurde Juri Olescha für mich zu einem Menschen aus Fleisch und Blut, und ich las seine Bücher erneut und voller Zuneigung – dieser kleine linkische Mann, aber wie gut er mit Worten umgehen konnte und wie er fremde Bücher zu deuten vermochte.

Dass ich mich freiwillig meldete, wollte man nicht akzeptieren, da ich zu den Ingenieuren des Sonderkonstruktionsbüros um den Panzer-Chefkonstrukteur Shosef Kotin gehörte. Ich beschwerte mich beim Parteikomitee, bei der Direktion und beim Jugendverband. Es gab viele Instanzen, wo man sich beschweren konnte. Nach einer Woche war es mir gelungen, meine Freistellung vom Militär loszuwerden. Ich wurde in die Erste Division der Volkswehr aufgenommen. Ich war glücklich. Worüber? ... Meine noch so junge Liebe hätte mich davon abhalten müssen, die Arbeit an dem neuen Panzer hätte jeden patriotischen Feuereifer befriedigen können.

Im dritten Monat des Krieges verstand ich meine Entscheidung schon nicht mehr, meine Hartnäckigkeit, meine Anstrengungen.

Bei genauerer Betrachtung wurde offenkundig, dass fast alle meine Freunde zur Armee gingen: Wadim, Ben, Ilja, Ljonja. Sie wurden aber einberufen. Kostja besaß ebenso wie ich durch sein Institut für Funktechnik eine Freistellung vom Militär und klammerte sich mit beiden Händen daran.

»Ich habe nicht vor, das Land mit meinem Leib zu verteidigen«, sagte er.

»Das ist doch nur ein bildhafter Ausdruck, den man nicht wörtlich nehmen darf.«

»Hast du ein Gewehr bekommen? Nein? Soso. Womit wirst du dann kämpfen?«

Nichts konnte mich aufhalten, ich erschien vor Rimma in abgetragener Militärbluse, den blauen, nach unten schmal zulaufenden Kavallerie-Hosen, schweren Schuhen und Fußlappen. Ich sah albern aus, fühlte mich jedoch wie ein Husar, wie ein Garde-Kavallerist. Hätte an meinem Koppel doch eine Pistole gehangen, aber sie hatten uns nur eine Gasmaske gegeben und vor der Abfahrt – einen Molotow-Cocktail.

Für mich blieb es das größte Geheimnis, warum sie sich ausgerechnet mich ausgesucht hatte. Einen angehenden Ingenieur aus armer Familie, dessen Vater man nach Sibirien geschickt hatte, der mittelmäßig aussah, nicht singen konnte, kein Instrument spielte, kein Sportler war. Warum also mich? Es war das ewige Bestreben, das Rätsel der Liebe zu lösen.

Dass sie noch Jungfrau war, bewies mir ihre Liebe, jedenfalls bedeutete es viel. Jungfräulichkeit ruft bei Männern ein unvergleichliches Gefühl der Reinheit hervor, mir blieb jene Nacht in Erinnerung. Wir wechselten vom quietschenden Bett auf den Fußboden, im Nachbarzimmer schliefen meine Mutter und meine Schwester, die verfluchte Hellhörigkeit hinderte uns daran, zu jubeln, zu schreien, zu knurren, unbeherrscht zu sein, uns der Liebe hinzugeben, wie sich Tiere ihr hingeben. Doch auch die Beherrschung war angenehm und der nächtliche Himmel mit dem beunruhigenden Umherstreifen der Scheinwerfer und der Windzug vom offenen Fenster. Der Anfang der Liebe, ein aufstrebendes Pflänzchen erhob sich steil zu den Sternen, in die Unendlichkeit, es schien, dass es immer so bleiben würde.

Die letzten Wochen in der Stadt vor der Abfahrt an die

Front, die Aufstellung der Division, Übungen im Park von Scheremetjewo, Lebensmittelmarken, Bombenangriffe – alles lief wie auf einer Tangente an uns vorbei, trieb unsere Beziehung voran, ohne sie zu behindern.

Wir hatten keine Erfahrung – mit dem Krieg, der Liebe, den Lebensmittelkarten. Niemand legte einen Lebensmittelvorrat an, niemand dachte an Evakuierung. Dennoch schwebten wir nicht auf Wolken, wir gingen zum Standesamt. Ich hatte ihr einen Heiratsantrag gemacht. Ich hatte ihr nicht Herz und Hand angetragen, sondern die Registrierung als Ehepaar. Ich hatte ihr ein ganz sachliches Angebot unterbreitet. Das war im September 1941, im dritten Monat des Krieges, die Deutschen drangen nach Puschkin vor. Ich wusste, dass diese Ehe keine Zukunft hatte, und ich selbst hatte auch keine. Zu jener Zeit hatte ich mich bereits davon überzeugt, dass es nicht einfach sein würde, Deutschland zu besiegen und es einem Infanteristen nicht vergönnt sein würde, diesen Krieg heil zu überstehen. In jenem ersten Jahr überlebte ein Soldat an vorderster Front durchschnittlich vier Tage. Rimma würde zumindest ein Andenken an ihre erste Jugendliebe zu dem jungen Soldaten haben, manchmal im Gedenken daran seufzen oder etwas ähnlich Gefühlsduseliges tun.

Mir war es angenehm, eine Bescheinigung für sie ausstellen zu lassen, die brachte ihr nur ein paar Kopeken, aber immerhin.

Das Standesamt in der Tschaikowski-Straße hatte man geschlossen, die Angestellten hatten sich in einen Bunker begeben. Das Standesamt am Wladimirski-Prospekt war von einer Granate getroffen worden. Wir gingen zum Statschek-Platz. Wir waren bereit, von Standesamt zu Standesamt zu ziehen, uns zweimal, dreimal registrieren zu lassen, auf den Stufen zu warten ... Endlich hatten wir unser Ziel erreicht, sie erhielt einen Stempel im Ausweis, für mein Soldbuch war kein Stempel vorgesehen.

In der Stadt gab es keine Blumen. Am Newski-Prospekt bekamen wir im Café Nord für viel Geld Kuchen mit Marmelade, Kaffee und ein Glas Wein. Als die Kellnerin erfuhr, dass wir Hochzeit feierten, brachte sie jedem von uns ein Eclair. Die verbleibende Leere des Tisches füllten Rimma, ihr Glück, ihre Augen, ihr Lachen. Es reichte aus, sie anzuschauen. Einer Frau bedeutet die Heirat viel. Ich konnte mich nicht sattsehen an ihr, scherzte, verlangte, dass sie lernen sollte, Plinsen und Kohlpiroggen zuzubereiten.

Wir schmiedeten keine Pläne für ein gemeinsames Leben, ich würde an die Front zurückkehren, sie ins Werk. Der Tag war warm, ein himmelblaues Sommerkleid, ein tiefer Ausschnitt, ein kleines goldenes Medaillon auf dem sonnengebräunten Busen. Dazu ein dunkelblaues Seidentuch oder ein Schal. Plötzlich begriff ich, dass sie sich als Einzige an mich erinnern würde, außer meinem Vater und meiner Mutter. Durch sie bliebe ich noch einige Zeit auf dieser Welt. Sie würde warten, nach ihr könnte ich mich sehnen an der Front.

In der Volkswehr stand mir das Gehalt eines Ingenieurs zu. Die eine Hälfte davon sollte an meine Eltern ausgezahlt werden, die andere an Rimma; sie freute sich, dass sie jetzt vor dem Gesetz meine Frau war.

In jenem Frühling hatte ich auch noch eine Liebschaft mit der schönen Soja, die nicht nur eine vollendete Figur besaß – schmale Taille, üppige Rundungen –, sondern zudem selbstlos an den Entwürfen für mein Diplomprojekt gearbeitet hatte. Danach zu urteilen, wie geschickt und unkompliziert sie unsere Treffen bei einer Freundin organisierte, war sie wohl ein oder zwei Jahre älter als ich, sah jedoch aus wie ein ganz junges Mädchen. Sie passte sich mir mit Vergnügen an, ging mit zu Ausstellungen, fuhr mit mir auf die Inseln in der Nähe von Leningrad, unterhielt mich mit Erzählungen über ihr Konstruktionsbüro. Sie war eine gute Erzählerin, mit ihr war ich fröhlich, alles fiel mir leicht, sie fotografierte gern und ohne Ende, mich, sich, uns beide; das ersetzte ihr, wie sie sagte, ein Tagebuch.

Mich wunderte, wie ich sie durch Rimma völlig vergessen konnte.

Die Nachricht von meiner Heirat nahm man zu Hause kühl auf. Mutter war der Meinung, dass ihr Sohn etwas Besseres verdient hätte. Schwer zu sagen, woran sie dachte, vielleicht an eine Künstlerin, vielleicht an eine Schauspielerin, die Tochter eines Wissenschaftlers oder eines Generals. Weder Beruf noch Herkunft stellten sie zufrieden – Rimmas Vater war Angestellter, die Mutter Musiklehrerin, beide stammten aus Woronesh, das war Provinz. Und Rimma selbst – wer war sie schon –, Planungsingenieurin aus der Abteilung MCH-3. Besonders ärgerte sie die 3, Dritte Mechanische. Sie sieht ganz und gar mittelmäßig aus, hat ihn eingewickelt, sich an ihn gehängt, so ein Bursche ist natürlich eine begehrenswerte Partie für eine aus der Provinz …

Am 22. Juni 1941, einige Stunden nach Beginn des Großen Vaterländischen Krieges wurde eine Rede von Churchill im Rundfunk übertragen; er versicherte, dass Großbritannien bis zum Ende gegen Hitler-Deutschland kämpfen würde. Er warf der Sowjetunion ihr Bündnis mit Hitler im Laufe des Zweiten Weltkrieges niemals vor. Er sagte: Wenn wir Vergangenheit und Gegenwart entzweien, verlieren wir die Zukunft. Dieser treffende Ausspruch bestimmte die gesamte Kriegspolitik Englands. Obwohl ihm von Juni 1941 bis zum Herbst 1942 die russische Front, wie er sich ausdrückte, als Last und nicht als Stütze erschien.

Unser fehlerfreies Leben

In der Schule fragte mich die Lehrerin während der Prüfung: »Warum beschreibt Lew Tolstoi in seinem Roman ›Krieg und Frieden‹ weder unseren Sieg, noch wie die russischen Truppen in Paris einmarschieren oder die Zerschlagung von Napoleons Heer? Bei ihm kommt im Grunde auch die Geschichte unserer Niederlage nicht vor – die Franzosen in Moskau, der Brand Moskaus, Napoleon im Kreml.«

Tatsächlich – warum? Ich erinnere mich, wie verblüffend und widersinnig ich das fand. Wieso sollte man auf ein triumphales Ende verzichten und auf die ganze Geschichte der Flucht des unbesiegbaren französischen Imperators sowie den Vormarsch der russischen Truppen?

Ich wusste keine Antwort, wand mich, murmelte etwas Unverständliches, der Roman war ziemlich dick, ich hatte es mit Ach und Krach geschafft, ihn zu lesen, vielleicht dies und jenes ausgelassen, aber der Einmarsch in Paris war auf keinen Fall darin vorgekommen.

Nach der Schulzeit kehrte ich ab und an in Gedanken zurück zu dem Rätsel dieses berühmten Romans.

Ich bin mir nicht ganz sicher, doch denkbar wäre, dass in der Anfangsphase des Krieges, als die Franzosen unaufhaltsam vorrückten, Russland stark unter der Schande der Niederlagen und des Rückzugs litt. Der Wille war gebrochen, Enttäuschung breitete sich aus, die Führung war hilflos, doch gerade in dieser Zeit zeigte sich die Standhaftigkeit des Volkes. Selbst als Moskau brannte, ließ man den Mut nicht sinken. Wahrscheinlich hatten Tolstoi diese Standhaftigkeit, diese tiefe Überzeugung und Heimatliebe beeindruckt. Der Sieg allein hätte wenig erklärt, er war nur die Folge jener Prüfungen, die die russische Armee bestand, ohne zu kapitulieren.

Rimma vermochte er damit nicht zu beeindrucken. Jener weit zurückliegende Krieg würde gar nichts beweisen. Die Monarchen hätten auf ihre Weise gekämpft, das sei ein besonderes Russland gewesen, das heutige Russland jedoch sei ganz anders. Auch der Gegner sei ein anderer. Franzosen seien normale Menschen und Napoleon sei nicht Hitler.

Vor kurzem hatten sie in ihrer Werkhalle darüber gesprochen, was an der Front los ist und wie schnell die Rote Armee plattgemacht worden war. Der Leiter der Werkhalle versuchte alle zu beruhigen. Woher wollen wir wissen, sagte er, ob das nicht eine gezielte Operation ist, sie haben vielleicht beschlossen, die Deutschen ins Innere des Landes zu locken, um sie dort einzukesseln und zu vernichten. Ein wohl durchdachter Plan. Die sind doch nicht plemplem im Kreml, die haben sich was dabei gedacht, die sind nicht dümmer als wir. Es kann nicht sein, dass die sich verrechnet haben. Nur ist das alles bisher noch geheim. Der Leiter hatte sich über unsere Dummheit lustig gemacht. Er brachte immer alle zum Lachen, entweder wollte er uns beruhigen, oder er glaubte selbst, was er sagte.

Wir waren schließlich so erzogen – Fehler werden da oben nicht gemacht. Das kann nicht sein. Weil es das niemals in all den Jahren gegeben hatte. Unser Leben war fehlerfrei. Da warf Rimma ein, dass Menschen gewöhnlich aus ihren Fehlern lernen, wenn es keine Fehler gäbe, dann lernten sie nichts. Da wurde der Leiter ernst, wer würde hier nichts lernen, wen meine sie damit? Er biss sich fest wie eine Zecke. Sie hatte sich nie beherrschen können. Es bereitete ihr Freude, die ungeschminkte Wahrheit zu sagen. »Sie nimmt kein Blatt vor den Mund«, beschrieb meine Mutter sie. Mir gefiel das. Bis sie sich mich vorknöpfte. Es hatte sich herausgestellt, dass es eine Möglichkeit gab, ins Werk zurückzukehren und mit ihm nach Tscheljabinsk evakuiert zu werden. Das Werk hatte das Recht, einige seiner Ingenieure aus der Armee zurückzuholen.

Das verletzte mich. Als würde ich nur darauf warten, wieder von der Armee wegzukommen. Sie konnte ja so denken, aber das auszusprechen war unnötig.

Wieso zum Teufel sollte ich ins Werk zurückkehren, wo es doch schwer genug gewesen war, sich von dort loszueisen, und außerdem würde man lästern: Da ist er ja wieder, hat Angst gekriegt, wollte Soldat spielen, aber als er gemerkt hat, wie der Krieg wirklich ist, hat er den Schwanz eingezogen und ist nach Hause gerannt.

Damit hatte unser Streit begonnen. Sie bestand darauf, zu erfahren, was mich bei der Volkswehr hielt. Panzer – das brauchten wir jetzt! Im Betrieb könnte er mehr leisten als an der Front. Was ist schon ein Sergeant! Davon gibt es genug. Einen höheren Dienstgrad würde er kaum erreichen. In diesem Krieg würde er es nicht mal bis zum Offizier bringen. Sie habe die Listen mit den Namen der Gefallenen von der Volkswehr satt, die jeden Tag im Betrieb aushingen.

Sein Krieg war für sie nichts als eine Flucht. War er noch nicht genug geflüchtet? In einem solchen Krieg würde man erst nach dem Tod zum Helden werden. Sie schonte seine Eigenliebe nicht. Weshalb tat sie das? Die Volkswehr schlug sich gut, allem zum Trotz, sie hätte Bewunderung verdient, doch Rimma sah nicht die Heldentaten, sondern nur die Schande. Offenbar konnte alles, was er würde erleiden müssen, als Schande hingestellt werden. Vielleicht kränkte sie ihn absichtlich, wollte verstehen, warum er sich weigerte. Angenommen, er zöge in den Krieg, angenommen, er bliebe unversehrt, was sollte aus seinem Wissen als Ingenieur werden? Er hatte es bisher nicht geschafft, Erfahrungen zu sammeln, würde immer ein Anfänger mit Diplom bleiben.

Ihre Logik war erbarmungslos.

Es fing an zu regnen. Auf dem Trottoir glänzten Pfützen. Sie suchten Schutz in einem Café, dort war kein Platz frei. Daraufhin suchten sie in einem Fernsprechamt Schutz, setzten sich zu denen, die auf einen Anruf warteten. Sie saßen eng aneinandergeschmiegt. Ihm war es angenehm, ihre Hüfte zu spüren, es störte ihn beim Streiten mit ihr, doch sie störte es nicht.

»Hörst du mir überhaupt zu?«, fragte sie entrüstet. »Schlage ich dir etwa vor zu desertieren? Drücken sich deiner Meinung nach bei uns im Werk alle vor der Armee?«

Die einzige Drohung, die ihn wirklich ins Herz traf: »Eine Trennung würde unsere ungefestigte Beziehung zerstören.«

Falls er wiederkommen sollte, mit wem würde sie dann zusammen sein?

Irgendwie wollte ihm keine Rechtfertigung einfallen. »Wir werden uns niemals trennen« – hatte er ihr irgendwann versprochen. »Mit dir gehe ich überall hin!« – das waren ebenfalls seine Worte. Sie erinnerte ihn daran, und er erinnerte sich an jenen Abend bei Wadim, sie hatten getanzt, und er hatte geflüstert, geflüstert, unaufhörlich, außer sich vor Glück. Er hatte geschworen, er hatte geglaubt, dass es genauso sein würde, für immer, nichts könne sie trennen. Aber das war in einer anderen Zeit gewesen, auf einem anderen Planeten. Verstand sie denn nicht, wie weit die Front vorgerückt war? Das Schicksal Leningrads, das Schicksal des ganzen Landes – alles stand auf dem Spiel, alles konnte dabei draufgehen. Waren sie denn keine Patrioten, keine Bürger? Wer sind wir denn – etwa Deserteure?

»Ich will dir sagen, wer wir sind, falls du es vergessen haben solltest: Wir sind Mann und Frau.« Sie sah ihn herausfordernd an.

Er nahm die Herausforderung an.

»Wie kann man in solch einer schweren Stunde so denken! Egoistin.«

Hitze

Am unermesslichen blauen Himmel zeigte sich nicht eines unserer Flugzeuge, vom Boden hämmerte keine Flak, kein einziger Schuss fiel. Von oben war außer dem Pfeifen der Bomben auch das Knattern von Maschinengewehren zu hören, Kugeln kreischten auf Metall, durchlöcherten die Erde, ich betete, versprach dem lieben Gott, immer und überall an ihn zu glauben; das war wenig, aber sonst besaß ich nichts, ich konnte ihm nur diese armselige Gabe reichen.

Verurteilen Sie mich nicht, ich habe nichts Schändliches getan, aber mein Leben lang sind mir diese Minuten im Gedächtnis geblieben, haben meine Selbstachtung untergraben, ich habe versucht, mich nicht an sie zu erinnern, und eben darum bin ich sie nie losgeworden. Damals an der Station Batezkaja wurde mein ganzes zwanzigjähriges Leben plötzlich ausgelöscht. Es blieb davon nur, was nicht stattgefunden hatte, das Unverwirklichte.

Und ich hatte gedacht, es wäre leicht zu kämpfen. Im Sommergarten hatten wir über Verwundungen gesprochen, über den Tod, darüber, dass einer von uns sterben könnte, aber das würde im Kampf geschehen, während eines Angriffs, wir würden als Helden sterben. Mir jedoch war nur ein ehrloser Krieg beschieden, ich hatte nichts erreicht, mich hatte man in etwas Nichtswürdiges verwandelt, nichts war mehr da, keinerlei Illusionen, Träume, Pläne, alles war verbrannt. Und meine Eitelkeit … Mir blieb für immer der Gestank meiner Feigheit. Krieg riecht nach Urin.

»Aufste-e-ehn!«

Ich spürte einen Stiefeltritt. Mit einem Ruck stemmte ich mich hoch und sprang auf. Vor mir standen der Kompaniechef Awdejew und Podresow vom Divisionsstab.

Meine Lippen zitterten, Tränen flossen mir über das schmutzige Gesicht.

»Na? Noch am Leben?«, sagte Podresow.

Und weil er das freundlich und teilnahmsvoll sagte, heulte ich so heftig los, dass ich gar nicht mehr aufhören konnte, wie früher als Kind: ich schlotterte am ganzen Leib, stopfte mir den Ärmel in den Mund, würgte und heulte.

»Sei still!«, schrie der Kompaniechef und verpasste mir mit voller Wucht eine Ohrfeige.

»Genosse Kommandeur!« Podresow schüttelte den Kopf.

»Was soll man mit denen anfangen? Was?«, schrie Awdejew. »Mit so was muss man sich abgeben, Schlappschwänze! Schisser und Rotzer! Was soll ich mit denen?« Er schloss die Augen, atmete tief ein.

Podresow, groß und hager, umarmte mich und sagte mit dumpfer, ruhiger Stimme: »Krieg ist Krieg. Das geht uns allen so. Meinst du, ich hatte keine Angst beim ersten Mal?«

Die einfachen Worte, der Geruch der frischen Uniformbluse und des frischen Lederkoppels beruhigten mich.

»Nehmen Sie es dem Kompaniechef nicht übel. Er hat vier Leute verloren. Er muss die Kompanie sammeln.«

Der mit Wattewolken geschmückte Himmel erwachte, ein vollkommen unversehrter Himmel. Noch barsten das brennende Bahnhofsgebäude und die Scheunen, aber der Sommernachmittag kehrte bereits zu seinen Angelegenheiten zurück. Immer wieder würde mich in meinem Soldatenleben die Unversehrtheit der Welt verwundern. Es ist unmöglich, sich an diese Teilnahmslosigkeit zu gewöhnen.

Die Welt tut so, als wäre nichts geschehen, wie Frauen, deren Lippen von Küssen nicht abgenutzt werden, sondern sich erneuern. So erneuerte sich auch dieser Tag, und im sonnigen Blau schrie voll unerträglicher Verzweiflung ein Verwundeter, wiederholte ständig ein und dasselbe: »Nehmt mich mit! Nehmt mich mit!«

Ich packte Podresow am Ärmel, folgte ihm, ohne ihn loszulassen.

»Ich bin kein Feigling, Sie werden sehen.« Ich fasste an meine Wange, die von Awdejews Schlag brannte. Der erste, den ich im Krieg abbekommen hatte ... Wo sind unsere Flugzeuge? Wenn wenigstens eins da wäre! Der zusammengerollte Soldatenmantel, der Rucksack, der Segeltuchriemen – alles war in Unordnung geraten, meine Bluse war aus dem Koppel gerutscht, zum Glück sah ich mich nicht selbst, diesen kläglichen Anblick hätte ich nie vergessen. Und auch, wie ich mich, Rechtfertigungen stammelnd, hinter Podresow herschleppte, war unvergesslich.

Am Auto angekommen, blieb Podresow stehen und wurde sofort von wütenden und verstörten Soldaten umringt, die sich kein bisschen besser verhalten hatten als ich. Sie forderten eine Antwort – woher hatten die Deutschen von der Ankunft des Zuges erfahren, offensichtlich hatten sie Bescheid gewusst, auf die Minute genau!

»Die haben uns beobachtet, vielleicht aus der Luft«, sagte Podresow.

»Hier gibt's Verräter – daher haben sie es gewusst! Klare Sache. Spione ... So viel die auch abgeknallt haben, es waren immer noch zu wenig.«

Niemand zweifelte daran: Volksfeinde, Verrat – das waren bekannte Begriffe. Der Zorn entlud sich auch auf die Behörden: Scheißkerle, Henker, haben alle möglichen Leute eingesperrt, hingerichtet – und wozu? Haben die Falschen abgeknallt.

»Dmitri Andrejewitsch, dann schlachten die uns also für nichts und wieder nichts ab!« Vor- und Vatersnamen klangen vertrauter für uns.

Im Werk kannten alle seine Geschichte. Er war 1937 verhaftet worden, die Leitung des Werks hatte sich für ihn eingesetzt, hartnäckig, ungeachtet aller Verbote, seine Freilassung aus dem Lager erreicht und ihn wieder in seiner früheren Stellung untergebracht. Zur Volkswehr hatte er sich mit aller Macht gedrängt, entweder, um es ihnen zu beweisen – in jenen Tagen verstand jeder, wem da etwas zu beweisen war und was –, oder er nahm an, dass man ihn bei der Volkswehr dringender brauchen würde. Divisionen existierten faktisch noch nicht als Verbände; es war wie ein Aufschrei, Zorn, der Wunsch, den Deutschen eine Lektion zu erteilen.

In seiner Gegenwart durften sie es herausschreien, dass man nicht die Richtigen eingesperrt hatte, dass man unvorbereitet war, sich in Selbstlob und Drohungen ergangen hatte, dass in Wirklichkeit alles nur Großtuerei gewesen war!

Podresow schwieg, dann fragte er: »Wollen wir Spione aufspüren, oder wollen wir kämpfen?«

Dass man sie verraten hatte, bestritt er nicht – ja, sie belügen uns, ja, sie betrügen uns.

»Macht nichts, wir klären das. Wir dürfen jetzt nicht auf unsere Flugzeuge warten oder auf Panzer, wir müssen mit dem kämpfen, was wir haben – mit Zähnen und Klauen, es gibt keinen anderen Ausweg. Wir können sie schlagen, wenn wir nicht verzagen.«

Sein Blick glitt langsam über die Gesichter.

»Gibt es andere Vorschläge? Nein. So ist das nun mal.« Er setzte sich ins Auto und fuhr weg.

Es waren nicht viele Tote. Wir huben ein Gemeinschaftsgrab aus. Es musste schnell gehen – ein langer Graben für alle. Die zwei toten Eisenbahner legten wir mit hinein. Wir schlugen einen Pfahl in den Boden und nagelten ein Brett daran. Ich musste es beschriften. »Gefallen im Kampf für die Heimat, Juli 1941, Erste Division der Volkswehr« und die Familiennamen. Was für ein Kampf ist das, dachte ich, während ich den Kopierstift mit Spucke befeuchtete.

In das Grab hatten wir auch ein Bein gelegt. Das abgerissene Bein hatten wir auf dem Bahnsteig gefunden. Es hieß, dass es von Christoforow, einem Wirtschaftsplaner vom Martinofen, sei; ihn selbst hatte man nicht gefunden.

Den ganzen Tag liefen wir auf Feldwegen durch dichten gelben Staub. Die Kommandeure trieben uns an, sagten aber nicht, wohin wir unterwegs waren. Ringsumher weite Kleefelder, goldener Hafer glänzte. Gräser reiften, wiegten sich träge in der süß duftenden Hitze.

Neben mir ging Vitja Trubnikow, ein Ingenieur aus der Transportabteilung. Schluchzend erzählte er immer wieder, wie das Eisendach auf ihn heruntergekracht war. Seine Heidelbeeraugen leuchteten wie wahnsinnig. Immer wieder zeigte er auf seinen von einem Splitter durchbohrten Rucksack.

Rast machten wir nicht. Schweißnass klebte die Militärbluse an meinem Körper. Ich keuchte. Der zusammengerollte Mantel war schwer, Trinken war nicht erlaubt. Wir begannen die Gasmasken wegzuwerfen, behielten nur die Leinentaschen. Nachmittags warf ich den dicken Pullover weg. In meinem Rucksack befanden sich eine Tüte Zucker, Konservenbüchsen, eine Auswahl von Medikamenten, die meine Mutter zusammengestellt hatte, eine Rasierklinge, ein Messer, ein Becher, Seife, Unterhosen, eine Feldflasche, Socken, zwei Gedichtbände ... Mit jeder Stunde zog mich dieses Hab und Gut stärker zur Erde herunter.

Eine richtige Nacht gab es nicht, sie brachte keine Abkühlung. Gegen Morgen wurde es noch heißer. Trubnikow trat aus dem Glied, ließ sich auf die Böschung fallen und zerrte den Schuh runter, der Fuß war bis aufs Blut aufgescheuert. Ich entdeckte Wegerich und wickelte ihn um Trubnikows Ferse. Nowossilzew, ein Journalist der Betriebszeitung, setzte sich zu uns, um seine Fußlappen neu zu wickeln. Es wollte ihm nicht gelingen. Ich wickelte ihm den einen und dann den anderen Fuß ohne Falten, strich die Fersen glatt und die Sohle, so wie es einst mein Vater für mich getan hatte.

»Geschickt bist du«, sagte Nowossilzew, »die sitzen fast wie ein Strumpf. So was hätten die uns beibringen sollen, stattdessen – alle zur Politinformation! Drecksäcke! Herrgott, wir haben das alles geglaubt.«

Die Kolonne war lang, schleppte sich mühsam voran und ließ eine lange Staubfahne hinter sich zurück. Es wäre leicht gewesen, sie von oben niederzumähen.

Diese Höllenhitze glich überhaupt nicht unserem gewohnten nordischen Sommer. Selbst das Wetter war uns feindlich gesinnt. Um sich auf den Sand am Wegesrand zu legen, musste man den Soldatenmantel unter sich ausbreiten, so aufgeheizt war alles … Sogar der Staub war heiß. Er kroch in uns hinein, wir spien ihn mit langen bitteren Spuckefäden aus.

Der Kompaniechef munterte uns auf, die Jüngeren sollten ein Beispiel geben, ein Soldatenlied singen, irgendetwas Kämpferisches.

Plötzlich begann Trubnikow mit schwacher Stimme zu singen, es klang trotzig:

»Tag, Nacht, Tag, Nacht, wir gehn durch Afrika,
Tag, Nacht, Tag, Nacht immer nur durch Afrika.
Und nur Staub, Staub von marschierenden Stiefeln.
Und keine Rast lässt der Krieg dem Soldaten.«

»Was ist das für ein Lied?«, fragte Awdejew. »Kenne ich nicht.«

»Das ist Kipling«, sagte ich.

Von Kipling hatte Awdejew nie gehört, Nowossilzew erklärte eifrig: Der ist ein Dichter des englischen Imperialismus.

»Was hat das mit Imperialismus zu tun?«, fragte ich. »Hast du das ›Dschungelbuch‹ gelesen?«

»Wie geht es weiter? Los, sing«, sagte der Kompaniechef.

Daran konnte Trubnikow sich nicht erinnern, aber ich rezitierte, über mein Gedächtnis staunend, mit heiserer, kratziger Stimme:

»Ich ging durch die Hölle, sechs Wochen. Ich schwör:
Dort sind keine Teufel, kein Dunkel, kein Feuer,
Nur Staub, Staub, Staub von marschierenden Stiefeln.
Und keine Rast lässt der Krieg dem Soldaten.«

Wann war das bloß, ungefähr vor einem halben Jahrhundert, dachte ich, aber nichts hat sich verändert, der gleiche Staub, das gleiche Soldatenlos.

»Keine Rast, das stimmt«, sagte Awdejew, »der Krieg ist überall gleich.«

Also dachte Awdejew wie ich.

Als Awdejew nach vorn ging, sagte Nowossilzew zu Trubnikow, dass auch der englische Imperialismus kämpfte, und zwar gegen die Deutschen.

»Vielleicht kannst du eine solche Wende erklären?«, fragte er mich.

»Mein Freund, du brauchst nicht zu warten auf mich …«, antwortete ich im Takt meiner Schritte.

»Ich vergaß hier längst, wie meine Mutter heißt.
Hier ist nur Staub, Staub, Staub von marschierenden Stiefeln.
Und keine Rast lässt der Krieg dem Soldaten.«

Das Dorf hieß Samokrasha, das bedeutet Selbstraub. Dieser merkwürdige Name ist mir im Gedächtnis haften geblieben. Am Abend schlug unser Regiment auf der Wiese am Dorfrand sein Lager auf, die Kommandeure wiesen uns an, sofort Schützengräben auszuheben. Die Erde war hart gebrannt, wir gruben und gruben, um zur feuchten Schicht vorzustoßen. Man hatte uns befohlen, mannstief zu graben. Es gab nicht genug Spaten, doch der Kompaniechef zwang uns zu graben, und sei es mit Löffeln. Nowossilzew lief ins Dorf und kehrte mit ein paar großen Spaten zurück. Die Angst vor einem neuen Bombenangriff wirkte Wunder und verlieh uns ungeahnte Kräfte. Gegen Morgen schlief ich ein, bis zur Brust im Graben stehend.

Gegen Mittag fielen Angehörige einer Brigade der regulären Truppen, die auf dem Rückzug waren, in unsere Stellungen ein. Sie liefen durch unsere Schützengräben und schnorrten was zum Rauchen, tauschten ihre übrig gebliebenen Waffen gegen Wodka. Der Soldat, bei dem ich ein Gewehr mit sieben Patronen gegen Machorka eintauschte, steckte außerdem meine drei Päckchen mit gelblichen Mohrrüben in die Tasche. Er wollte auch noch die Tüte Zucker und das Stück Seife haben. Er schaute ungeniert in meinen Rucksack, angelte eine Blechbüchse heraus, öffnete sie und lachte auf: Zahnputzpulver! Ich wurde rot, als mir meine Gewohnheit einfiel, mir morgens die Zähne zu putzen. Aus Rache fragte ich, wieso sie, die sie ja Berufssoldaten waren, einfach von der Grenze abgehauen waren? Es stellte sich heraus, dass dieser Rotarmist noch keinen einzigen Deutschen zu Gesicht bekommen hatte. Schöne Kämpfer! Während ich ihm zuhörte, wuchs in mir die Verachtung gegenüber seiner Brigade von Berufssoldaten, die jetzt eher einer Horde von Flüchtlingen glich, selbst ihre Lederkoppel hatten sie gegen welche aus Segeltuch eingetauscht, wodurch sie plötzlich völlig unmilitärisch aussahen.

Der Soldat drehte sich aus Machorka eine lange Zigarette, zündete sie an, zog genüsslich daran und erklärte dann väterlich, dass es keinen Kampf ohne Rückzug gebe, was mir nun gar nicht einleuchten wollte. Die Losung »Keinen Schritt zurück« bedeute nur, sinnlos Leute zu verheizen. Natürlich sollte man besser nicht fliehen, fliehen hieße – der Feind holt dich irgendwann ein, er hat ja Fahrzeuge. Manövrieren müsse man, dabei sei es mal erforderlich, sich zum Kampf zu stellen, und mal müsse man sich eben in Sicherheit bringen; man könne durchaus auch mal davonrennen, um seine Leute nicht zu verlieren.

»Wir haben die Waffen ja nicht weggeworfen, wie du siehst, wir haben euch Brüder damit versorgt …«

Die Volkswehr stattete sich mit Handgranaten aus, tauschte ein Degtjarjow-MG ein, erwarb wasserdichte Stiefel.

Unser Kompaniechef fragte den Oberstleutnant von denen, wohin sie denn zurückwichen. »Unsere Truppe soll neu aufgestellt werden, die Verluste sind groß.« Es sah so aus, als müsste jetzt die Volkswehr den Ansturm der Deutschen allein aufhalten.

Abends ging unser Kompaniechef die Züge ab und schärfte uns ein, dass nun die ganze Hoffnung auf uns ruhe, vor uns sei keiner mehr. Ich konnte mir nicht verkneifen zu fragen: »Wieso? ›Die Rote Armee ist das stärkste Heer‹, also muss die Rote Armee machtvoll ihr Bajonett schwingen …«

»Singen kann man alles«, sagte Awdejew, »hör auf, rumzusticheln.«

Unser Kompaniechef hatte eine Pistole erworben, dieser oder jener besaß eine Maschinenpistole, und sogar ein hervorragender Feldstecher fand sich, der wurde für den Regimentskommandeur requiriert.

Ein dumpfes Grummeln näherte sich uns langsam und unaufhaltsam. Die Erde zitterte, als würde von allen Seiten etwas auf uns zurollen; vom Horizont her, aus der vor uns liegenden Ferne kam ein Krachen, Grollen, Knirschen auf die Kompanie zu. Dort vorn glänzten noch goldene Roggenfelder, war ein Wäldchen, glitten Wolkenschatten dahin ...

Eine unsichtbare Schlacht näherte sich uns. Das war jener Krieg, den ich noch nicht gesehen hatte, jeden Augenblick würde er seine gefräßige Schnauze zeigen.

Der Zugführer schrie etwas und wies nach rechts. Dort bewegten sich Panzerwagen über das Feld. Ihre MGs knatterten, sie bogen immer weiter zur Seite ab, ohne die Awdejew'sche Kompanie zu beachten.

»Wir werden eingekesselt!« Dieser Schrei gellte durch die Schützengräben. Ich schoss, ohne zu zielen. Wer als Erster losrannte, weiß ich nicht; ich merkte plötzlich, dass ich zusammen mit allen anderen lief. Ich kam erst hinter dem Dorf wieder zu mir, als ich in die Schützengräben des zweiten Zugs sprang. Dort zog sich eine Bodensenke hin, die man in einen Schützengraben umgewandelt hatte.

Wir waren fast einen Kilometer gerannt. Unser Kompaniechef hatte versucht, uns aufzuhalten, hatte Mutterflüche gebrüllt, mit einer Handgranate herumgefuchtelt. Er hatte uns gezwungen, wenigstens zwei schwere Maschinengewehre mitzunehmen, die wichtigsten Waffen der Kompanie. Ein Maschinengewehr hatte Viktor geschleppt. Nun hatte ich also meinen ersten Kampf, den ersten Bombenangriff, die erste Flucht erlebt. Ich hätte vollkommen verzweifelt sein können angesichts der Unfähigkeit, meine Angst in den Griff zu bekommen. Wenn mir etwas half, dann der Umstand, dass sich die anderen genauso verhalten hatten wie ich. Ich war zusammen mit allen geflohen und hatte wie die anderen beim Bombenangriff den Kopf nicht gehoben.

Einige Tage später fiel mir eine Armeezeitung in die Hände, die folgenden Lagebericht gab: »Unter dem Ansturm der überlegenen Kräfte des Gegners war man gezwungen, kämpfend auf vorbereitete Stellungen auszuweichen.« Diese Worte ließen das, was mit mir passiert war, noch erniedrigender aussehen. Ich war mit dem Gewehr in der Hand durch ein Kartoffelfeld geflohen, war gerannt, als wäre mir jemand auf den Fersen. Nicht ein einziges Mal hatte ich mich umgedreht, hatte nur auf die vor mir Laufenden geschaut und einen nach dem anderen eingeholt. Ich erinnerte mich, wie vor mir der Stabskommandeur des Bataillons auftauchte, jemanden an der Militärbluse packte, aus den Augenwinkeln nahm ich wahr, wie den Stabskommandeur ein Schlag mit dem Gewehrkolben traf, dann schubste mich jemand so, dass ich hinfiel.

Am Abend stellte sich heraus, dass es gelungen war, drei deutsche Panzer in die Luft zu jagen; offenbar hatte die dritte Kompanie die Deutschen gestoppt, dort war es zu einem richtigen Kampf gekommen. Doch danach knatterten wieder Maschinenpistolen, und das Gerücht von der Einkesselung zwang auch die dritte Kompanie zum Rückzug. Dieser Abzug jedoch erfolgte unter Verteidigungsfeuer, die dritte Kompanie hatte leichte Maschinengewehre, vor allem aber hatten sie ihren Regimentskommandeur, Major Semibratow.

Der Aufklärer

Unseren ersten Spähtrupp hat Wolodja Beskontschin geführt. Das war Ende Juli 1941. Weder er noch wir waren jemals auf Erkundung gewesen; es galt herauszufinden, wohin sich die Deutschen bewegten, ob sie vielleicht in unsere Flanke vorstoßen wollten. Wir hatten keine Ahnung, wie man kämpft, stellten keine Verbindung zu den Nachbarn her, wussten nicht, wer sich rechts und links von uns befand.

Sie hatten Beskontschin nicht mal eine Pistole gegeben, sondern nur ein leichtes Maschinengewehr, und mit dem Riesending sollten wir die Lage erkunden.

Es war Nacht. Die Chaussee entlang bewegte sich eine Kolonne der Deutschen. Wir wussten nicht, was sie vorhatten. Aber als sie zu einer Siedlung einbogen, wurde klar, dass sie uns umgehen wollten. Da befahl Beskontschin, dass wir uns den Deutschen anschließen sollten. Das war waghalsig, aber er hatte das Sagen; wir marschierten also mit ihm zusammen am Ende der deutschen Kolonne. Beskontschin schickte zwei Männer los, um unsere Leute zu warnen: Die versuchen, uns zu umgehen, und wir folgen ihnen … Er schickte die Männer zum Bataillonskommandeur Tschernjakow, der kriegte Panik und gab das Kommando zum Rückzug. Inzwischen begann Beskontschin, die Kolonne von hinten aufzumischen. Er schleuderte Handgranaten nach vorn und von der Seite. Die Deutschen sahen nicht mehr durch. Alles geriet durcheinander. Ein Kommando ertönte. Die Deutschen warfen ihre Maschinengewehre hin, auch ihr Funkgerät, und rannten weg. Wir schmissen alles auf einen Haufen und zündeten es an. Als wir wieder bei unserer Kompanie waren, bestellten sie Tschernjakow in die Sonderabteilung ein. Beskontschin forderten sie als Zeugen an. Er hatte Mitleid mit Tschernjakow und vertuschte alles. Angeblich hatte er dem Bataillonskommandeur mitgeteilt: »Je nach Lage halte die Stellung, wenn du kannst, wenn nicht, zieh dich zurück.« Damit sie den Kommandeur nicht erschießen. Darauf wäre es hinausgelaufen. Irgendwie hat er ihn aus dem Schlamassel rausgeholt, schließlich waren sie im Werk in derselben Abteilung. Am Abend erschien Tschernjakow bei Beskontschin, um sich zu bedanken. »Wolodja«, sagte er, »lass uns an die Luft gehen.« Dann kam Beskontschin zurück. »Wir haben das geklärt«, sagte er. »Hast du ihm ins Gewissen geredet?« – »Na klar, die Fresse habe ich ihm poliert, blutig hab ich ihn geschlagen, damit er es bereut.«

Schade, dass wir nicht zusehen durften. »Vor euch geht das nicht, er ist hier immerhin der Kommandeur, das gehört sich nicht.«

Wir lachten. So waren wir. Weil wir nichts begriffen und keine Erfahrung hatten, es war Juli 1941, im September hätten wir schon Angst gehabt, uns so etwas zu leisten.

Aus nächster Nähe

Das Regiment zog ab. Eigentlich war uns befohlen worden, bei Sonnenaufgang abzuziehen. Bei dem ganzen Durcheinander hatten wir uns zu lange in dem Dorf aufgehalten; als wir es verließen, stand es schon unter Beschuss. Ich zerrte gerade einen Patronenkasten auf den Wagen, als mich ein Starschina vom Stab anhielt und mir befahl, zum Kommandopunkt der ersten Kompanie zu laufen. Die Verbindung sei abgebrochen, sie sollten sich hinter die Kirche zurückziehen. Und die Patronen? Scheißegal, auch das Gewehr vermochte ich nicht mehr zu holen, es blieb im Wagen, er drückte mir seine Maschinenpistole in die Hand und gab mir einen Schubs in den Rücken. Ich stürmte los. Den Eingang des Unterstands versperrten zwei Soldaten, die gerade dort hineinschauten. Irgendetwas ließ mich innehalten, ich verstand nicht sofort, was es war, erst viel später begriff ich, dass hier etwas nicht stimmte. Die Hinterteile der Soldaten steckten nicht in blauen Kavallerie-Hosen und hatten auch nicht unsere Tarnfarbe, sie waren FELDGRAU! Noch nie hat mein Gehirn so schnell gearbeitet, es arbeitete nicht einfach, es wies in Sekundenschnelle meine Hand an, die Maschinenpistole zu entsichern und auf den Abzug zu drücken. Die Waffe erbebte, eine Salve pfiff in beide Hinterteile, ich nahm den Finger nicht vom Abzug, das Blei schoss nur so heraus. Aus dem Augenwinkel sah ich zuerst Blut rinnen, dann hörte ich einen Schrei. Die Salve erstickte, ich hetzte bereits zurück, durch das brennende Dorf, die einzige Durchgangsstraße entlang, sprang über ein verwundetes Pferd, das dort lag und mit den Beinen strampelte, irgendwas lag noch auf dem Weg. Ein Geschoss schlug in den Glockenturm der weißen Kirche ein, ein ziegelrotes Wölkchen stob auf – all das verschwamm später, lange danach. Ich lief und lief, von Entsetzen getrieben.

Die Unseren holte ich erst weit hinter dem Dorf ein. Ich lehnte mich an eine Tür. Mir wurde schlecht. Ich kotzte alles heraus, der Schweiß rann mir herab, es schüttelte und schüttelte mich, ich hörte überhaupt nicht auf zu zittern. Irgendwie schleppte ich mich zum Starschina, meldete das von den Deutschen. Mehr, als dass die Deutschen im Dorf waren, bekam ich nicht heraus, so sehr rüttelte es mich.

»Haben sie Autos?«, fragte der Starschina.

Er merkte nicht, was mit mir los war, führte mich zum Kompaniechef. Man begann mich zu befragen, von welcher Seite die Deutschen sich ins Dorf bewegten, womit, wie viele es waren. Ich murmelte irgendetwas, sie kriegten nichts Rechtes aus mir heraus. Über die beiden Soldaten und das, was sich dort abgespielt hatte, sagte ich kein Wort. Ich vertraute mich niemandem an, versuchte nie, mich daran zu erinnern. Warum?

Unsere erste Pflicht an der Front war das Töten. Wir hatten Scharfschützen, die Deutschen hatten auch welche. Wir wussten, wann die Deutschen zu Mittag aßen und wann sie frühstückten, wir feuerten mit Granatwerfern und anderen Waffen dorthin. Manchmal geriet das Gesicht eines Deutschen ins Zielfernrohr. Er ahnte nicht, dass er ins Fadenkreuz geraten war und gleich eine Kugel zu ihm fliegen würde. Einmal sah ich einen alten bärtigen Deutschen. Bärte waren damals weder bei denen noch bei uns üblich. Ich habe nicht auf ihn geschossen. Wir wussten oft nicht, ob wir getroffen hatten oder nicht, ob wir getötet, verwundet oder vorbeigeschossen hatten. Die Deutschen verschwanden im Schützengraben, ungefähr wie die Figuren in Schießbuden umfallen. Schreie drangen fast nie bis zu uns. Dennoch entstand eine Art Vertrautheit. Wir konnten erkennen – sie tragen jetzt Winteruniformen, sie singen Lieder, sie feiern irgendetwas. Es kam vor, dass der Wind den Geruch von gebratenem Fleisch herübertrug. Wir wussten, wo sie Wasser holten. Im Sommer hängten sie unverschämterweise ihre gewaschenen Unterhosen über den Schützengräben zum Trocknen auf …

»Mussten Sie aus nächster Nähe auf Deutsche schießen?«

»Haben Sie im Krieg getötet – von Angesicht zu Angesicht?«

»Haben Sie Nahkämpfe erlebt?«

Alle wollten etwas über jenen Krieg hören, der im Kino gezeigt wurde, wollten wissen, wie es wirklich war. In all den Nachkriegsjahren erzählte ich nicht ein einziges Mal von dieser Szene im Dorf Petrowka, so hieß es, wie mir scheint. Ich konnte es nicht verstehen. Woher kam dieses

Entsetzen? Schließlich hatte ich zu der Zeit schon zwei Monate gekämpft. Ich hatte oft geschossen, mit einem Maschinengewehr und einem Granatwerfer, das Gewehr hatte einen Abdruck auf meiner Schulter hinterlassen. Davon erzählte ich, verweigerte mich nicht, wenn Krieg ist, wird eben geschossen. Auch in Deutschland bei Begegnungen mit Deutschen verweigerte ich mich den Gesprächen nicht.

In den ersten Nachkriegsjahren träumte ich davon, wie ich renne, eine weiße Kirche unter blauem Himmel, Kugeln pfeifen, und ich renne und renne. Ich träumte von dem Grauen, den zwei Hinterteilen, dem weichen Einschlag, mit dem die Kugeln ins Fleisch drangen ... Ich erwachte schweißgebadet. Meine Panzer erschienen mir schon bald nicht mehr im Traum. Später hörte ich auch auf, von jenem Entsetzen zu träumen.

Podresow

Abends rief mich der Politoffizier des Regiments zu sich, um Einzelheiten über den Tod von Podresow zu erfragen. Anwesend war ein kleiner Hauptmann, dessen Dienstaufgabe mir unbekannt war. Er lauschte meiner Erzählung, brummte ungläubig und runzelte die Stirn. Dann begann er mich auszuforschen, woher ich wüsste, dass Podresow tot sei, vielleicht sei er ja verwundet worden und als Verwundeter in deutsche Gefangenschaft geraten.

»Könnte es so gewesen sein? Wo ist die Garantie für das, was du erzählst, hast du die Leiche gesehen? Hast du sie gesehen? Ich frage dich nach der Leiche. Gefallen, was heißt das schon.«

Das Letzte, was ich gesehen hatte, war, wie Podresow hoch aufgerichtet im Schützengraben stand, schoss und fluchte. Auf keinen Fall hatte er überleben können, er stellte eine ausgezeichnete Zielscheibe dar, hochgewachsen stand er allein in voller Länge da, bis zum Gürtel eine direkte Zielscheibe, er hatte nicht mehr leben wollen, das wusste ich genau, er hatte diesen Krieg satt gehabt, das Fliehen, den beschämenden Krieg. Doch den Hauptmann interessierte vor allem, ob Podresow tot sei, wenn er tot sei, wunderbar, dann könnte man davon ausgehen, er sei als Held gefallen, hätte sich würdig verhalten, wenn er aber nicht tot sei, dann … Er hatte schließlich als Volksfeind gesessen, das könnte den Deutschen gut zupasskommen.

Die Offiziere schrieben beide mit Stiften, die Messingkappen hatten, etwas in ihre Notizblöcke. Der Hauptmann schrieb in winzigen Druckbuchstaben, setzte Fragezeichen in Klammern. Außer mir gab es niemanden, der die letzten Minuten Podresows bezeugen konnte, vor allem nicht seine letzten Worte. Ob ich verstehen würde, welche Verantwortung auf mir laste, fragte der Hauptmann erneut. Der Politoffizier wollte die genaue Reihenfolge von Podresows Worten festhalten. »Es reicht«, oder hatte er zuerst gesagt: »Keinen Schritt zurück«, und ob er auch gesagt hätte: »Standhalten bis zum Tod«? Sie erörterten, was sie in die Dienstmeldung schreiben sollten, der Hauptmann bezweifelte, dass es eine Garantie für den Tod von Podresow gäbe.

Wenn er tot sei, dann hätten die Deutschen den Leichnam im Schützengraben liegen gelassen, was sollten sie damit, aber man würde jetzt nicht mehr bis dorthin durchkommen. Sie baten mich, die Umstände des Todes kurz aufzuschreiben, aber das löste das Problem nicht. Sie hielten sich damit auf, dass er vielleicht verwundet sei, schwer verwundet. Sie konnten nicht begreifen, dass ein Mensch, besonders ein so hochgewachsener wie Podresow, der in ganzer Länge aufrecht im Schützengraben gestanden hatte und von Salven aus Maschinenpistolen getroffen worden war, gar nicht am Leben bleiben konnte. Für uns Soldaten im Schützengraben war das klar, doch ich vermochte seinen Tod nicht zu bezeugen, und obwohl sie vom Stab waren, hatten sie das begriffen.

Es war offensichtlich für mich, dass der Politoffizier im Verhalten Podresows eine Heldentat sah und ihn vielleicht für eine postume Auszeichnung oder so etwas Ähnliches vorschlagen wollte, der Hauptmann von der Armeezeitung jedoch nicht überzeugt war von der Sache, ihn quälte das »wenn aber …«. Sie berieten lange, ich sagte auch etwas, und dann wandte sich der Hauptmann an mich: »Also du meinst, dass er aus Verzweiflung so gehandelt hat, seinen Tod fast herbeisehnte, nicht wahr?«

»Ja.«

Der Hauptmann dachte nach.

»Das wäre unwürdig für einen Kommandeur, noch mehr für einen politischen Mitarbeiter. Was wäre daran heldenhaft?«

»Die Heldentat besteht darin«, sagte der Politoffizier, »dass er den Befehl – Keinen Schritt zurück – ausgeführt hat. Das ist ein grausames Beispiel, aber ein Beispiel für alle; er hatte den Rückzug satt, ich kann ihn verstehen.«

»Wenn man diesem Beispiel folgen würde, hätten wir bald keine Kommandeure mehr.«

Der Hauptmann sagte das bekümmert, und ich konnte wiederum ihn verstehen, mir tat es leid, dass wir Podresow verloren hatten.

Sie wandten sich noch einmal an mich, und da hielt ich wie auf einem Begräbnis eine feierliche Rede zur Verteidigung Podresows.

»Vielleicht ist es auch Selbstmord gewesen. Aber er hat bis zum Schluss geschossen! Ein Selbstmörder erschießt sich selbst. Wissen Sie, was geschehen ist?«, entsann ich mich plötzlich, »Podresow versuchte, die Fliehenden mit einem Nagant-Revolver aufzuhalten. Dann nahm er ein Leicht-MG, ließ sich in den Schützengraben gleiten, und ich sah, wie er an der Brustwehr im Schützengraben stand und von da aus schoss. Das war kein Selbstmord, er wollte ein Beispiel geben. Und als er die Soldaten stoppte und ihnen mit dem Revolver drohte, da schlug jemand mit der Faust nach ihm und traf ihn an der Hand.« Daran erinnerte ich mich jetzt plötzlich.

Ich fürchte, ich erinnerte mich nicht, sondern hatte es mir ausgedacht, immerhin war Podresow für mich ein Held, ich konnte nicht zulassen, dass sein Tod bedeutungslos war. Ich sah es so: Als er uns nicht aufhalten konnte, war das Einzige, was er zu tun vermochte, dazubleiben, damit uns allen klarwürde, dass wir ihn alleinließen. Vielleicht hatte er gehofft, wir würden zurückkommen, aber wir kamen nicht zurück, wir rannten und rannten.

»Äh, nein, das können wir so nicht schreiben …«, sagte der Politoffizier. »Wozu sollen wir unsere Leute bloßstellen. Wenn wir Podresow schon würdigen, dann muss es um ihn gehen, wir wollen doch nicht unsere Soldaten blamieren.«

Der Politoffizier redete und schrieb die ganze Zeit etwas in seinen Notizblock.

Sie befahlen mir zu warten. Ich döste im Korridor vor mich hin; ich saß dort und quälte mich bis zum Abend, immerhin gab man mir zweimal was zu essen. Am Abend brachte mir der Hauptmann einen Artikel von vier Seiten. Die Sekretärin hatte ihn bereits abgetippt. Es war eine sehr schöne Darstellung von Podresows Tod. Ein wenig schablonenhaft, ich hätte einiges geändert, aber das ließ mein Rang nicht zu. Insgesamt wurde der Artikel Podresows Andenken gerecht, da gab es nichts auszusetzen. Einiges war übertrieben, der Hauptmann hatte ihm all diese Losungen in den Mund gelegt: »Keinen Schritt zurück«, »Durchhalten bis zum letzten Atemzug« – als hätte Podresow sie gerufen. Podresow wollte sie um jeden Preis aufhalten.

»Wen aufhalten?«, fragte ich.

»Die Deutschen natürlich.«

»Ich dachte, Unsere«, sagte ich.

»Meinst du?« Er sah mich auf eine ganz neue Art an. »Wieso ... Das wäre was anderes ... Vielleicht war es auch so, wie soll man das herausfinden, aber politisch passt es nicht. Stimmt's?«

Ich stimmte ihm zu, was blieb mir übrig? Wahrscheinlich hatte er recht, sie logen im Namen der Sache, um den anderen Mut zu machen. Ich wurde zum Komplizen dieser Lüge. Zwei Tage später erschien der Artikel in der Armeezeitung. Irgendwas hatten sie noch geändert, Podresow erschien nun wie ein Recke aus dem Märchen. Ich wurde auch erwähnt, was mich wahrscheinlich mit dem Artikel versöhnt hat, denn ich schnitt ihn aus und schickte ihn an Rimma. Ich wollte mich wohl damit brüsten.

Schade um Podresow, niemand wird je erfahren, dass es ihm in Wirklichkeit nicht um Heldentum ging, sondern um seine Würde, seine eigene, er hatte es für sich getan. Ich wäre vorher nie auf die Idee gekommen, dass es im Innern des Menschen etwas gibt, das um Selbstachtung ringt oder auch nicht.

Der Tod des Intendanten

Fast zwei Augustwochen lang war es uns gelungen, den Luga-Abschnitt zu halten. Wir hatten uns am rechten Ufer der Luga eingegraben, und die Deutschen vermochten uns weder mit Panzern noch mit Artillerie zu vertreiben. Bis dahin waren wir von der Station Batezkaja an nur auf dem Rückzug gewesen. Der Juli 1941 war darüber vergangen.

An allen Fronten waren unsere Truppen auf dem Rückzug. Sie türmten, ließen Kanonen, Maschinengewehre, Munition und Fahrzeuge zurück. Es herrschte Hitze. Der Rückzug wurde begleitet von Bränden, aufgedunsenen Pferde- und Soldatenleichen. Kurz gesagt – von üblem Geruch. Niederlage bedeutet Gestank. Kleidung, Haare – alles war durchdrungen von ätzendem Rauch und dem Gestank von verwesendem Menschen- und Pferdefleisch. Die Rote Armee hatte gelernt, sich zurückzuziehen. Abzurücken, bevor sie eingekesselt wurde, die Waffen wegzuschaffen, die Technik zu retten. Nachhutgefechte, einen zweiten Zug bereitzustellen, Reservestellungen – nichts davon hatten wir richtig beherrscht; über solche Dinge Bescheid zu wissen, hatte man nicht für nötig befunden. Wir sollten auf fremdem Boden kämpfen, uns immer nur vorwärtsbewegen, nur angreifen. Unsere Armee glich einem Fahrzeug ohne Rückwärtsgang.

Doch in der Geschichte jenes quälenden, beschämenden Sommers, des ersten Kriegssommers, stießen die voraneilenden deutschen Kolonnen auf etwas Unvorhergesehenes. Soldaten, die über keinerlei Panzer, Flugzeuge oder schwere Artillerie verfügten, die scheinbar verängstigt und von der deutschen Überlegenheit eingeschüchtert waren, erhoben sich plötzlich, brachten den glänzend durchdachten, unaufhaltsamen Vormarsch der gepanzerten Wehrmachtskolonnen zum Stehen. Was inmitten der allgemeinen Flucht beim Dorf Unomer geschehen war, hatte uns Mut gemacht.

Etwa Mitte August mussten wir die Verteidigungsstellungen an der Luga aufgeben. Von unserem Regiment waren noch etwa 150 Leute übrig, vielleicht auch weniger. Die Verteidigungsstellungen waren ausgezeichnet. Wann man es geschafft hatte, sie zu bauen, weiß ich nicht. Die Schützengräben waren vollständig mit Brettern verkleidet und mit Maschinengewehrnestern versehen, die Unterstände mit drei bis vier Bretterschichten abgedeckt. Diese Verteidigungsstellungen retteten vielen das Leben. Später stellte sich heraus, dass General Pjadyschew, der sie bauen ließ, auf Stalins Befehl vor ein Kriegsgericht gestellt worden war. Er starb im Lager. Damals hatte man mehrere Kommandeure höchsten Ranges ohne Grund erschossen. Zur Abschreckung, oder warum?

Wir hätten uns wahrscheinlich noch einige Tage halten können, hätte uns nicht die Gefahr gedroht, eingekesselt zu werden. Das zeigte sich immer deutlicher, und die Regimenter erhielten den Befehle, abzurücken. Jedes selbständig auf eigenen Wegen. Vier Tage liefen wir entlegene Feldwege entlang. Dichte Staubwolken ballten sich hinter uns. Wir liefen, von Hunger und Hitze geschwächt, durch den heißen Dunst.

Gegen Mittag kam ein Dorf in Sicht. Es wurde befohlen, dorthin abzubiegen, zu essen und zu verschnaufen. Wie das, was dann geschah, passieren konnte – ich weiß es nicht. Vielleicht hatten die Aufklärer nicht mit den Dorfbewohnern gesprochen. Wir machten uns damals um so was keine Gedanken. Wir waren nur Soldaten, das hieß: Halt dich in der Nähe der Küche auf und weit weg von den Natschalniks, wie Alimow uns lehrte. Da es keine Küche gab, durfte man nicht die Orientierung verlieren. Während es noch drunter und drüber ging, niemand wusste, wo er hinsollte, hatte sich Sascha Jermakow schnell orientiert. Wir fanden uns am Tisch in einer sauberen und aufgeräumten Hütte wieder. Auf dem Tisch ein Topf mit saurer Sahne, Sauerkraut und Gurken. Wir schüttelten den Staub ab und stellten den Tee, das Einzige, was wir hatten, auf den Tisch. Die Hausherrin schnitt Brot. An ihr

Gesicht erinnere ich mich nicht, ich erinnere mich nur an ihre Hände, an die langen halbmondförmigen Scheiben mit glänzender Rinde und das grüne Blumenmuster auf dem Topf mit der gelblich weißen sauren Sahne. Der Kompaniechef schaute rein.

»Habt euch eingerichtet? Das nenn ich fix«, sagte er. »Gut, esst euch satt und dann kommt zu mir. Ich bin gegenüber.« Er seufzte: »Kinder, ihr solltet … eure Mägen schonen. Danach werdet ihr ins Gebüsch flitzen müssen.«

Wir lachten nur schallend. So zivil war unser Gespräch. Die Volkswehrsoldaten waren alle aus einem Betrieb, und der Kompaniechef war Meister im Walzwerk, ein guter Meister, vielleicht hatte man ihn deshalb zum Kompaniechef befördert. Andere Befähigungsmerkmale gab es nicht. Weiter erinnere ich mich an nichts, ich strich mir saure Sahne aufs Brot, streute mir das Salz direkt in den Mund und leckte den Holzlöffel ab. In jenen Minuten dachte ich an nichts, sonst hätte ich es im Gedächtnis behalten. Wenn irgendetwas passiert, bewahrt das Gedächtnis nicht nur den Vorfall auf, sondern auch das, was davor geschah. Aus irgendeinem Grund speichert das Langzeitgedächtnis alles. Wir sprachen über nichts, dazu waren wir zu hungrig, bis zu diesem Zeitpunkt hatten wir nur zu essen, was am Wegrand wuchs: Blaubeeren, Hafer, rohe Pilze und Sauerampfer.

Direkt neben der Hütte ratterte plötzlich ein Maschinengewehr. Etwas entfernt war noch eins zu hören und das Knattern eines Motorrads. »Deutsche!«, schrie die Hausherrin. Einen winzigen Moment blieben wir noch mit vollgestopften Mündern am Tisch sitzen, dann wurde uns klar, dass es in unserem Regiment keine Motorräder gab, und Maschinengewehre hatten wir auch nicht mehr.

Sascha stürzte in den Flur und sprang sofort zurück.

»Los, in den Garten!«

Das Fenster der Küche, in der wir saßen, ging zum Garten raus.

»Verzeihen Sie bitte, liebe Hausherrin«, sagte Sascha und stieß mit dem Gewehrkolben den Fensterrahmen heraus.

Ich sprang ihm hinterher, geduckt rannten wir zwischen den Beeten entlang. Die Luft wurde von heulenden Kugeln durchsiebt, wir sprangen ins Kraut und ließen uns den Abhang hinunterrollen. Der Gemüsegarten senkte sich zu einem Flüsschen herab. Wir lagen am Hang und schauten zum Dorf, das sich oben auf dem Hügelkamm entlangzog. Über uns im Lichtstreifen zwischen den Hütten stand ein grünes Motorrad. Ein Deutscher saß im Beiwagen und feuerte mit einer Maschinenpistole auf uns. Ganz bequem saß er da. Über die Straße bewegten sich Panzerspähwagen und schossen nach allen Seiten. Motorräder rasten umher, auch darauf saßen Deutsche, ganz bequem. Zum ersten Mal sahen wir sie so nah. Sascha klickte mit dem Gewehrschloss und schoss auf den MG-Schützen. Doch vielleicht schoss er nicht direkt auf ihn, sondern einfach in seine Richtung, aber er hatte geschossen, und daher hörte auch ich auf, den Deutschen zu betrachten, und hob ebenfalls das Gewehr, richtete mich hinter einer Vogelscheuche ein und begann zu schießen. Die Vogelscheuche über mir fuchtelte mit den Ärmeln ihres albernen karierten Jacketts, ihre durchschossene Schirmmütze flog runter, sie fuchtelte und fuchtelte, verteidigte sich gegen die Kugeln. Sascha erhob sich ein bisschen, holte eine Granate heraus und warf sie. Es war eine lächerliche kleine Handgranate, aber das Motorrad fuhr hinter die Hütte, das Maschinengewehr verstummte. Wir rutschten den Abhang hinunter, tauchten im Weidengestrüpp unter, sprangen über einen Bach und rannten zum Wald. Zuerst umgab uns Buschwerk, dann spärlicher und sumpfiger Wald, aber immerhin Wald.

Irgendwo auf dem Trockenen warfen wir uns hin. Ich holte Atem und zeigte Sascha meine Gasmaskentasche. Sie war an zwei Stellen durchlöchert. Die Gasmasken hatten wir schon lange weggeworfen. In der Tasche lagen Granaten und das Brot, von dem wir gerade noch gegessen hatten. Keine Ahnung, wie ich es geschafft hatte, es einzustecken. Offenbar entwickelte ich soldatische Gewohnheiten.

»Die hätten explodieren können«, sagte ich, und wir fingen an zu lachen, wir lachten lange.

»Denen haben wir Feuer unterm Hintern gemacht«, sagte ich. »Wie oft hast du geschossen? Ich vier Mal.«

»Und wo ist dein Mantel?«, fragte Sascha.

Der zusammengerollte Soldatenmantel war in der Hütte geblieben. Ich war so verzweifelt deswegen, dass ich zurück ins Dorf wollte, um ihn zu holen. Sascha konnte mich gerade noch davon abhalten. Mir war die Laune verdorben. Ich würde Ärger kriegen. Und wie sollte ich ohne Mantel kämpfen?

Das trockene Moos knisterte unter den Füßen. Der Erste, den wir von den Unseren trafen, war Alim, dann kam Merson zusammen mit Trubnikow. Wir lasen noch zwei auf.

Auf einer Lichtung voller Preiselbeeren erblickten wir einen Offizier. Er saß auf einem Baumstumpf, die Schirmmütze lag zu seinen Füßen. Wir kannten ihn nicht, aber unser Werk war so groß, dass man nicht jeden kannte. Sein schütteres graues Haar war schweißverklebt. Auf den himbeerroten Kragenspiegeln hatte er einen Balken und das Intendantenzeichen. Freudig stürzten wir zu ihm hin. Er rührte sich nicht. Er saß da und schaute an uns vorbei. Wir fragten ihn: »Wo sind die Unseren?« Er zuckte die Achseln.

»Es gibt kein Regiment mehr«, sagte er. »Sie sind auseinandergelaufen. Alle … Schluss.«

»Wieso denn?«, widersprach Sascha. »Da war doch ein ganzes Regiment, der Stab und unser Kompaniechef, Leonid Semjonowitsch.«

»Ich habe seinen Rasierpinsel«, sagte ich.

Der Blick des Intendanten war nach innen gerichtet; er betrachtete irgendetwas in seinem Inneren. Wir warteten. Er war ein Kommandeur, wenn auch nur Intendant, aber immerhin ein Kommandeur, offensichtlich ein Offizier der Reserve.

Aus dem Dorf begannen Granatwerfer in den Wald zu schießen.

»Mein Gott«, sagte der Intendant, »so eine Armee, und was nun?«

Er zog einen Nagant aus der Revolvertasche, seine Hand zitterte.

»Kameraden, helft mir.«

»Sind Sie verwundet?«, fragte Merson.

Er schüttelte den Kopf und sagte mit ganz gewöhnlicher Stimme: »Erschießt mich bitte.«

»Wofür? Wieso? Kommen Sie mit.«

»Ich kann nicht«, sagte er. »Das Herz.«

»Wir stützen Sie«, sagte Sascha.

»Nein. Ich hab keine Kraft mehr ... Ich will nicht.«

Sascha ließ von ihm ab.

»Es gibt einen Befehl.« Die Stimme des Intendanten wurde fester. »Sich nicht lebend gefangen nehmen lassen, ihr wisst Bescheid? Die Dokumente habe ich vergraben.«

»Wir werden Sie tragen«, sagte ich.

Sascha schaute auf den sumpfigen Mooshügel, der sich sonst wo hinzog.

»Führt den Befehl aus, Volkswehrsoldaten«, sagte der Intendant traurig.

Während des Krieges habe ich mehrmals in Augenblicken der Verzweiflung an den Intendanten gedacht. Immer besser konnte ich seine Traurigkeit verstehen. Schließlich hatte es doch ein Regiment, Offiziere gegeben, warum hatten sie keine Wachen aufgestellt, Posten, wie konnten wir so plötzlich überrumpelt werden und wegen ein paar lumpiger Motorräder auseinanderlaufen? Warum stellten wir uns so blöd an beim Kämpfen? Aber damals verstanden wir das nicht.

»Sie kommen«, sagte der Intendant und lauschte. Motoren heulten, in der Nähe war eine Straße, auf der ein Panzerwagen fuhr.

»Na, was ist?«, sagte der Intendant.

»Nein«, sagte Jermakow. »Sieh zu, wie du das selbst hinkriegst.« Und ging weg.

»Halt!« Der Intendant hob den Nagant und richtete ihn auf Jermakow. »Das war ein Befehl!«

»Auf die Eigenen kannst du also schießen«, sagte Trubnikow, »das bist du wohl gewöhnt, du Hurensohn.«

Gut, dass er geflucht hatte. Uns war leichter davon geworden. Und wir gingen in den Wald. Hielten uns so, dass wir unseren Kompass – die Sonne – rechts von uns sehen konnten.

Das Schwierigste waren die Sümpfe, mit moorastigen Stellen, riesig, voller Torf und unpassierbar. Jermakow war so schwer, dass die Erdhügel ihn nicht trugen. Man musste ihn herausziehen, wir zogen ihn am Koppel raus, hielten ihm eine Stange hin. Danach lagen wir erschöpft im berauschenden Sumpfporst.

Milch auf dem Gras

Fünf waren von uns übrig geblieben. Alimow, wir nannten ihn Alim, war am Bein verwundet und hinkte. Wir stützten ihn abwechselnd beim Gehen. Alles wäre nicht so schlimm gewesen, wäre Jermakow nicht ständig eingesunken. Unser Weg führte durch Sümpfe, und wir mussten oft eine Pause einlegen, um Jermakow rauszuziehen. Wir nahmen ihm den Machorka weg, damit er nicht feucht wurde, und rauchten, um den Hunger zu betäuben.

»Das ist paradox: Hat nichts zu beißen, aber ist so ein Dickwanst«, sagte Merson ärgerlich. »Warum nimmst du nicht ab?«

»Lasst mich zurück«, klagte Jermakow. »Ich kann nicht mehr.«

»Das hättest du früher sagen müssen, dann hätten wir dich gar nicht erst mitgeschleppt.«

Lange durften wir nicht liegen bleiben: Der Kopf drehte sich uns von dem berauschenden Duft der Sumpfgräser. Man musste aufstehen und sich, auf die Gewehre gestützt, weiterschleppen.

Gut, dass die Nächte hell waren. Wir waren auch nachts unterwegs. In der vierten Nacht erreichten wir einen trockenen Birkenwald, sahen Feuer und hörten Stimmen. Es waren Frauenstimmen. Wir gingen näher heran. Zuerst dachten wir, es sei ein Zigeunerlager. Da standen Fuhrwerke, kleine Kinder weinten. Man sprach Russisch. Es waren Leute aus einem abgebrannten Dorf. Frauen und alte Männer.

Als wir ins Licht des Feuers traten, erschraken die Frauen. Wir hatten uns schrecklich verändert in den Sümpfen – die Haare voller Wasserpflanzen und Schlamm, Uniformblusen und -hosen braun vom rostigen Wasser, uns waren Bärte gewachsen. Nur die Gewehre hatten wir in Ordnung gehalten, hatten sie mit Lappen umwickelt und über den Köpfen getragen, wenn wir durch Tümpel wateten.

Sie hatten Hütten aus Ästen, Stroh und Fellen gebaut

und Gatter für die Schweine. Schutzdächer waren errichtet worden, unter denen Kleidung hing, auf knorrigen Stöcken steckten Stiefel. Sie lebten, ohne nach vorn zu schauen. Auf einem Baumstumpf unter einem Schutzdach standen zwei Ikonen.

Feuer machte man in Gruben. Sie erzählten von ihrem Leben. Wie sie Kartoffelvorräte anlegten, Mohrrüben und junge Rüben sammelten.

Alle Hunde des Dorfes waren mit ihnen hierhergekommen. Die schlauen Tiere hatten aufgehört zu bellen, sie knurrten, schlugen aber nicht an.

Ich saß zwischen zwei Frauen; eine rundliche mit großem Mund lachte viel, die andere wirkte ernster, beide hatten dunkle Haare. Wir saßen am Grubenrand, die Kohlen glühten im Feuer, Wärme stieg auf, Rauch, der häusliche Duft von gebackenem Brot, auf einer Eisenplatte buken Fladen. Wir wurden schnell müde. Sie legten mich in eine Hütte auf eine mit Stroh gefüllte Matratze. Mit einem Kissen. Über dem Kopf tickte eine wie auch immer gerettete Wanduhr. Dieses Vorkriegsgeräusch ließ mich in einen glückseligen Schlaf sinken.

Mich weckte eine Berührung. Sie flüsterte und atmete heiß in mein Ohr, sagte mir etwas Freundliches, schmiegte sich an mich, streichelte mich unter der Militärbluse. Ich hielt das fast für einen Traum, einen der Träume meiner frühen Jugend. Ich wollte diesen süßen Halbschlaf nicht verlassen, doch sie erreichte, was sie wollte. Ihr heißer Körper zitterte, ihre Hände drehten mich herum, so dass ich nicht loskam, ich versuchte es auch gar nicht, mir gefiel, wie sie mich führte, flüsternd kommandierte, lautlos aufschrie und lautlos lachte. Ich spielte immer noch den Träumenden, doch der Körper nahm sich das Seine. »Herrgott, was für ein Glück«, wiederholte sie immer wieder. »Wir beide könnten jede Nacht ...« Ich erlaubte ihr, über mich zu herrschen, sie träumte, dass ich bliebe. Sie bat nicht, sie träumte.

»Du bist jung, wozu sollst du für diese verfluchte Staatsmacht sterben?«

Ich hörte kaum zu, sie erzählte, wie ihr Bruder als Kulak enteignet und verbannt wurde, auch ihnen hatte man gedroht und sie als Halbkulaken abgestempelt, gut, dass der Krieg dazwischengekommen war, ihr Mann sollte aus der Armee entlassen werden, aber da kam schon die Gefallenenmeldung. Ihre Worte über die Staatsmacht verblüfften mich, so überzeugt klangen sie. Sie hatte ihre offene Rechnung mit dem Staat, ich hätte auch eine haben müssen, hatte aber keine. Beim Einschlafen sah ich mich Holz hacken, es gab keinen Starschina, kein Regiment, vielleicht gab es auch Leningrad nicht.

Die russische Volkswehr war früher aus Leibeigenen zusammengestellt worden, ich jedoch war tatsächlich ein Freiwilliger, so nannte man das, ich hatte mich aus »freiem Willen« gemeldet. Was für ein glückliches Wort: freier Wille.

Sie streichelte mich, ihre Hände waren rau und grob, dafür war ihr Körper zärtlich und fest, er duftete wie diese Hütte – nach Tannennadeln und Birkenblättern.

Morgens brauchten wir lange, bevor wir aufbrachen. Wir bekamen Fladen zu essen und Himbeertee zu trinken. Uns verpflegte ein alter Mann, der erzählte, dass man die Kühe wegen des Beschusses in den Wald gebracht hatte, weiß der Teufel, wo sie jetzt waren. Wäre das Dorf nicht zerstört worden, sie wären von allein zurückgekommen. Der Hirtenjunge war offensichtlich geflohen. Man musste Öfen setzen, es würden kalte Nächte kommen, in den Hütten konnte man nicht überwintern. Man musste Unterstände bauen, wie an der Front.

Ins Dorf würde man nicht zurückkehren können, dort

lag alles in Schutt und Asche, und außerdem befand sich das Dorf an einer Chaussee, daher konnte man sich dort nicht vor den Deutschen verstecken. Ich fragte ihn, wie lange der Krieg seiner Meinung nach noch dauern würde? Noch lange, meinte er, viel Land muss zurückgeholt werden. Es wurde sehr schnell aufgegeben.

Es war 1941 im August. Ich hatte bis dahin nicht darüber nachgedacht, wie lange der Krieg dauern könnte. Ich war gar nicht auf die Idee gekommen. Niemand von uns hat damals darüber nachgedacht. Wir sprachen nie darüber. Aber diese Frauen dachten darüber nach. Sie wussten, dass man über den Winter kommen, Öfen bauen, sich auf den Winter vorbereiten musste. Ich hörte ihnen zu und dachte zum ersten Mal darüber nach, was mit ihnen und uns allen im Winter werden sollte.

»Und wohin wollt ihr gehen? Vielleicht sind die Deutschen schon in Leningrad«, sagte eine Großmutter.

»Keine Ahnung«, antwortete ich. »Vielleicht, aber wir müssen trotzdem weiter.«

»Ihr könntet doch hier bleiben. Uns helfen, Öfen zu bauen.«

»Nein.« Ich lehnte ab. »Wir müssen weg. Wo ist mein Gewehr?«

»Ich hab es versteckt«, sagte die Tochter.

»Man muss den Frauen helfen«, sagte Merson, »und so weiter und so fort ...«

»Kräfte sammeln«, sagte Trubnikow.

»Unser Urlaubsschein ist wohl abgelaufen, was?«

»Wo ist Jermakow?«, fragte ich.

»Jermakow hat sich verliebt und repariert ihr den Samowar«, sagte Trubnikow. »Vielleicht sollten wir Holz für sie hacken«, sagte Merson.

Ich schaute ihn misstrauisch an; möglicherweise hatte er meinen Traum gesehen.

Der Alte tauchte auf, er hatte mit Alimow nach den Kühen gesucht und sie nicht gefunden.

»Vielleicht haben die Deutschen sie geklaut … oder abgestochen. Ohne Kühe ist es schwer.«

Der Tag war neblig, still. Irgendwo wurde in einer Pfanne gekratzt, klirrte Geschirr in einem Waschtrog. Hier lebte ein Dutzend Familien, alles was vom Kolchos übrig war. Wäsche hing da. Eine Mutter schaukelte ihr Kind in einem Trog, den man statt einer Wiege aufgehängt hatte.

Jermakow fanden wir unter einem Wagen. Den Kopf hatte er auf den Bauch einer hübschen Frau im Matrosenhemd gebettet. Daneben dampfte ein Samowar. Im Gras lagen Tassen, es roch nach Selbstgebranntem.

»Sieh mal, Taïssja, unser Ingenieur ist aufgetaucht«, sagte er. »Und wir beide liegen hier rum. Aber da ist nichts zu machen.«

Er wollte aufstehen, konnte aber nicht.

»Wir haben ziemlich viel getrunken«, sagte Taïssja, »wie's aussieht, ist er geschwächt.«

»Ilja«, rief Jermakow.

Aus dem Gebüsch kam ein junger Mann mit verbundenem Arm. Er grüßte.

»Verwundet?«

»So was Ähnliches.«

»Deserteur?«

»Genau wie du«, sagte er bissig. »Ich muss ins Krankenhaus.«

»Dann nichts wie hin«, mischte sich Trubnikow ein. »Entweder hacken sie dir den Arm dort ab oder heilen ihn und befördern dich zurück in die Reihen der Verteidiger. Hier ist es natürlich wie im Paradies. Kümmerst dich um das heroische Hinterland.«

Ilja lachte auf. Er wollte sich nicht streiten, er wollte, dass auch wir dablieben. Er war schon eingekesselt gewesen, dann hatten ihn die Leute von der Sonderabteilung heftig in die Mangel genommen, und hier in der Nähe der Insel war seine Truppe erneut völlig aufgerieben worden, so irrte er nun umher und suchte Partisanen.

Der Alte mischte sich ein und sagte, wenn wir schon gehen müssten, dann jetzt, solange der Nebel sich noch nicht verzogen hatte. Jermakow stöhnte auf. »Ach, Großvater, was machst du mit uns.« Er hielt sich beim Aufstehen am Fuhrwerk fest und wankte ein paar Schritte vorwärts.

»Abgenommen hat unser Jermak«, sagte Merson. »In einer Nacht hat er abgenommen. Das ist wahre Leidenschaft.«

Jermakow kehrte zurück, er trug die in Bastmatten gewickelten Gewehre.

In Taïssjas eisernem Teekessel befand sich Selbstgebrannter. Alle nahmen einen Schluck, nur Ilja setzte länger an. Er wischte sich den Mund ab und sagte, wobei er vor unseren Augen immer trunkener wurde: »Proletarier! Ihr lasst die Kolchosbauern im Stich. Was soll das?«

Wir nahmen die Gewehre.

»Ich persönlich würde bleiben«, sagte Trubnikow.

Auch ich würde bleiben, wenigstens eine Woche. Um mich aufzupäppeln. Die Läuse loszuwerden. Die Füße taten weh. Auch Merson wollte gern bleiben.

Ilja hielt Trubnikow den Teekessel hin.

»Wenn du bleibst, darfst du das tun.«

»Wir vertragen jetzt nicht viel«, sagte Trubnikow.

»Du hast keine Adresse, Taïssja, das ist das Schlimme«, sagte Jermakow. »Und ich auch nicht. Wie soll da die Feldpost funktionieren. Wir beide werden uns aus den Augen verlieren, das ist schlecht.«

Er nahm sein Schiffchen ab und verbeugte sich.

»Verzeiht uns, liebe Genossen Frauen und Kinder. Und du, Trubnikow, denk bloß nicht, du könntest hierbleiben.«

Ich ging zu den beiden Brünetten. Sie ähnelten sich wie Schwestern. Keine Ahnung, welche von ihnen nachts zu mir gekommen war.

»Schade um dich«, sagte die Ältere.

»Das Vaterland muss verteidigt werden«, sagte ich in jenem Komsomol-Ton, den ich mir damals zugelegt hatte. Ich höre diesen Ton bis heute, in dem ich damals alle übernommenen Überzeugungen wiederholte.

»Vaterland! Interessant, was hatten wir denn von diesem Vaterland?«, fuhr sie plötzlich auf. »Hunger und Arbeit? Die Entkulakisierung? Todesnachrichten? Schlechter kann es nicht werden.« Sie wurde immer wütender. »Dieses Scheiß-Vaterland kann mich mal.«

Wahrscheinlich entgegnete ich irgendwas, denn damals konnte ich so eine Meinung nicht einfach hinnehmen. Ungeachtet dessen fand ich sie beide sympathisch. Außerdem gaben sie mir Fladenbrot, das in einen Lappen eingewickelt war. Das Fladenbrot war noch warm.

Beim Abschied verbeugten wir uns, die Frauen blickten uns mit trockenen Augen mürrisch an. Taïssja reichte Sascha Jermakow seine Stiefel. Sie glänzten vor Fett. Jermakow schüttelte den Kopf.

»Ich nehm sie nicht mit.« Er stampfte mit dem bloßen Fuß auf. »Ich bin daran gewöhnt.«

»Zieh sie an«, sagte ich, »wir müssen lange laufen.«

Er schüttelte bockig den Kopf.

»Zieh an«, wiederholte ich, »du Naturkind.«

Jermakow legte mir den Arm um die Schultern.

»Na gut, dann lasse ich ihnen den Soldatenmantel da. Sie müssen überwintern.«

»Und wir müssen kämpfen.«

Wir ahnten noch nichts von der Blockade, nichts von dem schrecklichen Frost des ersten Kriegswinters. Beim Abschied bekreuzigten sie uns.

Bevor wir zur Chaussee kamen, durchquerten wir ihr niedergebranntes Dorf. Nur die russischen Öfen waren übriggeblieben. Sie ragten empor, mächtige Mahnmale inmitten der verbrannten schwarzen Erde. Ein Dorfzaun stand noch, ein Stück von ihm mit einem Tor, das mit einer aus einem Seil gebundenen Schlaufe eingehängt war.

Auf der Chaussee fuhren Autos mit Deutschen. Die Soldaten sangen Lieder. Wir lagen im Gebüsch. Der Nebel hatte sich noch nicht verzogen, und die Autos fuhren langsam mit eingeschalteten Scheinwerfern. Wir sahen sie von weitem, warteten eine Lücke ab und sprangen über die Chaussee. Hinter den Teichen weideten Kühe. Als sie uns sahen, kamen sie uns entgegen. Ein Dutzend Kühe und ein junger brauner Stier. Sie kamen näher, muhten und stießen einander.

»Die hat keiner gemolken«, sagte Jermakow, »die Milch drückt. Das ist schrecklich.«

Er berührte die vertrockneten Zitzen, holte mit dem Kochgeschirr Wasser und begann geschickt, das Euter einer buntgescheckten Kuh mit weißem Maul zu waschen.

Die Kuh zuckte zusammen, muhte, blieb aber gehorsam stehen.

Bald kam das Melken in Gang. Jermakow bereitete die Kühe darauf vor, indem er etwas zu ihnen sagte und sie streichelte.

»Langsam, mit beiden Händen abwechselnd ziehen«, lehrte er uns.

Zuerst melkten wir in die Kochgeschirre und tranken die Milch. Doch wohin jetzt mit der Milch? Jermakow befahl: »Auf die Erde.«

Wir begannen, direkt auf die Erde zu melken. Die Milch floss uns auf die Stiefel, auf das Gras. Grüne Büschel ragten aus dampfenden weißen Pfützen.

»Wahrscheinlich sind das ihre Kühe.«

Jermakow schlug vor, ihnen das Vieh zu bringen. Merson bot sich an, ins Dorf zu rennen und die Kinder herzuholen. Das ginge schneller und wäre sicherer.

Wieder über die Chaussee, hin und zurück, dann noch der Weg, wir kämen vor dem Abend nicht hier weg, und im Dunkeln könnten wir nicht durch die Sümpfe ringsum gehen. Wir berieten und gaben die Idee auf.

»Schade, das Vieh kommt um. Und die Kinder auch«, sagte Jermakow.

Er hatte sich die bequeme Rolle des Mitleidigen ausgesucht.

»Wenn du so leidest, dann übernimm du das Kommando!«

Er winkte ab. Er sei nicht fähig zu befehlen. Sein Talent bestünde darin, zu gehorchen. Befehle auszuführen. Er war wie der brave Soldat Schwejk – melde gehorsamst, zu Befehl. Niemand von ihnen riss sich um die Führung.

Das Gespräch mit den beiden Frauen ließ mir keine Ruhe. Man hätte ihnen die Meinung sagen müssen. Aber welche? Ihnen das Gegenteil beweisen müssen. Ehrlich gesagt, konnte ich keine Argumente finden, die sie außer Gefecht gesetzt hätten.

In der Ferne krähte ein Hahn. Dieses Dorf war verschont geblieben. Dort gab es graue Hütten, mal mit Dachschindeln, mal mit Stroh gedeckt, Flechtzäune und eine ungepflasterte sandige Straße. Alles wirkte schief und baufällig, wahrscheinlich hatte es vor hundert oder zweihundert Jahren hier genauso ausgesehen. Auch zu Zeiten des Schriftstellers Radischtschew. So wie er es beschrieben hatte: »Ich blickte ringsumher, und meine Seele wurde von den Leiden der Menschheit vergiftet.« Mein Gott, mir schien, als würde ich die Armut unseres Lebens mit neuen Augen sehen, den bemoosten Brunnenkasten, den zerzausten Heuschober. Weder die Revolution noch die Kolchose, noch die Entkulakisierung hatten irgendetwas erreicht. Jene beiden Frauen hatten die Ungerechtigkeit unseres Lebens besser verstanden als ich.

Ein Roggenfeld, dürre Halme, kahle Stellen. Flecken blauer Kornblumen. Ein verbrannter Wald tauchte auf. Nackte, verkohlte Baumstämme ragten empor. Nicht zu erkennen, was hier einmal war – Birken, Kiefern oder vielleicht ein Fichtenwald. Alles war schwarz. Asche raschelte unter den Füßen, schwereloser Ruß blieb im verschwitzten Gesicht kleben. Das ganze Unterholz war verbrannt, der Wald kahl, durchsichtig, kein grünes Büschel, alles schwarz und düster. Die Baumwipfel waren von Geschossen abgerissen. Der Wald war tot.

Der Brigadekommandeur

Ein riesiges Feuer loderte über Tschudowo. Dort brannte die Streichholzfabrik. In der Nähe brannte auch Grusino, das Landgut von Graf Alexej Araktschejew, wir hatten es im vergangenen Sommer besichtigt.

Als Erster bemerkte Alim die beiden mit den Panzerhelmen. Sie saßen unter einer umgefallenen Kiefer. Wir beobachteten sie eine Zeitlang, es schienen Leute von uns zu sein, und gingen auf sie zu. An unseren blauen Kavallerie-Hosen sahen sie, dass wir von der Volkswehr waren. Irgendein Intendantenschwein hatte unsere ganze Division damit eingekleidet.

Die Panzersoldaten luden uns zu sich ein. Der wachsame Merson wollte wissen, wohin und wozu. Sie bestanden nicht darauf, doch wir folgten ihnen auf einem kaum sichtbaren Pfad.

Der Unterstand des Stabes sah gemütlich aus. Die Wände waren mit Brettern verkleidet, die Pritschen mit

Schaffellen und Matten bedeckt. Ein Lämpchen brannte mittels eines Akkumulators. Es gab eine große Funkstation.

Sie führten uns zum Brigadekommandeur, einem Major mit grauenvoll verbranntem Gesicht. Die lila Wangen waren mit Blasen bedeckt, sein schwarzer Bart wuchs büschelweise, seine Augen waren nackt, ohne Wimpern – ein schrecklicher Anblick.

Er befragte uns nach unserer Gruppe und dem Regiment. Er verlangte, unsere Rotarmisten-Ausweise zu sehen. Als er erfuhr, dass wir aus dem Putilow-Werk kamen, wo die Kliment-Woroschilow-Panzer hergestellt werden, wurde er freundlicher und bat uns an den Tisch.

Beim Tee erzählte er, dass nach der Schlacht bei Demjansk von ihrer Brigade nur drei Fahrzeuge übrig geblieben waren. Die Eisenbahnstrecke nach Leningrad war von den Deutschen einige Tage zuvor abgeschnitten worden. Deutsche motorisierte Einheiten bewegten sich von allen Seiten auf die Stadt zu. Den Radioberichten zufolge war die Stadt verloren, vielleicht bereits eingenommen. Seine Stabsleute zählten solche Ortschaften und Vorstädte auf wie Ljuban, Tossno, Gatschina, Roshdestweno, Taizy …

»Das kann nicht wahr sein«, sagte Jermakow. »Die lügen alle.«

»Es kann sehr wohl wahr sein; während ihr euch im Wald herumgetrieben habt, haben die schon ein Festessen im ›Astoria‹ bestellt.«

Der Major sagte mit Bestimmtheit: »Es gibt kein Leningrad mehr. Darum müsst ihr eure Marschroute ändern.«

Jemand von den Stabsleuten warf ein, dass die Deutschen gesendet hätten, sie seien schon in Peterhof.

»Also ist euer Leningrad futsch«, schlussfolgerte der Major. »In die Scheiße geritten haben sie das Land!«

Vielleicht war er aus einer anderen Stadt, und für ihn

war Leningrad nur ein Kreis auf der Karte, ein größerer Kreis als die anderen, nicht mehr. Und die Karte war groß – die Ukraine, Weißrussland, Estland. Für mich war das meine Stadt.

»Das glaube ich nicht«, sagte ich, »Leningrad wurde noch nie von jemandem eingenommen.«

Sollten etwa Hakenkreuzfahnen auf dem Newski wehen und aus Lautsprechern deutsche Märsche erschallen ... Unmöglich.

»Endlich kapiert«, sagte der Major zufrieden. »Ihr dachtet wohl, dass die Deutschen warten, bis ihr euren Spaziergang beendet habt.«

Jermakow und Merson empörten sich, doch der Major brüllte sie an.

Alles das, was uns unterwegs begegnet war – Brände, deutsche Fahrzeugkolonnen, Panzer, neue Verkehrszeichen –, alles fügte sich zu einem einheitlichen, bedrohlichen Bild zusammen. Nach Leningrad waren Moskau, der Donbass, der Zugang zur Wolga dran ... Die Deutschen beeilten sich, bis zum Wintereinbruch mit uns fertig zu werden. In Russland hatten sie es schwerer als in Europa. Anfangs legten sie täglich fast 80 km in Richtung Leningrad zurück. Erst unsere Volkswehr konnte sie stoppen. Das musste der Major zugeben. Deshalb machte er uns voller Geduld begreiflich, dass die Deutschen nicht vorbereitet wären auf einen Winterkrieg, weder Winteruniformen noch Winterschmiere für die Motoren hätten. Man dürfe sich jetzt weder weiter zurückziehen noch Frieden schließen.

Der Major hatte einen Plan. Er wollte sämtliche Rotarmisten aus den aufgeriebenen Truppenteilen zu einer einheitlichen Armee sammeln. Tausende von ihnen steckten in Dörfern fest, hielten sich in den Wäldern auf, wüssten nicht, wohin. Er würde aus ihnen reguläre Truppenteile bilden. Sie seien doch Rotarmisten und keine Partisanen. Der Rückzug hatte ihnen wertvolle Erfahrungen gebracht. Uns zählte er zum Stoßtrupp. Ob wir einverstanden waren oder nicht, stand nicht zur Debatte.

Seine Überzeugung steckte an. Die Rekrutierung sei obligatorisch. Diejenigen, die ihr nicht folgten, könnten als Deserteure betrachtet und nach dem Kriegsrecht verurteilt werden.

Er fuchtelte drohend mit den Händen, die in schwarzen Handschuhen steckten und offensichtlich ebenfalls verbrannt waren.

Das waren im Kugelhagel erprobte Leute, die bereits Einkesselung und Rückzug durchgestanden hatten, die die Stärke der deutschen Waffen, Panzerangriffe und Maschinengewehrfeuer kannten. Aus ihnen wollte der Major reguläre Truppenteile bilden, eine Rote Armee im Hinterland, um die Mobilisierung im deutschen Hinterland anzukurbeln, den deutschen Truppen die Versorgungswege abzuschneiden. Dass die Deutschen in Leningrad einmarschiert waren oder gerade einmarschierten, konnte ihn nicht besonders erschüttern, Leningrad war für ihn nichts weiter als die nächste von ihnen eingenommene Siedlung, nur etwas größer. Doch dass auf dem Newski-Prospekt Hakenkreuzfahnen wehen würden, dass dort Deutsche umherspazierten und aus Lautsprechern deutsche Märsche erschallten – das würde nur eine Episode bleiben. Der Krieg war noch nicht zu Ende, es begann eine neue Etappe.

»Was hat unserer Armee gefehlt«, überlegte der Major laut, »was? Angeblich die Technik, die Funkverbindungen, die Deutschen hätten Maschinenpistolen, unsere Panzer taugten nichts. Alles richtig, aber sind wir denn vor Maschinenpistolen oder vor den Junkers davongerannt? Mit Verlaub, nein. Unsere hatten Sperrtruppen aufgestellt, die Arschlöcher, die feuerten mit Maschinengewehren auf uns, die haben die eigenen Leute niedergemäht, die kapierten nicht, was sie anrichteten, was in den Köpfen der Soldaten vor sich ging. Gerade hatten sie noch leidenschaftliche Küsse mit Ribbentrop getauscht, da forderten sie plötzlich: ›Tod den deutschen Okkupanten!‹ Mal ist Churchill ein Schwein, ein Bourgeois, auf Seiten Hitlers, und wir sind gegen die Engländer, jetzt sind sie plötzlich unsere Verbündeten. Kann man bei so einem Durcheinander etwa richtig kämpfen? Hass brauchen wir! Eine Idee!«

Es ist doch gut, wenn der Kommandeur Berufsoffizier ist. Trubnikow erklärte zustimmend, dass die Idee richtig sei, der Vorschlag des Majors eine ausgezeichnete Kriegslosung … Doch da brüllte der Major: »Das ist kein Vorschlag, sondern ein Befehl!«

Ein Berufsoffizier ist schließlich kein Abteilungsleiter.

Man führte uns in einen Keller, es war ein Ziegelgewölbe, in dem feuchte Kühle herrschte. Irgendwann hatte hier das kleine Kloster des heiligen Jona gestanden. In den dreißiger Jahren hatte man es geschlossen, und diese Ruinen waren übrig geblieben.

Sie gaben uns heiße Kascha, einen Hirsebrei, mit Sonnenblumenöl. Schlagt euch den Bauch voll. Dazu bekamen wir richtigen Tee. Wir rasierten uns, wuschen uns und brachten uns in Ordnung. Ich schlitzte mir die zu eng gewordenen Stiefelschäfte auf. Meine Beine waren geschwollen. Man hätte das Gewehr reinigen müssen, doch inzwischen hatten sie uns ans Feuer eingeladen.

Sie bewirteten uns mit verdünntem Spiritus, dazu gab es gekochte Kartoffeln, Mohrrüben, je eine Packung Machorka wurde verteilt und eine Büchse Schmorfleisch für je zwei Leute. Wir saßen alle ums Feuer herum, auf Stangen, und rauchten. Eine Ziehharmonika tauchte auf, der Mechaniker sang, seine Stimme war klein, aber anrührend. Besonders ergreifend fand ich ein selbstgedichtetes Panzerlied:

»Den Panzer trafen die Granaten,
Er explodiert, wie schnell das geht.
Will so gern leben, Kameraden,
Zum Rausklettern ist's schon zu spät.«

Man klettert durch die Ausstiegsluke raus, erläuterte mir mein Nachbar, ein Panzerfahrer, der aussah wie ein Zigeuner; ich erinnerte mich aus dem Werk noch recht gut daran, was für ein unbequemes Ding so eine Luke ist. »Weißt du, wodurch sich Panzersoldaten von der Infanterie unterscheiden?«, fragte er. »Uns bleiben ein paar Sekunden, bevor alles in Flammen aufgeht, wir können unseren Tod sehen.«

Sie fielen mit kräftigen Stimmen in das Lied ein, sangen verwegen davon, wie einer in die Sonderabteilung gerufen wird, warum, fragt man da, bist du nicht mit dem Panzer verbrannt, und seine Antwort lautet: »Sehr geehrter Natschalnik, beim nächsten Angriff verbrenn ich auf jeden Fall.«

Neben mir saß ein junger Ladekanonier. Er sang mit und schaffte es, mir gleichzeitig zu erklären, dass man den Panzer nur verlassen durfte, wenn man die Regimentsführung um den entsprechenden Befehl gebeten hatte, egal, ob der Panzer außer Gefecht war oder brannte. Wenn du aber ohne Befehl aus der Luke raussteigst, bist du geliefert. Sobald du zum Regiment zurückkommst – ab zur Erschießung. Dieselpanzer gibt es nur wenige, teilte er mir mit, die meisten fahren mit Benzin, das sind feurige Huren, wie Brandbomben, ein Funke – und schon stehen sie in Flammen und man verbrennt.

»Der Panzerfahrer schafft es noch irgendwie raus«, fuhr er fort, »aber die Übrigen ...« Zielsicher nahm er eine

Laus von meinem Ärmel und zerquetschte sie knackend mit den Nägeln.

»Diese Viecher gibt's nur bei euch Infanteristen« – er blinzelte mir zu –, »zu uns kommen die nicht, das Dieselöl vernichtet sie.«

»Mach dir keine Sorgen«, sagte ich, »ihr habt jetzt keine Panzer mehr, also geht die Laus zum Angriff über.«

Ich empfahl ihm eines unserer Mittel: Wir zogen uns nackt aus und stopften alles in einen Ameisenhaufen, dort wo es schwarze Ameisen gibt, sämtliche Klamotten stopften wir hinein, das war unsere Entlausungsmethode …

Es gab noch eine Strophe:

»Und jenes Foto wird verstauben
Im Buchregal mit altem Kram.
In Panzeruniform mit Orden
Bin ich nicht mehr dein Bräutigam.«

Das fand ich einleuchtend, nur dass ich auf ihrem Foto keine Panzeruniform anhabe. Alles wird genauso kommen: Das Foto steht »im Buchregal mit altem Kram« zum Andenken an den ersten Geliebten, solange es nicht durch ein Foto vom Nächsten abgelöst wird, Rimma wird auch sein Foto aufstellen. Da kann man nichts machen. Diese Jungs von der Panzerbrigade legten das Gesetz der Substitution richtig aus, es wirkt erbarmungslos. In diesem Krieg konnte keine Liebe ewig halten, sie wäre nicht stark genug.

Der Nachtwind wehte den Rauch zu uns herüber, er brannte in den Augen. Durch dieses Foto stellte ich mir zum ersten Mal den Fortgang des Lebens ohne mich vor. Hier nahmen alle ihre Zukunft gelassen hin. Und die Gegenwart nahmen sie auch hin, dass es mit Leningrad vorbei war. Aber der große Krieg stand noch bevor. Nur ich konnte mich mit all dem nicht abfinden …

Der Major aß zusammen mit allen gebackene Kartoffeln, erzählte etwas Lustiges, wobei er auf uns zeigte; das verbrannte Gesicht erlaubte ihm nicht zu lachen, daher schrie er einfach: »Ha-ha-ha.«

In der Nacht weckte mich Jermakow, wir müssen hier weg. Er glaubte nicht, dass Leningrad eingenommen sei. Ich glaubte es auch nicht, aber mir gefiel der Major, mir gefielen die Panzersoldaten. Alim war einverstanden, mit uns zu gehen, auch Trubnikow, aber Merson hatte entschieden zu bleiben, er mochte die Entschlossenheit des Majors, seine Idee von den »Galgen bis nach Berlin«.

»Wohin sollen wir gehen?«, wiederholte Merson. »Wohin?« Regen trommelte auf die Planen.

Wirklich, wohin gehen wir?, dachte ich, die ganze Zeit gehen wir. Wohin?

Wozu bin ich in diesen Krieg gezogen? Dieser Gedanke schoss mir plötzlich durch den Kopf. Ich bin in einen bestimmten Krieg gezogen, aber es stellte sich heraus, dass es ein ganz anderer Krieg ist. Und jetzt – wohin gehen wir?

»Wenn du nicht willst«, sagte Jermakow zu Merson, »bleib hier.«

»Ich bleibe«.

»Glaubst du etwa, Leningrad ist eingenommen?«, fragte ich.

»Und du, glaubst du, Kiew ist eingenommen?«, fragte er.

»Das ist etwas ganz anderes«, sagte Trubnikow. »Im äußersten Fall toben dort Straßenkämpfe.«

»Nein«, sagte Merson, »mit Kiew ist es dasselbe wie mit Leningrad, in die Scheiße geritten haben sie das Land, der Major hat recht, in die Scheiße geritten, dafür haben sie jede Menge Spione gefangen.«

»Ich bleibe auch«, sagte Trubnikow plötzlich, »hier kämpft es sich besser.«

An der Weggabelung hielt uns ein Wachposten an, der Starschina drohte mit einer Maschinenpistole. Sie saßen in einer Hütte, und das Schlimmste war, dass sie ein Panzerfunkgerät hatten.

»Warte«, sagte Jermakow, »wir haben alles mit dem Brigadekommandeur abgesprochen, er hat uns einen Passierschein gegeben.«

Jermakow zog aus der Kartentasche irgendein Papier, reichte es dem Wachposten. Der Mond tauchte ab und zu auf, dann verschwand er. Der Wachposten legte die Maschinenpistole weg, hielt das Papier an die Augen, da schlug Jermakow ihm mit der Faust auf den Kopf, er hatte eine einfache Methode. Der Starschina sackte geräuschlos zusammen. Jedes Mal war es dasselbe – er schaltete sie für vier, fünf Minuten aus, dann kamen sie zur Besinnung, kamen wieder zu sich –, ein genau berechneter Schlag war das. Wir waren zehn Schritte gegangen, als uns Merson einholte.

»Was willst du?«, fragte Jermakow.

»Ich kann das nicht«, sagte Merson.

»Was kannst du nicht?«

»Wisst ihr, auch wenn es Fritzen sind, aber erhängen kann ich sie nicht. Schießen – das ist was anderes.«

Nach einer halben Stunde krochen wir in eine Scheune, um dort eine Weile zu schlafen.

Wehe dem Besiegten

In jener Nacht schliefen wir auf einem Heuboden im Heu vom Vorjahr. Wir sprachen über die Panzersoldaten. Jermakow hielt sie für hochmütig, sie taten sich mit ihren Panzern als Hauptkraft des Krieges wichtig: »Unsere Panzerung ist stark, und unsere Panzer sind schnell.« Übrigens hat auch die Infanterie eine zuverlässige Panzerung – Mütterchen Erde, sie verbirgt uns und brennt nicht.

Merson wollte um jeden Preis über die Idee des Majors sprechen. Der Hass beschäftigte Merson schon lange, seit er am Verhör eines deutschen Leutnants teilgenommen hatte. Ein geschniegelter Bursche mit einem tadellosen goldblonden Scheitel. Er hatte über Mersons Akzent gelacht und sich weder vor dem Bataillonskommandeur noch vor dem Mann von der Sonderabteilung gefürchtet. Merson vertraute uns an, dass er sich als Jude vor ihm, vor diesem Fritzen, minderwertig gefühlt hatte, er begann ihn zu hassen und auch sich selbst zu hassen für dieses Gefühl. Ich lauschte seinen Worten im Halbschlaf. Irgendwann ging mir plötzlich auf, dass die Deutschen keinen Erfolg haben würden, weil sie einen ungerechten Krieg angezettelt hatten. Unser Vorteil war, dass wir einen gerechten Krieg führten, wir verteidigten unseren Boden, und das würde immer unser Vorteil sein. Dieser einfache Gedanke gefiel mir. Dann begann ich darüber nachzudenken, dass Hass natürlich notwendig war, aber konnte er uns weiterhelfen oder eine Kraftquelle sein?

Morgens kamen wir zur Kapelle eines Dorffriedhofs. Dort war alles durch Geschosse zerstört: die Gräber waren aufgerissen, Kreuze, Leichen von Rotarmisten, ungefähr fünfzehn Leichen lagen durcheinander, wir vermochten nicht näher heranzugehen, der Gestank nach verwesendem Menschenfleisch erregte Übelkeit. Hinter dem Dorffriedhof begannen Kohlfelder, der Überfluss des jungen Sommers. Ein verlassener Weg, verlassene Felder voll von dichtem Roggen, hohes saftiges Gras. Mähen und nochmals mähen, wiederholte Jermakow, dem es leidtat, dass so etwas Gutes verkam. Seine Bauernseele litt. Er träumte davon, nach dem Krieg hierher zurückzukehren. Ein passender Ort. In der Ferne sah man einen Eisenbahnzug die Schienen entlangkriechen. Wir liefen ohne Deckung durch die Siedlung in der festen Überzeugung, dass es hier keine Deutschen gab – wir konnten ihre Anwesenheit inzwischen eindeutig erkennen. Der Krieg zwang uns, im Eiltempo zu lernen, wir bezahlten mit unserem Blut, und es gab keine Wiederholungen. Einige Tage unseres noch kurzen Krieges ersetzten ein ganzes Jahresprogramm von Lehrgängen, ein Bombenangriff reichte aus, eine Flucht, und wir hatten begriffen, dass wir nicht zu kämpfen verstanden, uns nicht richtig eingraben konnten. Wir hatten gelernt, was an keiner Militärakademie gelehrt wurde – Rückzugsgefechte.

Nicht so sehr die Kommandeure, sondern Kugeln und Splitter brachten uns dazu, uns tiefer einzugraben, uns beim Robben dichter an den Boden zu drücken. Wir als Ingenieure, Monteure und Konstrukteure begriffen schnell, wohin eine Mine fliegt, was eine Granate vermag. Es gab schreckliche Verluste, mit den Volkswehrmännern stopfte man alle Lücken, man warf sie motorisierten deutschen Divisionen entgegen, nur um diese irgendwie aufzuhalten. Überall befahl man »Keinen Schritt zurück«, »Durchhalten bis zum letzten Atemzug«, die Kanonen waren nach vorn gerichtet, doch die schweren deutschen Minenwerfer trafen überallhin. Motorradfahrer rasten mit Maschinengewehren die Wege entlang, durchbrachen die schwache Deckung der Volkswehr.

Auch die Kommandeure der Regimenter und Divisionen und die Oberkommandierenden der Armeen lernten. Unserem Divisionskommandeur wollte nichts gelingen, er hatte die Kontrolle verloren, zwei Bataillone der Vernichtung preisgegeben und sich dann erschossen. Ein anderer wurde abgesetzt und degradiert. Das Leben hatte ein gewaltiges Tempo.

Oberst Lebedinski meinte, dass die Volkswehrsoldaten, also die Freiwilligen, die besten Kämpfer seien, jede Armee besiegen könnten und sich besonders für Angriffsmanöver eigneten. Er unternahm mehrere Ausbrüche, vermochte eine Schwachstelle innerhalb der vorrückenden deutschen Divisionen zu entdecken und dort einen Keil hineinzutreiben. Die Deutschen mussten am Frontabschnitt Alexandrowka den Rückzug antreten. Zum ersten Mal sah ich, wie Deutsche vor uns flohen.

Der Regimentskommandeur Lebedinski war über vierzig. Mit kantigem Gesicht, Brille, braun gebrannt, seine Stimme klang unangenehm blechern, ein Mensch von trockenem akademischen Wesen. Die Klarheit seiner Anweisungen erweckte Sympathie. Was er vorschlug, verstanden alle, seine Lösungen waren einfach, erstaunlich einleuchtend und riefen keinerlei Zweifel hervor.

Anfang September attackierten die Deutschen zwei Wochen lang unsere Stellungen. Die ersten zwei Angriffe wehrten wir ab und zogen uns nach Puschkin zurück. Uns waren von unserer Ausrüstung noch zwei Kliment-Woroschilow-Panzer geblieben. Sie standen am Rande des Parks, bewegten sich mal zu den Teichen, mal von dort weg, damit man sie nicht orten konnte.

Lebedinski erschien mit seinem Adjutanten. Er erklärte den Panzersoldaten etwas und wollte gerade wieder zurückgehen, als eine Granate einschlug. Sie traf eine Linde, die krachend auf den Kommandeur fiel. Als wir ihn unter dem Baum hervorgezogen hatten, stellte sich heraus, dass sein Bein gebrochen war oder auch der Oberschenkelhalsknochen. Obwohl der Adjutant am Kopf getroffen worden war, packte er den Oberst von der einen Seite, ich packte ihn von der anderen Seite. Wir brachten ihn zum Arzt. Unterwegs gab der schmerzensbleiche Lebedinski dem Adjutanten Anweisungen – wer was wo zu tun hatte.

Mitten im Durcheinander des Kampfes hatte er offenbar eine klare Vorstellung von dem, was in allen Kompanien des Regiments vor sich ging, wer Hilfe benötigte, wen man durch Batteriefeuer unterstützen musste.

Ein Feldherr, der wegen eines gebrochenen Beins vom Schlachtfeld getragen wird, wirkt nicht seriös. Aber der Oberst war schweißgebadet vor Schmerz. Die Ärzte nahmen sich seiner an; den Adjutanten, dem schwindlig und übel wurde, behielten sie auch gleich da, denn er konnte nicht mehr laufen. Mich schickte Lebedinski zur Kommandostelle, um die Anordnungen an den Stabschef weiterzugeben. Als ich in der Kommandostelle ankam, war niemand außer dem Politoffizier des Regiments dort. Der Stabschef war zur zweiten Kompanie gegangen und dabei verwundet worden. Der Politoffizier hörte mir gar nicht zu, murmelte etwas und verschwand irgendwohin. Kurz gesagt, ich blieb mit den Funkern allein. Ich rief Sascha Michailow an, den Chef der Politabteilung der Division. Ich kannte Sascha von der Arbeit bei der Energieversorgung. Wir hatten beide derselben Laborantin den Hof gemacht. Sascha sagte, dass er sich bemühen würde, jemanden von den Kommandeuren zu schicken, bis dahin solle ich die Verbindung zur Führung halten.

Hätte ich geahnt, was mich dieses »bis dahin« kosten würde.

Alles Mögliche ist mir im Krieg passiert, aber an jene Stunden und Minuten erinnere ich mich nur ungern. Irgendwelche Anordnungen von Lebedinski hatte ich im Gedächtnis behalten, doch die Lage änderte sich schnell. Die Kommandeure der Kompanien meldeten irgendwas, forderten etwas, mal sagte ich im Namen Lebedinskis zu, mal lehnte ich ab, aber was dort, an vorderster Linie geschah, wie die Kommandeure zusammenarbeiteten, davon hatte ich keine Ahnung. Die Verbindung mit der Division brach jede Minute ab. Ich telefonierte erneut mit Michailow. Er rief mir das Vorbild von Arkadi Gaidar ins Gedächtnis, der mit 18 Jahren ein Regiment kommandiert hatte. »Und du Schlafmütze …« Die Charakteristik von mir, die folgte, möchte ich hier lieber nicht wiedergeben. Was ich zu hören bekam, war unerträglich, schließlich war ich gerade erst zum Leutnant befördert worden.

Die Kompanien und Bataillone forderten nachdrücklich Unterstützung, wollten wissen, in welche Richtung sie sich bewegen sollten, ob es erforderlich sei, flankierend anzugreifen. Sich weiter zu verteidigen sei unmöglich, man würde sie orten und sie vernichten. Ich hatte nur eine ungefähre Vorstellung, wo sich welche Kompanie befand. Ich schrie etwas, drohte jemandem, versprach, dass jeden Moment Verstärkung käme.

Weder nach zwei noch nach drei Stunden tauchte jemand auf.

Was weiter geschah, geschah nicht mehr mit mir, von mir spaltete sich Leutnant D. ab. Ich hatte nicht vermutet, dass in mir eine solche Persönlichkeit existieren könnte.

Anfangs wirkten D.s Handlungen gezwungen, doch bald gewann seine Stimme an Festigkeit. D. zog das Koppel straff, reckte die Schultern, jetzt bat er nicht mehr, er befahl, Verwundete unverzüglich mit dem Krankenwagen wegzubringen, Patronenkästen auf den Wagen zu laden.

Endlich waren seine Kindheitsträume wahr geworden. Ein glücklicher Zufall war ihm zu Hilfe gekommen, und er dachte nicht daran, sich diese günstige Gelegenheit entgehen zu lassen. Das war nicht mehr eine kleine Gruppe Soldaten im Wald, die aus einem Kessel ausgebrochen war, unter seiner Führung stand ein Regiment, zwar nur dessen Überreste, aber das machte nichts, immerhin ein echtes Regiment, dass er zum Gegenangriff führen würde. Er würde den Überraschungsfaktor nutzen, das Vorhaben des Gegners vereiteln, die Kräfte konzentrieren – wie es Lebedinski vorgeschlagen hatte.

Er versuchte, sich mit den Bataillonen in Verbindung zu setzen. Welches sich wo befand und was vor ihnen war, davon hatte D. wenig Ahnung. Am Vorabend war er im zweiten Bataillon gewesen, im Bezirk Alexandrowka. Alle Kompanien forderten Verstärkung an. Ein Bataillonskommandeur sagte, dass Lebedinski ihm PAGs versprochen hatte, Panzerabwehrgewehre – entschlüsselte D. später. Wo sich die befanden, wusste D. nicht. Das verriet ihm Igolkin. Rundlich, rotwangig, lächelnd – er kannte alles und alle. Zwei PAGs befänden sich noch verpackt in der Transportabteilung. D. schickte sie zusammen mit Soldaten der Transportkompanie eilig los.

Ein herbstlicher Park

In der Luft lag das Gezwitscher von Kugeln und Granatsplittern, inmitten des Geruchs nach Gräsern und warmer Erde flog der Tod umher. Der Tod hatte aufgehört, zufällig zu sein. Zufall war es, zu überleben. Einen Zentimeter, nur ein bisschen weiter, wenn man sich ein wenig aufgerichtet hätte – aus wär's gewesen, daneben getreten – aus. Wie viele Verwundungen und Quetschungen es gab. Trotzdem dachte mein Leutnant vor allem ans Futtern, daran, wie er schlafen und sich vor der Arbeit drücken könnte. In seiner gottlosen Seele keimte keinerlei Dankbarkeit für seinen Schutzengel auf. Außerdem glaubte er heimlich an Vorzeichen, und alle um ihn herum glaubten an das Schicksal. Während des Artilleriebeschusses beteten sie. Heulte ein schweres Geschoss auf, flüsterten die Lippen wie von selbst: »Herrgott, lass es an mir vorübergehen, Herrgott.« Wie es Shenja Lewaschow ausgedrückt hatte: »Im Schützengraben gibt es keine Atheisten.« Mit Lewaschow hatte sich mein Leutnant später im Bataillon angefreundet, wo Lewaschow Gehilfe des Stabschefs war. Dieser unbekümmerte Schönling mit der dichten grauen Haartolle heiterte in den schwersten Stunden alle auf.

Der Tod war Bestandteil des Frontalltags, des Krieges, ob man wollte oder nicht. Es war unmöglich, jeden Verlust zu beweinen, täglich machte sich jemand in die Ewigkeit auf. Manchmal ganze Truppenteile.

Lebedinski hatte ihm seine Ordonnanz Igolkin hinterlassen. Dieser folgte dem Leutnant von nun an überallhin. Damit unterstrich er dessen Rang als Kommandeur. Igolkin hatte vor dem Krieg Französisch unterrichtet und brillierte mit französischen Pardons.

Mittags zogen sich die Reste des Regiments zurück nach Puschkin. Das hatte der Oberst ebenfalls vorgehabt. Der Stab und die Funker richteten sich in der Cameron-Galerie ein. Dorthin brachte man auch die Verwundeten. Der Herbst färbte den Park bunt. Sobald der Beschuss aufhörte, kehrte die Schönheit des warmen Septembertages zurück. Die Kugeln flogen bis zur Galerie, auf deren Terrasse noch einige Büsten zurückgeblieben waren. Wenn die Kaiser von Kugeln getroffen wurden, gab die Bronze einen gedehnten Ton von sich. Winzige Risse blitzten an den Marmorsäulen auf. Von der Galerie aus sah D. durch einen Feldstecher auf der Hauptallee Spuren von Kettenfahrzeugen. Dort waren nachts Panzer gewesen. Weiße Statuen, weiße leere Bänke, überall Blätter, die in der Luft kreisten und den Blick in die Ferne der Allee behinderten. Irgendwo dort hinten wurde geschossen. Die erste Kompanie, die zweite, ein Bataillon, was auch immer dort geschah, Lebedinski hätte es verstanden. Als sie ihn fortgetragen hatten, schaffte er es noch, Igolkin mitzuteilen, wem geholfen werden müsse und wer mit Artilleriefeuer zu unterstützen sei. D. versuchte alles auszuführen. Mehr wusste Igolkin nicht. Die Panzer mussten aufgehalten werden. Solange die beiden Panzer, die sich zu ihnen verirrt hatten, in Alexandrowka gestanden hatten, war es ruhiger. D. redete auf den Hauptmann ein, noch zu bleiben. Der Hauptmann lehnte ab. »Granaten!«, wiederholte er immer wieder. Sie hatten die gesamte Munition verschossen. D. besaß keine mehr. Die Granaten waren ihnen ausgegangen. Die Panzer wollten sich nicht seinem Befehl unterstellen, sie suchten ihre Brigade. D. rief dem Hauptmann etwas wegen der Maschinengewehre zu. Die Panzer hatten Maschinengewehre. Der Hauptmann antwortete, doch D. hörte nichts. Er war taub geworden. Ihn hatte das gleiche Geschoss erwischt wie den Oberst. Der Hauptmann sprang auf die Radabdeckung, und die Panzer wichen langsam zurück, wobei die Zweige herunterfielen, die man auf die Türme gehäuft hatte. D. stellte sich vor den Panzer des Kommandeurs. Der Hauptmann sprang herunter, hob D. mühelos hoch und trug ihn ins Gebüsch. Die Panzer fuhren weg. Wahrscheinlich hatten die Deutschen das beobachtet. Sofort setzten sie schwere Minenwerfer ein. Bäume stürzten um, der Pavillon auf der Insel flog auseinander.

D. lag im Gebüsch. Igolkin hockte sich neben ihn und begann, ihn von Blättern zu befreien, es waren rote Ahornblätter. D. wusste nicht, was zu tun war. Man hatte ihm nicht beigebracht, sich zurückzuziehen. Die Taubheit rückte den Donner des Krieges in weite Ferne, er hörte nur gedämpfte Detonationen und spürte die Erde beben.

Die Reste des Regiments zogen sich zum Schloss zurück. D. deckte zusammen mit einem Trupp von Kanonieren ihren Abzug. Er konnte nicht vernehmen, was um ihn herum gesagt wurde. Manchmal schrie Igolkin ihm ins Ohr, dann antwortete er irgendetwas. Er hatte sich davon überzeugt, dass die Offiziere selbst wussten, was zu tun war.

In der Abendluft lag Brandgeruch. Schwarze Rauchschwaden zogen über den Park. Durch den Feldstecher konnte D. erkennen, dass der Chinesische Palast brannte. Eine Tafel mit Inschrift glänzte auf, D. erinnerte sich:

Verwirrten mich Erinnerungen,
Erfüllt von süßer Traurigkeit,
Ihr schönen Gärten, heilig eure Dämmerungen …

Eine Kindheitserinnerung rief ihm einen Sommer in Puschkin ins Gedächtnis, und sein Herz zog sich zusammen. Es würde wohl kaum gelingen, die Stadt zu halten.

Er achtete auf die Gesichter. Ihr Ausdruck ersetzte ihm das Gehör. In den unteren Räumen lagen Verwundete, häuften sich Gläser, Watte, Kochgeschirre, es roch nach Karbol, Urin, zersplittertes Glas knirschte. D. sprach mit dem Wirtschaftsleiter, der entgegnete etwas, doch als er D.s leere, starre Augen sah, stockte er, rannte zum Wagen und begann, die dort aufgeladenen Sachen runterzuwerfen. D. verfolgte, wie man die Verwundeten zum Wagen trug. Er unterschrieb irgendein Papier, ein anderes unterschrieb er nicht, sondern zerriss es. Ein Atlassofa aus dem Palast stand an der Wand, der Leutnant wollte sich darauf niederlassen und die Beine ausstrecken, doch er wusste – kaum hätte er das getan, würde er sofort einschlafen.

Jemand berührte seine Schulter. Es war der Arzt Semjon Sawjalow.

»Du solltest dich rasieren«, schrie Semjon. »Siehst aus wie ein Partisan.«

Er führte D. zum Spiegel. Besser gesagt, nicht zum Spiegel, sondern zu einer gerahmten Spiegeltür.

»Mach dir keine Sorgen, die Taubheit vergeht nach ungefähr einer Woche.« Dabei lachte er dämlich.

D. betrachtete desinteressiert das eigene blasse Gesicht

voller schwarzer Bartstoppeln. Das Gesicht kam ihm unbekannt vor, er kannte es weniger als die Gesichter der Soldaten; vollkommen fremde, trübe Augen blickten ihn feindselig an.

Igolkin brachte ein Rasiermesser, einen Pinsel, ein Glas kaltes Wasser. Der Leutnant begann sich zu rasieren.

»Nach ungefähr einer Woche«, wiederholte er verwundert – solche Zeiträume gab es für ihn nicht. Im Spiegel tauchte ein Kopf mit Milizionärsmütze auf.

»Sprechen Sie lauter«, sagte D.

»Die tun randalieren!«, schrie ihm der Milizionär ins Ohr. »Das sind Ihre Leute im Park! Gestern habe ich wieder zwei verhaftet!«

D. sah im Spiegel, wie er mit dem angespannten Lächeln eines Gehörlosen dem Milizionär antwortete: »Gestern waren wir noch gar nicht hier.«

»Verzeihung«, sagte der Milizionär. »Ich meine die Artilleristen. Zwei Betrunkene haben wir verhaftet, aber heute schießen die dort schon wieder in der Gegend rum.«

D. drehte sich zu ihm um. Vor ihm stand ein junger Milizionär in schneeweißer Uniformbluse. Die Schirmmütze hatte er verwegen zur Seite geschoben, die Abzeichen »Bereit zur Arbeit und Verteidigung« und »Woroschilow-Schütze« blitzten wie Orden.

»Dort sind schon längst die deutschen Maschinenpistolenschützen«, sagte D..

»Genosse Leutnant«, widersprach der Milizionär vorwurfsvoll, »mich hat der Milizchef dieser Stadt geschickt.«

Er betrachtete missbilligend D.s nicht zu Ende rasierte, eingeseifte Physiognomie.

»Volkswehr?« Ohne eine Antwort abzuwarten, sagte er: »Wenn Sie nicht dafür sorgen können, werden wir selbst Ordnung schaffen.«

»Nachts, ganz in Weiß, da werden Sie doch durchlöchert.«

Der Milizionär zog einen Nagant-Revolver heraus und fuchtelte damit herum.

»Wir werden ja sehen.«

»Lass sie doch«, sagte Igolkin, »vorwärts, Söhne des Vaterlands!«

Igolkin sagte noch irgendetwas zu dem Milizionär, sie begannen zu streiten, Igolkin zeigte mit der Hand in Richtung der Deutschen. D. rasierte sich eilig zu Ende. Der Polizist zog eine Pfeife aus der Tasche und pfiff. Interessiert nahm Igolkin ihm die Pfeife ab und führte sie ebenfalls an die Lippen. Seine sommersprossige Physiognomie zerfloss vor Vergnügen, er hielt D. die Pfeife hin.

Im Inneren der beinernen schwarzen Pfeife kullerte eine Erbse umher. So ist das also, dachte D. und wollte pfeifen, schon seit langem, seit seiner Kindheit, wünschte er sich so eine Pfeife, doch in diesem Augenblick kam der Politleiter mit verbundenem Kopf hereingerannt und zog ihn am Ärmel. Im Gehen befahl D. Igolkin, den Milizionär nicht in den Park zu lassen.

Unten standen zwei Soldaten ohne Gewehr, die von einem Starschina bewacht wurden. Vor ihren Füßen lagen Säcke. Die Soldaten kannte er.

»Zeig mal, Mitjukow«, sagte D. und stieß mit dem Fuß gegen einen Sack.

Mitjukow hockte sich hin, versuchte den Sack aufzubinden, doch er konnte seine Finger nicht biegen, da zerriss er die Schnur mit den Zähnen. Aus dem Sack rollten Fischkonserven.

»Deserteure!«, schrie der Politleiter.

Früher oder später musste das anfangen. Die Chaussee und alle Wege waren von Flüchtlingen überflutet. Soldaten versprengter Truppenteile zogen durch Puschkin. Der

Strom eilte zur Stadt hin und umschiffte die Reste des Regiments. Der Divisionsstab befand sich irgendwo am Blagodatny-Prospekt. Das Problem bestand darin, dass die Verbindung dorthin immer wieder abriss. Der Abschnitt, den das Bataillon verteidigte, verlor seinen Sinn, Angst vor einer Einkesselung kam auf.

D. zog seine Pistole. Er tat das mechanisch. Tränen strömten aus Mitjukows schmutzigen Augen. Er saß auf den Fersen, hatte keine Kraft aufzustehen. Tschikoljow, der zweite Soldat, sah D. spöttisch an und sagte irgendwas.

»Was? Ich kann nicht hören«, sagte D..

»Ich sage, Genosse Leutnant, dass Sie selbst bald fliehen werden.«

Dem Leutnant schien es, als hätte Tschikoljow ihm zugezwinkert. Er war schon immer ein komischer Kauz gewesen, dieser Tschikoljow mit den listigen Augen.

»Aufstehen!«, kommandierte D..

Aber Mitjukow erbebte und blieb in der Hocke. D. stieß ihn mit dem Fuß an, Mitjukow fiel um, sprang auf und ergriff die Flucht. D. schoss irgendwohin nach oben, er wusste, sie würden Mitjukow gleich ergreifen, herführen, und ihm bliebe nichts anderes übrig, als ihn zu erschießen. In jenen Tagen wurden Deserteure erschossen, aber D. war klar, dass er es nicht über sich bringen würde, ihn zu erschießen, gleichzeitig überlegte er, dass es zu wenig Soldaten gab und es jetzt das Wichtigste wäre, Pulkowo zu halten, die Pulkower Höhe, der Stab hatte ihn gewarnt. Wenn sie die nicht halten könnten, würde er selbst erschossen werden.

Sie brachten den zitternden Mitjukow. Dem Leutnant tat er mehr leid als Tschikoljow, der immer noch grinste. Mitjukow sagte schnell irgendetwas, und der Politleiter sagte auch was – es war wie eine Pantomime, von ihren

Worten hing nichts ab, genauso wenig wie vom Leutnant.

Sie verstanden das ebenfalls, sie sahen in ihm nicht ihren schüchternen Leutnant, sondern den versteinerten, grimmigen Vollstrecker eines höheren Willens. In seinen Augen war es dunkel, er sagte mit einer Stimme, die keine Antwort erwartete: »Was soll das, Mitjukow, was hast du nur angestellt, du hast doch gut gekämpft?!«

Über ihnen heulte es durchdringend auf, alle warfen sich auf die Erde. Nur D. stand immer noch genauso da wie vorher. Eine schwere Mine explodierte zwischen den Bäumen, Zweige fielen herab, Laub wirbelte umher. Der Politleiter blieb liegen. Tschikoljow und Mitjukow trugen ihn in das Vestibül.

Am Eingang zum Saal gab es gerade Aufruhr. Dort versperrte ein altes Männlein in blauem Kittel den Soldaten und Pionieren den Zutritt. Unterleutnant Ossadtschi zog ihn an den Kragenaufschlägen zur Seite. Alle fluchten. Ein junges Mädchen, auch im blauen Kittel, stieß Ossadtschi beiseite und presste sich an die hohe Tür aus rotem Mahagoniholz. Der Leutnant fragte, was los sei. Niemand schien ihn zu hören. Er hob die Hand, sah die Pistole darin und schoss ins Fenster. Ossadtschi meldete, dass Minen durch die Säle getragen werden müssten und der alte Mann das nicht zulassen wolle, er hätte vor, die Fußböden zu schonen und auf die Deutschen zu warten.

»Wissen Sie, was er gesagt hat?«

»Was?«, fragte der Leutnant.

Ossadtschi stieß den Alten an.

»Los, wiederhol es.«

»Ich wiederhole es!«, schrie der Alte, seine Augen leuchteten entschlossen. »Ich lass keinen durch!«

Er presste sich an die Tür und breitete die Arme noch weiter aus.

»Ich lass das nicht zu! Den Palast sprengen! Das ist kein militärisches Objekt! Sie haben kein Recht dazu!«

»Nein, wiederhole, für wen du ihn behütest«, sagte Ossadtschi drohend.

»Die Deutschen werden sich so was nicht erlauben, das sind kultivierte Menschen.«

»Hast du gehört? Die Faschisten sind kultiviert! Die haben Bücher verbrannt!«

Ossadtschi stieß einen Befehl aus, die Pioniere rissen den Alten von der Tür weg und hoben sie knirschend aus den Angeln. Vor ihnen erstrahlte ein elektrisch beleuchteter Saal. Gemustertes spiegelblankes Parkett, Kristallleuchter, Kandelaber ... Die mit Bronze belegte nächste Tür eröffnete eine Flucht von Sälen. Was er sah, erschien dem Leutnant verzaubert, geisterhaft. Bisher war der Palast für ihn nur eine Deckung vor dem Beschuss gewesen.

Vorsichtig bewegte sich der Leutnant über das glattgebohnerte Parkett. Er erinnerte sich an einen heißen Tag, als er mit dem Vater durch diese festlichen weiten Räume voller Goldglanz gegangen war, sie hatten in Filzpantoffeln eine Führung mitgemacht.

Schmutzige Spuren von Soldatenstiefeln zeichneten sich nun auf dem Parkett ab, nasse Blätter klebten dazwischen, alle Muster waren von tiefen Schrammen durchzogen.

»Ihre Leute haben hier Kisten langgeschleift«, sagte der alte Mann und zeigte auf die Schleifspuren. »Was haben sie nur angerichtet?«

Über das blaue Himmelsgewölbe der Decke flogen Amoretten. Hier und dort standen Vasen. Vieles war hinausgetragen und weggeräumt worden, die leeren Bilderhaken ragten aus den Wänden. Nichts lenkte mehr von der nackten Schönheit der Säle ab, vom Stuck. Die Muster der chinesischen Tapeten, Sessel ... Hierher war der Brandgeruch noch nicht vorgedrungen, der Widerschein der Flammen wirkte durch die Fensterscheiben wie ein festliches Feuer.

Der Leutnant schwebte dahin wie im Traum. Der menschenleere Palast mit seiner verwunschenen Pracht zog ihn in seinen Bann. Hinter dem Leutnant bewegten sich Ossadtschis Pioniere, zwei Soldaten rannten an ihnen vorbei und rollten ein Kabel ab.

»Artilleristen«, sprach Ossadtschi dem Leutnant ins Ohr.

»Sie gefährden den Palast«, sagte das Mädchen.

Der Leutnant überlegte und sagte zu Ossadtschi: »Los, lass uns nur die Zugänge verminen.«

»Es gibt einen Befehl von Stalin«, sagte Ossadtschi.

»Der Befehl betrifft Lagerräume und Fabriken.«

Danach gab Ossadtschi nur noch Mutterflüche von sich, sein Gesicht begann zu zucken, er riss die Maschinenpistole von der Schulter, schoss eine Salve in die Wände, danach in die Spiegel, die splitternd aufkreischten, zog einen bleiernen Halbkreis über das Parkettmuster, Holzsplitter flogen nach allen Seiten.

Der Leutnant hielt ihn nicht zurück. Das Mädchen stürzte zu Ossadtschi, der Leutnant fing sie ab, weil Ossadtschi zitterte und sein Blick wahnsinnig war.

»Barbaren«, schrie das Mädchen.

Der alte Aufseher senkte den Kopf und wandte sich ab.

»Morgen sind hier vielleicht schon die Deutschen«, sagte der Leutnant. »Gehen Sie fort.«

Er fügte hinzu: »Warum haben Sie so viel hiergelassen, warum wurde es nicht weggebracht?«

Der alte Mann musterte ihn geradezu angewidert, noch nie hatte jemand den Leutnant so angesehen.

»Weil Sie nicht kämpfen können«, sprach der alte Mann.

Der Leutnant kam nicht dazu zu antworten, denn Igolkin rannte auf ihn zu, weil die Division anrief.

Dem Leutnant wurde mitgeteilt, dass die Stellung bis zum morgigen Abend gehalten werden musste, so lange bis man die Stellung bei Pulkowo einnehmen könne. Michailow sei zu ihm unterwegs. Als der Leutnant hinausging, lag der junge Milizionär auf den Stufen, aus seinem Hals floss stoßweise Blut. Der Arzt kümmerte sich um ihn. Daneben lag ein toter Milizionär, dessen Gesicht mit einer Schirmmütze bedeckt war.

»Sie haben nicht auf uns gehört«, sagte Igolkin. »Dummköpfe.«

»Es geht zu Ende«, sagte der Arzt. Der Sterbende streckte sich wie auf Kommando, sein Gesicht glättete sich, er schaute verwundert in den Himmel.

Unglaubliches

Von der Front wurde angerufen, man forderte Unterstützung an, man fragte, ob die Flanke angegriffen werden sollte; die Stellung weiter zu verteidigen sei unmöglich, man habe Angst, abgeschnitten zu werden. Der Leutnant hatte nur eine unklare Vorstellung davon, wo sich welche Kompanie befand. Dann geriet alles ganz und gar durcheinander, die Handlungen und Absichten des Leutnants vermag ich kaum noch nachzuvollziehen, ich kann mich lediglich an einige Fakten erinnern. Als er Soldaten sah, die sich um die Kommandostelle herum sammelten, schien ihm, sie würden bloß rumsitzen, und er jagte alle an die Front, dann stürzte er sich auf irgendeine Gruppe, die im Gras saß und rauchte.

»Wer seid ihr?«

»Granatwerferschützen.«

»Warum schießt ihr nicht?«

»Man hat uns keine Granaten gebracht.«

»Ihr sitzt also rum?«

Er schickte alle zur zweiten Kompanie, die Unterstützung angefordert hatte. Eine halbe Stunde später wurde gemeldet, dass nun Granaten geliefert worden seien. Wo waren die Granatwerferschützen geblieben?

Ein Schriftsteller-Zug tauchte auf, der zur Division gehörte und aus Leningrader Schriftstellern bestand.

»Wo ist euer Kommandeur?«

»Der Kommandeur nimmt gerade in der Politabteilung der Division Aufgaben entgegen.«

»Aha, ihr sitzt also rum!«

Er rief einen hochgewachsenen jungen Mann mit Brille aus der Reihe nach vorn.

»Wer sind Sie?«

»Der Dichter Lifschiz.«

»Ich ernenne Sie zum Kommandeur. Die Truppe aufstellen lassen und ab an die Front zur Verfügung des Kommandeurs der ersten Kompanie.«

Der Dichter Lifschiz versuchte zu erklären, dass er nicht fähig sei zu kommandieren und dass ihr Kommandeur Semjonow jeden Moment zurück sein müsse. Der Leutnant blieb dabei: »Ihre Aufgabe ist es, bei der Evakuierung der Verwundeten zu helfen, und keine Widerrede.«

Ohne weiter zuzuhören, kommandierte der Leutnant: »Aufstellen und im Gleichschritt, marsch!«

Lifschiz wollte noch etwas sagen.

»Später werden Sie schreiben, jetzt muss gekämpft werden«, verkündete der Leutnant allen.

Mit quälend schüchterner Stimme gab Lifschiz das Kommando: »Im Gleichschritt, marsch.«

Leutnant D. erinnert sich, dass er während des ganzen Krieges niemandem begegnet war, der weniger zum Kommandeur geeignet gewesen wäre als dieser Dichter mit Brille.

Kein richtiger Zug, eher ein Haufen betagter, gebeugter Männer machte sich murrend, vor sich hin redend und dem Untergang geweiht, auf den Weg.

Viele Jahre später trafen sie sich wieder. Lifschiz erkannte D.. Er sagte nichts und wendete sich ab. Den ehemaligen Leutnant hätte es erleichtert, wenn Lifschiz ein schlechter Dichter gewesen wäre, aber er war ein recht guter, und D. gefielen einige seiner Gedichte. Seine Brillengläser waren noch dicker, und das weiche runde Gesicht noch gutmütiger geworden. Ohne Waffe, im abgetragenen Pullover, stellte der ehemalige Leutnant jetzt nichts Besonderes mehr dar. Es war unbegreiflich, wie er diesen Dichter an die Front, in den Kugelhagel hatte jagen können, wie er sie alle dorthin hatte jagen können.

Ich möcht euch warnen immerfort
Vor großen Feiern, lautem Wort.
Nichts davon brauchen die Soldaten.
Sie können ohne Wort erraten,
Wann ruht man aus, an welchem Ort.

Viel später erfuhr ich von dem Dichter Alexander Gitowitsch, dass Wladimir Lifschiz nach der Volkswehr in der Armee geblieben war, gekämpft hatte, zum Offizier befördert wurde und fast ein ganzes Bataillon befehligt hatte. All das hatte er ungeachtet seiner Kurzsichtigkeit geschafft, und selbst im Gefecht hatte er sich ausgezeichnet.

In der Zeit der Kosmopolitismuskampagne, auf dem Gipfel der antisemitischen Verfolgungen war er standhaft geblieben, hatte sich als Einziger aus der Dichtergruppe von Alexander Gitowitsch, zu der Wadim Schefner, Anatoli Tschiwilichin und noch andere gehörten, geweigert, sich selbst zu bezichtigen.

Eine solche Fortsetzung dieses Lebens hatte der Leutnant nicht erwartet. Eigentlich hätte er längst begriffen haben können, dass es das Schicksal aus uns unbekannten Erwägungen heraus vorzieht, auf eigene Weise zu entscheiden.

Wo waren jene beiden Deserteure abgeblieben? Sie waren im Strudel der Ereignisse verlorengegangen. Gott sei Dank hatte er Mitjukow nicht erschossen, er hatte niemanden erschossen, niemanden, obwohl er es gekonnt hätte. In so einem Zustand hatte er sich damals befunden. Er wäre durchaus dazu fähig gewesen. Ob sein Kommando irgendeinen Nutzen gebracht hatte – einige Verdienste rechnete er sich schon an. Sie hatten sich noch fast vierundzwanzig Stunden in Puschkin gehalten, den Deutschen war es nicht gelungen, Pulkowo einzunehmen. D. hielt sich die Evakuierung der Verwundeten und den organisierten Abzug aus Puschkin zugute. Was Pulkowo betraf, so hatte er übertrieben. Lasst uns ihm auch weitere Jugendsünden verzeihen. Einiges könnte man ihm anrechnen, persönlichen Mut zum Beispiel, denn immerhin war er nicht in Panik geraten. Und als ungeeignet hatten sich in jenen Tagen auch weitaus Erfahrenere erwiesen.

Sie waren am 17. September 1941 um fünf Uhr morgens aus Puschkin abgezogen. Die deutschen Maschinenpistolenschützen hatten den Park bereits eingenommen. Es war kühl, die Sonne versteckte sich noch, die rotgelben Strahlen des Sonnenaufgangs begannen zu leuchten. Die Taubheit ließ nach, er hörte, wie die ersten Vögel zu zwitschern anfingen. Die Brücken glänzten im Morgentau. Leere Straßen, dumpfe Schritte von Armeestiefeln, doch die Stadt schlief, niemand schaute aus dem Fenster. Ein Plakat kündigte an: »Anton Iwanowitsch ärgert sich«, Filmkomödie, 18.–26. September.

D. ging am Ende der Kolonne, sie sprachen darüber, ob man nicht die Stadt wecken und sie über den Rundfunk informieren sollte. Dann würde man den Menschen die Möglichkeit zur Flucht geben. Der Vertreter des Stabs äußerte, niemand hat uns dazu bevollmächtigt … Es könnte eine Massenpanik ausbrechen, ein solches Chaos würde das Regiment aufhalten …

Wir näherten uns Pulkowo, von der Anhöhe aus erblickte man eine Ebene, die mit Menschen übersät war. Hunderte, Tausende Soldaten strömten aus verschiedenen Richtungen in die Stadt. Sie eilten dahin, bahnten sich ihren Weg durch Kartoffelfelder. Fuhrwerke mit Maschinengewehren und Munitionskästen, Wagen mit den Habseligkeiten von Flüchtlingen, mit Bündeln beladene Kinderwagen und Fahrräder zogen durch das Gestrüpp der Felder und ausradierten Siedlungen. Es war ein sehenswertes Schauspiel des allgemeinen Rückzugs, das an Karl Brjullows gewaltiges Gemälde »Der letzte Tag von Pompeji« erinnerte. D. begriff, dass die Front zusammengebrochen war. Zumindest der südwestliche Abschnitt. Niemand konnte diese Massen vom Rückzug abhalten. Hin und wieder fielen Soldatengruppen auf, die noch in Reih und Glied liefen, diese kleinen Abteilungen marschierten, ohne sich mit dem Ameisenhaufen zu vermischen.

Plötzlich tauchten deutsche Flugzeuge auf. Zuerst nur wenige, dann begann der Himmel zu brummen, Dutzende flogen heran. Auf dem ebenen, leeren Feld konnte man nirgends in Deckung gehen, es gab keine Schützengräben, keine Stellungen; eine riesige glatte grüne Fläche, auf der jeder Mensch gut sichtbar war, zog sich bis zur Stadt. Zuerst prasselten kleine Bomben herab, dann Bleisalven, Stukas bombardierten ziellos, ließen Liegende und Kriechende auf dem Boden zurück.

Jeder floh irgendwohin, doch immer in Richtung Stadt, zu dem durch Steinbauten markierten Horizont. Mit Geheul rasten die Flugzeuge im Tiefflug direkt über unsere

Köpfe hinweg und überschütteten die Fliehenden mit Blei.

Igolkin feuerte mit der Maschinenpistole auf sie. Deutsche Maschinengewehrsalven löschten eine nach der anderen die Überreste des Regiments aus. Igolkin warf D. zu Boden, doch ein liegender Körper ist verwundbarer. Man musste sich bewegen, rennen, Haken schlagen, sich beeilen. D. erwachte durch eine Explosion, als vom Regiment niemand mehr übrig war, auch Igolkin war weg, D. fand sich humpelnd auf der Srednjaja Rogatka am Straßenbahnring wieder. Er setzte sich in einen Straßenbahnwagen, um zu verschnaufen. Eine Schaffnerin mit streptozidgefärbten feuerroten Haaren kam zu ihm und forderte ihn auf, eine Fahrkarte zu kaufen. D. starrte sie stumpfsinnig an.

»Was soll das, sehen Sie denn nicht, was los ist?«, fragte ein altes Tantchen.

»Wenn er an die Front fahren würde, hätte ich nichts von ihm verlangt.« D. schloss die Augen. Auf dem Newski wurde er wachgerüttelt.

Vors Kriegsgericht

Beim Stab der Volkswehr ließen sie ihn lange im Büro für Passierscheine zappeln. Zum diensthabenden Offizier hatte er gesagt, er solle der Führung mitteilen, dass sich zwischen Pulkowo und der Stadt keinerlei Truppenteile mehr befänden. Die Deutschen hätten damit ungehinderten Zugang zur Stadt. Macht, was ihr wollt, er jedenfalls würde nach Hause gehen und schlafen. Schert euch doch alle zum Teufel! Diese Redewendung hatte dem Diensthabenden nicht gefallen. Er führte D. schnellstens in den ersten Stock und übergab ihn dem Adjutanten. Er musste warten, wieder warten. In diesem Warteraum wollte ihm niemand zuhören. Ich habe alles gesagt, ihr könnt mich mal! Genosse Leutnant, Sie wurden bereits aufgefordert, sich zusammenzureißen.

Im Stab, der in einem Palast untergebracht war, rannten sie mit Papieren treppauf, treppab, rauchten, Türen knallten, Schreibmaschinen klapperten – dieses Alltagsleben versetzte D. in Erstaunen. Er war von der Straßenbahnhaltestelle hierhergeeilt, die Treppe hochzurennen hatte er nicht mehr vermocht, die Quetschung machte sich noch bemerkbar.

In dem Arbeitszimmer, in das man ihn schließlich geführt hatte, befanden sich mehrere Kommandeure, einer davon mit verbundenem Kopf. Stehend hörten sie zu, wie ein Zivilist in hellgrauer Joppe telefonierte. Sie beobachteten sein Gesicht. Nach Luft ringend, begann D. zu brüllen, dass der Zugang zur Stadt offen läge, sperrangelweit offen, dass die Deutschen jeden Augenblick eindringen könnten, vielleicht schon dabei waren … Vom Moskauer Prospekt bis nach Pulkowo gäbe es keine einzige Einheit mehr … jeden Moment … Wie konnte man da noch zögern, was wollt ihr, die Stadt aufgeben?

Gott weiß, was er noch alles von sich gab. Der General mit dem verbundenen Kopf schlug mit der Faust auf den Tisch.

»Ruhe!«

Er erklärte, dass ihnen all das bereits bekannt sei und dass man Maßnahmen ergreifen werde, alles wäre dem Genossen Shdanow gemeldet worden.

Doch D. konnte nicht mehr an sich halten.

»Stillgestanden«, befahl man ihm. Wo sein Regiment sei? Anstatt auf seinem Posten zu sein, käme er angerannt, um Panik zu verbreiten? Er gehöre vors Kriegsgericht.

Irgendjemand versuchte für ihn einzutreten, doch der Zivilist schlug mit der Hand auf den Tisch.

»Wer hat diesem Trottel das Kommando erteilt?«

Müde und ohne besonders wütend zu sein, wünschte der Leutnant sie alle sonst wohin. Dann stellte man ihn eben vors Kriegsgericht, er hatte keine Angst. Gekränkt war er, aber im Großen und Ganzen war es ihm scheißegal. Das sagte er auch dem Adjutanten, der ihn nach oben zum Kriegsgericht brachte.

Er fürchtete sich nicht vor dem Gericht, er hatte keine Angst. Die Erklärung, die er niederschrieb, war kurz und empört, er hätte getan, was er konnte, und wenn man schon jemanden verurteilen müsse, dann jene, die den südlichen Abschnitt der Stadt ohne Verteidigung gelassen hätten …

Die Sache war die, dass der Leutnant einer anderen Generation angehörte. Uns trennt eine ganze Epoche. Er glaubte an den Sieg, der Preis spielte keine Rolle für ihn, keinerlei Misserfolge oder Fehler hätten jenes Licht verdunkeln können, das für ihn in der Ferne leuchtete …

Im Gericht kam er endgültig zu sich. Das Schnellgericht befand sich im obersten Stockwerk des Palastes, eigentlich auf dem Dachboden. Der Adjutant hatte ihn dort hingebracht. Im halbdunklen Warteraum saßen ein paar Militärangehörige und warteten, bis sie an die Reihe kamen. Man schlug D. vor, eine Stellungnahme zu schreiben, warum er die Auflösung des Regiments zugelassen, keinen Sammelpunkt bestimmt und die Reste des Regiments während des Luftangriffs ihrem Schicksals überlassen hatte … In diesem Sinne. Ihm wurde erklärt, dass dem Kriegsrat die Lage bekannt sei, dem Genossen Shdanow Meldung erstattet und Maßnahmen ergriffen worden waren. Er fuhr fort zu randalieren, benahm sich unmöglich, folgte keinem Befehl. Selbst im Kleinen Saal mit der marmornen Aphrodite hatte er Mutterflüche ausgestoßen. Aus unerfindlichen Gründen wurde das besonders hervorgehoben. Man versuchte meinen Leutnant zu beruhigen, doch der tobte, ihm war alles egal, er musste es rauslassen, so viel hatte sich in diesen Tagen angesammelt, er ließ sich gehen, es drohte ihn zu zerreißen.

Man hatte ihn in Arrest genommen, und nun fand er sich hier, vor dem Kriegsgericht, wieder.

Er war wahnsinnig müde, wollte irgendetwas tun, Alarm schlagen, die Kränkung brannte wie Feuer. Sollten sie ihn doch erschießen. Später würden sie es bereuen, doch dann wäre es zu spät. Die Deutschen würden in die Stadt eindringen, und diese Vorgesetzten müssten sich schämen ...

Es erscheint wenig sinnvoll, ihm diese kindlichen Gefühle anzudichten, in Wirklichkeit war vielleicht alles viel ernster und tiefgründiger, doch wie es tatsächlich war, wer kann das heute noch sagen.

Dort hinter der Tür sollte sich sein Schicksal entscheiden. Das Urteil wurde vielleicht schon vorbereitet. In jenen Tagen löste man alles ganz einfach, ein Schuss, und die Sache war erledigt. Der Tod wütete in den Schützengräben und in der Stadt – dafür waren die Deutschen verantwortlich; aber auch die eigenen Leute taten das Ihre – mit Sonderabteilungen und Kriegsgerichten. Wer dich durchlöchert, macht schließlich keinen Unterschied.

Merkwürdig war, dass er nicht zitterte, während er auf das Urteil wartete. Er fiel mit einem glücklichen kindlichen Schnaufen in die wonnevolle Ruhe des Schlafs.

Ein unbekannter Major mit rotem Schnurrbart weckte ihn, rüttelte ihn so lange an der Schulter, bis er in die Wirklichkeit zurückkehrte. Der Major fragte, wer er sei, worin sein Anliegen bestünde. Fragte und fragte und befahl ihm dann, sich nach Schuschary zu begeben, das 292. Selbständige Bataillon der Artillerie im Befestigten Raum Nr. 2 zu suchen und das Kommando zu übernehmen.

»Kennst du die Dienstvorschrift? Der Befehl des letzten Kommandeurs ist Gesetz!«

Auf der Kartentasche schrieb er eine Anweisung, holte einen Stempel heraus, hauchte ihn an, presste ihn darauf. Und im Gleichschritt marsch, ohne Diskussion, den Stab musst du selbst finden.

D. hatte schon lange aufgehört, sich über irgendetwas zu wundern. Traum und Wirklichkeit verschmolzen in seinem Kopf zu einem seltsamen Gemisch.

Seine Kraft reichte nicht mehr aus, um sich bis nach Schuschary zu schleppen und sein Bataillon zu suchen, er musste irgendwo eine Weile schlafen, bloß weg von hier, bevor sie es sich anders überlegten. Mein Leutnant konnte nicht fassen, was geschehen war. Er trat auf den Platz hinaus, sah sich um, noch glaubte er nicht an seine Freiheit. Sein Blick fiel auf das Hotel »Astoria«. Warum eigentlich nicht? Nichts konnte ihm mehr etwas anhaben. Das Vestibül war immer noch so prunkvoll wie einst. Betriebsamkeit herrschte, viele Leute eilten geschäftig umher, Oberste und Admirale. Die Fahrstühle waren in Betrieb. Er fuhr in den zweiten Stock, warum gerade in den zweiten, blieb unklar. Zu der Etagenaufsicht sagte er: »Mädchen, ich bin der und der, hier ist die Anweisung, aber ich schaffe es nicht mehr bis dahin, lass mich irgendwo ein bisschen schlafen. Weck mich ganz früh. Und weck mich auch, falls die Fritzen in die Stadt eindringen.« Ob mein Leutnant nun furchteinflößend oder eher sympathisch wirkte – er hatte eine Maschinenpistole auf der Brust, die Zunge war schwer, obgleich er nicht betrunken war, offensichtlich konnte er sich nur mühsam auf den Beinen halten. Gleich würde er sich auf den Fußboden legen, und dann wäre er nicht mehr wachzukriegen. Stellen Sie sich das vor: Sie nahm ihn am Arm, damit er nicht einschlief. Wohin sie ihn führte, daran vermochte er sich später nicht mehr zu erinnern. Und er konnte sich auch nie mehr an ihr Gesicht und an jenes Bett oder Sofa erinnern. Er schlief schon, bevor er sich hingelegt hatte. Und ich weiß nicht, wie sie ihn an jenem trüben Morgen wach bekam und was sie zum Abschied sagte und was er geantwortet hat.

Auf einem Anderthalbtonner gelangte er bis zum Bezirk Srednjaja Rogatka. Wieder hielt er ein Auto an. Per Anhalter schlug er sich bis nach Schuschary durch. Unterwegs zeigte er an allen Kontrollpunkten seine Anweisung, und alle akzeptierten sie, klopften ihm auf die Schulter, gaben ihm Tabak, aber niemand wusste genau, wo dieses Selbständige Bataillon der Artillerie war. Es herrschte ein anderes Durcheinander als am Tage zuvor, man flüchtete nicht, sondern hatte es eilig, schleppte Waffen und Granatwerfer. Matrosen und Offiziersschüler marschierten alle in eine Richtung – nach Pulkowo und nach Puschkin. Die Stadt erbebte, sie erwachte. Gegen Mittag hatte er den Stab im Keller eines zerstörten Hauses erreicht. Er ging nicht gleich hinein, sondern setzte sich am Eingang hin, um ein wenig zu schwatzen, zum Glück waren Pioniere gerade dabei, dort etwas zu bauen. Er hatte sich nicht vorgestellt, aber es fragte auch niemand, wer er sei und was er hier wolle. Er war von den anderen nicht zu unterscheiden – war genauso müde, ungewaschen, unrasiert, zerknittert und genauso aufgeregt. Die Pioniere sprachen über den neuen Bataillonskommandeur, der gestern in der Nacht angekommen war. Ein Oberleutnant von der Artillerie, ein Berufsoffizier, keiner von diesen zivilen Weicheiern. Dieser Bataillonskommandeur hatte sich zur 1. Kompanie begeben, er würde Ordnung herstellen, er würde allen Dampf machen. Mein Leutnant hörte das mit Begeisterung, mein Gott, was für ein Glück er hatte.

Er stieg in den kalten, verrauchten Keller hinab und stellte sich einem älteren Hauptmann vor, der Gehilfe des

Stabschefs war. Dieser war erfreut und setzte ihn sogleich als Kommandeur eines Geschützbunkers ein. Weder Dokumente noch Fragebögen, nichts benötigten sie, nur Familien- und Vornamen. Es war eine glückliche Zeit, die Gefahr schweißte alle zusammen, und plötzlich vertrauten sie einander.

Man zeigte meinem Leutnant, in welche Richtung er die Chaussee entlanglaufen sollte, hinter der Brücke würde er die Betonglocke des Geschützbunkers erblicken.

Nachdem er etwa zwanzig Schritte gelaufen war, zog er die Anweisung des Majors heraus, zerriss sie in kleine Fetzen, die er in die Luft warf; lachend sah er zu, wie sie davonflogen, spürte, wie ihm eine Last von den Schultern fiel. Er war frei.

Im Durcheinander jener Tage war er glücklich im Befestigten Raum Nr. 2 von Schuschary verlorengegangen.

So endete dieser Septembertag des Jahres 1941. Zwanzig Jahre später gingen Mischa Dudin und ich die Allee im Park von Puschkin entlang, und ich erzählte davon, dass es einen Tag gegeben hatte, an dem Leningrad höchstwahrscheinlich für die Deutschen offen gestanden hatte. Nur einen Tag ... Mischa glaubte mir nicht. Ich glaubte mir selbst nicht mehr. In den vergangenen Jahren war die Leningrader Front mit der Blockade verschmolzen und zum Beispiel des legendären Widerstands versteinert.

»Das kann nicht sein«, sagte Mischa. »So kann es nicht gewesen sein.« Er war an der Front, hatte für die Zeitung »Zur Verteidigung der Heimat« gearbeitet und wusste mehr als ich über die Leningrader Front.

Aber es musste so gewesen sein, weil ich selbst es erlebt hatte, tatsächlich.

Weder in Büchern noch in Memoiren – nirgends erwähnte man diesen Tag. Er war gestrichen worden, aus der Geschichte getilgt. Die Militärhistoriker wussten alles besser. Die deutschen Truppen wurden von den Verteidigern Leningrads, die längst in die Geschichte eingegangen sind, gestoppt, die Stadt konnte nicht eingenommen werden, und man musste zur Blockade übergehen …

Der 17. September 1941 fehlte auch bei den deutschen Historikern. Die Deutschen bewegten sich im Eiltempo zielstrebig auf Leningrad zu … Und dann? Dann buddelten sie sich in Schützengräben ein. Bei uns folgten 900 Tage der ungebrochenen Verteidigung, bei ihnen 900 Tage der ungebrochenen Belagerung der Stadt.

Niemand konnte mich umstimmen! Den 17. September 1941 hatte es gegeben! Nun gut, bei uns herrschte Chaos, aber warum hatten die Deutschen, die doch ganz versessen auf Leningrad zu sein schienen, im vollen Lauf abgebremst und waren nicht durch das offene Tor gegangen?

Zweiter Teil

Der Tag X

Der 17. September 1941 erschien immer rätselhafter. Die Müdigkeit war wie weggeblasen. Am Straßenbahnring setzte er sich in einen Straßenbahnwagen. Die Bahn fuhr quietschend los. Eine Schaffnerin kam zum Leutnant. Vor ihrem großen Busen hingen Fahrscheinrollen. Der Leutnant hatte kein Geld bei sich, und das Absurde der Situation belustigte ihn. Die Stadt steht den Okkupanten offen, und niemand kümmert sich darum, doch für die Fahrt mit der Straßenbahn soll man gefälligst bezahlen. »Dein Lachen kannst du dir sparen. An die Front würde ich dich ohne Billett fahren lassen, aber von der Front weg – bezahle, keine Widerrede!«

An so eine zänkische Ziege war er geraten. Eine alte Frau bezahlte für ihn, den armen Tropf ... Hartnäckig traten ihm in der Erinnerung immer wieder dieselben Einzelheiten vor Augen.

Die Stadt hinter den schmutzigen Straßenbahnfenstern wirkte seltsam. Als würde sie ein friedliches Leben führen. Sie tat, als wäre nichts geschehen. Die neuen Geschützbunker auf dem Moskauer Prospekt waren leer. Man erblickte menschenleere Barrikaden. Der Boulevard war von flammendem Herbstlaub bunt getüncht, D. ärgerte sich über die alten Frauen, die schamlos auf einer Bank herumsaßen. Begriffen sie nichts, oder hatten sie sich verschworen? Irgendeine unklare Absicht schwebte ihm vor.

Auf den Straßen müsste heillose Panik herrschen – überall Flüchtlinge, wo blieben die von der Angst gehetzten Einwohner der Stadt? Misstrauisch betrachtete er die Wartenden an den Haltestellen. Überall sah er die Masken des Alltags. Ihm kam ein verrückter Gedanke, er verwarf ihn beschämt, doch auf dem Platz vor dem Marinski-Palast stieg der Gedanke wieder in ihm auf: Die Unseren haben sich mit den Deutschen verschworen. Sie wollen alle aus Leningrad rausschaffen und die Stadt dann übergeben. Das war die einzige Erklärung, die er für das, was hier vor sich ging, finden konnte. Die Deutschen warteten, marschierten nicht ein, führten Verhandlungen. Eigentlich war das unmöglich, aber er konnte es sich nicht anders vorstellen.

Den ganzen September und auch danach haben die Deutschen nicht versucht, in die Stadt hineinzukommen.

Die Historiker der Blockade wollten meinen Worten nicht glauben. Auch dass ich das alles mit eigenen Augen gesehen hatte, überzeugte sie nicht. So etwas konnte es nicht gegeben haben. Es konnte nicht sein, was nicht sein durfte. Wie konnte die Stadt im September ohne jeden Schutz geblieben, frei zugänglich gewesen sein, und sei es nur an einer Stelle? Überall hatte man Geschützbunker gebaut. An den Zugängen zum Kirow-Werk und zu anderen Fabriken waren Maschinengewehrnester eingerichtet worden. Man versuchte mich davon zu überzeugen, dass ich mir das alles nur eingebildet hätte, vielleicht seien die Quetschung oder der Alkohol daran schuld gewesen … Die Stadt wurde zu dieser Zeit bereits heldenhaft verteidigt. Die Historiker besaßen Dokumente, Sammelberichte der Armeeführung. Ich dagegen konnte weder Zeugen noch Beweise beibringen.

Jener 17. September 1941 wurde mit den Jahren immer

geisterhafter, doch ich ließ ihn mir nicht ausreden, verleugnete ihn nicht – es hatte ihn gegeben.

Mit Beginn des 21. Jahrhunderts fingen deutsche Historiker an, entsprechendes Material zu veröffentlichen, doch entscheidend für mich war ein Zufall. 2003, auch wieder im September, machte man mich auf einem Empfang mit einem hochgewachsenen Deutschen bekannt. Er stellte sich als Herrmann Leeb vor. Ich fragte ihn, ob er mit Wilhelm von Leeb verwandt sei, der während des Krieges Oberbefehlshaber der Heeresgruppe Nord war. Er war nicht nur ein Verwandter von Leebs, sondern sein Sohn, der jüngste der drei Söhne des Generalfeldmarschalls und der Einzige, der noch lebte. Wir unterhielten uns. Dabei erfuhr ich, dass sich die Briefe und Tagebücher Wilhelm von Leebs in seinem Archiv befänden. Herrmann Leeb war bereit, sie mir zur Verfügung zu stellen, sie waren in einer winzigen Auflage publiziert worden.

Das war einer jener glücklichen Zufälle, die einem begegnen; sie sind mit einemmal da, doch es kommt darauf an, sie zu bemerken und nicht zu verpassen. Die Tagebücher sind ein Dokument von unschätzbarem Wert. Der Generalfeldmarschall hat sie von August 1941 bis Januar 1942 diktiert; in dieser Zeit befehligte er die deutschen Truppen, die Leningrad eingeschlossen hatten.

Täglich hat er mit deutscher Gründlichkeit und Beharrlichkeit alles ausführlich schriftlich festhalten lassen. Ähnliches hatten auch andere Generäle getan, aber von Leebs Aufzeichnungen waren genau das, was ich brauchte. Er konnte das Rätsel der Septembertage lösen: Warum waren die Deutschen nicht in die Stadt eingedrungen, warum hatten sie jene Bresche im Abschnitt Blagodatny-Prospekt nicht genutzt?

Ich las die Tagebücher mit dem merkwürdigen Gefühl,

das auch einen Kundschafter wie Stierlitz* beherrscht haben muss, als dieser im deutschen Stab Gesprächen über bevorstehende Operationen lauschte. Die ganze Zeit über wollte ich meine Kommandeure warnen, ihnen erzählen, was ich in Erfahrung gebracht hatte. Niemand interessierte sich mehr dafür. Ich war zu spät gekommen. Ich glaubte, Zeuge und zugleich Beteiligter der Ereignisse zu sein. Ich befand mich zur selben Zeit auf der einen und auf der anderen Seite der Front.

Was war dort geschehen? Die deutschen Truppen waren nicht nur bis Leningrad vorgedrungen, sondern sie hatten die Stadt eingekesselt, lediglich an der finnischen Seite standen keine deutschen Truppen.

Die Deutschen hatten sich sorgfältig darauf vorbereitet, in Leningrad einzumarschieren, doch sie waren von den Kämpfen im Baltikum und am Luga-Abschnitt zermürbt, insbesondere durch jenen heftigen Widerstand, mit dem unsere Divisionen der regulären Truppen und der Volkswehr ihnen an jedem Flussübergang, an jeder Verteidigungsanlage entgegentraten. Die Taktik des Blitzkriegs ging in Russland nicht auf. Ungeachtet dessen gelangten sie bis nach Leningrad, bis zu jener Stadt, die Hitler zutiefst verhasst war. Ständig hatte er wiederholt, man müsse sie dem Erdboden gleichmachen. Nun hatten die Deutschen die Vororte der Stadt erreicht, allerdings nicht nach dem vom Generalstab vorgesehenen Plan, sondern mit Verspätung. Die deutsche Luftflotte bombardierte die Stadt, ein Anflug folgte dem nächsten, Tag und Nacht brannte es – bis zu dreißig-, vierzig- oder fünfzigmal in vierundzwanzig

* Max Otto von Stierlitz, Held der sowjetischen zwölfteiligen Fernsehserie »Siebzehn Augenblicke des Frühlings« aus den siebziger Jahren, die nach einem Roman von Julian Semjonow bzw. angeblich wahren Begebenheiten entstand und sich bis heute in Russland großer Beliebtheit erfreut. SS-Standartenführer Stierlitz, eigentlich Maxim Issajew, ist darin ein KGB-Doppelagent.

Stunden. Die Lage war kritisch, Marschall Woroschilow wurde nach Moskau zurückbeordert. Am 11. September 1941 traf ein neuer Oberbefehlshaber in der Stadt ein – Georgi Shukow. An jenem Tag, so von Leeb, war General Georg Lindemann bereits zum Stadtkommandanten Leningrads ernannt worden.

An den Häuserwänden klebten Flugblätter mit der Überschrift »Der Feind steht vor den Toren!«. Duderhof war gefallen. Die Deutschen hatten Krasnoje Selo besetzt. Gatschina war eingenommen. Dennoch konnte man nicht behaupten, dass für die Deutschen alles hervorragend liefe, nein, als Militär ahnte von Leeb, dass seine Soldaten müde waren, er wusste, dass es große Verluste gegeben hatte, doch am meisten beunruhigte ihn, dass im Hauptquartier irgendetwas Unbegreifliches vor sich ging.

Im Stab der 18. Armee zeigte ein detailliert ausgearbeiteter Plan, durch welche Straßen Leningrads sich die deutschen Truppen bewegen sollten. Von Leeb war davon überzeugt, dass die Wehrmacht in den nächsten zwei, drei Tagen in die Stadt eindringen würde. Das Fünfzigste Armeekorps war auf den Einmarsch vorbereitet, eine Polizeidivision der SS und der Sicherheitsdienst SD standen bereit.

Noch vor einem Monat hatte der Chef des Generalstabs Generaloberst Franz Halder in Gesprächen mit Wilhelm von Leeb bezweifelt, dass es nötig sei, in Leningrad einzumarschieren, und vor diesbezüglichen Vorbehalten des Führers gewarnt. Und nun plötzlich kam Hitlers Befehl, ein Fliegerkorps nach Moskau zur Heeresgruppe Mitte zu verlegen, die sich auf die Eroberung von Moskau vorbereiten sollte. Anschließend wurden auch eine Panzerdivision und eine motorisierte Infanteriedivision an die Moskauer Front verlegt. Generalfeldmarschall von Leeb versuchte, die entstandenen Löcher irgendwie zu stopfen. Die verbliebenen Truppenteile kamen gut voran. Dann plötzlich der Befehl: »Die Stadt nicht betreten.« Das war am 16. September 1941. Einige Stunden später wurde Puschkin eingenommen. Wir zogen ab. Die Deutschen folgten uns. »Die Stadt nicht betreten.« Den Tagebuchaufzeichnungen nach zu urteilen, hielt von Leeb jedoch an seinem Vorhaben fest. Unklar blieb: Wollte er das Hauptquartier vor vollendete Tatsachen stellen, hatte er irgendeine Rechtfertigung parat oder würde er nach der Devise handeln: Der Sieger hat immer recht? Natürlich konnte man aus der Stadt jederzeit wieder abrücken, sich aber eine solche Möglichkeit entgehen zu lassen fiel schwer, war beinahe unerträglich. Im Leben gibt es einen Moment, nur einen, wenn du den verpasst – ist es ein für allemal vorbei. Im Tagebuch hält von Leeb seine Gefühle sehr zurück. Doch es wurde immer deutlicher, dass Politiker, Angehörige des Generalstabs und Strategen aus dem Hauptquartier seine Generäle um den Sieg bringen wollten. Die aber hatten ihn errungen, erlitten und wollten jetzt nicht darauf verzichten. Dies war ihre Beute.

Die Lage Leningrads war hoffnungslos. Doch im Hauptquartier wurde beschlossen abzuwarten. Leningrad sollte sich ergeben. Der Generalstab und auch von Leeb selbst warteten auf die Kapitulation. Warten wir ab, es lohnt sich nicht, sich auf Straßenkämpfe einzulassen, es wird zu Verlusten kommen, davon hat es ohnehin schon zu viele gegeben, die Stadt wird kapitulieren, so wie Paris und andere Städte kapituliert haben. Die Anweisung »Wie mit der Bevölkerung der Stadt umzugehen ist« existierte bereits. Als Erstes sollten alle Männer registriert werden. Kommunisten, Milizionäre, Juden und Kommissare sollten stadtbezirksweise gesammelt werden. Pawlowsk sollte fallen, und nun war es gefallen. Alles war bereit. Nur über die Newa zu setzen, dafür reichte die Kraft nicht. Das war allerdings auch nicht mehr nötig, denn man konnte in die Stadt einmarschieren, der Feind war demoralisiert, die Deutschen erwarteten keinen großen Widerstand mehr.

Doch Befehl war Befehl. Die deutschen Offiziere waren empört. Warum marschieren wir nicht ein? Sie sahen nicht den Grund für den Befehl, vor den Toren der Stadt stehen zu bleiben. Die Generäle der Heeresgruppe Nord waren unzufrieden. Die Waage der Geschichte schwankte hin und her, bis sie sich zu einer Seite neigte. Was war geschehen? Vor Jahren erklärte mir ein Geistlicher, ein kluger Kopf: »Es war ein Wunder. Es ist ein Wunder geschehen!« Aber ich vermochte ihm nicht zuzustimmen. Wenn es ein Wunder war, hieße das, wir hätten keinen Anteil daran gehabt? Alle unsere Opfer und Mühen, die Verteidigung der Stadt – alles war umsonst? Doch zugleich ist die Rettung Leningrads, einer scheinbar zum Untergang verurteilten Stadt, damals wie heute für mich ein Wunder. Andererseits sagten die deutschen Offiziere zu von Leeb: Warum stehen wir hier herum, sollten alle unsere Anstrengungen, unser Feldzug, unsere Verluste umsonst gewesen sein? Wir warten auf die Kapitulation? Aber wo bleibt sie, wann ist es so weit?

Die ersten eineinhalb Monate des Krieges hatten beim Chef des Generalstabs Franz Halder ungeachtet der scheinbaren Erfolge Zweifel geweckt, da die Verluste der Deutschen zu hoch waren und der Widerstand der Roten Armee zu stark. Generalfeldmarschall von Leeb verstand Halder, aber Leningrad musste fallen. September, Oktober, November 1941 – in der Stadt herrschte inzwischen Hunger. Es war bekannt, dass es keine Lebensmittelvorräte mehr gab, die Stadt hatte kein Recht, Widerstand zu leisten.

Alles Weitere ist bekannt. Die Wehrmacht begann mit der Vernichtung Leningrads durch Hunger: Hunger, Bombenangriffe, Brandbomben. Ende September, Anfang Oktober 1941 wurden einige Truppenteile der Heeresgruppe Nord für den Angriff auf Moskau abgezogen. Sämtliche Verbindungen Leningrads zum nicht besetzten Gebiet Russlands waren gekappt. Die Blockade begann.

Bei den Deutschen wiederholte sich, was wir bereits erlebt hatten – ihre Soldaten weigerten sich, auf den Feind zu schießen, weil sie nicht das Feuer unserer Artillerie auf sich lenken wollten. Sie hatten Angst, entdeckt zu werden. Das Oberkommando des Heeres veröffentlichte Befehle, die darauf hindeuteten. Hitler änderte seine Anweisungen ständig, mal verlangte er, die Stadt durch Artilleriebeschuss zu vernichten, mal durch Sprengungen, mal durch Brandgeschosse, mal durch Bombenangriffe – keine seiner absurden Ideen konnte verwirklicht werden. Diese Stadt störte ihn wie ein Geschwür. Generalfeldmarschall von Leeb suchte Hitler mehrfach im Führerhauptquartier auf, vermochte jedoch keine Entscheidung zu erzwingen, was mit der Stadt und ihrer Bevölkerung geschehen solle.

Die deutschen Truppen, die die Stadt eingekreist hatten, sollten Polizeidienste leisten und die Stadt durch Hunger und Artilleriebeschuss vernichten. Das hieß, die friedliche Bevölkerung umzubringen. Ein solches Vorgehen entsprach nicht den Ansichten von Leebs, zumal die Versuche, Tichwin einzunehmen, misslungen waren. Mehrmals hatte er Hitler um die Entbindung von seinem Kommando ersucht. Am 16. Januar 1942 gab Hitler seinem Ersuchen statt.

Verbindungsgräben

In dem recht großen Geschützbunker aus Stahlbeton roch es nach Rauch und gekochtem Essen. Aus einer geöffneten Tür fiel Licht. Auf Holzpritschen saß und lag eine Geschützmannschaft – zwei Usbeken und ein Sergeant aus Weißrussland. Sie waren nicht vertraut mit dem Geschütz, hatten noch nie mit diesem 120-Millimeter-Ungetüm geschossen, sie waren gerade mal so mit 45- und 76-mm-Kanonen zurechtgekommen, die wir »Heimat, leb wohl!« nannten. Wir machten uns miteinander bekannt. Die Usbeken hatten irgendwo zwei Tauben erbeutet und bereiteten daraus Pilaw zu. Ich beschloss, unser Geschütz unter Kampfbedingungen auszuprobieren, befahl, es zu laden und zu schießen.

»Wohin?«

»Richtung Puschkin, dort werden schon die Deutschen sein.«

»Wohin?«

»Los, schießt den Bahnhof zusammen.«

Auf den Palast zu feuern hätte uns leidgetan. Wir legten also los. Irgendwie wurde das Ding geladen, keiner besaß Übung darin. Wir bestimmten so ungefähr das Ziel.

Als ich wieder zu mir kam, lag ich auf dem Fußboden. Vollkommen taub kroch ich nach draußen, die anderen folgten mir. Einer hatte Nasenbluten, einem lief Blut aus den Ohren, alle waren rußgeschwärzt, denn die oberste Deckenschicht des Geschützbunkers war auf uns niedergeprasselt, eine Rußschicht von den Petroleumlampen, auch Kartoffeln hatte man hier gekocht. Wir ließen uns ins Gras fallen. Der Geschützdonner hatte sich im geschlossenen Raum des Geschützbunkers ausgebreitet, und zu allem Überfluss hatte irgendjemand auch noch die Tür geschlossen. Die Detonation erwies sich als so heftig, dass der eine der beiden jungen Usbeken aus der Geschützmannschaft auf einem Ohr das Gehör verlor. Ihm war, wie der Arzt des Sanitätsbataillons sagte, das Trommelfell geplatzt, und er wurde zum Versorgungstrupp versetzt.

Ein Verbindungsmann traf ein, weil man telefonisch

nicht zu uns durchkam. Er führte mich zum Stab. Dort stürzte sich der Kommandeur der Artillerie Karpenko auf mich. »Wer hat Ihnen befohlen zu schießen?! Wozu haben Sie sich enttarnt?! Man muss auf ein Ziel schießen, aber wo war Ihr Ziel?!«

Vollkommen außer sich, begann er wie wahnsinnig zu fluchen, geiferte und kündigte an, alles dem Bataillonskommandeur zu melden. Seine Worte konnte ich kaum hören, es klang, als würde er schuldbewusst etwas murmeln. Ich sagte ihm, dass es unser erster Schuss gewesen sei. »Ruhe!«, schrie er. »Wieso brüllen Sie mich an? Was erlauben Sie sich?«

Da erst wurde mir klar, dass ich geschrien hatte, aber anders vernahm ich meine Stimme nicht mehr. Zwei Tage später schickte man mich auf einen Gefechtsvorposten, wo ich mich schließlich zum Zugführer hochdiente. Später, als herauskam, dass ich Ingenieur war, wurde ich dem Militärtechniker Lawrentjew zur Verfügung gestellt.

Die deutschen Truppen zogen ihren Ring um die Stadt zusammen, unsere Panzer konnten nicht mehr eingesetzt werden. Es war beschlossen worden, sie einzugraben und in Gefechtsstützpunkte umzuwandeln. Lawrentjew hielt mich für einen Panzeringenieur und schlug mir vor, die Arbeiten zu leiten. Ich hätte gern abgelehnt, begriff aber, dass es keine Spezialisten für das Eingraben gab, und so gruben wir drei Panzer ein.

Wolodja Lawrentjew kam plötzlich auf die Idee, ich könnte in meinem Kirow-Werk einen Panzer für unser Bataillon klauen. In jenen Zeiten war man an Diebstahl nicht gewöhnt, es war nicht üblich zu stehlen, nicht einmal ein Werkzeug wurde aus dem Werk mitgenommen, geschweige denn ein Panzer. Aber auf die Dienstreise verzichtete ich natürlich nicht. Im Werk ging ich gleich in unser Energie-Labor, die Labormädchen flirteten mit mir. Ich gab an, hinkte, zeigte die Quetschung an der Hüfte, eine andere Verwundung hatte ich noch nicht. Ich versuchte mit den Jungs von der Montage wegen des Panzers für das Bataillon zu reden. »Du bist nicht nur taub geworden«, sagten sie zu mir, »auch mit deinem Kopf stimmt etwas nicht.«

Der Hunger kam unbemerkt nach Leningrad, das Wort Blockade tauchte erst viel später auf, anfangs verwendete man den gewöhnlichen Armeebegriff Einkesselung; das machte es leichter, aus einem Kessel konnte man ausbrechen. Ohne Lebensmittelkarten konnte man noch Reste von Konfekt, Zwieback, Krabben und in den Apotheken Rizinusöl und Sacharin kaufen.

Die Panzer hatten wir so eingegraben, dass der Turm frei lag, dessen Panzerung war zwar schwach, schützte aber vor Kugeln. Der Bataillonskommandeur zwang uns, unablässig zu graben, nicht nur Schützengräben, sondern auch Verbindungsgräben. Sie ernährten uns mit Kascha, die einem schon bald zum Halse raushing, und mit Sprotten, da die Lager aus irgendeinem Grunde voll von flachen Konservendosen mit Sprotten waren. Das Ernährungsproblem gewann an der Front immer größere Bedeutung.

Der erste Schnee fiel früh. Ich trat morgens heraus, und der weiße Glanz blendete mich. Der Schnee verbarg den ganzen Dreck des Niemandslandes, die Granattrichter und den zerstörten Anderthalbtonner. Fast zwei Tage hielt sich das festliche Wintergewand, dann zerstörte es die Artillerie. Der Zugführer hatte befohlen, den Schnee aus den Schützen- und Verbindungsgräben zu schaufeln. Wir hatten nur Feldspaten. »Gib uns richtige Schaufeln!«, verlangten wir lautstark; es herrschte allgemeiner Aufruhr. Der Kompaniechef hörte sich das vollkommen unbeteiligt an und sagte: »Wenn ihr nicht wollt, dann lasst ihr es eben bleiben, erstens wird dann der Starschina mit dem Mittagessen nicht zu uns durchkommen, zweitens macht ihr es den Deutschen leichter, denn wenn ihr auf der Schneeschicht rumlauft, seid ihr im Schützengraben nicht mehr sicher.« Im Krieg fallen Befehl und Notwendigkeit meistens zusammen, ob du willst oder nicht, Schneeschippen muss sein.

Auf den Pritschen im Unterstand hatte ich ein Plätzchen, an dem ich von zu Hause, meinem Zimmer und jenen ersten Nächten mit Rimma träumte. Wir hatten uns ein Lager auf dem Fußboden gemacht, das Bett war zu eng. Ich kannte viele Gedichte, rezitierte für sie Pasternak, dessen Gedichte ich kaum verstand, doch gerade deshalb gefielen sie mir. Es waren die ersten Kriegsnächte, die Sirene begann zu heulen, wir stellten uns ans Fenster, die Scheinwerfer erhellten die Nacht, die Flak legte los, und mir kam es vor, als wäre es ein feierlicher Salut uns zu Ehren. Beim ersten Bombenalarm wurde es gemütlicher im Zimmer, Angst hatten wir noch nicht, das heißt, wir hatten Angst, aber das machte es erst interessant. Unsere Erfahrungen in der Liebe reichten nicht weit, wir hatten Hochschulbildung, doch was das Glück anbetrifft, waren wir Analphabeten. Es war ein Wunder, dass wir die ersten Nächte hinter uns brachten, ohne unsere Gefühle zu verletzen.

Wir legten uns wieder hin, ich rollte mich zusammen, zog die Knie unters Kinn, ungefähr so wie jetzt auf dem Stroh der Pritsche, Rimma lag mit dem Rücken zu mir, ich drückte mein Gesicht an ihre Schulter, und wir schliefen gemeinsam ein. Wie schön war dieser Traum …

Ich hatte sie standesamtlich zu meiner Ehefrau erklärt. Dahinter verbarg sich vermutlich der unbewusste Wunsch, meinen Fund festzuhalten, sie an mich zu binden, sie war ein zuverlässiger Mensch mit festen provinziellen Grundsätzen und würde auf mich warten, obwohl wenig Hoffnung bestand, dass ich zurückkehrte. Ich denke, darin lag die einfache Logik dieses jungen Burschen.

Fakten und Ereignisse ähneln Punkten. Es ist leicht, sie wie bei Experimenten durch eine gerade Linie oder eine gleichmäßige Kurve zu verbinden. Im Ergebnis erhält man ein klares Verhaltensbild. Jeder Fakt passt auf die Kurve, und es ergibt sich eine Erklärung, den Graphen kann man extrapolieren. Doch in Wahrheit erscheinen manche Handlungen Jahre später kaum mehr verständlich.

Als wir uns auf dem Standesamt registrieren ließen, war unsere »Ehe« für uns so etwas wie ein Amulett, das helfen sollte, einander nicht zu verlieren. Wir glaubten an die Registrierung, an das Formular, etwas anderes hatten wir nicht. Wir hatten keinen Gott, ihn ersetzte die Liebe, später sollte mein Leutnant erfahren, dass Gott eben gerade Liebe bedeutet. Er dachte an sich. Sie dachte an ihn. Es wäre interessant, mehr über jene in Erfahrung zu bringen, die den Krieg überlebten – sind sie geliebt worden oder nicht, welche Rolle hat die Liebe in den Kriegsjahren gespielt, Mutterliebe, die Liebe der Ehefrauen, wie viele wurden durch sie gerettet?

Ihre Liebe war noch nicht gefestigt. Wenn man ihm gesagt hätte, wie lange es ihm bestimmt sein würde, in dieser Ehe zu leben, er wäre unangenehm berührt gewesen. Das Schicksal der eigenen Liebe vorher zu kennen wäre tödlich. Es ist schön, einander zu versichern, »unsere Liebe hält ewig, bis dass der Tod uns scheidet«. Doch zeigen Sie einem Bräutigam oder einem frisch vermählten Ehemann mal ein Foto, auf dem seine Ehefrau und er nach vierzig Jahren sind, den Anblick wird er nur schwer ertragen. Die Ehe sollte nicht wie ein Urteil aussehen.

Jener junge Bursche, den man eine Panzerkompanie kommandieren ließ, erinnert nur entfernt an mich. Er gab sich übertrieben gelassen, antwortete nicht sofort auf Fragen, versuchte seine Zugführer auf Distanz zu halten. Wenn sie ihm etwas vorschlugen, um etwas baten, antwortete er nicht sofort. »Meinst du?« Dabei kniff er die Augen zusammen und musterte seinen Gesprächspartner abschätzend. Jetzt durchschaue ich ihn, er ahmte ganz offensichtlich seinen ehemaligen Bataillonskommandeur nach, seinen ersten »Kombat« Litwinow, nur dass es bei dem natürlicher gewirkt hatte. Litwinow hatte sich nie mit einer Antwort beeilt, er musste erst alles durchdenken, doch dieser hier tat nur so, als würde er nachdenken. Jahre später konnte ich die Angestrengtheit einiger seiner Manieren deutlich erkennen, das ging übrigens allmählich vorüber, es zeigten sich eigene Züge. So lenkte er beispielsweise jemanden ab, der sich über eine der unzähligen Dummheiten unserer Stabsleute beschwerte. »Willst du ein Bonbon?«, und zog irgendein Bonbon aus der Tasche. »Nimm nur, zier dich nicht.«

Die Zugführer schlugen Krach, als wir in Tula keine vollständigen Kampfsätze an Munition erhielten. Man sagte uns, dass wir sie an der Front bekämen. Sie waren Neulinge und hatten keine Ahnung von jenem Drunter und Drüber, das in den ersten Kriegsmonaten in der Armee geherrscht hatte. Jetzt klappte es auch nur mit Müh und Not, ging aber doch halbwegs organisiert zu. Damals hatten sie einige Offiziere von uns zu Qualifizierungslehrgängen nach Kronstadt geschickt und ihnen Paradeuniformen gegeben, mit denen sie einen Monat später an der Siegesparade teilnehmen sollten. Können Sie sich das vorstellen? Das war am 4. Juli 1941 nach der Rede von Molotow. Als ich meinen Zugführern davon erzählte, machte das keinerlei Eindruck auf sie. Für sie war das schon ferne Vergangenheit.

Wendepunkte

Alles, was Politoffizier Jelisarow von sich gab, klang irgendwie doppeldeutig, bisher war mir noch nie ein derartiger Kommissar begegnet. Die anderen Politoffiziere drückten sich klar aus, so dass man ihre Worte wiederholen konnte. Jelisarow erzählte beispielsweise, wie toll wir Hitlers Plan vereitelt hätten, und dann ließ er plötzlich fallen: »Und was ist dabei rausgekommen?«

Was der Bataillonskommandeur sagte, musste man tun, was der Politoffizier sagte, musste man verstehen. Aber ich verstand es nicht, und wenn ich anfing, es zu verstehen, dann geriet die Ordnung in meinem Kopf durcheinander.

In Jelisarows Unterstand hingen Zettel – »Das Kriegsgeheimnis besteht nicht in dem, was ihr wisst, sondern darin, dass ihr gar nichts wisst.«, »Der Krieg wird pausenlos weitergehen, bis er zu Ende ist.« –, als wären es Zitate oder Aussprüche von irgendjemandem. Wegen dieser Zettel sollte es bald drunter und drüber gehen.

Dieser Politoffizier war unserem Mann von der Sonderabteilung, Baskakow, längst aufgefallen, sie waren einander nicht grün. Was der Politoffizier von sich gab, löste Unruhe aus, es entsprach nicht den Richtlinien, war zweideutig und unklar. Einem Verräter oder einem feindlichen Kollaborateur glich der Politoffizier nicht – er war dick, groß und schwerfällig. Baskakow hatte eine genaue Vorstellung davon, wie einer aussieht, der mit gespaltener Zunge redet oder ein ideologisch unzuverlässiges Element ist – vor allem musste er ein Intellektueller sein. Jelisarow war kein Intellektueller, er besaß weder Bildung noch ein Diplom. Den Politoffizier zu denunzieren war nicht so einfach, man konnte sich dabei selbst reinreiten, zu allem Überfluss kam noch ein besonderes Vorkommnis hinzu – zwei usbekische Soldaten waren zu den Deutschen übergelaufen, einer davon war Baskakows Informant gewesen. Und das wurde per Lautsprecher bekanntgegeben – die Deutschen teilten dem gesamten vorderen Frontabschnitt nicht ohne ironischen Unterton mit, dass Soldat Usmanow beschlossen hatte, sich lieber in deutsche Gefangenschaft zu begeben, als für Hauptmann Baskakow Informationen zu sammeln, zumal von Baskakow nichts Gutes zu erwarten war, weder Weißbrot noch Konfekt, sondern nur Drohungen. Sie blamierten unser Bataillon vor der ganzen Front. Wir dachten, dass man Baskakow nun schnellstens entfernen würde, aber dazu kam es nicht. Jelisarow sagte: »Wir nehmen uns der Sache selber an, der Gegner will den Genossen Baskakow diskreditieren, das lassen wir nicht zu. Vielleicht wurde Usmanow in Wirklichkeit von Baskakow dorthingeschickt.« Wer weiß, ob es so war oder nicht, doch die Pointe des Satzes lag in Jelisarows Intonation, in den Fältchen seiner bleichen, teigigen Physiognomie, in den vieldeutigen Pausen. Jelisarow hatte auch früher schon Zettel an die Wand gehängt, und Baskakow vermochte ihn deswegen nicht festzunageln: »Die Türken fallen wie die Gurken, doch Unsere stehen Gott sei Dank kopflos«, »Wir können schneller siegen, wenn wir Kommandeure einsparen.«

Nachts flogen Raketen über die Stadt, man konnte sehen, dass Brände den Stadtkern verwüstet hatten. Meine Hochschulbildung bereitete mir nichts als Unannehmlichkeiten, für einen Soldaten ist Hochschulbildung von keinerlei Nutzen. Kaum wurde irgendwo ein Kabel ausgegraben, rief man mich und fragte, ob nun ein Stromanschluss möglich sei, um elektrisches Licht für alle Unterstände zu bekommen.

»Verzeihen Sie, aber woher soll ich den Strom nehmen?«

»Dann setz mal deine Gehirnwindungen in Bewegung,

fünf Jahre hat man dich studieren lassen, du Nichtsnutz von Ingenieur.«

Jelisarow bat freundlich, seufzend: »Sei so lieb, bring die Heizung im Unterstand so in Ordnung, dass wir nicht enttarnt werden können«.

Ich tröstete mich, indem ich mir Sprüche ausdachte. Das Integral braucht der Soldat in Not so nötig wie im Suppentopf den Kot.

Jelisarow liebte es, von den Soldaten der zaristischen Armee zu erzählen. Stiefel aus echtem Leder hatten sie, Lederkoppel, Leinenblusen. Auch das klang zweideutig, statt die russischen Waffen zu rühmen, schien er die zaristische Ordnung zu loben.

Der Bataillonskommandeur las gern. Aus den Kellern von Pulkowo hatte ich ihm ganze Sammlungen der vorrevolutionären Zeitschriften »Ogonjok« und »Niwa« gebracht sowie ein Bündel der Zeitschrift »30 Tage«.

In meiner Gegenwart kam der Adjutant zum Bataillonskommandeur gerannt und schrie, dass Deutsche in die Stellungen der ersten Kompanie eingedrungen seien. Der Bataillonskommandeur nahm ein Streichholz aus dem Mund, legte es zwischen die Buchseiten und sagte: »Ich hatte den Kompaniechef doch gewarnt. Schickt Leute mit Maschinenpistolen hin.« Sein Ton brachte auch den Adjutanten wieder zur Besinnung. Niemals habe ich ihn in aufgelöstem Zustand erlebt, seine unwirkliche Ruhe hatte einen Beigeschmack von Faulheit und auch von Spott über unsere Hast. Wenn er die Kompanien aufsuchte, versteckte er sich bei Beschuss nicht, er duckte sich, wartete, ließ sich auf die Erde fallen, erhob sich, ohne sich im Geringsten schmutzig gemacht zu haben, und achtete überhaupt nicht auf das Pfeifen der Kugeln. Schnell wie eine Eidechse kroch er in den Gefechtsstand, schlängelte seinen gelenkigen Körper dabei hin und her. Neben ihm wurde nie jemand verwundet. »Den schützt ein Zauber«, sagten die Offiziere voller Neid, »dem kann nichts was anhaben, dem fällt es leicht zu kämpfen.« Die Armeeführung belohnte jene, die angriffen und ihre Leute opferten, ohne sie zu zählen, die nicht die eigenen Verluste meldeten, sondern die des Gegners, wie viele Deutsche sie außer Gefecht gesetzt hatten.

Politoffizier Jelisarow hatte uns versammelt und sagte: »Die Faschisten kämpfen gegen die Sowjetunion, weil sie die kommunistische Idee hassen. Sie hassen vor allem die Kommunisten.«

Wir saßen in seinem Unterstand, sechs Leute waren zusammengekommen, er hatte junge, kräftige Männer versammelt, obwohl auch wir uns gerade noch so dahinschleppten.

Jelisarow wollte, dass wir in die Partei eintreten. Zu jener Zeit gab es immer weniger Möglichkeiten, die Verteidigung aufrechtzuerhalten, es war keiner da, um die Wachposten abzulösen. Vitja Lomonossow sagte, dass er nicht in die Partei dürfe, weil er zu den Entkulakisierten gehöre, auch ich fragte, ob ich denn überhaupt eintreten dürfe, da man meinen Vater verbannt und ihm alle bürgerlichen Rechte aberkannt hatte, ich wurde deswegen nicht in den Komsomol aufgenommen. »Macht nichts«, sagte Jelisarow, »jetzt hat sich die Lage geändert.«

Was er sagte war von Begeisterung durchdrungen. Er meinte, heute in die Partei einzutreten sei eine moralische Heldentat, die Mut erfordern würde. Wenn schon sterben, dann mit einer Hymne auf den Lippen, im Namen einer Idee, als Kämpfer gegen den Faschismus, als Verteidiger der sowjetischen Erde.

Unter uns waren ein Georgier und ein Ukrainer. Deshalb sprach er von der sowjetischen Erde und nicht von der russischen. Seine Stimme zitterte, er küsste jeden auf den Scheitel, und uns übermannten ebenfalls die Gefühle.

Die Erschießung

Man hatte uns auf einer grünen Lichtung in U-Form aufgebaut und in die Mitte einen Tisch gestellt. Irgendjemand wurde noch erwartet. Die drei Mitglieder des Kriegsgerichts hatten sich auf eine Bank gesetzt. Es herrschte Stille. Die drei Verurteilten standen, an einen Pfahl gefesselt. Ein Mitglied des Militärrats traf ein. Der Vorsitzende des Kriegsgerichts erhob sich und verlas das Urteil: Einer sollte wegen Selbstverstümmelung erschossen werden, der Zweite wegen Feigheit, Flucht vom Schlachtfeld und Verbreitung von Panik, der Dritte für die Absicht, zu den Deutschen überzulaufen. Sie standen da, die Hände nach hinten gebunden, die Militärblusen ohne Koppel. Der Pfahl wurde herausgezogen, ihre Hände blieben hinter dem Rücken gefesselt.

Einen von ihnen, den mit Hornbrille, kannte ich, mir schien, er war aus dem Bibliotheks-Institut. Man sagte, er hätte als Erster »Wir sind eingekesselt« geschrien, seinetwegen wäre es zur Panik gekommen. In seinen Aussagen hatte er angegeben, dass er die Aufmerksamkeit auf die hinter ihnen aufgetauchten Maschinenpistolenschützen lenken wollte. Der Zweite, ein ganz junger Bursche, hatte sich am dritten Tag, nachdem er bei uns angekommen war, in die Hand geschossen. Er hatte die Handfläche vor die Mündung des Karabiners gehalten, so dass man ihn aufgrund der Verbrennung sofort entlarven konnte. Der Dritte, offenbar ein Tadshike, hatte versucht, seine Kameraden zu überreden, auf die deutsche Seite überzulaufen.

Man verband ihnen die Augen, es erschien ein sogenanntes Exekutionskommando unter Führung eines Hauptmanns. Er gab einen Befehl, sie hoben die Gewehre, da begann mein bebrillter Bekannter zu schluchzen und mit dünner Stimme wie ein Kind zu schreien. Der Hauptmann verlor für einen Moment die Fassung, dann sprang er zu ihm hin und brüllte: »Ruhe!« Der Schreiende zuckte zusammen, verstummte, da ertönten ein Kommando und eine ungleichmäßige Salve. Ich stand mit geschlossenen Augen da und hörte, wie jemand nochmals auf jeden von den Dreien schoss. Die Mitglieder des Kriegsgerichts unterschrieben.

Als ich die Augen öffnete, schrieben die Mitglieder des Kriegsgerichts immer noch. Die Leichen wurden nicht weggeräumt, und wir durften nicht wegtreten. Neben mir stand Shenja Lewaschow. Ich fragte ihn: »Was machen die da?«

»Sie stellen Papiere aus, mit Durchschlag, sonst wird man im Jenseits nicht aufgenommen, dort werden zwei Exemplare verlangt. Und warum hast du die Augen zugemacht?«

»Ich konnte es nicht mit ansehen. Die Jungs taten mir leid, sie hatten Angst.«

»Tun wir dir etwa nicht leid? Die sind wenigstens auf der Stelle tot, das ist human. Siehst du, wie die schreiben, diese Aasgeier.«

Es schien, als hätte die Hinrichtung keinen Eindruck auf ihn gemacht und auf die anderen auch nicht. Die Prozedur wirkte geschäftsmäßig – wer unbrauchbar ist, wird abgeschrieben und ausgesondert.

»Das soll uns eine Lehre sein«, fuhr Shenja Lewaschow fort. »Wir werden euch beibringen, die Heimat zu lieben. Aber was ist das – Heimat, wo befindet sie sich?«

Das war sein Lieblingsthema, sein Vater war Straßenbaumeister oder Ingenieur, sie waren im Land umhergezogen, war die eine Straße fertig –, ging es weiter zum nächsten Ort. Shenja hatte keine Beziehung zur Heimat, weil er sie nicht fühlte. Er sah es so: »Man sollte lieber nicht für die Heimat kämpfen, sondern für die Gerechtigkeit, Heimat – das ist ein abstrakter Begriff.«

Der lustige Ingenieur mit den zerzausten Haaren hatte nicht zu Ende studiert, war aber ein begabter Erfinder. Es war unklar, was ihn zu uns in die Volkswehr geführt hatte. Solche Leute sind selten, man darf sie nicht in die Armee aufnehmen. Auch von der Front schickte er einen Neuerervorschlag nach dem anderen. Er schlug vor, kleine Ballons zur Verteidigung des Leningrader Himmels aufsteigen zu lassen, aber es passierte etwas Dummes – eines unserer Flugzeuge stieß gegen ein Stahlseil, das jemand nicht rechtzeitig gekappt hatte, und stürzte ab. Beinahe wäre Shenja selbst vor ein Kriegsgericht gestellt worden.

Wohin wir gehen

Der sich hinter unserem Rücken kaum abzeichnende Horizont war leer, kein einziges Licht sah man in der riesigen Stadt leuchten. Manchmal blitzten Scheinwerfer auf und erloschen, 35 Grad Kälte, man musste sich die Wangen und die Nase reiben, mit den Füßen stampfen, hundert Meter im Schützengraben hin und her gehen. An meinem Hals waren zwei Furunkel, der Mantelkragen drückte dagegen und scheuerte daran, es tat unerträglich weh. Der Regimentskommandeur stürzte sich während einer Besichtigung wegen der aufgeknöpften Militärbluse auf mich. »Wie verlottert siehst du denn aus? Was erlaubst du dir?« Es folgte die Abkürzung eines unanständigen Fluchs. Unter Furunkeln litten viele, aber mich hatte es als Ersten erwischt, ich bekam einen Dienst außer der Reihe aufgebrummt. Ich erklärte dem Oberst, was los war, aber der Zusatzdienst wurde nicht zurückgenommen, weil die Führung sich nicht irren konnte.

Von Rimma kam ein Brief aus Tscheljabinsk. Plötzlich und unerwartet. Sie hatte im Werk erfahren, was an unserer Front los war. Nie hätte sie gedacht, dass wir an der Front hungern würden.

Offensichtlich hatte sie das allgemeine Mitleid mit der belagerten Stadt ergriffen. Unseren Streit erwähnte sie nicht. Sie lobte, dass wir uns hielten und den anderen Städten damit ein Vorbild waren. Sie hätte nicht gedacht, dass wir so wenig auf den Krieg vorbereitet waren, dass man Panzer in Werkhallen bauen konnte, die noch keine Wände hatten. Die Zeitungen schrieben über Helden an der Front und im Hinterland.

Um Panzer herzustellen, brauche man keine Helden, sondern Techniker. Es bliebe einem nichts anderes übrig, als die ganze Zeit Heldentaten zu vollbringen. Durch Heldentaten wurden Havarien, die Produktion von Ausschuss und die Unfähigkeit von Konstrukteuren ausgeglichen …

Und weiter folgte viel über Betriebsangelegenheiten und der Wink mit dem Zaunpfahl: »Siehst du, wie du hier fehlst.« Es war ein mustergültiger Brief an einen Frontsoldaten. Ich fluchte vor mich hin. Trotzdem war ich froh, dass sie geschrieben hatte.

Ganz nebenbei erwähnte sie, dass man sie zur Leiterin einer Abteilung ernannt hatte. Sie endete nicht mit »Ich küsse Dich«, sondern mit »Ich umarme Dich«, etwas zwischen Liebe und Freundschaft. Sie war immer noch beleidigt.

Es kam ein zweiter Brief, der herzlicher war. Ich antwortete, versuchte zuerst, von unserem Leben zu erzählen. Doch wie ich ihrer Antwort entnommen hatte, strich die Zensur solche Dinge. Solche Dinge gab es viele, nicht nur Hunger und Beschuss. So manches ahnte man nicht im Hinterland. Da war der Alltag im Schützengraben, der schwer war, aber auch unterhaltsam. Der Gefechtsvorposten, der nach vorn gerückt worden war, hatte sich in der Nähe der deutschen Schützengräben eingegraben. So konnte man hören, wie die Deutschen miteinander sprachen, wie sie mit dem Geschirr klapperten, was sie taten. Die Deutschen begannen, uns zu sich einzuladen: »Russe, komm zu uns, essen Weißbrot.« Es gab Überläufer, sie setzten sich zu zweit oder zu dritt ab. Die Deutschen warfen Passierscheine aus Flugzeugen ab. Im Niemandsland gab es eine Schlucht, in der – wie auch immer – ein Schwarzmarkt entstanden war. Die Händler hinterließen einander etwas, vielleicht warfen sie es auch rüber. Die Deutschen tauschten ihr Weißbrot gegen Machorka, denn sie mochten unseren starken Tabak. Für uns war Weißbrot ein Leckerbissen. Außerdem übten Wodka, Filzstiefel und selbstgebaute Steinschloss-Feuerzeuge eine große Anziehungskraft auf sie aus. Wir tauschten bei ihnen Toilettenseife, Salbe gegen Geschwüre und Briefpapier ein. Wir besaßen nichts, worauf wir schreiben konnten. Die Hefte waren alle. Von Briefumschlägen wagten wir nicht einmal zu träumen. Das ganze Papier lag beim Bataillonskommandeur und beim Politoffizier für irgendwelche Berichte und bei den Leuten von der Sonderabteilung für Denunziationen.

Von Zeit zu Zeit schickte man Leute zu uns, die Vorträge hielten. Sie antworteten auf unsere Fragen und polierten unsere Stimmung auf. Der Winter zog sich endlos hin. Die Nächte wurden immer länger, der Frost härter, es wurde zunehmend schwieriger, Holz zu beschaffen, um sich ein wärmendes Feuer anzuzünden. Das Bataillon schmolz zusammen. Das heißt, es schieden immer mehr aus. Dafür gab es verschiedene Gründe: Beschuss, Hunger, Skorbut, Furunkel, Überlaufen zu den Deutschen, Erfrierungen. Manchmal war mir zum Heulen zumute. Es hatte sich etwas angestaut: Eine Düsterkeit des Daseins, das entweder durch Verwundung oder Tod enden würde. Etwas anderes hatten wir nicht zu erwarten. Statt einer Zukunft lag eine Sackgasse vor uns. Ja, natürlich würden wir irgendwann einmal die Blockade durchbrechen, angreifen, siegen, doch nicht in jener Realität, in der ich lebte. Ehrlich gesagt, manche, die aus der Politabteilung zu uns kamen, halfen uns. Für einige Stunden machten sie uns wieder Hoffnung auf die zweite Front. Der Sieg bei Moskau ermutigte uns. Aber die Lügen störten. Sie logen, dass sich die Balken bogen, meldeten absurde Zahlen über deutsche Verluste, abgeschossene Flugzeuge und erbeutete Waffen. Sie hatten Zahlen, wir ein Gefühl. Wir sahen es doch, wenn es gelang, ein Flugzeug abzuschießen, das kam nicht allzu oft vor, obwohl die Flugzeuge zweimal täglich über uns hinwegflogen, um Leningrad zu bombardieren. Ein abgeschossenes Flugzeug rechneten sich sowohl die Flak als auch das Nachbarregiment an, und wir noch dazu. In den Meldungen wurden daraus also drei Flugzeuge und manchmal sogar mehr. Die Meldungen durchliefen verschiedene Behörden, wie sollte man die Mitteilungen der Scharfschützen und Artilleristen sonst kontrollieren? Sowohl hohe als auch niedere Vorgesetzte hatten keine Scheu, beim geringsten Vorwand Erfolge zu vermelden.

Irgendwie war es Sascha Jermakow gelungen, Vortragender für die Politische Leitung zu werden. Als er bei uns auftauchte, hatte er einen Balken auf den Kragenspiegeln, das hieß, er war Oberster Politleiter. Er umarmte mich und küsste mich überschwänglich. Er war noch genauso schwergewichtig, doch in weißem Halbpelz und Filzstiefeln mit Ledersohle machte er einen stattlichen Eindruck, das waren keine gebrauchten Sachen mehr. Er war noch gutmütiger und fröhlicher geworden. Hastig sagte er, dass sie ihn bei der Neuordnung der Volkswehr zu Kursen geschickt und danach in die Gruppe der Vortragenden aufgenommen hatten. Leb wohl, Front. Sein Vortrag war nicht ohne, er beschimpfte die Amerikaner und Engländer, wie es sich gehörte, weil sie mit der zweiten Front zögerten, schilderte eine Reihe von Heldentaten unserer Partisanen und Soldaten, sprach auch darüber, wie unsere Flugzeugproduktion wuchs.

Das alles war nicht neu für uns, aber er trug es ohne Pathos vor, einfach, voller Vertrauen, wie ein Freund.

Nach dem Vortrag gab es wie üblich Tee beim Bataillonskommandeur. Sascha Jermakow lud mich dazu und zeigte mir die Flasche mit deutschem Schnaps, die er mitgebracht hatte, Beutegut, vom Besten. Außerdem hatte man meinen Freund, den Artillerietechniker Wolodja Lawrentjew eingeladen. Wolodja war im Bataillon berühmt dafür, dass er zur Gitarre Romanzen sang, nicht einfach Romanzen, sondern ein Emigranten-Repertoire – Pjotr Leschtschenko, Alla Bajanowa und vor allem Alexander Wertinski. Wolodja war die Hauptattraktion des Bataillons. Der Bataillonskommandeur versteckte Wolodja vor der Führung. Ich bürgte für Jermakow, dass er ihn nicht verraten würde. Ich wollte ihn daran teilhaben lassen. Wertinski machte wie immer Eindruck auf mich, ich war in tiefster Seele ergriffen. Inmitten von Schmutz und Läusen erstand ein Bananen-Limonen-Singapur, im rosa Meer glänzt Mondschein, im Eis schimmert grün die Flasche Wein, in der Ferne klingt die Hawaii-Gitarre. Mein Gott, Wertinski hatte keine große Stimme, aber ein absolutes Gehör und ein überirdisches Gefühl für Musik.

Wolodja und ich hausten damals im selben Unterstand. Wolodja war nicht groß, aber kräftig und hatte vor dem Krieg bei Dynamo Fußball gespielt. Ein halbes Jahr vor dem Krieg hatte er geheiratet, aber irgendetwas war schiefgegangen. Er war schwermütig, wütend, betrank sich oft und versuchte, nicht an die Zukunft zu denken.

Der Bataillonskommandeur hatte Spiritus, ich verdünnte ihn nicht, sondern trank Wasser dazu. Wahrscheinlich war Wertinski verboten. Ich weiß es nicht genau. Denn die Liste der Verbotenen war auch verboten, also streng geheim. Wolodja hatte von seinen Fußballfans einen Satz Schallplatten geschenkt bekommen, der für hohe Funktionäre produziert worden war. Einiges, das auf diesen schwarzen Vinyl-Platten war, hatte er sich eingeprägt. Er sang mir Lieder bekannter Dichter vor und dann seine eigenen, die mochte ich noch mehr.

Heute war Wolodja gut aufgelegt.

»Madam, schon fallen die Blätter,
Der Herbst soll im Todeswahn sein,
Schon hängen, vergessen im Garten,
Tiefschwarze Trauben voll Wein.
Ich warte auf Sie, wie auf Träume,
Vom Feuer der Liebe verbrannt ...«

Sollte es etwa irgendwo eine so schöne Liebe geben, solch ein Leben?

»Verwaist sind schon alle Terrassen,
Die Strandkörbe trug man nach Haus.
Früh schwammen die Fischerbarkassen
Ins offene Meer hinaus.«

Sascha Jermakow umarmte Wolodja und küsste ihn. In seinen Augen standen Tränen. »Mein Gott, mein Gott«, wiederholte er. Seine Tränen und der Alkohol hatten auch uns in eine gefühlsselige Stimmung versetzt, wir fühlten uns so gut wie schon ewig nicht mehr.

Bei uns im Unterstand unterhielten wir uns lange, fragten Jermakow nach dem amerikanischen Büchsenfleisch und den anderen Lebensmitteln, mit denen die USA auf der Grundlage des Lend-Lease-Acts die Sowjetunion belieferten. Es ging das Gerücht um, dass irgendwo Schokolade ausgegeben wurde. Große Klumpen, die man mit Spaten zerteilte.

Jemand fragte, warum kommt Shdanow nicht an die Front? »Wozu brauchst du ihn?«, erwiderte Jermakow, und alle verstummten. Lawrentjew erzählte, wie er einmal mit seiner Gitarre bei der Führung eingeladen war. Alle tranken vom frühen Morgen an, die Oberste wie die Generäle. Das war ihnen nicht mal peinlich. Jermakow gab zu – ohne das hielte man es nicht aus. Sie standen unter Druck. Von oben wird Druck auf dich ausgeübt – dieses darf man, jenes nicht, was du auch tust, alles ist Mist –, los, geh in die Offensive. Von unten fordern die Truppen Artillerie an, Munition, Nachschub – sowohl Funker als auch Ärzte. Ob du willst oder nicht, du fängst an zu saufen. Also hoben auch wir noch einen und sangen dann unsere vertrauten Lieder:

»Von der Taiga
bis zum britischen Meer
ist die Rote Armee
das stärkste Heer …«

Danach folgte der Refrain: »Die letzte entscheidende Schlacht«. Schon längst war mir aufgefallen, dass sie in den Liedern immer wieder vorkam, diese »letzte entscheidende Schlacht«, sie war unsere Hoffnung. Schon im Bürgerkrieg, und auch jetzt wieder.

Ich durfte Jermakow bis zur Sicherungseinheit begleiten. Wir warteten die Dunkelheit ab. Ich erzählte ihm von Merson, er mir von Alimow. Sie hatten sich ebenso wie wir in der Nachbardivision wiedergetroffen. Alimow war stark abgemagert gewesen, und sie hatten ein interessantes Gespräch geführt. Alimow hatte Jermakow daran erinnert, wie der uns nach Leningrad geschleppt und uns überredet hatte, nicht bei den Panzersoldaten zu bleiben. Doch was hatte man nun davon? Das ist kein richtiger Krieg, man krepiert einfach so. Ich wollte kämpfen, stattdessen krepiere ich hier wie ein Hund. Die Deutschen versprechen einem über Lautsprecher Pilaw, Schaschlyk, Kascha zum Sattessen, man kann es nicht mehr hören. Einige laufen über. Das sind natürlich Verräter, aber keiner hat Lust, so ohne jeden Nutzen zu sterben.

Jermakow hatte erreicht, dass sie Alimow außer der Reihe ins Krankenhaus brachten. Später wurde über Alimow alles Mögliche geredet – er sei an Unterernährung gestorben oder vermisst. Vielleicht war er wirklich zu den Deutschen übergelaufen.

Sascha hatte das empört erzählt, und wir gerieten in Streit. Meiner Meinung nach kann Hunger einen zu sonst was treiben. Hunger macht vor keinem Verbot Halt, vergangene Woche hatten wir verfaultes Pferdefleisch gegessen, solange es kochte, mussten wir uns beinahe übergeben, aber dann haben wir Salz dazugetan und es gegessen. Jermakow schwieg, zog ein in Papier eingewickeltes Stück Zucker hervor und gab es mir. Wir traten aus dem Schützengraben auf die von Geschossen aufgewühlte Straße.

»Erinnerst du dich an Taïssja?«, fragte Jermakow. »Ich kann sie nicht vergessen. Weißt du, sie hat mir gesagt, dass sie nie so einen Mann wie mich hatte. Was meinst du dazu?« Und ohne die Antwort abzuwarten, sagte er: »Aus irgendeinem Grunde denke ich, dass sie von mir schwanger geworden ist … Ich will darum bitten, mich in eine Partisanenabteilung im Nowgoroder Gebiet zu schicken. Ich habe mich erkundigt. Ich fürchte nur, dass man sie nach Deutschland verschleppt haben könnte …«

»Ist sie dir wirklich so ans Herz gewachsen?«, fragte ich.

»Es war eine tolle Nacht.« Jermakow schwieg. »Ich

weiß nicht, was ich machen soll. Ich hätte nicht gedacht, dass es so etwas gibt.«

Wie alt war ich damals – Anfang zwanzig. Er war dreißig, das ist ein großer Unterschied.

Vom Suff hatte er die Kontrolle über sich verloren, ich hielt mich noch besser auf den Beinen, obwohl es nichts Richtiges zu essen gegeben hatte, ich hakte Jermakow unter, damit er im Dunkeln nicht hinknallte.

»Ich hab die Gelegenheit verpasst, mein Gott, einmal im Leben hatte ich Glück, und ich hab die Gelegenheit verpasst, ich Idiot«, wiederholte er.

Sein Kummer war nicht der eines Betrunkenen, er war echt, ich empfand Mitleid mit ihm. Ich konnte ihm nicht helfen, und deshalb tat er mir noch mehr leid.

»Dabei hätte ich die Gelegenheit ergreifen können, ich hätte es tun können!«, rief er plötzlich.

Er glaubte wohl, er hätte Taïssja mitnehmen können in die Stadt, zusammen mit uns. Welcher Unsinn, wir hatten ja selbst nicht gewusst, wohin wir gingen, aber jetzt quälte er sich mit dieser eingebildeten Schuld.

Auch das geht vorbei, das sagte ich damals oft. »Alles geht vorbei, wie der kalte Winter!« Das passte immer, wenn wir über die Bitterkeit unseres Hungers klagten, die nur unzulänglich vom gebrauchten Soldatenmantel verhüllt wurde. Plötzlich wurde mir klar, dass so etwas wie das, womit sich Jermakow quälte, nicht vorbeigehen würde – sein Leben war zerbrochen. Ob es das gab, wusste ich nicht, ich mochte es nicht glauben, doch plötzlich hatte ich Jermakow vor Augen – erloschen, alt, kahl geworden –, so, wie er einmal aussehen würde. Das war mir schon einmal passiert: Mutter saß am Ofen, der Widerschein des Feuers huschte über ihr Gesicht, da sah ich sie als grauhaarige Greisin. Das war schrecklich.

Ich ging zurück, hatte das Stück Zucker im Mund und

murmelte vor mich hin: »Alles geht vorbei, auch das.« Das Leben an der Front duldet keine Traurigkeit, Schwermut und ähnliche Stimmungen.

Es gab keinen Ingenieurdienst im Bataillon, ich musste diese Arbeiten übernehmen. Ich hatte schließlich ein Diplom. Ich überlegte mir zum Beispiel, wie man die Selbstfahrlafette aus dem Sumpf ziehen könnte. Wir verfügten über zwei Panzer, ich half, sie in Gefechtspunkte umzuwandeln. Wir gruben sie in die Erde ein, nur der Turm mit dem Maschinengewehr ragte heraus. Der Turm konnte sich in alle Richtungen drehen, und wir konnten schießen, wohin wir wollten. Für das großkalibrige Maschinengewehr entwickelte ich eine Kühlung. Das hatte ich ganz gut hingekriegt. Deshalb zerstritt ich mich endgültig mit dem Chef der Artillerie, Karpenko, einem Oberleutnant und Berufsoffizier, der ständig mit Mutterflüchen um sich warf. Er konnte mich aus irgendeinem Grund von Anfang an nicht leiden und ich ihn auch nicht, das kommt vor. Je länger wir uns kannten, desto schlimmer wurde es. Er duzte mich, und ich ihn dann auch. Er beschwerte sich darüber beim Bataillonskommandeur. Der ließ mich kommen. Einen Älteren duzen, das gehöre sich nicht. Aber einen Jüngeren duzen gehört sich? In der Dienstvorschrift steht kein Wort davon. Unser Bataillonskommandeur war Berufsoffizier und kannte die Dienstvorschrift, er hielt sich daran. Tatsächlich, dort stand nichts davon.

Der Chef der Artillerie liebte es, Wolodja Lawrentjew singen zu hören, wollte aber meinetwegen nicht in unseren Unterstand kommen. Er lud Wolodja zu sich ein. Wolodja lehnte ab. Unter dem Vorwand, dass bei Karpenko im Unterstand die Akustik nicht gut sei. Der Artilleriechef wurde wütend, Unfug, was für eine Akustik könne es in einem Unterstand geben.

Die Gefangenen

Nachts sah man, wie Leningrad brannte. Aus der Ferne schienen die Flammen ungefährlich und winzig klein. In den ersten Tagen rätselten und stritten wir, wo es brannte, was da brannte, jeder dachte an sein eigenes Haus, aber wir waren uns nie endgültig sicher, weil die Stadt am Horizont keine Tiefendimension hatte. Nur ihre Umrisse traten aus dem Schatten hervor. Der Oktober verging, es folgten weitere Monate ... Die Stadt brannte noch immer, und wir gaben uns Mühe, nicht hinzusehen. Wir lagen nach wie vor in den Schützengräben bei Puschkin. Die vordere Linie der Deutschen ragte wie ein Keil hervor, die Spitze des Keils reichte ganz nah an unsere Einheit heran, fast bis auf 150 Meter. Wenn der Wind von dort kam, konnten wir hören, wie sie Konservenbüchsen auskratzten. Von diesen Lauten wurde uns schlecht. Zuerst dachten wir, dass man sich an den Hunger nicht gewöhnen könne. Doch inzwischen waren wir abgestumpft, im Mund schmerzte es ständig. Das Zahnfleisch war geschwollen, es war wie Watte. Der Soldatenmantel, das Gewehr, selbst die Mütze wurden mit jedem Tag schwerer. Alles wurde schwerer außer der Brotration.

Wir hörten die Stimmen der Deutschen. Einzelne Wörter, die, warum auch immer, vollständig zu uns herübergetragen wurden. Irgendwann hatte ich die deutsche Sprache geliebt, es war mir leichtgefallen, sie zu lernen. Wahrscheinlich hatte ich ein gutes Gedächtnis, vielleicht auch ein Sprachtalent. Jelena Karlowna war durch die Bankreihen gegangen, eine nette, gepflegte alte Frau mit lila Wangen. »Nehmt eure schmutzigen Füße weg.« Meine Schuhe waren immer schmutzig. Auch jetzt waren die Stiefel mit gefrorenem Lehm beschmiert.

Die wasserdichten Stiefel waren vereist. Die erfrorenen

Zehen am rechten Fuß schmerzten. Beim Marschieren konnte ich nur mit der Ferse auftreten. Im Verbindungsgraben, der zum Unterstand führte, traf ich auf Truschtschenko, wir drehten uns langsam um und gingen jeder zu seinem Abschnitt zurück. Bei solchem Frost durfte man nicht stehenbleiben. Truschtschenkos Füße und Hände waren ebenfalls erfroren. Uns standen Filzstiefel zu. Unser Zug besaß ein Paar Filzstiefel. Wir hatten sie Maximow gegeben. Er besorgte gefrorene Kartoffeln. Wo er die ausbuddelte, wusste keiner. Er ging abends los und kehrte mit ein paar Kartoffeln zurück.

Nie hatte ich gehört, dass Schnee so laut knirschen konnte. Er stöhnte unter den Füßen.

Im vergangenen Winter waren wir zum Skilaufen nach Kawgolowo gefahren. Der nasse Schnee klebte an den Füßen, man konnte nicht darüber hingleiten, und wir wünschten uns Frost herbei.

Hatte es das wirklich einmal gegeben? Ich hatte in einem Bett auf einem Laken geschlafen, und meine Mutter hatte mich morgens geweckt.

Ich ging zurück. Ich stützte mich beim Gehen an den gefrorenen Wänden des Schützengrabens ab, weil sich mir der Kopf drehte.

Was verband mich mit jenem Jungen, der diese verfluchte deutsche Sprache lernte, Ski lief, ein gestreiftes Fußballhemd trug und mit der Straßenbahn ins Institut fuhr? Nichts verband mich mit ihm. Wir waren einander vollkommen fremd. Ich wusste, was er getan hatte, verstand aber nicht mehr, warum er es getan hatte und warum er so gelebt hatte. Er hingegen kannte mich überhaupt nicht. Die Vergangenheit wurde schichtweise abgerissen wie Kohlblätter. Werde ich etwa wieder ein anderer werden, falls ich überleben sollte, und wird alles hier – Schützengräben und Hunger – nur noch eine Erinnerung an jemanden sein, der bei Puschkin gekämpft hat? Truschtschenko und ich begegneten uns erneut im Verbindungsgraben und warteten auf eine Leuchtrakete der Deutschen, um uns gegenseitig die Gesichter nach weißen Flecken abzusuchen. Als die Leuchtrakete erloschen war, hörten wir Stimmen von dort. Aus irgendeinem Grund hört man in der Dunkelheit besser.

Die Stimmen kamen nicht aus den deutschen Schützengräben, sondern ganz aus der Nähe. Seltsam, dass sie so unvorsichtig waren und sich so fröhlich unterhielten. Wir stellten uns auf die Zehenspitzen und sahen zwei Schatten im Schnee. Sie bewegten sich direkt auf uns zu. Sie liefen vollkommen aufrecht, ein Großer, der andere etwas kleiner. Sie umarmten sich, stapften voran und riefen sich gegenseitig etwas zu, nicht uns.

Wir hoben die Gewehre. Leuchtraketen stiegen auf. Blinkendes Licht ergoss sich über die beiden. Sie näherten sich uns, waren unmittelbar neben uns, der Kleinere trug einen hellblauen Offiziersmantel mit Pelzkragen.

Truschtschenko zielte – ich hielt ihn zurück. Zuerst verstand er nicht, wieso, doch dann begriff er. Wir warteten.

Der Große stützte den Kleinen, mit dem jeweils freien Arm machten sie Dirigierbewegungen und grölten irgendein Lied über Lieschen.

»Stehen bleiben! Halt!«, schrie ich.

Truschtschenko stieß mich an. »Wozu schreist du?«

Ich wusste selber nicht genau, wieso ich geschrien hatte. Aber die Deutschen reagierten nicht im Geringsten. Sie krabbelten auf die Brustwehr und wälzten sich zu uns in den Schützengraben. Wir richteten die Gewehre auf sie. »Hände hoch!« Sie krochen auf dem Boden des Grabens umher, ohne uns Beachtung zu schenken, und fluchten. Es ist immer zu verstehen, wenn ein Soldat flucht, egal, in welcher Sprache er es tut.

»Mann, haben die sich vollaufen lassen!«, sagte Truschtschenko, »Heilige Mutter!«

Der Zugführer kam herbeigerannt, wir meldeten den Vorfall mit den Deutschen. Der Zugführer zog den Offizier am Kragen hoch und geriet in Wut. »Was erzählt ihr für einen Blödsinn«, schrie er, »dort ist doch alles vermint!«

Wir konnten ihm das auch nicht erklären. Das Niemandsland war von uns im Herbst vermint worden, danach hatten die Deutschen dort alles vermint, dann wieder Unsere. Dort wurden unentwegt Minen gelegt. Alles war mit Minen gespickt, wie diese beiden da durchgekommen waren, begriff niemand.

Der Zugführer befahl, die Deutschen in den Unterstand zu schleppen. Den Leutnant konnten wir irgendwie dorthinzerren, aber mit dem Gefreiten quälten wir uns ganz schön ab. In dem engen Schützengraben konnte man ihn kaum richtig anpacken. Wenn man ihn nur anstieß, begann er gleich zu singen. Seine Stimme war ziemlich kräftig. Er hing an uns, hatte uns die Arme um den Hals geschlungen und grölte dieses idiotische Lied von Lieschen.

Im Unterstand wälzten wir sie auf den Boden, wo sie sofort anfingen zu schnarchen, sie merkten nicht einmal, wie der Zugführer sie durchsuchte. Maximow gab mir ein Stück Kartoffel. Sie war faulig. Ich saugte vorsichtig daran, damit das Zahnfleisch nicht anfing zu bluten. Die Jungs stritten sich darüber, ob Truschtschenko und mir die beiden als »Zungen«, also Gefangene, von denen man wichtige Informationen erhalten konnte, angerechnet werden würden. Für jede »Zunge« versprach man uns einen Stern auf den Schulterklappen oder zumindest einen Orden.

Der Gefreite schnarchte mit offenem Mund, glückselig und rotwangig. Der Leutnant hatte sich zusammengerollt und seinen Kopf auf den Bauch des anderen gelegt. Maximow hockte sich vor sie hin und sog die Luft durch die Nase ein.

»Das ist eindeutig Rum«, sagte er. »Die Schweinehunde!«

Sie rochen säuerlich und satt. Von diesem Geruch wurde einem übel.

»Schmeißt sie raus in die Kälte!«, sagte jemand. Wir hätten sie auch rausgeschmissen, aber keiner hatte mehr die Kraft dazu. Ich erwachte, als der Zugführer die Deutschen weckte.

Als Erster regte sich der Gefreite. Er stöhnte, schob den Leutnant weg, setzte sich auf und starrte uns mit leeren Augen ausdruckslos an. Der Kopf des Leutnants prallte auf den Fußboden, und der Leutnant erwachte ebenfalls. Er reckte sich lange und gähnte. Dann drehte er sich auf die Seite und erblickte uns. Im Unterstand hatten sich eine Menge Leute versammelt. Alle schwiegen. Truschtschenko hustete leise neben mir und hielt sich dabei die Hand vor den Mund. Der Leutnant blickte stumpfsinnig in seine Richtung und fing plötzlich an zu lachen. Langsam und unsicher lachte er. Dann hob er die behandschuhte Hand, betrachtete sie neugierig, drohte uns mit dem Finger, gähnte genüsslich und legte sich wieder schlafen. Der Gefreite packte ihn an der Schulter. »Russen, russische Soldaten!«

Da richtete sich der Leutnant ruckartig auf, sprang auf die Füße und griff nach seiner Pistole. Wie hatten wir vergessen können, ihn zu entwaffnen? Er zog seine Walther, aber die Jungs rührten sich nicht von der Stelle. Der Kompaniechef stand in der Tür. Er lachte. Und wir lachten auch, schauten den Leutnant an und warteten. Die Hand des Leutnants zitterte.

»Guten Morgen«, sagte der Hauptmann.

Alle lachten los. Sie lachten leise, und der Leutnant

lachte auch. Da hörten wir auf zu lachen, sahen zu, wie er lachte und betrachteten sein rotes Zahnfleisch. Der Leutnant verzog das Gesicht und rieb sich den Kopf. Offensichtlich hatte er Kopfschmerzen. Er sagte etwas zu dem Gefreiten.

Die Kameraden sahen mich an. Vor einer Woche hatte man mich zum Stab geschickt, weil dort Übersetzer gebraucht wurden. Ich hatte gesagt, dass ich nicht übersetzen kann. Ich wollte nicht im Stab arbeiten und mit Gefangenen zu tun haben. Es gelang mir, mich herauszureden, und die Kameraden hatten mich nicht verraten, aber jetzt wollten sie wissen, was der Leutnant gesagt hatte.

»Er hat gesagt, das alles ein Traum sei, dass sie etwas Dummes träumen würden«, übersetzte ich.

Der Leutnant lehnte sich an die Wand und gähnte. Der Gefreite zwinkerte, ohne etwas zu verstehen; er hatte eine blöde Visage. Dann bekam er einen Schluckauf und bat um etwas zu trinken.

»Du mein Ärmster«, sagte Truschtschenko. »Hast du einen Kater? Willst du Kwass trinken? Willst du saure Gurken? Sauerkrautsaft? Da hast du, Hundesohn!«, und er stieß dem Gefreiten seinen lilagefrorenen Mittelfinger ins Gesicht.

Da erwachten alle auf einen Schlag. Der Gefreite wich zum Leutnant zurück, seine Augen wurden weiß vor Angst, er fasste sich an die Brust und begann zu kotzen. Truschtschenko geriet völlig außer sich, entriss dem Leutnant die Pistole; man konnte ihn nur mühsam wegziehen.

»Gebt ihm Wasser«, sagte der Kompaniechef.

Das Kochgeschirr zitterte in der Hand des Gefreiten, das Wasser schwappte über, er trank, schnaubte, schüttelte den Kopf, beinahe wie ein Pferd, doch seine Augen blieben weiß. Der Leutnant kroch an der Wand entlang, nun saß er in der Kotze, schwankte von einer Seite zur anderen, öffnete die Augen und schloss sie wieder, dann öffnete er sie erneut, als würde er auf irgendetwas hoffen.

»Frag, wie die zu uns geraten sind«, befahl der Bataillonskommandeur. Ich fragte. Lächelnd schloss der Leutnant die Augen.

»Die verstehen nichts«, sagte ich.

»Aufstehen!«, schrie der Kompaniechef. »Stillgestanden!«

Er brüllte dermaßen, dass wir aufsprangen, und auch der Leutnant sprang auf und stand gerade, genau wie wir.

»Na also«, sagte der Bataillonskommandeur. »Und du sagst, die verstehen nichts. Bringt sie zum Stab.«

Maximow und ich erhielten den Befehl, die beiden zu begleiten. Man übergab uns ein Paket mit Dokumenten. Ich versuchte, mich herauszureden. Niemand von uns ging gern in die Stadt. Aber der Kompaniechef sagte, dass der Begleiter für alle Fälle ihre Sprache beherrschen müsse.

Flockiger Neuschnee hatte die Gräben gefüllt. Die Deutschen gingen voran, wobei sie immer wieder einsanken. Der Morgen holte uns ein. Er zog so klar und leuchtend herauf, dass die Augen weh taten. Auf dem Feld wurden wir zweimal von Granatwerfern beschossen. Wir ließen uns in den Schnee fallen, und als wir das wieder einmal getan hatten, blieb ich liegen. Maximow sagte etwas zu mir, aber ich wollte schlafen oder wenigstens noch ein bisschen liegen bleiben. Maximow stieß mich mit dem Fuß an. Die Pupillen des Leutnants zogen sich zusammen, sie huschten schnell über mich, Maximow, das leere weiße Feld und die Ruinen der Häuser von Puschkin am Feldrand, wo die Deutschen saßen; wir waren nicht sehr weit von ihnen entfernt.

Ich erhob mich und klopfte den Schnee vom Gewehrschloss.

Hauptsache, wir schafften es, über den Eisenbahndamm

zu gelangen. Wir kletterten vorsichtig hinauf, immer auf der Hut vor Scharfschützen. Die Deutschen krochen vornweg, dadurch flog uns Schnee ins Gesicht. Über uns blitzten die eisenbeschlagenen dicken Sohlen. Maximow blieb zurück.

Oben auf dem Eisenbahndamm lag ich zwischen den vereisten, klebenden Gleisen. Die Deutschen krochen schon nach unten und warteten dort auf uns, aber Maximow war noch dabei, den Damm hochzukriechen, er machte mir mit der Hand ein Zeichen, was bedeuten sollte, geh schon vor, ich muss verschnaufen.

Die Deutschen warteten auf mich am Fuße des Damms. Ich rutschte direkt auf sie zu. Sie traten zur Seite. Es hätte sie nichts gekostet, mich niederzuwerfen und mir das Gewehr abzunehmen. Es war unverständlich, warum sie das nicht taten. Der Gefreite schaute den Leutnant erwartungsvoll an. Der stand jedoch mit geschlossenen Augen da, verzog gequält das Gesicht und öffnete dann die Augen.

Der Leutnant suchte meinen Blick. Mein Kopf war eiskalt vom Frost, und der Drang zu schlafen wurde immer stärker.

»Stinkende Säufer, Faschistenschweine«, sagte ich, »ihr Eindringlinge, gierige Missgeburten!«

Ich rief nach Maximow. Ich hatte Angst, er könnte erfrieren. Maximow war ein erstaunlicher alter Mann. Vor niemandem hatte ich so eine Hochachtung wie vor Maximow. Er versteckte sein Brot nicht, schnitt morgens ein Stück ab, aß es, legte den Rest auf das Kochgeschirr und ging seinen Dienst tun. Das Stück Brot lag bis zum Abend da. Alle, die sich im Unterstand befanden, versuchten, nicht dorthinzuschauen. Sie beschimpften Maximow auf jede erdenkliche Weise, aber dann begannen sie selbst, ihre Brotration bis zum Abend aufzuheben. Sie quälten sich, bis sie sich daran gewöhnt hatten. Nur Truschtschenko aß sofort alles auf. »Wozu soll ich es aufheben«, sagte er, »ich kann ja jederzeit sterben.«

Wir erreichten die Chaussee und bewegten uns direkt auf die Stadt zu. Sie lag vor uns. Ob man wollte oder nicht, man musste hinsehen, wie sie vor einem emporwuchs mit ihren Turmspitzen, Schornsteinen, Kirchen, den Rauchsäulen der Brände, die hier und da aufstiegen; sie glichen nach oben gewundenen, dicken geraden Säulen.

Für die Deutschen hätte das wahrscheinlich ein schöner Anblick sein können – die durch den Rauch scheinende Sonne und die flirrende Luft. Aber sie hatten jetzt keinen Sinn für Schönheit. Unsichtbare Geschosse zischten über uns hinweg und detonierten irgendwo mitten in der Stadt. Wir spürten nur den dumpfen Aufschlag, zuerst kam das weiche Zischen über dem Kopf, dann der Aufschlag. Die Luft blieb sauber und der Himmel hellblau. Wir hielten die Stellung, wir schützten die Stadt, aber sie gelangten trotzdem über unsere Köpfe hinweg dorthin, sie beschossen die Stadt jeden Morgen und jeden Nachmittag, so wurde sie allmählich zu Schutt zermahlen.

Die Chaussee war wie leergefegt. Wir hielten die Gewehre im Anschlag. Ich spürte meine Finger nicht mehr. Ich hätte wohl kaum zu schießen vermocht, falls die Deutschen geflohen wären. Sie gingen vor uns. Sie liefen so schnell, dass wir nicht hinterherkamen, und daher schrie ich: »Halt!« Gehorsam blieben sie stehen, der Leutnant hatte die Hände in die Taschen gesteckt und wartete auf uns. Seine Wange war weiß geworden. Ich wollte es ihm sagen, aber das Sprechen bei Frost tat weh. Eine Mine heulte auf. Die Deutschen warfen sich in den Schnee. Ich blieb stehen, machte mich nur klein. Ich fühlte, wenn ich mich hinlegen würde, könnte ich nicht mehr aufstehen. Auch Maximow war stehen geblieben. Wir standen da und sahen einander an. Die Mine war etwa hundert Meter von uns entfernt hochgegangen, hatte Schnee und gefrorene Erdklumpen hochgewirbelt.

Hinter dem Kontrollpunkt wurde es einfacher, Autos kamen uns entgegen. Wir schulterten die Gewehre, und ich steckte die Hände in die Taschen.

An der Front war es laut, in der Stadt jedoch war es ganz still, und je weiter wir kamen, desto stiller wurde es. Wir betraten eine knirschende Stille. Die Sonne spiegelte sich in den Scheiben. Wir liefen mitten auf dem Fahrdamm, weil sich auf den Bürgersteigen Schnee und Schutt türmten.

Es war windig, der Wind blies durch uns hindurch. Wir waren so schwach und leicht, dass es mir so vorkam, als könnte uns dieser Wind forttragen und über den Prospekt schleifen. Ich packte Maximow am Koppel.

»Was hast du?«, fragte er, doch dann begriff er, weil er genauso leicht war wie ich und auch fortgetragen werden konnte.

»Lass uns einsteigen«, sagte er, und wir kletterten in eine Straßenbahn, um uns ein wenig auszuruhen. Die Bahn war eingeschneit, die Tür stand offen. Wir stiegen ein und setzten uns auf die Bänke.

»Setzen Sie sich«, sagte ich, und die Deutschen setzten sich neben uns. Uns gegenüber saß ein alter Mann, er war erfroren. Der Pelzkragen seines Mantels war hochgeklappt. Wahrscheinlich war auch er irgendwann in die Bahn gestiegen, um sich vor dem Wind zu schützen.

»Sie haben uns erwischt, es ist aus«, sagte der Gefreite.

Der Leutnant schlug den Mantelkragen hoch, ohne seine weit aufgerissenen Augen von dem Alten abzuwenden.

»Oh, mein Gott! Du bist ein Dummkopf. Sie können uns gar nicht erwischt haben, alles ist vermint. Und wir sind überhaupt nicht verletzt.« Der Leutnant nickte zu dem alten Mann hinüber. »So etwas kann es nicht geben.«

Es war die Straßenbahn Nr. 9. Jeden Morgen hatte ich

mich in die 9 gesetzt und war zum Institut gefahren. Am Fljugow-Prospekt stiegen unsere Studenten aus dem Wohnheim zu. Im Waggon wurde es eng und heiß. Als Kind war ich mit meiner Mutter zum Vater in die Forst-Akademie gefahren. Er hatte sich dort zum Förster ausbilden lassen. Wir fuhren mit der 9. Den ganzen Weg lang hatte ich aus dem Fenster geschaut …

Ich öffnete die Augen und erblickte den erfrorenen alten Mann. Ich schloss die Augen und sah das weiße Institutsgebäude zwischen den Kiefern.

Wie weit ich auch mit der Straßenbahn in die Vergangenheit gefahren war, sie brachte mich trotzdem wieder hierher zurück in diesen Winter. Es war mir nicht gelungen, im Fahren abzuspringen und dort im Park zu bleiben.

Der Leutnant sah mich schief an und sagte laut: »Macht nichts, Richard, ich wach auf, und es wird sich rausstellen, dass ich bei Pranbort auf dem Sofa liege.«

Der Gefreite sah ihn angsterfüllt an.

»Und ich?«, fragte er stumpfsinnig.

»Und du bist auch besoffen, wälzt dich wie ein Schwein im Flur.«

Er sagte es ernst und mit Bestimmtheit, mehr an mich gewandt. Der Gefreite versuchte zu lächeln, aber in seinen hervortretenden Augen stand die Angst. Er kapierte nichts. Plötzlich bemerkte ich ein seltsames kleines Lächeln im Gesicht des Leutnants, beinahe als hätte er erraten, woran ich gedacht hatte. Dieses Lächeln war das geheime Zeichen eines Gleichgesinnten, der mich überführt hatte.

Ich umfasste das Gewehr fester mit den Händen.

»Du Schuft«, sagte ich, »mach dir keine Hoffnungen, daraus wird nichts!«

»Worüber sprecht ihr?«, fragte Maximow.

Ich übersetzte es ihm. Da begann Maximow den Leutnant aufmerksam zu mustern.

»Hast du dir geschickt ausgedacht, du elendes Miststück.«

Das kleine Gesicht des Leutnants war angespannt.

»Was hat er gesagt, bitte, ich möchte es wissen«, fragte er beunruhigt.

»Sie verstellen sich, das hat er gesagt.« Ich sah, wie der Gefreite die Ohren spitzte.

»Aber Sie selbst ... War das etwa kein Traum ... Sie haben doch auch ...«, begann der Leutnant heftig, doch da erhob sich Maximow.

»Schluss mit dem Gerede!«

Als er aus der Straßenbahn ausstieg, berührte der Leutnant seine weiße Wange, und als er sie offenbar nicht fühlen konnte, beruhigte er sich.

Mitten auf der Straße gähnte ein großer Trichter. Man musste über einen zugeschneiten Haufen aus Ziegeln und Balken klettern, die von einer eingestürzten Hauswand stammten. Das Haus stand wie im Querschnitt da. Vor uns sahen wir ein Zimmer, einen mit Wachstuch bedeckten Tisch, darauf blinkte eine Schale mit Heringen, und an der Wand hing ein Porträt von Woroschilow mit ordengeschmückter Brust. Die offene Tür führte direkt in den Himmel.

»Siehst du!«, sagte der Leutnant erfreut zum Gefreiten. »Siehst du!« Er streckte sich, fuchtelte mit den Armen, als hätte er vor, loszufliegen. »Siehst du, siehst du, was habe ich gesagt!«, schrie er.

»Halt die Fresse ... du!«, sagte Maximow und nahm das Gewehr von der Schulter.

Der Leutnant packte mich so heftig am Ärmel, dass ich ins Wanken geriet, und sprach sehr schnell, wobei er mir ins Gesicht schaute: »So etwas kann es nicht geben. Vielleicht haben wir diesen ganzen Krieg nur geträumt. Als Kind habe ich oft vom Krieg geträumt. Aber von einem anderen Krieg. Vielleicht wache ich auf und gehe in die Schule ...«

Er hatte ganz helle blaue Augen.

Mein Gott, er ist wahrscheinlich auch etwa zwanzig Jahre alt, dachte ich, oder fünfundzwanzig. Wahrscheinlich ist er gerade von zu Hause ...

Auf der Kreuzung mühten sich ein paar Frauen und Jugendliche zwischen den Trümmern ab. Die Frauen hatten Wattehosen an, und die Jungen waren in Tücher gewickelt. Sie wollten eine Werkbank aus den Trümmern ziehen. Irgendwie hatten sie Schlittenkufen daruntergeschoben und versuchten nun, die Werkbank vom Fleck zu bewegen. Eine zarte weißhaarige Frau rief leise: »Packt zu, noch einmal, noch einmal!« Ihre Stimme war ebenfalls zart. Alle schoben die Werkbank, aber sie rührte sich nicht von der Stelle. Sie waren sofort erschöpft und fielen neben der Werkbank nieder, um sich auszuruhen, aber die Frau fuhr fort, leise zu rufen: »Noch einmal!«

Maximow machte den Deutschen schweigend ein Zeichen in Richtung Werkbank. Die Frauen traten zur Seite. Die Deutschen stemmten sich gegen die Werkbank und wir auch. Die Schlittenkufen quietschten, und das Gefährt glitt vorwärts, die Frauen packten die Seile und spannten sich davor.

Ein Junge in einem Fehpelz, der mit einem Springseil gegürtet war, näherte sich dem Leutnant und betrachtete eingehend dessen Füße in den geputzten Schaftstiefeln. Vorsichtig berührte er den dicken Uniformmantel, aber sofort nahm er seine Hand wieder weg, fast verachtungsvoll, und rannte zu den Frauen zurück, die sich lautlos von uns entfernten.

Sie liefen, als würden sie an der Werkbank kleben und von dieser mitgezogen werden, wobei sie vor sich hin murmelten: »Noch einmal, noch einmal.«

»Schaut hin, ihr Fritzen, schaut gut hin«, sagte Maximow. »Damit ihr euch nachher nicht so sehr wundert.«

Ich übersetzte nicht, da begann der Leutnant zu loszulegen, wobei er sich jede Minute nach mir umdrehte, beim Gehen stolperte er über Ziegel und durch Schlaglöcher, er hielt sich an dem Gefreiten fest und brüllte wie verrückt. Ich verstand nicht mehr alles, nur einzelne Wörter und Satzteile, aber es war ihm egal, er sprach nicht zu mir.

»Unmöglich … Das Leben kann nicht so schrecklich sein … Traum … Alles ist möglich … Bei Freud steht … Es ist nicht wahr … Ein Traum ist nicht strafbar … Hab keine Angst … Alles vergeht … Ich weiß … Das wahre Leben ist die Kindheit … Mein Onkel … Wir sitzen im Garten …«

Wir überholten eine alte Frau. Sie schleppte sich, auf einen Stock gestützt, vorwärts, der sich als ein lackiertes Tischbein erwies. Mädchenhaft goldblonde Haare mit aschgrauen Strähnen hingen ihr ins rußverschmierte Gesicht. Als sie die Deutschen erblickte, zeigte die Frau keinerlei Verwunderung, schrie nicht auf, sondern hob den Stock und geriet dabei ins Wanken, so dass ich sie stützen musste. Sie konnte nur noch den Stock heben und senken.

Der Gefreite schlug die Hände über dem Kopf zusammen. Der Leutnant beobachtete die Frau, wobei er reglos verharrte, dann schaute er uns triumphierend an. »Sie haben Angst«, sagte ich. »Angst!«

Da begriff ich, dass es unmöglich sein würde, ihm klarzumachen, dass er nicht träumte. Was auch immer er zu sehen bekäme, er würde auf seiner Behauptung bestehen und durch nichts umzustimmen sein …

Der Gefreite hielt es nicht mehr aus und schrie auf, da begann auch ich zu schreien und dem Leutnant mit dem Gewehrkolben zu drohen, während der Gefreite ihm einen Schlag versetzte.

Maximow schoss in die Luft, Soldaten sprangen aus einem Bunker und zerrten uns auseinander.

»Du Blödmann, geh doch zum ...!«, fiel Maximow über mich her. »Willst du vors Kriegsgericht?«

»Soll er sich doch was vormachen. Sonst dreht er noch durch, und wir übergeben denen einen Verrückten, was nützt der dann noch als ›Zunge‹?«

Der Leutnant blutete aus der Nase. Ohne das Blut abzuwischen, schaute er mir fest in die Augen und sagte: »Auch im Traum spürt man Schmerz.«

Maximow trieb ihn vorwärts. Ich ging jetzt neben dem Gefreiten, der Leutnant lief voraus und redete pausenlos laut vor sich hin, obwohl Maximow versuchte, ihn durch drohendes Zischen zum Schweigen zu bringen.

Seine Stimme dröhnte in meinem Kopf. Ich schnürte die Ohrenklappen fester, um ihn nicht hören zu müssen. Wenn ich doch diese Sprache bloß nicht verstehen würde! Maximow hatte es gut, er lief so dahin, ohne dem Deutschen Beachtung zu schenken.

Direkt neben dem Stab begegnete uns ein Schlitten mit Toten, die in zwei Schichten übereinander unter einer Plane lagen. Unten befand sich die Leiche einer jungen Frau. Ihre Haare waren offen, der Kopf mit dem himmelwärts gerichteten Gesicht schaukelte hin und her. Über ihr ragten Beine hervor, die in Stiefeln steckten und ihr ins Gesicht schlugen.

»Gott gib, dass ich aufwache!«, betete der Leutnant krächzend. »Ich will aufwachen. Das geschieht doch alles nicht mir ... Das bin nicht ich!«

»Schau hin, schau gut hin«, sagte Maximow.

Im Stab übergaben wir die Deutschen dem Diensthabenden und ließen uns im Raum der Funker am Ofen nieder. Ich schlief sofort ein. Maximow schaffte es kaum, mich wachzurütteln. Er zwang mich, ein wenig Tee zu trinken. Er gab mir ein Stück Zucker. Das hatte er sich bei den Funkern verdient, indem er ihnen die Geschichte mit den Deutschen erzählte. Ich weiß nicht, was er ihnen alles gesagt hat. Ich trank Tee und schaute zu, wie sich das Stück Zucker im Becher auflöste. Die Funker diskutierten, ob dieser Deutsche nun ein Simulant oder ein Irrer war. Dann erkundigte sich Maximow nach der zweiten Front und wann man sie endlich eröffnen würde.

Gegen Abend machten wir uns auf den Weg zurück an die Front. Im Hof sahen wir unsere Deutschen, die nach dem Verhör hinausgeführt wurden. Der Gefreite schaute mich an und sagte: »Er hat den Führer verraten.«

Der Leutnant begann zu lachen. Seine beiden Wangen waren weiß.

»Ich bin frei«, sagte er. »Solange ich schlafe, bin ich frei. Ich spucke auf alles. Schert euch zum Teufel!«

»Hör dir das an«, sagte ich zu Maximow, »siehst du, wie einfach er es sich macht?«

»Was geht dich das an?«

»Das darf nicht sein. Er will es sich leicht machen …«, sagte ich. »Was soll das heißen … ich bin nicht ich … Da kann sich doch jeder für einen Idioten ausgeben …« Ich nahm das Gewehr von der Schulter.

»Ach, du«, sagte Maximow, »der hat dich ja völlig durcheinandergebracht.«

Ein Schrei ertönte, ich weiß nicht, wer geschrien hatte. Wir sahen nur, wie der Gefreite auf den Leutnant zusprang, ihn niederwarf und an der Kehle packte.

Einen Augenblick standen alle – die Funker und die Wachen – reglos da und schauten zu. Einen Augenblick, der ewig zu dauern schien. Der Gefreite war ein Schweinehund, ein Faschist, aber sie konnten ihn verstehen, und auch sie wollten, dass er aus dem Leutnant schließlich diesen ganzen Wahn, diese Hoffnung, zu träumen, herausprügeln würde. Als man die Deutschen auseinanderzerrte, hörte ich, wie der Gefreite murmelte: »Ich bring ihn um … Den werde ich schon wach kriegen …«

Wir brauchten lange für den Rückweg und mussten oft Pausen einlegen. Wir gingen gerade am Kontrollposten vorbei, als ich mich an die Orden erinnerte. Wir hatten vergessen zu fragen, ob sie uns für diese Deutschen Orden verleihen würden.

»Was willst du damit«, sagte Maximow, »für solche Scheiße … Ich habe diesen Leutnant von Anfang an durchschaut.«

»Wie hast du das gemacht?«

»Als er im Unterstand zur Pistole greifen wollte.«

»Und?«

»Und dann nicht geschossen hat. Wenn er wirklich geträumt hätte, warum hätte er dann nicht schießen sollen?«

Wir bogen von der Chaussee ab. Unsere Spuren vom Morgen waren verweht, der Schnee lag wieder flockig und gleichmäßig, als wäre hier nie jemand entlanggelaufen.

»Natürlich haben sie Angst«, sagte Maximow.

»Hast du keine Angst?«

»Wovor sollte ich denn Angst haben?«

»Aber ich habe Angst … Nein, ich habe vor etwas anderem Angst«, sagte ich. »Dass ich nachher alles vergessen könnte, davor habe ich Angst …«

Es wurde schnell dunkel. Hinter uns begann die Flak zu hämmern, man hörte, wie die Stadt bombardiert wurde, wahrscheinlich brannten Häuser.

Wir schauten uns nicht um. Manchmal hielten wir an, ruhten aus, und dann dachte ich wieder an den Leutnant. Er ließ mir keine Ruhe.

»Und was, wenn er nun wirklich träumt«, fragte ich, »und dann aufwacht?«

Maximow sah mich an und spuckte aus.

»Nein, warte«, sagte ich. »Ich habe so etwas auch schon erlebt … nur anders natürlich … Manchmal scheint mir, alles sei nur ein Traum.« Ich zeigte nach hinten auf die brennende Stadt.

»Hör zu, Junge«, sagte Maximow zornig, »halt lieber die Klappe. Und hör auf, dich verrückt zu machen.«

»Gut«, stimmte ich ihm zu.

Ich versuchte, nicht mehr daran zu denken. Ich fand, dass es bei uns in den Schützengräben dennoch leichter war als dort in der Stadt. Wir konnten wenigstens schießen.

Ich dachte daran, dass es schon dunkel sein würde, wenn wir zu unserer Einheit gelangten, und dass das gut sei, denn in der Dunkelheit müssten wir uns nicht verstellen, wir würden die heiße dünne Plörre löffeln, nichts erzählen und sofort in den Schlaf sinken.

Narrenpossen

»Seither bin ich natürlich am Leben geblieben«, begann Shenja Lewaschow eine seiner üblichen Geschichten.«

»Kaum hatte der Krieg begonnen, da wollte ich unbedingt an die Front. Schon als Kind habe ich gern Krieg gespielt. Nun gab es endlich einen richtigen Krieg, noch dazu auf fremdem Territorium. Eins hatte ich mir fest eingeprägt – auf keinen Fall soll man auf eigenem Gebiet kämpfen. Ich war noch nie auf fremdem Territorium gewesen, und gekämpft hatte ich dort erst recht noch nicht, aber wenn der Zufall es wollte, würden wir den Feind ohne viel Blutvergießen mit einem mächtigen Schlag zurückwerfen und uns das ausländische Leben anschauen. Doch die Deutschen hatten es dermaßen eilig, dass wir es nicht schafften, auf ihr Territorium zu gelangen. Sie dagegen fanden sich schon beim ersten Anlauf auf unserem Gebiet wieder. Was sie hier suchten, blieb unklar, hätten sie uns doch freundlich darum gebeten. Diese Deutschen ballerten auf mich, sosehr sie nur konnten. Und weil ich ein herausragender Stratege bin, bombardierten sie mich auch noch von oben. Es war schrecklich, wie viele Bomben und Kugeln sie verbrauchten. Trotzdem haben sie nicht getroffen. Ich hatte gelernt, mich herauszuwinden, denn schließlich bin ich ja ein Stratege. Ich selbst konnte lange nicht auf sie schießen. Ich hatte einfach nichts zum Schießen. Man hatte mir eine Handgranate und einen Molotow-Cocktail gegeben. Solche Waffen sind aber nur für Heldentaten geeignet. Richtig kämpfen kann man damit nicht. Wir hatten noch nicht einmal gelernt, wie diese Cocktails zu werfen sind, da standen die Deutschen schon vor Leningrad. Niemand hat uns erklärt, wie das passieren konnte. Nun entschieden wir – jetzt reicht's und machten uns aus dem Staub. Die Generäle und Politoffiziere hatten uns schon lange befohlen: Keinen Schritt zurück! Aber wir mussten doch lernen, wie man sich zurückzieht. Echte Soldaten müssen angreifen und abhauen können. Zudem haben uns bereits Zar Peter und Kutusow beigebracht, wie man den Rückzug antritt. Auch die Engländer beherrschen das, bei denen ist das Tradition – sie verlieren alle Schlachten, außer der letzten.

Wir hätten uns noch viel schneller zurückziehen können, wenn wir nicht hin und wieder haltgemacht hätten, um den Deutschen ihren Blitzkrieg zu vermasseln. Den haben wir ihnen zwar vermasselt, aber dann begriffen, auch wenn wir ihnen den Blitzkrieg vermasselt hatten, bestand die Gefahr, den Krieg zu verlieren. Außerdem wollten wir sie nicht nach Leningrad reinlassen. Das hätte nun gerade noch gefehlt, dass in der Stadt Hakenkreuze aufgetaucht wären.

Während wir uns also auf dem Rückzug befanden, stellte sich heraus, dass außer uns auch England, Amerika und noch irgendwer gegen die Deutschen kämpften. Allerdings kämpften sie unbemerkt, es fiel kaum auf. Sie hatten noch vor uns mit dem Kampf begonnen. Ihr Krieg hieß Zweiter Weltkrieg. Sie hatten versprochen, dass sie bald anfangen würden, richtig zu kämpfen und die zweite Front zu eröffnen. Vor uns hatten sie gar keine Front. Sie kämpften ohne Front. Sie schafften es einfach nicht, sie zu eröffnen. Zuerst hatten sie begonnen, in Afrika zu kämpfen, in der Wüste. Wozu soll man in der Wüste kämpfen, wer braucht denn Sand? Dann versuchten sie, in Europa zu landen – es war ihnen nicht gelungen. Die Deutschen schubsten sie zurück ins Meer. Da wurde ihnen klar, dass es nicht so einfach war, die Deutschen zu besiegen, weil diese Scheusale auf das Kämpfen getrimmt sind, sie vergöttern solche Sachen.

Wir kämpfen auf unsere Weise.

Wir haben mal einen Fritz verhört. Bei denen treten sie nicht vor dem Kampf in deren Partei ein, und wenn sie angreifen, rufen sie nicht: Für die Heimat!, Für Hitler! Wie kommen die bloß ohne das aus? Alles ist bei ihnen unkorrekt, den Soldaten und Offizieren steht sogar Urlaub zu. Urlaub im Krieg! Ich konnte mit diesem Gefangenen keine gemeinsame Sprache finden. Er sagte mir, dass man ohne Kaffee und Funkverbindung nicht kämpfen kann.

Ich habe ihn gefragt: ›Wie kann man ohne Wodka und ohne Filzstiefel kämpfen?‹

Mit den Filzstiefeln hatte ich es ihm gezeigt. Seine Füße steckten in irgendwelchen Jackenärmeln, andere hatten sich Wickelgamaschen aus Stroh gebastelt, das sah vielleicht komisch aus. Oder nehmen wir zum Beispiel die Frage des Rückzugs. Dazu hatten wir einen ganzen Lehrgang absolviert. Jetzt konnten wir anfangen anzugreifen.

Aber die … Für den Winter hatten sie nicht mal Fausthandschuhe mit. Sagt der doch: ›Wir haben nicht mit Winterbedingungen gerechnet.‹

Stellt sich raus, das ist eine Sommerarmee. Die sind völlig verwöhnt in Europa.«

Wie Lewaschow immer sagte: »Für den Soldaten sind alle Kriege gleich. Er macht sich auf unterschiedliche Weise auf ins Jenseits: mit der ganzen Einheit oder einzeln, mit einem Gewehr, einer Maschinenpistole oder einem Schwert, die einem dort alle nichts nützen. Einfache Soldaten werden automatisch aufgenommen, man fragt sie nicht nach ihren Sünden. Ein gefallener Soldat ist ohne Sünde, nicht er hat den Krieg angezettelt.«

Er beschrieb ausführlich den Übergang ins Jenseits, als wäre er schon mehrfach dort gewesen. Im Übrigen hatte er innerhalb von drei Kriegsmonaten nicht einen einzigen Kratzer abbekommen.

Irgendwann hatte D. ihn nach dem Kommandeur des Kfz-Bataillons gefragt, einem Gierschlund und Geizhals, der ihnen keine Fahrzeuge gegeben hatte, um die 45-mm-Panzerabwehrkanone aus dem Sumpf zu ziehen.

»Der ist tot«, meinte Lewaschow kurz angebunden.

D. wunderte sich, denn er hatte gestern noch mit ihm telefoniert.

»Mausetot«, bestätigte Lewaschow. »Es sagt ihm nur keiner, sie wollen sich nicht mit ihm anlegen.«

Dieser Kerl hatte sich damit gebrüstet, dass er auf der Tribüne des Mausoleums Stalin gesehen hätte, und forderte deswegen Privilegien. Er sei als Einziger von uns würdig genug gewesen, Stalin mit eigenen Augen zu sehen. Er hatte dermaßen damit angegeben, dass Baskakow ihn zu sich bestellte. »Bist du etwa mit dem Genossen Stalin persönlich bekannt?« Da bekam der natürlich Schiss.

»Wenn man dich so hört, könnte man denken, er sei dein Kumpel«, fuhr Baskakow fort.

Da bekam der noch mehr Angst. Die haben ihn fertiggemacht, »bis zum völligen Verlust der Persönlichkeit«. (Shenja Lewaschow)

Ein wichtiger Rat

Im März hatte das Bataillon ein neues Funkgerät und mit ihm einen Funker bekommen – Leutnant Medwedjew, Leiter der Nachrichtenabteilung. Der Bataillonskommandeur erteilte D. den Auftrag, ihm zu helfen.

Medwedjew, ein älterer Mann aus Karelien, nahm D. lange mit bohrenden Fragen ins Kreuzverhör, wer er sei, wo er studiert habe, wer seine Eltern seien. Kleine schwarze Augen blickten mürrisch und misstrauisch aus dunklen Augenhöhlen.

Wir setzten das Funkgerät zusammen und stellten die Verbindung her. Medwedjew brachte D. bei, wie man Antennen installiert. Er verwendete seine eigene pfiffige Kombination aus Außenantenne und Rahmenantenne. Einmal murmelte er plötzlich düster: »Der Junge scheint gescheit, aber er ist ein Dummkopf.«

Erst später erklärte er mir, es sei vollkommen überflüssig, in einem Fragebogen anzugeben, dass meinem Vater die bürgerlichen Rechte aberkannt worden seien, man schreibt einfach: arbeitet in Sibirien – und damit hat sich's. Es gäbe Zehntausende von Repressierten, man könne nicht alle überprüfen, das System sei schon längst im eigenen Blut erstickt, hätte sich übernommen, und überhaupt …

Offenbar war er der Meinung, dass diejenigen, die das kontrollierten, wie alle bei uns Pfuscher seien, bei uns reißt sich niemand nach der Arbeit, denn ein fleißiges Pferd lebt nicht lange. Als ich ihm entgegenhielt, alle würden die Fragebögen wahrheitsgemäß ausfüllen, neigte sich Medwedjew zur Seite und spuckte einen langen tabakgelben Spuckefaden aus. Unser Volk ist ein Lakai, es hat Angst, zeigt sich selbst an, und wenn man es den Leuten befiehlt – legen sie sich freiwillig die Schlinge um den Hals.

D. bat darum, zu Medwedjew in den Unterstand ziehen zu dürfen. Ihn interessierten die ungewöhnlichen Äußerungen des düsteren Funkers. Aber was, wenn sie es rauskriegen, was dann? Bei Medwedjew war alles durchdacht. Es muss erwähnt werden, dass mein Leutnant schon längst nichts mehr über den Vater in die Fragebögen schrieb, weil er wusste, dass unsere Organe sowieso alles rausfinden, keine einzige Ungerechtigkeiten dulden, das Recht wiederherstellen. Er hatte es sich wohl zu einfach gemacht, so blöd sind die nun auch wieder nicht. Aber auch nicht so klug, die Hauptsache ist – hab keine Angst! D. konnte nicht an sich halten und fragte, woher Medwedjew das wüsste, ob er es etwa überprüft habe? »Vielleicht habe ich es überprüft«, brummte der und ließ sich auf die Pritsche fallen, um zu schlafen. Er hatte eine feste Regel: Sobald man auf der Pritsche lag, durfte einen keiner mehr stören. Wodka trank er nie, er gab mir seine Ration, tauschte sie gegen was zum Rauchen ein. Er verließ stets den Unterstand, um zu rauchen, war immer höflich. Mit dieser Höflichkeit schottete er sich von allen ab. Irgendwann gab er plötzlich zu, dass er selbst als Kulak enteignet worden war. Sie hatten bei Petrosawodsk gewohnt, zwei Kühe gehabt, also nach damaligen Maßstäben im Überfluss gelebt, außerdem hatte die Hütte ein Dachgeschoss besessen. Dieses Dachgeschoss hatte ihn reingeritten.

Die Offenheit des Funkers nahm D. für ihn ein, deshalb beschloss er, die ihn quälenden Zweifel mit ihm zu teilen. Konnten Unsere in den vier Kriegsmonaten tatsächlich viereinhalb Millionen Deutsche getötet und gefangen genommen haben? So hatten der Politleiter und der Politoffizier Genosse Jelisarow Stalins Worte zitiert. Das wäre fast die Hälfte der gesamten faschistischen Armee.

Das dunkle, wie aus Ton gebrannte Gesicht Medwedjews legte sich noch mehr in Falten; es war unklar, ob er grinste oder staunte.

»Sieh mal an, irgendwas kocht in deinem Kochgeschirr.«

Was dann kam, verblüffte mich noch mehr als alles andere.

»Alles Lug und Trug, Stalin lügt, will uns für blöd verkaufen. Wir sind Hals über Kopf geflohen, waren auf dem Rückzug, haben die Ukraine und Weißrussland aufgegeben und im Rennen ganz nebenbei noch viereinhalb Millionen über die Klinge springen lassen!«

Er hatte, ohne zu zögern, losgeredet, mit lauter Stimme, wie über irgendeinen Schwätzer in der Kompanie. Es war unangenehm, so etwas über Stalin zu hören. Ohne innezuhalten, verspottete Medwedjew den Oberbefehlshaber auch noch wegen der deutschen Überlegenheit nach dem unerwarteten Überfall. Hätten die uns vielleicht einen Monat vorher mitteilen müssen, an welchem Tag sie uns überfallen werden? Wozu gibt es denn Spione, wozu hat man überhaupt eine Armee? Diese Äußerungen lösten bei dem jungen Mann, der bis vor kurzem noch studiert hatte, Entsetzen und zugleich Begeisterung aus. Plötzlich Mut schöpfend, bekannte er, dass ihm die Behauptung, unsere Luftstreitkräfte seien besser als die deutsche Luftwaffe, unverständlich war. Wenn sie besser waren, warum konnten uns die Deutschen dann ungestraft bombardieren?

»Seht, meine Herren, das Eis ist gebrochen«, verkündete Medwedjew. »Vielleicht wird jetzt was draus.«

Wir probierten das neue Funkgerät in der Ruine des Observatoriums aus. Wir kletterten höher, Medwedjew setzte sich mit Kopfhörern auf den Ohren hin, stellte hier etwas ein, stellte dort etwas ein, erstarrte plötzlich, bedeutete mir mit der Hand, still zu sein, schüttelte den Kopf und sagte, er hätte eine deutsche Sendung erwischt. Sie sendeten Hitlers Rede vom Oktober: Warum sollte ich euch versprechen, dass wir die Sowjetunion besiegen werden; wir haben sie bereits besiegt! »Auch so ein Schwätzer.« Medwedjew hatte seine Deutschkenntnisse verheimlicht, weil er fürchtete, in irgendeine Politabteilung gesteckt zu werden, um Gefangene zu verhören oder Propaganda zu verbreiten.

Ständig verblüffte er mich mit seinen Geschichten, diese hier hat sich mir besonders eingeprägt: Man hatte Bussygin, einen vielgepriesenen Stachanow-Arbeiter der dreißiger Jahre, gebeten, auf einer Allunionskonferenz eine Rede zu halten, doch er lehnte ab. Man hatte zuvor seine Brigade zu einem Vorzeigemodell gemacht, aber mit dem Werk insgesamt war nicht viel los. Das wurde Ordshonikidse berichtet, der bestellte Bussygin zu sich, hörte ihn an und sagte: »Lass uns zu Stalin gehen, dem erzählst du, warum du die Rede nicht halten willst.« Bussygin schilderte Stalin den Niedergang im Werk. Stalin sagte: »Du musst die Rede halten und die ganze Wahrheit erzählen.« Das tat Bussygin. Seine ehrliche Rede löste stürmischen Beifall aus. Ein paar Tage später wurde die gesamte Werkleitung abgesetzt und vor Gericht gestellt. Manche wurden erschossen, andere verbannt. Einige davon in das karelische Städtchen, in dem Medwedjew gearbeitet hatte. Die Frauen und Kinder der Verurteilten verfluchten Bussygin, schlugen die Fensterscheiben in seinem Haus ein und schrien: Mörder!

Da das Sterben von unzähligen Menschen während der Blockade zum Alltag geworden war, schien das Leben seinen Wert und jeder Wunsch seinen Sinn zu verlieren. Der

Mensch zeigte seine ganze Unvollkommenheit, er wurde physisch erniedrigt, erwies sich als moralisch schwach – als wandelnder Leichnam. Wie viele hielten den Prüfungen nicht stand und verrohten.

Die Blockade zeigte dem Menschen, wer er war, was er auszuhalten vermochte, ohne seine Menschlichkeit zu verlieren.

Die Blockade hatte Leningrad vom ganzen Land und der Staatsmacht getrennt. Dort konnte man, wenn man Lebensmittelkarten hatte, leben, dort flogen keine Geschosse, dort gab es Licht, Wärme, fuhren Straßenbahnen. Hier lebte man nach anderen, ungeschriebenen Gesetzen. Es gab auf keiner Etage mehr Leitungswasser, Holzhäuser wurden zu Feuerholz zerlegt, Brot und Getreide konnte man weder kaufen noch irgendwo erhalten, sie mussten erbeutet werden, man sah keine Miliz mehr. Die Feuerwehrleute löschten zwar, aber es war sinnlos, ein zerbombtes Haus zu löschen. Vor der Stadt standen die Deutschen.

Ich sollte auf eine dreitägige Konferenz der Ingenieurdienste im Panzerführungsquartier in die Stadt geschickt werden. Ich hoffte, dass ich mich dort waschen könnte und mal nicht in Uniform schlafen müsste. Die Hoffnung war geweckt und durch eine Absage wieder zerstört worden, ohne jede Erklärung. Wolodja Lawrentjew sagte zu mir: »Bilde dir bloß nicht ein, von Geheimdienstleuten umstellt zu sein, damit macht man sich nur das Leben schwer. Die tun das mit Absicht, das ist ein Trick.«

Dann begann Baskakow mir gegenüber beunruhigende Signale auszusenden. Die Soldaten würden faschistische Flugblätter sammeln und aufbewahren, sie sollten als Passierscheine zu den Deutschen dienen. So als hätten sie vor, zum Gegner überzulaufen. Solche Leute müsse man ihm melden, um deren Vorhaben zu vereiteln, ansonsten seien wir geliefert, denn wir hätten ohnehin zu wenige Soldaten. Wer wird es melden, auf wen ist Verlass? Zu meiner Verwunderung begann er gefühlvoll Majakowski zu rezitieren:

»Ich bin Grubenreiniger und Trinkwasserfuhrmann,
Von der Revolution mobilisiert und berufen …«

»Wir sind beide Grubenreiniger.«

Majakowski war damals mein Lieblingsdichter, und ich deklamierte als Antwort: »Ich würde viel lieber als dergleichen in der Bar den Huren Ananas reichen.«

»Lieber als was?« Baskakow hatte nicht verstanden.

»Das ist auch Majakowski, seine Beziehung zum Denunziantentum.«

Baskakow runzelte die Stirn, dann seufzte er. »Hast wohl Hochschulbildung? Deshalb kannst du dir so was erlauben?«

In Wirklichkeit fürchtete ich Baskakow, sogar der Bataillonskommandeur fürchtete ihn. Baskakow hatte eine quälende Angewohnheit. Er kam in den Unterstand, setzte sich hin und schwieg. Schaute mal den einen, mal den anderen an, stellte keine Fragen … Zehn, zwanzig Minuten lang saß er da, dann stand er auf, ging ebenso schweigend wieder weg und hinterließ uns sein bedrückendes Schweigen.

»Wo ist sie, deine Bildung?«

»Sag ich nicht«, sprudelte ich hervor.

»Was sagst du nicht?«

»Wo sie ist.«

»Bildung schützt vor nichts. Sie ist – pfui Teufel – einen Dreck wert.« Dann lächelte er plötzlich ganz normal. »Hörst du jetzt auf mit dem Quatsch? Guck dich doch mal an, so wirst du ewig der letzte Lappen bleiben.«

»Ganz genau, Genosse Hauptmann.«

»Was willst du eigentlich?«

»Geben Sie mir einen Urlaubsschein für die Stadt.«

»Wozu denn?«

»Ich will mich mit meiner Tante wegen Ihres Vorschlags beraten.«

Baskakow starrte mich an. Ich stand stramm, ohne die Augen abzuwenden. Manchmal konnte ich mein Gesicht spüren, besonders wenn es einen dämlichen Ausdruck annahm. Mir gefiel dieser Idiotenausdruck auf meinem Gesicht. Mein Mund stand offen, mein Blick war stumpfsinnig – Oligophrenie eben. Das bot mir Schutz und bereitete niemals Unannehmlichkeiten. Ein Soldat muss sich dumm stellen können. Josef Schwejk hat einen Ausweg aus jeder beliebigen Schwierigkeit des Soldatenlebens gefunden – also sich dumm stellen, es wie Schwejk machen. Ob Baskakow das begriff oder auch nicht, spielte schon keine Rolle mehr. Er versicherte mir, dass ich was erleben könne, wenn ich irgendwas weitererzählen würde, er versprach, mich nicht aus den Augen zu lassen, den Geheimdienst auf mich anzusetzen, er würde mich schon erwischen. Alles ganz ohne Wut. Das Gute an der Dummheit ist, dass man sich ihretwegen nicht zu schämen braucht, ihretwegen nichts bereuen muss – ach, hätte ich doch besser, schlagfertiger geantwortet. Es lohnt sich, als dumm zu gelten, man muss sich nicht mehr anstrengen und lebt vergnügt, wie man will. Unter den Dummen gibt es viel mehr Glückliche als unter den Klugen. Aber die Dummheit nimmt sich meiner nicht allzu oft an, ebenso wie die Eingebung. Der Dummheit muss man sich mit Verstand bedienen, dafür benötigt man viel Verstand.

Auf Pritschen

Bei der Führung waren diejenigen beliebt, die angriffen, ohne Menschenleben zu schonen, alles in den Kampf warfen, die immer mehr forderten, die nur durch Masse etwas erreichten, durch den Einsatz von Fleisch. Wie viele von diesen Fleischern gab es unter unseren ruhmreichen Generälen! Irgendwann wird sich ein Historiker finden, der die Geschichte des Großen Vaterländischen Krieges umschreibt, jene rühmt, die Soldatenleben bewahrt und die Operationen durchdacht haben, um die Soldaten nicht ohne Deckung zu lassen, die findig waren, abwarteten und überlegten, wie man den Gegner geschickter umstellen und umgehen konnte.

Der Klang von Gitarrensaiten erfüllte den Unterstand, vertrieb den Gestank der trocknenden Fußlappen und unserer lange nicht gewaschenen Körper. Wolodja ging von Alexander Wertinski zu Pjotr Leschtschenko und dann zu Zigeunerromanzen über. Sein Gesang brach aus ihm heraus, war voll von einer Traurigkeit, die nicht vom Krieg herrührte, sondern aus seinem Leben in Friedenszeiten. Mit seiner Frau hatte er sich völlig überworfen, die kurze Fußballkarriere war beendet. War er ein Sänger? Mit diesem Repertoire? Höchstens auf kleinen Festen zu Hause. Dabei hatte er so viele Talente. Mit diesem Reichtum ging er großzügig um, beeilte sich, abzugeben, so viel er nur konnte, schleppte Verwundete auf seinem Rücken, baute Schlitten, ging Munition holen, obwohl er nicht dafür zuständig war. Auf eine militärische Karriere hatte er es nicht abgesehen. Der Krieg war auch nicht seine Sache. Wie die Mehrheit der Soldaten drängte er sich nicht danach, zu schießen. Wir schossen auf Befehl, kaum einer bemühte sich aus eigenem Antrieb darum, den Gegner zu jagen. Bei der Verteidigung zählt ein Tag mehr als beim Angriff. Vom Schützengraben aus hätte man durchaus schießen können, es herrschte schließlich Krieg, aber nein, wir waren müde. Wir begründeten es damit, kein Gegenfeuer auf uns ziehen zu wollen. Wozu sollten wir uns auch anstrengen, Verteidigung ist kein Angriff, unsere Scharfschützen waren unermüdlich, ließen den Deutschen keine Ruhe. Wir hatten auch genug zu tun, wenn wir nicht schossen.

Unsere Hauptaufgabe war es, zu schlafen ... Wolodja Lawrentjew hatte unendlich viel Arbeit. Er baute lieber eine Petroleumlampe, die mit Maschinenöl brannte, als zu schießen. Das Leben im Schützengraben hat seine feste Ordnung: Frühstück, Mittagessen, Dienste. Das Leben während der Verteidigung gab uns eine Art Zuhause. Kugeln pfiffen, Splitter flogen – nicht so wichtig, man hatte seine eigene Ecke, wo man den Soldatenmantel und die Wattejacke abwerfen, das Koppel abschnallen und die Stiefel ausziehen konnte ... D. konnte sich das Lächeln über diesen ruhigen Krieg nicht verkneifen.

Der Dienst in der Hauptlinie der Artilleriebrigade zeichnete sich durch Stabilität aus. Es handelte sich um einen Abschnitt, der von einem zerstörten Lastwagen bis zum Bahnübergang reichte, etwas über zwei Kilometer lang, Schützengräben, Unterstände, Verbindungsgräben, Maschinengewehrnester, ein eigener Bataillonsfriedhof, eingegrabene Panzer – was will man mehr. Ich bekam Briefe, hatte eine Feldpostadresse. Man brachte uns Mittagessen in Thermokübeln. Der zweite Zug des Bataillons verfügte über drei Pferde, zwei Anderthalbtonner, Munitionslager. D. hatte seinen Platz auf einer Pritsche, in einem Unterstand, über dem Kopf drei Schichten Balken plus Eisenbahnschwellen. Es war behaglich, zwar war es verraucht, und es stank, aber behaglich. Von irgendwoher tauchte eine Axt auf, um Äste für den kleinen Kanonenofen zu schlagen. Krieg hin, Krieg her, man musste sich schließlich einrichten, einen Haushalt führen – Eimer, Petroleumlampen, wir hatten ein gusseisernes Waschbecken aufgetrieben, einen ehemaligen Teekessel. Alles wurde versteckt, damit die Nachbarn es nicht stahlen. Als Streichhölzer fehlten, fand D. in den Ruinen des Observatoriums eine Linse, die bei Sonne aushelfen konnte.

In jenem Herbst und Winter hielten wir die Stellung bei Schuschary, hinter dem Feld lag Puschkin mit seinen Parks, auch der Palast war zu sehen. Den ganzen Blockadewinter über zeichnete er sich in der Ferne ab. Wenn ich ihn anschaute, erinnerte ich mich an die Flucht der Säle darin, die Pracht der Gemächer im rosa Widerschein der untergehenden Sonne.

Der Zwischenfall mit dem alten Mann von der Aufsicht kam mir nicht mehr unsinnig vor. Irgendetwas daran verdiente Achtung, doch erst viel später begann ich, diese Menschen wirklich zu verstehen.

Durch den Feldstecher war zu erkennen, wie der Palast allmählich schwarz wurde und zerfiel. Wir wussten, dass er von den Deutschen besetzt war, die dort Deckung vor unserer Artillerie gesucht hatten. An Frosttagen stieg Rauch aus den Schornsteinen auf, offensichtlich heizten sie die Öfen. Und unsere Kanonen donnerten von Zeit zu Zeit, wenn sie es nicht mehr aushielten, dort hinüber. Einmal brannte es im Palast. In der Frostluft erhob sich eine rußende schwarze Rauchsäule.

Ich weiß nicht, wie es in Peterhof und Oranienbaum war. Ich weiß nur, dass die Paläste in Puschkin uns beim Kämpfen störten, weil wir nicht auf sie zu schießen vermochten, ungeachtet der Grausamkeit der Leningrader Blockade, des Hasses, der sich in diesen schrecklichen Tagen durch Hunger, Tod und Bombenangriffe in uns angestaut hatte. Doch uns blieb nichts übrig, als in ihre Richtung zu schießen.

Die Paläste dienten den Deutschen als Lager und Versammlungsorte für die Offiziere. Lichter brannten, irgendetwas wurde dort gefeiert.

Im Januar 1944 hörte ich im Radio, dass unsere Truppen Puschkin befreit hatten. Ich befand mich schon an einer anderen Front und sah Puschkin erst anderthalb Jahre nach Kriegsende wieder.

Der Park war abgeholzt und von zugeschütteten oder mit Gras überwachsenen Bombentrichtern verunstaltet. Der Palast stand ausgebrannt und zerstört da, nirgendwo rauchte es mehr, aber in der Ruine hatte sich der Brandgeruch für immer festgesetzt. Der bittere Geruch der Zerstörung lag über allem, es roch nach Tod. Skelette von Pavillons ragten heraus, Fundamente, Postamente. Irgendwo auf den Trümmern einer Mauer, zwischen nackten rußgeschwärzten Ziegeln, schaute ein goldenes Köpfchen oder eine Weinranke hervor, und das war am traurigsten. Leningrader irrten zwischen den Ruinen umher und versuchten, sich an die vergangene Pracht dieser Orte zu erinnern. Sie fuhren zu den Springbrunnen nach Petrodworez und fanden dort das Gleiche vor: Ruinen, Schutt, ausgetrocknete Springbrunnen, tote, nicht wiedererkennbare Skelette von Palästen. Auch in Gatschina und in Pawlowsk war nichts mehr übrig von der einstigen Schönheit. Alles war zerstört, ausgeraubt, weggeschleppt, verbrannt, alles sah aus, als sei es unwiderruflich dahin.

Ebenso verunstaltet war Leningrad durch die ununterbrochenen Bombenangriffe, Brände und den Beschuss. Die große Stadt hatte, obwohl sie den Feind nicht eingelassen hatte und standhaft geblieben war, durch die Blockade in allen Bezirken Schäden davongetragen. Dennoch tat der furchtbare Anblick von Puschkin und Petrodworez allen

Stadtbewohnern, sowohl jenen, die überlebt hatten, als auch jenen, die aus der Evakuierung zurückkehrten, besonders weh. Die Stadt konnte man wieder aufbauen, das begriffen alle, doch sie begriffen auch, dass die wundervollen Residenzstädte für immer verloren waren, und diese Unwiederbringlichkeit war vielleicht der bitterste Verlust nach dem Krieg.

Doch bereits damals, bei jenem ersten und später bei allen weiteren Besuchen in Puschkin, fiel mir auf, dass die Ruine des Großen Palasts abgezäunt war und sich jemand darum kümmerte – Menschen strichen durch die Trümmer, krochen, gruben, buddelten, sammelten Scherben auf, Splitter, Flügel, Arme, Köpfe, Stücke von Zierleisten, Marmor, Glas … Die heilgebliebenen Atlanten blickten ohne Hoffnung von den Palastwänden auf sie herab. Niemand glaubte, dass man so etwas restaurieren könne, ganz abgesehen von der Zeit, die man dazu benötigen würde. Vorerst einmal stand für die nächsten zehn bis zwanzig Jahre der Wiederaufbau Leningrads an. Die Menschen drängten sich in überfüllten Gemeinschaftswohnungen. Fast alle Holzhäuser waren während der Blockade zum Heizen benutzt worden, die anderen waren Brandbomben zum Opfer gefallen. Die Menschen kehrten aus der Evakuierung zurück und wussten nicht, wo sie wohnen sollten … Man musste die zerstörten Fabriken wieder in Gang setzen. Ich arbeitete in jenen Jahren bei der städtischen Stromversorgung. Die unterirdischen Versorgungsleitungen der Stadt waren zerstört. Die Transformatorenhäuser lagen in Trümmern. Wir konnten Schulen, Krankenhäuser und Institute nicht mit Strom versorgen. An den Wiederaufbau der Palastanlagen und Springbrunnen von Peterhof war da nicht zu denken …

Bereits zu Kriegsende fasste der Rat der Volkskommissare der UdSSR den Beschluss über den Wiederaufbau von Petrodworez, Puschkin und Pawlowsk. Er wurde mit Freude und Verwunderung aufgenommen. Offen gesagt, hielten wir das eher für einen politischen Akt als für Realität. Damals hatte man anderes im Sinn. Doch Leute in Wattejacken und blauen Kitteln fuhren fort, zu graben und zwischen den Ruinen zu arbeiten. Dann kamen die Subbotniks, Sonnabende, an denen man freiwillig und unentgeltlich arbeitete, an denen die Leningrader gern teilnahmen, um die Parks in Ordnung zu bringen. Aus Verstecken und Gruben wurden verborgene Statuen und Denkmäler wieder ans Tageslicht geholt. Die Durchschüsse in den Palastwänden wurden repariert und das Dach gedeckt. So begann allmählich ohne überflüssigen Lärm das große, wahrhaft beispiellose Werk des Wiederaufbaus.

Wenn es nur ein Wiederaufbau gewesen wäre. In Wirklichkeit musste man jedoch Neues erschaffen, denn einiges war vernichtet worden und anderes verlorengegangen. Es galt, in die Geheimnisse der Handwerksmeister des 18. Jahrhunderts einzudringen, ihre Eigenart, ihren Stil nachzuahmen, sich von ihrer Sicht auf die Dinge durchdringen zu lassen. Von den vielen Architekten, Künstlern, Restauratoren verlangte das Selbstaufopferung und mühselige Kleinarbeit; sie mussten sich mit den besten Töpfern, Holzschnitzern, Stuckateuren, Ziselierern und Malern Russlands, Italiens und Frankreichs der vergangenen Jahrhunderte messen, bis hin zu den chinesischen Meistern der Webkunst.

Es gab Zweifler und solche, die das alles für Verschwendung hielten, denn in jenem Nachkriegs-Puschkin lebten die Menschen nicht nur in Armut, sie wohnten in Erdhütten, Baracken und Kellern ohne die elementarsten Dinge zum Leben. Wie konnte man da so viel Kraft und Mittel für diesen Luxus vergeuden?

Der Wiederaufbau der Residenzstädte war nicht nur

eine Heldentat der Restauratoren, sondern aller Leningrader. Nach den Leiden der Blockade und des Krieges waren sie bereit, den Wohnungsbau hintanzustellen und stattdessen diese Palastbauten wieder zum Leben zu erwecken, an Stelle des Lebensnotwendigen die Schönheit zurückzugewinnen. Mit riesigen Anstrengungen zweigte das Land Baumaterial für diese teuren Baustellen ab. Der Wiederaufbau der Paläste und Residenzstädte, Leningrads wertvoller Perlenkette, durfte nicht aufgeschoben werden. Jede Verzögerung machte die Verluste größer, verringerte die Möglichkeiten, diese auszugleichen. Historisch betrachtet, hat sich dieser schwere Entschluss, der in jenen Tagen gefasst wurde, als richtig erwiesen.

Der Wiederaufbau selbst war hochkompliziert. Er begann in den ersten Tagen nach der Befreiung von Puschkin, Pawlowsk und Peterhof im Januar 1944 und zog sich bis in die achtziger Jahre hin. Er ist bis heute nicht abgeschlossen. Doch das, was getan wurde, gleicht einem Wunder. Wie es inmitten der Ruinen von Puschkin unvorstellbar schien, dass es irgendwann gelingen könnte, den Menschen das zurückzugeben, was sich hier befunden hatte, ist es für uns heute unvorstellbar, dass all diese Pracht aus Bruchstücken und Scherben wiedergeboren wurde, die von Museumsmitarbeitern mühsam zwischen verbrannten Gerüsten zusammengetragen wurden – Bewahrtes, Verstecktes, Vergrabenes und Ausgelagertes.

Die untergehende Sonne spiegelt sich in den Fenstern des Katharinen-Palastes wider. An der Cameron-Galerie findet man keine Einschusslöcher mehr. Der Park, der Teich, die Tschesmen-Säule … Was ist aus jenem rührenden und wunderlichen alten Museumsmitarbeiter geworden? Hat er überlebt? War er überhaupt wunderlich?

Der Scharfschütze

In jeder Einheit gab es einen Scharfschützen. Das war nicht obligatorisch, hatte sich aber so ergeben. Unser Scharfschütze im Bataillon hieß Vitja Lomonossow, er war schon als Kind mit zur Jagd gegangen. Der Bataillonskommandeur hatte ihm ein Gewehr mit Zielfernrohr besorgt, und Lomonossow legte sich von Zeit zu Zeit auf die Lauer.

Nach der Niederlage der Deutschen bei Moskau wollte mein Leutnant auch gern Scharfschütze werden. Vitja Lomonossow hatte versucht, ihm das auszureden; Scharfschütze zu sein sei schwierig, man brauche eine entsprechende Ausbildung. Es nütze wenig, treffsicher schießen zu können. Man müsse sich zu tarnen verstehen, ein Ziel finden und abwarten können, man brauche den Instinkt eines alten Kriegers. Bei einem Raubtier könne man danebenschießen, doch ein Scharfschütze, der geschossen hat, hat sich enttarnt, und danach beginnt die Jagd auf ihn.

Mein Leutnant aber wollte unbedingt Scharfschütze werden. Heute verstehe ich nicht mehr, warum er so versessen darauf war. Es ist mir nicht mehr nachvollziehbar. Man kann sich natürlich Verschiedenes denken, offenbar war es die Jugend, eine Bewährungsprobe, vielleicht hegte er den Verdacht, ein Feigling zu sein. Aber vielleicht wollte er auch einfach kämpfen, schließlich gab es keinen Nahkampf mehr. Es gab Minen, Granaten, Kugeln, aber so Mann gegen Mann kämpfen, das gab es nicht. Nach Lomonossows Beschreibungen seiner Duelle mit deutschen Scharfschützen war es zu regelrechten Gefechten gekommen. Wer hatte mehr Ausdauer, auch die Psychologie spielte eine Rolle.

Er gab D. seinen weißgestrichenen Stahlhelm, seinen weißen Kittel und tarnte das Gewehr. Sie hatten die Position gemeinsam mit Hilfe des Feldstechers ausgewählt, sie sollte ungefähr hundert Meter vor unserem Gefechtsvorposten sein, in der Nähe eines stark beschädigten Baumes. Der unterschied sich von vorn und von der Seite durch nichts von den benachbarten Bäumen, die genauso zerschossen und mit abgebrochenen Zweigen dalagen. Nicht weit entfernt gähnte ein großer Granattrichter.

D. begab sich in der Dämmerung vor Sonnenaufgang dorthin. Er machte sich einen Lagerplatz zurecht. In einen kleinen Trichter, wie es im Umkreis viele gab, steckte er zwei Zweige zur Orientierung für Lomonossow und ließ sich nieder.

Filzstiefel, die innen mit Zeitungen und Stroh ausgestopft waren, eine Jacke und eine Wattehose sollten ihn warm halten.

Anfangs war ihm heiß, die Sonne ging langsam auf, die Farben des Sonnenaufgangs änderten sich schnell. Mit blassem Rosa, Flieder und Orange malte jemand auf diesem Teil des Himmels so schön und so geschwind, als könne er nicht innehalten. Links blieb der Himmel dunkel, reagierte lange nicht auf diese Kunst. Wenn man Posten steht, bemerkt man das alles nicht. Man geht hin und zurück, zieht an einer Selbstgedrehten, lauscht, beobachtet das Niemandsland und nimmt weder Sonnenauf- noch Sonnenuntergänge wahr. Der Himmel bereitet dem Menschen ein prachtvolles Schauspiel, doch der Posten schaut nicht hin. Womit ist er beschäftigt?

Im Herzen mit geheimer Trauer
Dacht ich: wie kläglich ist der Mensch,
Was will er nur! … Klar ist der Himmel,
Darunter gibt es Platz genug,
Nur er stürzt sich ins Kampfgetümmel,
Vergeblich, ruhelos – Wozu?

Eine Frage ohne Antwort, die ihm seit der Schulzeit im Gedächtnis geblieben war, kehrte nun auf andere Weise zu ihm zurück. Wozu hatte er sich hier unter dem klaren Himmel auf die Lauer gelegt? Was wollte er? Der klägliche Mensch – das war er, der brave Leutnant, der tapfere und feurige Rächer.

Wahrscheinlich waren sowohl der Bataillonskommandeur als auch Medwedjew und Lomonossow der Ansicht, dass er sich nur hervortun wollte, dass ihn die Ruhmsucht trieb. Das kränkte ihn, aber er wusste, dass er dennoch warten würde, bis sich ein unvorsichtiges Ziel zeigte, dass er nirgendwohin gehen würde, bevor er nicht geschossen hatte, auch der Dichter Michail Lermontow könnte nichts daran ändern. Lermontow selbst hatte ja immer wieder geschossen in jenem sinnlosen Kaukasuskrieg, den Russland einst führte.

Irgendetwas erschien im Visier. Warte. Er dachte an Vitjas Anweisung: Nur keine Eile. Er wartete. Im Schützengraben der Deutschen tauchte ein Stahlhelm auf. Schwankte hin und her, tauchte erneut auf, diesmal weiter rechts. Diese Art Falle war ihm längst bekannt. So überprüften sie die Lage, irgendwo saß ein Beobachter. Dort rechts blinkte ein Feldstecher auf. Er begann an den Füßen zu frieren. Ein Kopf mit Strickmütze huschte vorbei. Kam ihm ins Fadenkreuz, war wieder weg, kehrte zurück. Irgendetwas ging da vor. Der Deutsche bückte sich, verschwand, zeigte sich erneut. Möglicherweise grub er mit einem Spaten. Jetzt … ein Schuss. Er zuckte. Er hatte offenbar getroffen. Er hatte getötet … Getötet … oder verwundet … oder vorbeigeschossen. Jetzt nicht bewegen. Eine Mine heulte auf, eine nächste, eine dritte ganz in der Nähe. Neben ihm, direkt neben ihm prallte etwas ab und pfiff, das waren Kugeln. Vielleicht feuerten sie auf ihn. Er dachte, dass dort wahrscheinlich ebenfalls ein Scharfschütze auf der Lauer lag; nun würde er bis zum Abend hier ausharren müssen. Wenn er sich nur mit irgendetwas beschäftigen könnte, aber womit? Er durfte sich weder bewegen noch einschlafen. Es wäre gut, in den großen Trichter am Baum hinüberzurutschen. Er versuchte zu kriechen, kroch langsam, wobei ihm Schnee in den Kragen fiel. Endlich stürzte er in den Trichter. Hier konnte man sich wenigstens hinsetzen. Er begann, seine Füße zu massieren. Trotz der Filzstiefel fühlte er sie kaum noch. Er dachte daran, dass er, als er Merson im Krankenhaus besuchte, Kameraden gesehen hatte, denen man die erfrorenen Hände und Füße amputiert hatte, und auch solche, die man in »Samoware« ohne Arme und Beine verwandelt hatte. Er rieb sein Gesicht. Es schneite. Zuerst fielen einzelne Flocken, dann wurde der Schneefall dichter. Es schien wärmer zu werden. Er hätte sich am liebsten nicht mehr bewegt. Plötzlich zuckte er zusammen. Irgendetwas geschah mit ihm, Angst überkam ihn. Er begriff, dass er dabei war, zu erfrieren. Er begriff es, bewegte sich aber trotzdem nicht. Seltsam waren diese Minuten, die Angst nahm zu, aber sehr langsam, und in seinem Innern schaute jemand zu, wie er erfror und in einen seligen Dämmerzustand versank. Plötzlich sprang er auf, fiel aber sofort wieder hin, die Füße trugen ihn nicht. Er stand erneut auf, stützte sich dabei auf das Gewehr, kroch aus dem Trichter und lief los. Komme, was da wolle, vielleicht würde ihn ja der fallende Schnee schützen. Beim Gehen schlug er wegen des unsichtbaren Scharfschützen Haken nach links und rechts. Er war in die Stellung der zweiten Kompanie geraten. Dort sank er in den Schnee, die Füße trugen ihn nicht mehr. Man half ihm, zu den Seinen zu kommen. Schließlich erreichte er den Unterstand; Medwedjew legte ihn auf eine Pritsche und zog ihm die Filzstiefel aus.

Er war so durchgefroren, dass er die Zunge nicht mehr

zu bewegen vermochte. Er trank Wodka und wärmte sich auf. Mein Leutnant konnte sich nichts Gemütlicheres vorstellen als diesen verrauchten, stinkenden, verlausten Unterstand mit seinem Stroh und dem aus einem Benzinfass gebauten Ofen.

Er erzählte Medwedjew seine Erlebnisse als Scharfschütze. Der hörte schweigend zu und sagte: »Du hast also getötet? ... Zufrieden?«

»Und wie«, sagte er.

Aber irgendetwas an Medwedjews Ton gefiel dem Leutnant nicht.

Lomonossow kam und fragte ihn aus, wie es gewesen sei. Der Leutnant schilderte auch ihm alles ausführlich. Das Ganze klang recht dramatisch. Vitja hörte zu, dann zeigte er ihnen einen Brief von den Seinen aus Cholmogor. Seine junge Ehefrau hatte ihm geschrieben, dass ihr Pferd von der Militärkommandantur beschlagnahmt worden war und man danach von allen im Dorf Geldspenden für eine Panzerkolonne eingetrieben hatte. Er sagte: »Die haben dort mit meiner Familie abgerechnet, sie ohne Pferd gelassen, und ich soll diese schlechte Staatsmacht hier verteidigen.«

Er hätte das auch härter ausdrücken können, aber da er sich zurückhielt, hatte es noch größere Wirkung.

Als wir abends unseren Tee aus Kräutern tranken, die Medwedjew getrocknet hatte, erzählte ich ihm plötzlich von meinen ersten Mord. Keine Ahnung, was mich dazu trieb. Ich hatte versucht, nicht daran zu denken, hatte seit einem Monat niemandem gegenüber ein Wort darüber verloren. Mit der Zeit kehrten die Einzelheiten in mein Gedächtnis zurück.

Ich hatte Patronenkästen auf einen Wagen geladen, als mir ein Starschina vom Stab befahl, zum Kommandopunkt der ersten Kompanie zu laufen, da von denen nichts zu sehen war, die Verbindung sei abgebrochen. Ich raste los. Bereits von weitem sah ich die zwei Hintern am Eingang zum Unterstand, im Laufe der Monate waren sie in meiner Erinnerung zu zwei riesigen Hinterteilen angewachsen. Ich wollte rufen, doch die Wörter blieben mir im Halse stecken – Feldgrau, die Farbe der Deutschen. Wie ein Blitz fuhr es durch mein Gehirn, und im selben Moment knackte die Sicherung meiner Maschinenpistole, der Finger drückte den Abzug, die Maschinenpistole zuckte, erbebte und schoss dann wie von selbst, ohne mein Zutun, eine Salve in beide, ich konnte sie nicht mehr daran hindern. Ein Schwall von Blut, ein Schrei, aber das nahm ich schon im Laufen wahr, ein Geschoss schlug in den Glockenturm der weißen Kirche ein, der sich in Ziegelstaub hüllte und sich langsam neigte; ich lief, von Entsetzen getrieben.

Medwedjew schwieg.

»Es wäre gut, das zu vergessen«, sagte ich.

»Vielleicht auch nicht«, sagte er. »Eher nicht«, fügte er hinzu, »wenn du im Krieg bist, musst du töten. Ich habe einige mit dem Degtjarew-MG getötet. Ich weiß nicht, was das für welche waren. Habe sie mir nicht angesehen. Sie waren zur Imkerei gekommen. Wir wussten, dass sie kommen würden. Es ist gut, dass du es nicht vergessen kannst. Ich weiß nicht, sollte man für sie beten? Wäre das keine Gotteslästerei?«

»Glauben Sie an Gott?«

»Irgendwie schon.«

Nachdenklich fragte ich, ob ihm der Glaube helfen würde.

»Ich bitte ja nicht um Hilfe. Denn wir sind Staub und werden wieder zu Staub. Entweder durch eine Kugel in der Brust oder durch sonst was für einem Wehwehchen.«

»Wofür beten Sie denn?«

Medwedjew kratzte sich den Nacken.

»Ich bitte um nichts, ich danke dem Herrn« – er lächelte ein wenig – »dafür, dass er mir Leben eingehaucht hat, dass ich mich an seiner Schöpfung erfreuen durfte, natürlich für die Liebe. Ich bettele nicht: Lass mich noch ein wenig hier verweilen, sondern sage: Gedankt sei Dir dafür, dass Du so gütig warst, mich zu diesem Fest einzuladen.«

»Glauben Sie etwa wirklich, dass es ihn gibt?«

»Für mich ja.«

»Gibt es ihn für alle oder nur für Sie?«

»Weiß ich nicht.«

»Ist unser Leben etwa ein Fest?«

»Natürlich. Schade, dass du das nicht fühlst.«

Irgendetwas hatte Medwedjew nicht zu Ende ausgesprochen. Was es genau war, wusste ich nicht. Aber das konnte doch alles nicht ernst gemeint sein; es war lächerlich, anzunehmen, dass ein gebildeter Mensch, der noch gar nicht so alt war, betete und an Gott glaubte. Mir blieb nichts anderes übrig, als Medwedjew für absonderlich zu halten.

Derartige Merkwürdigkeiten drangen einem manchmal ins Herz, prägten sich ein und begannen zu wachsen.

Wir kamen nicht mehr darauf zurück.

Nach dem Krieg träumte ich von der Enge im Panzer, dass man sich darin wie blind vorkam, von dem Entsetzen angesichts der zwei mir zugewandten Hintern, die von einer endlosen Maschinenpistolensalve getroffen wurden, wobei es jedes Mal klatschte, wenn die Kugeln in den Körper eindrangen.

Medwedjew wurde von einer Mine getötet, als er an einer Antenne herumbastelte. Er war sofort tot. Das galt allgemein als Glück. Und am nächsten Tag wurde mein Freund Vitja Lomonossow getötet, von einem Scharfschützen. Die Funker riefen mich an. Am Morgen machte ich mich zu den Schützengräben der zweiten Kompanie auf. Vitja lag zusammengekrümmt, ohne Wattejacke und mit bloßen Füßen am MG-Nest.

Der Starschina sagte schuldbewusst zu mir: »Die Kameraden haben seine Sachen genommen, er hatte gute Filzstiefel. Wenn es sein muss, geben wir sie zurück. Aber ihn darin zu begraben wäre auch sinnlos.« Ich nickte. Unser Bataillonsfriedhof befand sich hinter dem Wall. Wir stellten für beide zusammen eine Geschosshülse mit ihren Namen auf. Ich kehrte in den Unterstand zu Wolodja Lawrentjew zurück.

Gedankenspiele

Hitlers unerwarteter Überfall auf die Sowjetunion, sein Wortbruch diente den Politikern immer wieder als Rechtfertigung. Als ob man einen Krieg rechtzeitig erklären muss, mindestens zwei bis drei Monate im Voraus. Dazu gibt es doch die Armee, damit man bereit ist, jederzeit einen Angriff abzuwehren. Außerdem war da noch die Führungsstelle der Aufklärung, sowohl der militärischen als auch der nichtmilitärischen. Es konnte keine Rede davon sein, dass man den Überfall nicht erwartet hatte, denn Stalin war von Sommer 1940 bis Ende 1940 immer wieder darüber informiert worden, dass Deutschland die UdSSR angreifen würde. Man teilte ihm die Anzahl der Divisionen der Wehrmacht an der sowjetischen Grenze mit – achtzig, später noch einmal vierzig. Von überallher kamen Hinweise. Man gab ein genaues Datum des Überfalls an: 20.–22. Juni 1941. Das alles war bekannt. Aber etwas anderes scheint mir interessant. Ein halbes Jahrhundert später veröffentlichten Historiker Fakten, die zeigen, dass die Rote Armee zu Beginn des Krieges dreimal mehr Panzer und zweieinhalbmal mehr Flugzeuge hatte als die Deutschen. Die Rote Armee bestand aus 180 Divisionen. Damit hätte man den Deutschen eins auf die Fresse geben und sie bis nach Berlin zurückjagen können, ohne auf die zweite Front zu warten.

Hitler hatte angenommen, dass all diese militärischen Kräfte nicht der Verteidigung, sondern einem Angriff dienen sollten. Das würde heißen, dass er zu einem Präventivschlag provoziert wurde.

In den ersten drei Wochen verlor die Rote Armee achtundzwanzig Divisionen und die Hälfte des Bestandes von weiteren siebzig Divisionen. Es gab faktisch keine Rote Armee mehr. Die Legende vom unerwarteten Überfall ist reine Demagogie des Kremls. Man versuchte, die Selbstgefälligkeit der großen »Koryphäe« irgendwie zu rechtfertigen. Er, Stalin, hatte sich nicht vorstellen können, dass Hitler ihn zu überlisten vermochte, sich als klüger erweisen würde als der geniale Prophet – das war undenkbar. Man kann also sagen, dass Stalin Opfer seines eigenen Kults wurde.

Anfang Juli 1941 nahmen wir Volkswehrsoldaten Verteidigungsstellungen im Luga-Abschnitt ein. Wir setzten uns dort fest, obwohl sie nicht fertig waren, aber immerhin boten sie uns Deckung. Es gab eine Art Verteidigungsanlage, etwas, von dem aus man weitere Schützengräben ausheben konnte, sogar mit vollem Profil. Viel später erfuhr ich, dass in eben jenen Julitagen General Pjadyschew, der die Operationsgruppe Luga kommandierte, dafür verurteilt wurde, dass er eigenmächtig (!) damit begonnen hatte, jene Lugaer Verteidigungsanlagen bauen zu lassen. Bald darauf kam er in einem Lager um. Wie sich herausstellte, hatte man ihm befohlen, in die Gegenoffensive zu gehen. Das zeigte, wie wenig die Führung begriffen hatte, was an der Front los war! Danach wurden mehrere Generäle für die Fehler des Oberbefehlshabers erschossen.

Der Überfall der Deutschen kam vor allem für Stalin unerwartet. Sowohl der Generalstab als auch die Kommandierenden der Militärbezirke hatten den Krieg täglich erwartet, aber nicht gewagt, etwas zu unternehmen. Nur der Volkskommissar der Marine, Admiral Kusnezow, riskierte sein Leben, indem er, ohne auf einen Befehl zu warten, ein dreistufiges Bereitschaftssystem einführte, wonach die Marine ständig in der Lage zu sein hatte, einen Angriff abzuwehren.

Nicht nur Kleinigkeiten

Ständig musste von irgendwoher Wasser besorgt werden. Im Winter konnte man Eis schmelzen, im Frühling aber wurde das in die Schützengräben flutende Wasser schmutziggelb, begann zu stinken, weil man dort seine Notdurft verrichtete, auch wegen der Leichen und der anderen Abwässer der Kompanie. Wie sollte man es reinigen? Die Gasmasken, durch die man es hätte filtern können, hatten wir längst weggeworfen. Wir versuchten Filter aus Kohle und Fußlappen zu bauen. Abkochen? Wir kochten das Wasser ab. Das half kaum. Und es war auch schade um das Brennholz. Brennholz musste man ebenfalls ständig beschaffen. Auf den Pulkower Höhen lagen zwischen den Gebäuden des Observatoriums hier und da noch Fensterrahmen und Türen herum. Dort hausten eine Artillerie-Division und eine Marine-Brigade, die uns verjagt hatten und Wodka von uns verlangten, wenn wir Brennholz haben wollten. Nur in den Kellern durfte ich wühlen, wo sich Berge von irgendwelchen Papieren, Atlanten und alten Zeitschriften befanden.

Zum Bäumezersägen und Holzhacken hatten wir nicht die Kraft. Außerdem brannte dieses Holz nicht ohne Kerosin. Türen und Dielenbretter brannten besser, am allerbesten brannte Parkett. Schnell war alles verfeuert.

Wir versuchten, die Schwellen unter den Eisenbahnschienen hervorzukriegen. Das war Schwerstarbeit. Im Winter reichte die Kraft dafür nicht aus. Die Holzhäuser aus dem nahe gelegenen Pulkowo hatten wir bald alle verfeuert. Wir gingen immer dichter an die Stadt heran, um Brennholz zu holen, das wir auf Schlitten herbeischafften. Wir hatten ein wenig Kohle aufgetrieben, doch um sie anzuzünden, brauchte man Brennholz. Heißer Tee ersetzte uns das Brot. Suppe und Kascha wurden uns kalt gebracht. Nicht einmal im Sommer kam man ohne Brennholz aus. Auch zum Rasieren benötigte man zumindest warmes Wasser, denn sonst tat es zu weh, die gefrorenen Wangen abzuschaben.

Ich kann mich nicht mehr erinnern, wo wir was beschafften und wie wir das machten. Aber wir waren ziemlich einfallsreich. Irgendwie kochte das Wasser in unseren rußigen Kochgeschirren, dampfte die Suppe, wurden geschossene Tauben und Eichelhäher gebraten. Ich erinnere mich an ein lustiges Problem. Es war im zweiten Kriegssommer, als wir eine Offiziersration bekamen: gezuckerte Kondensmilch. Entweder aus unserer Produktion oder über eine Lend-Lease-Aktion. Es war jedoch eine Zweieinhalbliterbüchse. Sofort erhob sich die Frage, wie man die Kondensmilch verteilen sollte. Keiner hatte ja irgendein zusätzliches Gefäß dafür. Doch wer würde es sich erlauben, gleich zweihundert Gramm, seinen gesamten Anteil an gezuckerter Kondensmilch, auf einmal zu trinken? Sie war eine kostbare Delikatesse, man musste sie genießen, einen kleinen Löffel pro Tag. Sie bedeutete Zucker und Milch und ein bisschen Lebensfreude mitten in unserer

Hungersnot. Der Politoffizier befahl, die Konservenbüchse nicht anzurühren, bis alle ein Gefäß hatten, und stellte sie in seinen Unterstand. Unser großartiger Starschina trieb irgendwo Seifendosen auf. Er verteilte sie an alle Offiziere, und alle erhielten ihre Portion Kondensmilch. Die Seifendosen steckten wir in die Hosentaschen. Der Deckel saß fest, es floss nichts heraus. Später bewahrten wir in den Dosen Zucker auf, und nachdem wir in Ostpreußen einmarschiert waren, Toilettenseife. Es galt, die elementarsten Bedürfnisse zu befriedigen. Es gab keine Schuhcreme, daher schmierte ich Stiefel und Schuhe mit Waffenfett ein. Die Haare schnitten wir uns gegenseitig mit der Schere. Wir hatten eine Schere für die ganze Kompanie. Wir hatten weder Streichhölzer noch Feuerzeuge, Feuer zum Rauchen machten wir mit Feuerstein und Zunder, wie in der Steinzeit, aber es funktionierte.

> Der Schützengrabenalltag ist recht schwierig,
> denn um den Krieg nicht zu verlieren,
> muss der Soldat auch existieren –
> nicht nur die Heimat retten, schießen und sich tapfer schlagen,
> nein, auch ein Handtuch braucht der Mensch in diesen Tagen.

Shenja Lewaschow warf mit solchen und ähnlichen Versen um sich, ohne dass sein Mund auch nur einen Moment stillstand.

Wir bauten Öfen aus Treibstofffässern. Die Fässer stahlen wir im Kraftfahrzeugbataillon; dort verfluchten sie uns, weil sie sie wieder beim Dienst für Treib- und Schmierstoff abgeben mussten.

Im Februar tobte einmal fast den ganzen Tag lang ein Schneesturm, es fiel so viel Schnee, dass man nicht mehr aus dem Unterstand herauskam. Diese ganzen Schneemassen mussten so umverteilt werden, dass man die Übersicht nach vorn und nach hinten behielt. Lockerer Schnee ersetzt keine Brustwehr; es stellte sich heraus, dass es Normen für diese bescheuerten Brustwehren gab. Krepieren konnte man bei solch einer Arbeit. Der Bataillonskommandeur gab kein bisschen nach. Wir schickten Mutterflüche von panzerbrechender Kraft gen Himmel. Da konnte man schaufeln und schaufeln, und das bei der dürren Erbsenplörre und dann noch mit unseren Pionierspaten, die nur dazu taugten, Generalsscheiße wegzuräumen.

Was dachten die sich in all den Militärakademien und Stäben, wussten sie etwa nicht, dass es im Winter schneit? Dass ein Soldatenmantel kein Pelz ist und Soldaten bei Frost eine Wattejacke brauchen, dass Soldaten länger dem Frost ausgesetzt sind als Offiziere.

Fast alle im Bataillon hatten erfrorene Füße und erfrorene Hände. Medwedjew erzählte, dass finnische Soldaten warme Unterwäsche trugen. Darauf antwortete ihm der Politoffizier Jelisarow: »Selbst in Badehose würde ein russischer Soldat ihnen zeigen, wo der Hammer hängt.«

»Aber so kämpfen wir auch«, sagte Medwedjew.

Eine verirrte Kugel

Die Funker hatten mich zu sich bestellt, weil Shenja Lewaschow aus dem Stab anrief. Mit glücklicher Stimme sagte er, dass er unbedingt kommen müsse, um mir etwas mitzuteilen, das auch mich beträfe. Ich sollte nirgendwo hingehen und auf ihn warten.

Es war ein sonniger Maimorgen. Die Sonne wärmte bereits. Die Erde taute auf. Dieser verfluchte Winter ging zu Ende. Die Schneeverwehungen, Erfrierungen und das ewige Brennholz, Brennholz …

Ich stand mit vergnügt zusammengekniffenen Augen in der Sonne am Eisenbahndamm, auf dem schon junges Gras von zartem Grün durchkam, das noch schwach war, aber stark duftete, wenn man es zwischen den Fingern rieb. Ich öffnete den Kragen der Militärbluse. Am liebsten hätte ich mich jetzt ausgezogen und gesonnt. In einer Gefechtspause war der Frühling an die Front gekommen, überall kehrten Düfte, Vogelgesang und sonnige Schatten zurück. Die zur niederen Natur gehörenden Ameisen und Käfer fürchteten offenbar weder Detonationen noch Krach, bemerkten sie nicht einmal. Am meisten litt der Wald unter dem Krieg. Die Bäume blieben nackt, zerfetzt und zerborsten zurück.

Alles war mit Zweigen und Ästen zugeschüttet. Dieses Schlachtfeld würde noch lange Schrecken einflößen.

Lewaschow tauchte im Graben auf. Er winkte mir von weitem. Er lief nicht, er schwebte. Seine dichte Haartolle stand ihm immer nach allen Seiten ab, heute aber schien mir, er selbst sei ein Stückchen in die Höhe geschoben. Ungewöhnlich hochgewachsen, näherte er sich mir – breitschultrig, kräftig, ein Liebling der Fortuna. Er war ganz freudige Überraschung. Er baute sich vor mir auf und ließ mich schmoren.

»Hör zu, Alter …« Doch plötzlich weiteten sich seine Augen erstaunt, aus dem offenen Mund wuchs eine blutige Blase. Weder er noch ich begriffen, was vor sich ging. Er klammerte sich an mich und versuchte, sich festzuhalten. Langsam sank er zu Boden. Seine Augen schauten mich staunend an. Die Blase platzte, eine andere, neue, genau so blutige bildete sich.

Im letzten Moment packte ich ihn, in seinem Hals blubberte es. Ich begann bereits zu begreifen, und er auch. Es war eine einzige, endlos lange Sekunde. Er lag in meinen Armen und wurde immer leichter. Weil er fortging. Wahrscheinlich schrie ich: »Shenja, Shenja!« Irgendwie musste ich ihn zurückhalten. Ich kannte diesen Übergang zur Genüge, den letzten Schritt, wenn der Mensch die Schwelle überschreitet. Würde sich ihm das Nichts öffnen, würde dort Finsternis sein? Oder Licht?

Sein Körper erbebte leicht, streckte sich; der auf mich gerichtete Blick erstarrte.

Nicht der Tod war gekommen, sondern das Leben ging, trug Shenja Lewaschow fort, seine ganze einmalige, ungewöhnliche Welt, all die Geschichten, die er sich ausgedacht hatte. Zurück blieb dieser leblose Körper, der in meinen Armen erkaltete.

Wir hatten hinter dem Schutzwall gestanden, an einem scheinbar völlig ungefährlichen Ort. Eine verirrte, ziellose Kugel kam geflogen, warum auch immer hatte jemand morgens geschossen …

Als es dunkel wurde, trugen wir ihn zu unserem Friedhof. Es waren einige gekommen, um ihm das letzte Geleit zu geben. Bei uns gab es keine Beerdigungszeremonien, doch dieser Tod war so schrecklich, wir hatten Shenja Lewaschow gerngehabt.

Wir kamen zurück, tranken ein Gläschen auf sein Andenken, und da fiel mir ein, dass er es nicht geschafft hatte, mir zu erzählen, weswegen er herbeigeeilt war – das würde ich nun nicht mehr erfahren. Niemals. So ist der Tod.

Ein Soldat im Gefechtsstand

Andrej Korsakow, ein Hauptmann aus unserem Regiment, schrieb Erzählungen über das Panzerregiment. Sie waren kurz, ebenso kurz wie die Geschichte des Regiments. Er verdichtete sie, brachte sie auf den Punkt, so wurden sie interessanter. Eine Erzählung hat er mir geschenkt.

Die Panzerdivision hatte den Befehl, die Zufahrt zur Übergangsstelle über einen Fluss zu sichern.

Die Artillerievorbereitung war misslungen. Man hatte nicht genug Munition gehabt. Die Wagenkolonne mit der Munition war bei Russa stecken geblieben, dort war eine Brücke zerbombt worden. Laut Divisionsbefehl sollte Golubzows Regiment die Stellungen im Vorfeld erobern.

Bei den ersten Versuchen, aus dem Wäldchen, das sich an der Flussniederung bis zum Ufer hinzog, herauszukommen, verlor man zwei Fahrzeuge, eins verbrannte, eins blieb stecken, und Golubzow hatte begriffen, dass dieses ganze Unternehmen keine Aussicht auf Erfolg hatte.

Er saß im Gefechtsstand am Funkgerät und wartete auf eine Verbindung mit dem Divisionskommandeur. Der Gefechtsstand befand sich in einem ehemaligen deutschen Unterstand, dem einzigen in diesem Sumpf. Davor hatten hier Granatwerfer-Schützen von uns gelegen. Auf den Stützpfeilern sah man noch mit Kopierstift gemachte Krakeleien, die die Unseren hinterlassen hatten, und von den Deutschen waren Granaten an langen hölzernen Stielen sowie eine Postkarte mit einer nackten Frau darauf zurückgeblieben, die jemand an eine Pritsche geheftet hatte.

Golubzow hatte die ruhige, durch eine Zeltplane abgetrennte Hälfte des Unterstands belegt. Über dem Tisch brannte der an einen Akkumulator angeschlossene Autoscheinwerfer. Von den Detonationen in der Nähe erbebte der sumpfige Boden träge, Sand rieselte durch die Balkendecke. Er fiel auf Golubzows Schirmmütze, die Karte und den Teller mit Sprotten.

Ein junger Funker saß auf einer Kiste und schmierte den Umformer, wobei er pausenlos ins Mikrofon sprach: »Kornblume, Kornblume, hier Flieder, hier Flieder.«

Die Ölflasche klapperte, was Golubzow ebenso aufbrachte, wie die unbekümmerte Stimme des Funkers.

»Willst du noch lange rumklappern?«, fragte Golubzow.

Der Funker sah ihn an und schob die Kopfhörer zur Seite.

»Zu Befehl, Genosse Major.«

»Stell die Verbindung her, die Verbindung!«, schrie Golubzow und begann zu fluchen.

Der Funker runzelte die Stirn, setzte die Kopfhörer auf und sprang hoch.

»Der Stellvertreter ist am Apparat.«

Das Lämpchen blinkte im Takt von Golubzows Worten.

»Mach Schluss«, sagte der Divisionskommandeur. Sie kämpften schon ein Jahr lang zusammen, und Golubzow wurde klar, das der Divisionskommandeur nichts mehr auszurichten vermochte. »In voller Fahrt, in voller Fahrt musst du durchbrechen. Drauffeuern, drauffeuern, was hast du denn gedacht?« Aber weil er Golubzow in keiner Weise helfen konnte, wurde seine Stimme härter. »Hast du etwa angenommen, die empfangen dich mit Glockengeläut? Wieso zum Teufel seid ihr stecken geblieben? Willst du ins Strafbataillon?«

Golubzow schaute traurig auf das blinkende Lämpchen. Der Divisionskommandeur sagte zu ihm genau dasselbe, was Golubzow selbst gerade zum Kommandeur der ersten Kompanie gesagt hatte. Die Deutschen hatten das von rechts kommende Regiment gestoppt, und nun lag die ganze Hoffnung auf dem Regiment von Golubzow.

Er ließ sich mit den Kompaniechefs verbinden. Der Chef der ersten Kompanie teilte ihm mit, dass das Nachbarfahrzeug brannte.

»Wo bleibt die Artillerie?«, fragte er. »Genosse Major, wo bleibt die Artillerie?«

»Du selbst bist die Artillerie, es gibt keine Artillerie«, sagte Golubzow. »Verstehst du? Halte dich mehr rechts, und vorwärts in voller Fahrt.«

»Rechts geht nicht, da ist Sumpf«, teilte der Kompaniechef mit. »Da ist es völlig ...« Er fluchte und brach die Verbindung ab.

Obwohl der Kompaniechef auf den Sumpf und die Artillerie geflucht hatte, begriff Golubzow, dass er eigentlich ihn damit gemeint hatte, den Regimentskommandeur, der nicht helfen konnte und über Dinge redete, die der Kompaniechef selbst sah und besser wusste.

Das Einzige, was der Kompaniechef nicht wusste, war das über die rechts von ihm liegende Kompanie, aber das hätte ihm auch nicht weitergeholfen.

Der Funker fragte: »Soll ich die Verbindung zur ersten Kompanie noch mal herstellen?«

Seine Augen blitzten spöttisch.

»Ruhe! Du machst mich hier noch ...«, schrie Golubzow. Er begann zu rauchen, sog gierig und tief an der Papirossa, so dass ihm schwindlig wurde.

Er schob die Zeltplane beiseite und trat zu den Nachrichtensoldaten. Dort piepten die Telefone, der technische Assistent rügte jemanden. Die Brille hüpfte auf seiner Nase auf und ab, ein Brillenglas war zerschlagen, und das Auge im leeren Hornrahmen zielte mit der schwarzen Pupille genau auf Golubzow. Golubzow atmete schwer, ihm war schwindlig, er hielt sich an einem Stützbalken fest und sah einen Soldaten auf einer der Pritschen. Der saß da, hatte einen Stiefel ausgezogen und wickelte sich einen Fußlappen neu. Im Schein der Petroleumlampe waren eine weiße Fußsohle und eine gelbliche Ferse zu erkennen. Der Soldat schmatzte vor sich hin und lachte laut. »Was ist denn mit dir los?« Golubzow spuckte die Papirossa aus. »Was soll das?«

»Na da.« Der Soldat zeigte auf die Karte mit der nackten Frau, zwinkerte ihm zu und lachte wieder.

Golubzow schnappte nach Luft.

»Du … du …«

Der Soldat schaute auf, sprang hoch, schlug die Hacken zusammen – den nackten und den im Stiefel.

»Genosse Vorgesetzter …«

»Versteckst dich wohl hier? Wickelst deine Fußlappen, du Trottel«, schrie Golubzow. »Ruhe! Woher kommst du? Lass dich hier nicht mehr blicken … Ab zu den Schützen! Schießen! Marsch! Im Laufschritt!«

Er schrie und schrie, hörte seine Worte selbst nicht mehr und fühlte sich selig entrückt.

Der Funker sah hinter der Zeltplane hervor.

»Genosse Major, das 23. Regiment will Sie sprechen.«

Golubzow drehte sich abrupt um, der Funker wich zurück.

Golubzow nahm die Kopfhörer und hörte den Chef des Armeestabs im Stehen an.

»Wa-a-rum bewegst du dich nicht? Was ist los mit dir, willst du etwa die Operation platzen lassen? Denkst du, ich hab dich nicht durchschaut? Wo sind die Panzer?« Golubzow drehte die Karte und tippte mit dem Finger aufs Geratewohl in ein hellgrünes Quadrat. »Halte dich mehr rechts!«, schrie der Stabschef.

Golubzow zögerte einen Moment. Es wäre so einfach, zu Befehl zu sagen, sich rechts zu halten und in den Sumpf hineinzufahren, aus dem man nicht mehr herauskommen würde, sowohl Panzer als auch Menschen zu schonen. Da dachte er an den Chef der ersten Kompanie.

»Nein«, sagte er und begann alles zu erklären.

»Dir werd ich's zeigen, von wegen, da bleibt man stecken! Vergiss nicht, mein Lieber«, sagte der Stabschef sanft, »wenn du das nicht hinkriegst, wirst du degradiert, dann marschierst du als gemeiner Soldat im Zug. Ihr von den Garderegimentern, euch sollte man ... Ich befehle dir, in voller Fahrt durchzubrechen. Verstanden? In voller Fahrt.«

Golubzow stellte sich vor, wie am weißen Hals des Stabschefs der scharfkantige Adamsapfel auf und ab hüpfte. Er stellte sich seine angenehm riechende Pfeife, den gelben verrauchten Finger auf dieser Pfeife und den lustigen spitzen Schnurrbart vor. Mehr als alles in der Welt wünschte sich Golubzow, jetzt das aussprechen zu dürfen, was er über diesen Krieg und den Stabschef dachte. Aber er sagte nichts und verstand nicht, warum er es nicht vermochte. Davon wurde ihm noch schwerer ums Herz.

Er legte die Kopfhörer hin und begann sich zu kratzen. Sein Körper juckte. Er kratzte sich die Haut auf.

Der Oberadjutant kam angerannt und teilte mit, dass zwei weitere Panzer zerstört worden seien.

»Na und?« Golubzow explodierte. »Na und? Machst du dir gleich in die Hosen? Ich brauche den Übergang. Den Übergang! Die zerstörten Panzer zählen wir später. Ich werde sie selbst zählen. Hast du gehört? Wegtreten!«

»Genosse Major, man müsste wenigstens ...«

»Ruhe!«, unterbrach ihn Golubzow. »Wegtreten!«

Der Oberadjutant schaute ihn traurig und mitfühlend an. Er drehte sich um und schlug die Hacken zusammen. Die Tür zum Unterstand knallte zu. Golubzow strich noch zwei Rhomben auf der Karte durch. Man musste sich mit den Kompaniechefs in Verbindung setzen, aber er wusste nicht, was er ihnen sagen sollte. Es war jene Grenze erreicht, wo Worte nutzlos waren und weder Aufmunterungen noch Drohungen mehr halfen. Die Führungskräfte der Division und der Armee konnten ihn anschreien, er aber hatte niemanden mehr zum Anschreien.

Plötzlich trat Stille ein, eine kurze Pause, eine Unterbrechung, dann hörte Golubzow, wie jemand vor der Zeltplane sagte: »Der steht unter Dampf, der Gute, wird noch in Brand geraten.«

Als man ihn zu den Telefonisten rief, sah er, dass sich im Unterstand alles verändert hatte. Auf der Pritsche lag der Oberadjutant und röchelte. Seine Uniform war zerfetzt, die Bluse von Blut durchtränkt, der Sanitäter legte ihm einen Wattebausch auf den Bauch. Von den vier Telefonisten war nur noch einer da, der schnell und eintönig wiederholte: »Reseda, Reseda.« Auf dem Boden lagen Kabelrollen und Rucksäcke. Durch die halboffene Tür drang Rauch herein. Golubzow beugte sich zu dem Oberadjutanten herunter.

»Bist ein toller Kerl«, sagte er. »Ein toller Kerl. Unsere sind trotz allem zum Übergang durchgekommen.«

Der Adjutant schlug die Augen auf und blickte irgendwohin in die Ferne.

Golubzow richtete sich auf und schaute sich um. In einer dunklen Ecke sah er den Soldaten. Er saß auf der Pritsche und wickelte immer noch sorgfältig seinen Fußlappen. Neben ihm stand ein Kochgeschirr. Die grüne Farbe war abgeplatzt, fleckenweise schien das Aluminium durch.

Golubzow seufzte tief und lächelte. Immer noch lächelnd, trat er zu dem Soldaten und packte ihn am Kragenaufschlag. Der Soldat erhob sich.

»Wieso hast du den Befehl nicht ausgeführt?«, fragte Golubzow interessiert.

Der Soldat erwies sich als hochgewachsen und ein wenig gebeugt. Golubzow versuchte angestrengt, ihm ins Gesicht zu schauen, das im gelben Halbdunkel verschwamm, und vermochte nur das schwarze Loch des Mundes zu sehen, das mal verschwand und mal wieder da war und aus dem schwacher Tabakgeruch drang.

»Dir werd ich zeigen, wie man sich versteckt, du Hundesohn«, drohte Golubzow und zog die Pistole. »Dir werd ich zeigen, wie man Fußlappen wickelt.«

Er stieß ihn vor sich her zum Ausgang. Der Soldat griff mit einer Hand nach seinem Stiefel, mit der anderen nach seinem Gewehr. Golubzow ging hinter ihm und hielt ihm die Pistole in den Rücken. Auf der Treppe begann sich der Fußlappen abzuwickeln, der Soldat bückte sich und stopfte ihn wieder zurecht.

Kaum waren sie draußen, schaute der Funker herein.

»Genosse Major! Wo ist der Major?« In diesem Moment schlug ganz in der Nähe ein Geschoss ein, alles schwankte. Draußen wurde etwas geschrien, der Funker rannte hinaus.

Gleich darauf führte er den mit Erde beschmutzten Golubzow herein. Einige Sekunden stand Golubzow mit geschlossenen Augen an den Türpfosten gelehnt, seine Hand mit der Pistole zitterte heftig.

Der Angriff ebbte ab. Die dem Regiment verbliebenen acht Panzer wichen langsam in das Wäldchen zurück. Der Divisionskommandeur befahl Golubzow, sie mit dem Auto persönlich zum Übergang an der Ausgangsgrenze des zweiten Regiments zu führen.

»Wieso schweigst du?«, fragte der Divisionskommandeur. »Die Deutschen sind dort. Was kann ich dir ... mein Auto? Ich schicke es dir. Wieso schweigst du?«

»Gut«, sagte Golubzow.

Dann rief ihn der Chef des Armeestabs an.

»Hängst du immer noch im Gefechtsstand rum? Du hast den Befehl nicht ausgeführt! Kriegst den Hintern immer noch nicht hoch? Zum Soldaten lass ich dich degradieren! Dir werd ich's zeigen ...«

Eine halbe Stunde später zog man Golubzow aus dem zerstörten Auto und brachte ihn in den Unterstand. Sein Brustkorb war zertrümmert. Man legte ihn auf die Pritsche neben den toten Oberadjutanten. Panzersoldaten mit Verwundungen und Verbrennungen stöhnten im Unterstand. Auf dem Boden lag, halb aufgerichtet, der Chef der ersten Kompanie, seine Hüfte war zerschossen. In der Hand hielt er ein Zielfernrohr, das er in die Bretter bohrte.

Golubzow schlug die Augen auf. Zu seinen Füßen sah er den Soldaten. Der leicht gebeugte Soldat hantierte an seinem Fuß. Golubzow stützte sich auf den Ellenbogen. Der Soldat zog den Stiefel aus, riss den verklebten Fußlappen ab, rückte ihn zurecht und begann, seine große weiße Fußsohle zu massieren.

Golubzow lachte auf, sein Kopf sank nach hinten. Der graue Tuchrücken des Soldaten wurde schnell immer größer und verdeckte alles. Als Golubzow erwachte, sah er über sich die Postkarte mit der nackten Frau, deren lange Beine waren gespreizt. Er spürte keinen Schmerz. In seinem Innern war es leer, als wäre dort nichts mehr, und daher konnte auch nichts mehr weh tun.

Er verdrehte die Augen. Der Soldat umwickelte sorgfältig seinen Fuß mit dem Fußlappen, strich jede Falte glatt.

»Ich hatte dich doch erschossen«, sagte Golubzow. »Du bist doch tot, tot.«

Der Soldat drehte sich zu ihm um und lauschte.

»He, Sanitäter!«, schrie er. »Euer Natschalnik bittet um etwas zu trinken.«

Der Sanitäter stieg über die Verwundeten hinweg, trat zu Golubzow heran und sah ihn sich an.

»Es geht offenbar zu Ende mit ihm«, sagte er. »Und wir können ihn nicht einmal in Sicherheit bringen.«

Der Soldat zog den Stiefel an, stampfte mit dem Fuß auf, bückte sich und hob eine Granate auf.

»Das ist eine deutsche, was willst du damit?«

»Unsere sind alle.«

Der Funker sprang hinter der Zeltplane hervor.

»Sie kämpfen den Übergang frei! Genosse Major …«

»Es ist vorbei«, sagte der Sanitäter. »Der Major hört dich nicht mehr.«

»Zum Teufel … er hat es nicht mehr geschafft«, sagte der Funker verärgert. »Trotzdem, Unsere kämpfen den Übergang frei, bei Samoschja. Er wird es also nicht mehr erfahren?« Verwundert und fassungslos starrte er den Sanitäter an. Der winkte ab und ging zu den Verwundeten.

Der Funker blickte den Soldaten düster an.

»Infanterie«, sagte er, »hilf mir mal, das Funkgerät aufzuladen.«

Sie schleppten das Funkgerät aus dem Gefechtsstand. Der sumpfige, aus krummen, niedrigen Kiefern bestehende Wald dampfte.

»War er noch jung?«, fragte der Soldat.

»Jung nicht, aber ein Draufgänger. Schade um ihn, wir haben schließlich zusammen …«

Der Soldat stolperte und fluchte.

»Auf diesem sumpfigen Boden rutscht man sofort weg«, sagte er. »Ich hab Plattfüße.«

Sie luden das Funkgerät in den Panzer, der Funker sprang auf. Der Panzer setzte sich in Bewegung, walzte die Kiefern nieder, seine Ketten schleuderten bemoosten Torf auf. Der Soldat sah ihm nach, raffte die Schöße seines versengten und blutverschmierten Mantels und watschelte den sumpfigen Pfad entlang zum Sammelpunkt.

Ungeachtet strenger Verbote hatten wir bis zum Frühjahr 1942 alle Pferde verspeist, zuerst die der Artillerie, danach die der Nachschubabteilung oder wie sie sich nannte. Wir schrieben sie ab, angeblich waren sie dem Beschuss zum Opfer gefallen oder vor Erschöpfung krepiert. Bereits kleine Stückchen Pferdefleisch machten unsere wässrige Kascha zu einer Luxusspeise. Aber für die Pferde gab es keinen Ersatz, sogar die 45er-Geschütze mussten wir mühsam selbst zu den neuen Positionen schleppen.

Als wir schließlich durch eine Hilfslieferung aus den USA zwei Jeeps bekamen, hörten wir auf, die Amerikaner zu beschimpfen, und für die Schokolade erkannten wir sie schließlich als Verbündete an.

Die Schokolade wurde als ein brauner Klumpen angeliefert, der aussah wie ein Feldstein. Wieder hatten wir das Problem: Wie sollten wir ihn aufteilen? Mit der Axt? Dann würde er zerkrümeln. Wir konnten uns nicht sofort einigen; dann breiteten wir eine Zeltbahn aus und brachen und hobelten sorgfältig Stück für Stück ab. Diese Stücke wurden an die Züge verteilt. Der Lebensmittelnachschub war in jenem Leben von großer Wichtigkeit. Nicht weniger wichtig als der Munitionsnachschub mit seinen Patronen, Granaten, Raketen. Unser Politoffizier Jelisarow und die Politleiter der Kompanien führten mit uns Gespräche darüber, dass die Amerikaner und Engländer sich angeblich mit Schokolade und Büchsenfleisch von der zweiten Front freikaufen wollten, aber die Schokolade war stärker als ihre Worte.

Überall hat man einen uns fremden Krieg mit glänzenden Operationen, mit mutigen Kämpfern beschrieben. Aber unser Krieg war anders – blutig, stümperhaft, Menschenleben wurden sinnlos geopfert, doch das zeigte man nicht, darüber schrieb man nicht. Mein Leutnant hasste die Deutschen und konnte das eigene Stabsgesindel nicht leiden. Im Kino zeigte man Generäle, die weder Schurken noch Säufer oder Dummköpfe waren. Er konnte es nicht begreifen, wie sie es geschafft hatten, trotz all der Fehler, all des Bluts, trotz Feigheit, Unwissenheit und Furunkeln in Ostpreußen einzumarschieren.

Wir hatten Fragen, auf die es keine Antwort gab. Die

Fragen selbst wären noch vor kurzer Zeit undenkbar gewesen. Wir litten mehr und mehr darunter, dass die Nachrichtenverbindungen nicht funktionierten; die Telefone der Kompanien und Regimenter waren vorsintflutlich, sie stammten aus dem Ersten Weltkrieg. Funkverbindungen existierten nicht. Und das in einem Land, das stolz darauf war, das Radio erfunden zu haben. Solange wir uns auf dem Rückzug befanden, kamen wir mit den Nachrichtenverbindungen noch irgendwie zurecht.

Wir erhielten alte Panzer, englische »Churchills«, »Matildas«, »Valentines«. Sie brannten wie Papier. Es fehlte an Munition. Es gab keine Motorräder, keine Zielfernrohre. Die Feldstecher und Periskope reichten nicht aus … Ich kann nur beurteilen, was sich bei uns Soldaten, auf unserer Ebene abspielte. Wo man auch hinsah, wir erwiesen uns immer als schlecht ausgerüstet. Darüber zu sprechen war nicht erlaubt. Es hieß, das wären Probleme unseres Bataillons und sie könnten nicht verallgemeinert werden. Für diese »Schützengrabenwahrheit« schmähte man die Kriegsliteratur, die Novellen und Romane, die von ehemaligen Soldaten geschrieben wurden. Diese »Schützengrabenwahrheit« passte nicht zu der Wahrheit der Memoiren von Generälen, zur Wahrheit der Stäbe, den Berichten des Informationsbüros, den Zeitungsartikeln. Die Soldaten jedoch hatten ihre eigene bittere Wahrheit: fliehende Truppen, die ihre Führung verloren hatten, eingekesselte Divisionen und Armeen, aus denen sie zu Zehntausenden in Gefangenschaft gerieten, verbrecherische Befehle von Kommandierenden, die ihre Vorgesetzten mehr fürchteten als den Gegner.

Ich weiß nicht, wer sich die Losung »Tod den deutschen Okkupanten!« ausgedacht hat, aber sie wurde zu unserem ideologischen Banner. Die Okkupanten sollten nicht aus dem Land gejagt, sie sollten getötet werden. Als wir von Hitlers Plan zur Vernichtung der Slawen erfuhren, ging der Krieg in einen Mordfeldzug über. Wir werden sie auch vernichten. »Tod den deutschen Okkupanten!« Auf diese Weise verwandelte sich der Krieg Ende 1941 in eine Vernichtungsmaschinerie.

Deutsche Soldaten wurden für mich zu beweglichen Schießscheiben. Wir schossen den ganzen Winter 1941/42 auf sie, ohne ihre Gesichter zu sehen, sie verschwanden hinter der Brustwehr, es blieb unklar, ob sie tot waren oder sich vor den Kugeln versteckten. Sie waren für uns so was wie Schießbudenfiguren auf dem Jahrmarkt. Unsere Toten hingegen waren Menschen.

Ungeachtet unseres ganzen Pessimismus, Zynismus, Leninismus fanden die Menschen immer mehr Möglichkeiten, sich menschlich zu verhalten. Nicht viele, aber doch mehr als Jahrhunderte zuvor, zu Zeiten Cäsars oder Timurs.

Die Stadt

Alle zwei bis drei Monate wurde ich in die Stadt geschickt, um die Akkumulatoren für die Funkgeräte aufzuladen, andere Geräte oder irgendeine Instruktion aus dem Stab abzuholen. Damals habe ich mir einige flüchtige Notizen mit Bleistift gemacht, aus Verwunderung oder zur Erinnerung …

27. September 1941

Der Kleine Saal der Philharmonie auf dem Newski-Prospekt – alle Schaufenster sind mit Brettern vernagelt, auch im Haus des Buches und den Nachbarhäusern. Leute kommen mit Koffern und Kinderwagen – sie haben Detskoje Selo und Alexandrowka verlassen. Sie kommen mit Säcken über den Schultern von den Rändern des Kirow-Bezirks. Man sieht sie auf allen Straßen, auf dem Statschek-Prospekt, der Srednjaja Rogatka, dem Moskowski-Prospekt … Flüchtlinge aus den Vororten kommen nach Leningrad. Sie wissen nicht, wohin sie gehen sollen und zu wem, sie fliehen vor den Deutschen.

Eine überfüllte Straßenbahn fährt vorbei.

Pausenlos Fliegeralarm, Bombenangriffe, Brände. Die Kanalisation und alle Wasserleitungen sind zerstört, riesige Pfützen auf dem Pflaster.

Fotos sind ausgestellt, ich sehe sie zum ersten Mal. Volkswehrsoldaten, Einheiten der Roten Armee. Ich suche auf diesen Fotos nach Bekannten … suche mich selbst … – nichts.

Ein Panzer steht auf dem Newski-Prospekt, ein T34. Wo kommt der her?

Das Scheremetjew-Haus auf dem Litejny-Prospekt. Die Schaufenster sind bis oben hin akkurat mit Sandsäcken ausgelegt.

10. Oktober 1941, erster Frost

Dezember. Trotz des Frostes sind immer Menschen auf dem Newski-Prospekt. Der Kleine Saal der Philharmonie. Das Gebäude ist schon zerstört, über alle drei Etagen klafft eine durch Bombeneinschlag entstandene Lücke. Das Gebäude ist wie zweigeteilt, auf der linken und auf der rechten Seite wohnt man und arbeitet weiter.

12. Januar 1942

Minus 33 Grad. Auf den Straßen sind viele Menschen. Sie ziehen beladene Schlitten, einer schleppt eine Nähmaschine – vermutlich zum Schwarzmarkt. Sie haben sich alles angezogen, was sie auftreiben konnten. Am Kusnetschny-Markt herrscht Gedränge. Seife, Streichhölzer, Kerzen, kleine Brennholzbündel werden gegen Brot getauscht. Eine Schachtel Streichhölzer kostet zehn Rubel. Butter gibt es fast gar nicht.

Leichen werden auf Schlitten transportiert. Je zwei Schlitten sind zusammengebunden, damit die Leiche in voller Länge daraufpasst.

Auf Schlitten werden mehrere Wasserkanister für eine Kantine transportiert.

Auf dem Newski-Prospekt sind viele Menschen, selbst bei Frost, sogar morgens und abends. Mühsam ziehen sie Schlitten mit Brennholz hinter sich her. Verkaufen Holzbündel. Die leeren Schlitten tragen sie auf dem Rücken wie Rucksäcke.

Ein Auto kommt, um Leichen abzuholen. Man trägt sie aus einem Haus heraus, wo man sie in den Wohnungen eingesammelt hat.

Der Finnische Bahnhof ist voller Menschen, die auf ihre Evakuierung warten.

Ein Wohnhaus brennt. Man hat es geschafft, Stühle, Tische und Bilder herauszutragen.

Ein Foto. Die städtische Versammlung der Wirtschaftsleiter. Alle haben runde Visagen, da sind keine Hungerkranken zu sehen.

April 1942

Ein Aushang: Evakuierungswillige melden sich unter folgender Adresse … Die letzten Züge fahren am 6., 7., 8. April. – Die Evakuierung läuft auf Hochtouren, weil die Straße des Lebens über den Ladogasee taut.

Am Wolkow-Friedhof liegen im Frühjahr Hunderte von Leichen, die nicht abgeholt oder begraben wurden.

Am Fontanka-Kanal wird Wäsche gewaschen.

Rund um den Finnischen Bahnhof sitzen Leute auf

Bündeln. Mit Teekesseln und Töpfen warten sie auf die Züge.

Leichen werden auf Sperrholzplatten transportiert. Die Leichen sind schmal und dünn wie Jugendliche.

Eine Kindergartengruppe geht spazieren.

Alle Straßen im Zentrum sind voller Sachen, die keiner braucht. Möbel, Geschirr, Bücher … – alles, was man tragen kann.

Über den Sagorodny-Prospekt fährt eine Straßenbahn, die von einer Lokomotive gezogen wird.

Am Ufer neben dem Sommergarten liegen Kriegsschiffe.

Was sind das für Sachen? Unklar … Schlittschuhe? Schlitten! Kinderschlitten werden verkauft. Schlitten braucht natürlich jeder.

An den Gesichtern (in der Kantine) sieht man, wer zu den Einwohnern gehört und wer nicht.

Im Bezirk Ossinowez werden amerikanische Lebensmittel gelagert, BACON, ganze Korridore aus riesigen Kisten.

Die Straße ist mit einem Zaun abgesperrt: LEBENSGEFAHR! Scharfe Munition.

Männer vom Luftschutz tragen eine Verwundete auf einer Trage.

Mai 1943

Matrosen der Baltischen Flotte räumen ein zerstörtes Gebäude. Am Feinkostgeschäft der Brüder Jelissejew werden die Opfer eines Bombenangriffs abtransportiert. Eine Frau hatte Rüben und Radieschen getragen, tot liegt sie da und umarmt die Rüben.

8. August 1943

Starker Artilleriebeschuss. Überall Leichen. Die Feuerwehrleute reinigen das Pflaster vom Blut.

Ein Geschoss hat ein Krankenhaus getroffen, alle, die in den Betten lagen, wurden verletzt.

Plakate: »Vernichtet das deutsche Ungeheuer!«, »Hoch das Banner von Lenin und Stalin!«

Blockade – das ist der sonnenüberflutete Newski-Prospekt in vollkommener Stille, die durch das Klopfen eines Metronoms noch hörbarer wird.

Es gab Tage, an denen ich Kannibalismus verstehen konnte. Und ihn gerechtfertigt habe. Ich war ganz und gar in einen leeren Magen verwandelt, der sich zusammenzog und schrie, getrieben von dem wahnsinnigen Wunsch nach irgendetwas Essbarem. Müll, einfach Dreck, Erdklumpen, Sägemehl – man war nicht mehr wählerisch. Plötzlich sah ich, dass die Leute auf der Straße aus Fleisch bestanden, Skelette waren, an denen noch Fleisch hing.

Menschenfresser wurden aufgegriffen, verhaftet, man stellte sie wohl kaum vor Gericht, sondern erschoss sie vermutlich sofort. Wofür? Hunger fegt alle Verbote fort. Die Barrieren fallen eine nach der anderen. Nichts bleibt mehr übrig.

Ein Mann saß auf der Treppe eines Hauseingangs und kaute an einem Handschuh. Aus Leder. Seine trüben starren Augen sahen nichts. Er war schon tot, kaute aber immer weiter. Die schwarzen Lederfinger hingen ihm aus dem Mund. Sie bewegten sich. Dieses Bild blieb mir für immer im Gedächtnis.

Mersons Schutzwall

Ende April 1942 bekam ich Skorbut. Das war schlimmer als Hunger, zuerst wackelten die Zähne, dann begannen sie auszufallen. Brot zu kauen wurde unmöglich, man musste es trocknen und dann lutschen. Der größte Teil des

Bataillons hatte Skorbut. Die Sanitätsabteilung des Regiments empfahl, die ausgefallenen Zähne wieder ins Zahnfleisch zu stecken, da sie manchmal wieder anwuchsen. Unter dem Skorbut litten wir mehr als unter dem Hunger. Danach kamen erst Furunkel, Läuse und Frost.

Einmal schickte man mich und den Zugführer, nein, nicht den Zugführer, sondern den Starschina, nach Leningrad in ein Lazarett, um Biskuit-Plätzchen zu holen. Die gepressten grünen Biskuit-Plätzchen aus Tannennadeln galten als Mittel gegen Skorbut. Das gepresste Tannennadelpulver musste man in kochendem Wasser auflösen, und das Ganze dann trinken. Ein solcher Aufguss enthielt viel Vitamin C. Das sollte helfen, das Zahnfleisch zu kräftigen.

Das Lazarett befand sich auf dem Suworowski-Prospekt. Wir brauchten einen halben Tag, um zu Fuß dorthin zugelangen. Dort traf ich Merson. Er sah noch schlechter aus als ich. Hatte einen Lazarettschlafanzug an, einen Bademantel, darüber noch den Soldatenmantel, es war kalt. Wir umarmten uns. Er lag wegen einer Verwundung und Dystrophie im Lazarett.

Er war vollkommen ausgezehrt. Ein Skelett. Ich gab ihm von meinem Machorka ab, wir saßen und rauchten, den Starschina schickte ich los, um dieses Biskuit-Vitamin zu holen.

Merson hatte in einer Artillerieeinheit mit 76-Millimeter-Geschützen vom Typ »Heimat, leb wohl« gekämpft. Er rauchte genussvoll, man hatte uns einen besonderen Machorka gegeben – entweder aus dem Süden oder aus Rjasan –, der Starschina hatte sich darum bemüht. Ob Merson es schaffen würde, wieder aus dem Lazarett rauszukommen, wussten die Ärzte nicht. Merson vertraute auf seinen Glücksstern, obwohl man hier schneller starb, als an der Front fiel. Er erzählte, wie unser gemeinsamer

Freund Alimow hier gestorben war. Dabei kam etwas Überraschendes ans Licht. Bevor man Alimow ins Lazarett eingeliefert hatte, wollte er, wie er Merson gestanden hatte, zu den Deutschen überlaufen. »Was für einen Sinn hätte es, vor Hunger zu krepieren, ohne jeden Nutzen, ich habe keine Kraft mehr, den Hunger zu ertragen.« Die Deutschen waren ganz in der Nähe von ihrem Abschnitt und schrien jeden Tag: »Russ komm Weißbrot essen, komm, wir geben zu essen Kascha!« Das war nicht auszuhalten. Einige seiner Landsleute waren nachts zu den Deutschen übergelaufen und hatten dann über Lautsprecher verkündet, wie satt sie sich hatten essen dürfen, bis oben hin. Alimow hatte schon lange vorgehabt überzulaufen, schaffte es aber nicht mehr, er war so schwach geworden, dass man ihn hierher ins Lazarett brachte. Merson sagte zu mir: »Irgendetwas hat ihn offenbar davon abgehalten, diese letzte Grenze zu überschreiten. Für jeden von uns gibt es so eine Grenze, die nur schwer zu übertreten ist. So eine Grenze gab es für ihn auch, das habe ich gefühlt, aber ich denke, wenn er sich erholt hätte und an die Front zurückgekehrt wäre, vielleicht wäre er dann übergelaufen, nicht einfach übergelaufen, sondern hätte diese Grenze überschritten. Was denkst du denn«, bekannte Merson plötzlich, »wenn ich nicht Jude wäre, wäre ich vielleicht auch wankelmütig geworden ... Wozu sitzen wir rum und kämpfen nicht – man nennt uns heroische Verteidiger, aber da ist gar kein Krieg. Wir krepieren sinnlos.«

Ich hörte ihm zu und dachte, scheint so, als sähe er unseren Krieg vom Lazarett aus klarer.

»Nein, sag mir, wo sind wir hingeraten, worauf haben wir uns eingelassen? Ach Leningrad, Leningrad! Und wozu? Wenn wir beide damals bei der Panzertruppe geblieben wären, richtig gekämpft hätten, auch wenn wir umgekommen wären, es hätte der Sache gedient. Aber hier krepiere ich, und wem nützt das? Alimow ist ganz umsonst gestorben. Nein, schade, dass wir beide von der Panzertruppe weggegangen sind, du und dein Jermakow, ihr habt uns dazu überredet. Das war Unsinn.«

Ich hörte ihm zu, ohne zu widersprechen, es stimmte alles. Vielleicht hatten wir uns wirklich geirrt. Wohin hätten wir gehen sollen? Es schien, als hätte der Krieg seine eigenen Gesetze, aber dem ist nicht so.

Sein Bein war beim Landemanöver am Newski Pjatatschok zerschossen worden. Dunkle Gerüchte gingen um. Es war immer wieder misslungen, den Brückenkopf am linken Ufer zu verbreitern. Die Armeeführung schickte beharrlich eine Einheit nach der anderen, ein Regiment nach dem anderen dorthin. Sie wurden von den Deutschen bis auf den letzten Mann vernichtet. Wie viele ertranken in der Newa; mit Munition, Kanonen und Panzern beladene Flöße sanken auf den Grund. Ein Angriff folgte dem anderen, immer wieder wurde frontal angegriffen ... und noch mal frontal ... eine Kompanie nach der anderen schickten sie ins Feuer. Ein Bataillon nach dem anderen ließ man übersetzen, und vorwärts zum Angriff. Der Fleischwolf wurde nicht angehalten. Die Verluste störten niemanden, zumindest nicht unsere wackeren Vorgesetzten, die jeden Befehl befolgten und nie widersprachen. Kein Preis war ihnen zu hoch. Man kämpfte sich bis zu den Stacheldrahtverhauen der Deutschen durch. Dort stellte sich raus, dass man nichts hatte, womit man den Stacheldraht hätte durchschneiden können. Keine Drahtscheren. Der Befehl verlangte es – um jeden Preis. Der Angriff sollte um fünf Uhr morgens beginnen, aber es zeigte sich – niemand hatte eine Uhr.

»Stell dir vor, weder die Kommandeure noch die Politoffiziere beider Kompanien hatten eine« – Merson spuckte aus –, »die Zielpunkte waren nicht ausgekundschaftet. Von wo die Deutschen schossen, war unklar. Diese Schweinehunde, von denen wurden viel zu wenig erschossen.«

Sein Knie zertrümmerten sie ihm zusammen mit dem Gewehr. Der Zugführer legte irgendwie einen Verband an, stoppte das Blut, konnte ihn aber nicht hochheben und zum Ufer tragen, weil die Fritzen es nicht zuließen. Sie legten ihn zwischen die Leichen. Die ihnen als Deckung dienten. Ein Schutzwall in Uniform. Dann wurde der Zugführer von einer Mine getötet. Er war auf der Stelle tot. Merson wurde durch den Blutverlust immer schwächer. Er stöhnte und wand sich vor Schmerzen. Das Schrecklichste waren die Schreie der Verwundeten. Heulen, Stöhnen, Flüche, Gebete stiegen zum Himmel. Die Sanitäter kamen nicht zu ihnen durch, weil der MG-Beschuss zu stark war. Todesangst ging in Flüche über. Sie verfluchten die Fritzen, ihre eigenen Kommandeure, Gott – im gesamten Umkreis war alles von Leid, Hass, Körperausdünstungen und Aasgeruch erfüllt.

»Tote, ich lag auf ihnen, der Zugführer schaute mich an. Ich schloss ihm die Augen. Ich schloss ihnen allen die Augen. Es waren fünf. Was konnte ich sonst für sie tun? Sie erbebten, wenn Kugeln in sie eindrangen. Manchmal wurden sie hochgeschleudert, wenn in der Nähe ein Geschoss detonierte. Den Schutzwall hatte man schon gebaut, bevor wir hierherkamen. Die Leichen waren bereits glitschig.«

Er konnte nicht aufhören, wollte von jedem der Toten erzählen. Da war ein Leutnant, von den Pionieren, ein lockiger Sergeant – ein schöner Mann, aus seiner Brust ragte ein großer Splitter. Die Toten hatten ihn so gut geschützt, wie sie es vermochten. Sie hatten ihre Sache gut gemacht. Waren tapfere Beschützer gewesen. Besser als im Leben.

Plötzlich lachte er auf.

»Weißt du, was mich beschäftigt hat: Wohin waren ihre Läuse geflüchtet?«

Etwas Verrücktes lag in seinem leisen Lachen. Er lachte lange, als würde er sich an noch etwas erinnern. Dann erzählte er wieder von den Toten, wie sie zu »treuen Verteidigern des Vaterlandes« wurden.

»Die verraten keinen. Die weichen nicht zurück. Sie halten die Stellung mit tödlicher Sicherheit. Endlich haben sie den Befehl erfüllt. Keinen Schritt zurück.«

Und so redete er immer weiter. Jetzt wüsste er, wie es ist, wenn man verfault und stinkt. Kichernd bekannte er, ihre Taschen durchwühlt und dort auch was gefunden zu haben, Machorka, ein Präservativ und Zwieback zum Beispiel. Da kam die Krankenschwester und rief ihn zum Verbandswechsel. Er nahm die Krücken und bat mich, auf ihn zu warten. Aber ich musste gehen.

»Schluss, bei mir hat sich's ausgekämpft, ein für allemal«, sagte er, »ich habe keinerlei Illusionen mehr.«

Sein Gesicht legte sich in listige Falten.

»Sie haben mir so Verschiedenes beigebracht.« Er zwinkerte mir zu.

Auf dem Korridor hörte man seine Krücken poltern, während er sich entfernte.

Die Krankenschwester begleitete mich zum Ausgang. Sie sagte, dass er immer häufiger unzusammenhängendes Zeug reden würde. In diesem Zustand könne man ihn nicht aus dem Lazarett entlassen. Die psychiatrischen Einrichtungen seien geschlossen. Sie wüssten nicht, was sie mit ihm machen sollten. Er sei wohl eher ungefährlich.

»Schade, ein so guter Mensch. Vielleicht findet er ja wieder zu sich.«

»Wie denn?«

»Der Doktor hofft, dass es gelingt, ihn von seinem Wahn zu befreien.«

Ich verließ das Lazarett und lutschte den ganzen Weg über dieses Tannennadel-Biskuit. Ich hatte noch ein Stück Brot, einen Kanten so groß wie eine Handfläche, aber ich wollte ihn mir bis zum Abend aufheben. Ich schämte mich, weil ich ihn nicht Merson gegeben hatte, aber Hunger und Gier waren stärker gewesen. Zum Abschied hatten wir uns in der Überzeugung umarmt, dass wir uns nicht mehr wiedersehen würden, er würde wohl kaum hier rauskommen, ich würde wohl kaum von der Front zurückkehren. Er war mutig, hatte eine sachliche Beziehung zum Tod entwickelt, sich an ihn gewöhnt, während wir uns mit dem Tod nicht abfinden können – warten oder nicht, mal ist es noch zu früh, mal kommt er zu spät. Merson hatte sich zumindest von den Ängsten befreit, wir durchlebten Ängste, die für mehrere Leben gereicht hätten, und noch viel mehr musste erduldet werden. Mal verbargen wir uns vor dem Tod, mal liefen wir ihm geradewegs in den Rachen.

Im Frühling kam das Allerschlimmste – der Schnee taute, und Wasser überschwemmte die Schützengräben. Schmelzwasser war kein Schnee, man konnte es nicht wegschaufeln. Wir standen bis zu den Knien in kaltem Dreckwasser. In der Nacht fror es so stark, dass wir manchmal durch das Eis nach oben geschoben wurden und der Schützengraben uns keine Deckung mehr bot, selbst wenn man auf dem Eis entlangkroch. Als Wachposten stand man bis zu den Knien in Eisstücken, kam man danach in den Unterstand, gluckste dort ebenfalls Wasser; legte man sich auf die Pritsche, sickerte die Sauerei von oben durch die Deckenbalken, tropfte auf einen herab und drang durch die Mütze. Aus unerfindlichen Gründen erkälteten wir uns nicht, dafür machte uns der Hunger fertig. Durch den Winter waren wir entkräftet, die Kanne mit dem Butterschmalz hatte ich früher allein geschleppt, jetzt trugen wir sie zu zweit und mussten uns überdies zwischendurch mal ausruhen.

Ich schrieb einen Brief für Lomonossow an seine Frau:

Der Frühling strömt unter den Füßen.
Es rauscht und fließt von überall.
Bei diesen Fritzen ist es trocken, wir attackieren sie mit Schwung,
Und jagen sie zur Niederung.

Und weiter:

Wenn die Gräser grünen, wenn die Sonne lacht,
Wachsen Vitamine, kriegt das Zahnfleisch Kraft.

Ich hatte alles kunstvoll in Verse gegossen, damit es durch die Zensur kam. Wir saßen in einer Niederung, die Deutschen waren oben, und von ihnen floss lehmiges gelbes Eiswasser zu uns hinunter. Fast alle baten mich, für sie in Versen zu schreiben. Was ich dichtete, taugte nicht viel, die Reime gelangen mir nicht, es waren Neuaufgüsse fremder Verse, die mir gerade einfielen.

Erinnerung harrt neuer Begegnung mit dir,
Die Seele bewahrt noch die andre in mir.

»Was für eine andere«, sagte Lomonossow. »Ich hatte überhaupt keine andere, hast du noch alle …«

Im Frühling fühlte ich mich nicht nur schon alt, sondern uralt. Ich wusste, wohin die Wurfgranate fallen wird, wann man besser mit dem MG schoss, ich erhitzte meine Wäsche, ohne auf die Entlausung zu warten. Doch es stellte sich auch das mir bis dahin unbekannte Gefühl ein, dass mein Frontglück ein Ende haben würde. Von unseren Volkswehrsoldaten waren im ganzen Bataillon noch fünf übrig geblieben, die anderen waren im Lazarett oder tot.

Der Tod rückte näher, und der Wahrscheinlichkeitsrechnung nach würde jeden Augenblick eine deutsche Kugel geflogen kommen. Ich musste mir also dringend ein Ablenkungsmanöver ausdenken, um wenigstens zeitweise von der Front zu verschwinden.

Sonderbare Einfälle

Bataillonskommandeur Litwinow hatte eine Ehefrau, die Maria hieß. Nicht Mascha, sondern Maria, so wurde sie vom Bataillonskommandeur und auch von uns genannt. Einmal in der Woche kam sie unweigerlich aus der Stadt zu uns. Irgendwie schaffte sie es, an allen Posten, Wachen und Patrouillen vorbeizugelangen. Wir dachten, sie hätte einen speziellen Passierschein, aber es stellte sich heraus, dass sie gar keinen Passierschein hatte. Litwinow hatte ihr verboten zu kommen, aber er konnte nichts dagegen tun. Sie war eine lustige, laute Frau, passte überhaupt nicht zu dem schweigsamen, stets korrekten Bataillonskommandeur. »Deine Befehle sind mir egal«, verkündete sie vollmundig, womit sie unsere Disziplin ins Wanken brachte, denn bis dahin hatten wir gedacht, dass Befehle des Bataillonskommandeurs ausnahmslos für alle galten.

Warum kam sie? Selbstverständlich, um zu prüfen, ob er gesund und munter war. Sie brachte immer etwas mit – warme Fußlappen, eine frische Uniformbluse, alles gewaschen und gebügelt, das kriegte sie auch ohne Bügeleisen hin, Stiefelwachs oder Salzgurken.

Als Passierschein dienten ihr eben jene Salzgurken. In ihrem Haus stand noch ein Fass Salzgurken vom Vorjahr. Sie hatten sich gut gehalten, und sie gab jedem Wachposten eine Gurke. Sie hatte auch noch marinierte Pilze. Davon wurde man zwar nicht satt, aber die Männer waren platt, nicht einmal Generäle bekamen solche Leckerbissen.

Seltsamerweise war es leichter, an die Front zu gelangen als zurück in die Stadt. Auf dem Rückweg geriet sie immer wieder an die sowjetische Spionageabwehr SMERSCH, was für »Tod den Spionen« steht. Wer wollte schon in das blockierte Leningrad zu den Bombenangriffen und Granaten? War doch klar – nur Spione. Die listigen Fritzen würden genau solche Weiber schicken, gut getarnt als treue Freundin.

Bataillonskommandeure

Das Bataillon verlor Soldaten durch Kälte und Beschuss, die meisten Verluste wurden durch Granatwerfer, Hunger, Skorbut, Unterernährung und Ruhr verursacht. Zeitweise bestand eine Kompanie nur noch aus fünfzehn Mann.

Der Bataillonskommandeur Litwinow hatte einen sicheren Instinkt dafür, wie er diese Handvoll Soldaten am besten verteilen, in welchem Abschnitt er sie nachts konzentrieren musste und in welchem tagsüber, um sie nicht den Artillerieangriffen auszusetzen. Er selbst wurde nicht ein einziges Mal von Splittern oder Kugeln getroffen. Die ganze Zeit über bekam sein weißer Halbpelz nicht einen Kratzer ab. Er schlenderte durch die Schützengräben, als wäre er durch einen Zauber geschützt. Wie alt wird er gewesen sein, etwa fünfundzwanzig? Aber niemand hielt ihn für jung, er war ein erfahrener Feldherr. Ihm halfen seine unerschütterliche Ruhe, die manchmal wie Gleichgültigkeit wirkte, aber auch seine Physiognomie, auf der sich die ständige Bereitschaft zu einem Lächeln zeigte.

Vor dem Krieg hatten die Litwinows im Stadtteil Ochta gewohnt, in einem Holzhaus mit Öfen, Vorratskeller und Brunnen. Das Holzhaus hatte ihnen Marias Mutter hinterlassen, zusammen mit einem kleinen Gemüsegarten. Der Schwiegersohn schämte sich für dieses Erbe aus der verfluchten Vergangenheit, aber die Schwiegermutter hatte es vermocht, ihr Familieneigentum zu bewahren. Ihr Vater war Lehrer und Autor eines berühmten Lehrbuches für Mathematik. Auch der Großvater war Lehrer, und sie alle hatten Gemüse eingelegt, Konfitüren gekocht und Pilze gesammelt. Daher hatten sie während der Blockade noch ein paar Vorräte. Der Hunger war natürlich auch bis zu ihnen vorgedrungen. Im Oktober wühlte sich Maria auf der Suche nach vergessenen Kartoffeln kreuz und quer durch den gesamten Gemüsegarten. Sie suchte im ganzen Haus verzweifelt nach etwas Essbarem, so wie alle während der Blockade in Leningrad.

Die Geschichte mit den zwei betrunkenen Deutschen hatte sich herumgesprochen. Pro »Zunge« stand einem ein Orden zu, zumindest eine Medaille. Wir bekamen nichts. Sie wurden den Stabsleuten aus dem Verteidigungsbezirk verliehen. Litwinow war nicht sauer darüber, er sagte, wir haben ein Ei verloren, aber uns bleibt das Huhn.

Einmal beauftragte er mich, Maria zu begleiten. Nachdem er sie aus der Sonderabteilung hatte befreien müssen, schickte er immer einen Offizier mit, der sie nach Hause begleitete ... Als der Frühling nahte, hatten unser aller Kräfte schon ziemlich abgenommen, und sie kam seltener zu Besuch. Irgendwann im April sollte ich sie nach Hause bringen.

Maria hatte mich untergehakt. Sie war in den letzten Monaten merklich schwächer geworden und ziemlich abgemagert. Nur ihr langanhaltendes, klangvolles Lachen war dasselbe geblieben. Da es kaum Anlass zum Lachen gab, lachte sie wohl darüber, wie wir schwankend durch das Schmelzwasser in den Schützengräben wateten, wie wir unsere dürren Körper in die Sonne hielten. Sie lachte über die Fritzen, über die Blockade, über unsere männliche Schwäche. Mit aller Macht versuchte sie, den Schein des Übermuts zu bewahren.

Marias Besuche kamen der Führung zu Ohren, woraufhin ein Oberst vom Stab des Verteidigungsbezirks es sich nicht verkneifen konnte, dem Bataillonskommandeur vorzuhalten, ob er nicht ohne seine Frau auskommen könne und ob sie vielleicht das Bataillon führen solle? »Ich verstehe Sie«, antwortete Litwinow gelassen, »es ist leichter, Frauen zu kommandieren, aber auf meine trifft das nicht zu. Ich versichere Ihnen, bei der werden Sie nichts erreichen.« Das Gespräch hatte unter vier Augen stattgefunden, aber alles, was sich unter den Kommandeuren abspielt, erfahren die Soldaten früher oder später.

Wolodja Lawrentjew schilderte uns lebhaft diesen Dialog. Als sich der Oberst auf die Autorität der Roten Armee berief, die unter Marias Besuchen erheblich leiden würde, denn sie verwandele unsere ruhmreiche Armee in eine eigenwillige Partisanengruppe, gab ihm der Bataillonskommandeur eine vernichtende Antwort, wer hätte das gedacht. »Was meint ihr, was er gesagt hat?«, fragte Lawrentjew. Er legte eine effektvolle Pause ein.

»Die Achäer versuchten zehn Jahre lang, Troja einzunehmen. Was denken Sie, Genosse Oberst, wenn während dieser Jahre der Belagerung die Bataillonskommandeure der Trojaner nicht von ihren Ehefrauen besucht worden wären, hätten sie sich dann so lange gehalten?«

»Die Trojaner sind kein Vorbild für uns«, sagte der Oberst.

»Übrigens ist Homer Schulstoff«, teilte ihm der Bataillonskommandeur mit.

»Hör mal zu, für meinen Bezirk bin ich verantwortlich, und nicht dein Homer«, sagte der Oberst mit Entschiedenheit. »Deine Gelehrsamkeit kannst du dir schenken.«

Der Bataillonskommandeur hatte seine Maria auf jeden Fall heroisch verteidigt.

Unterwegs fragte sie mich die ganze Zeit darüber aus, welchen Eindruck die belagerte Stadt auf die gefangenen Deutschen gemacht hatte.

»Waren sie verwirrt? Siehst du, es hat Eindruck auf sie gemacht. Es muss Eindruck auf sie gemacht haben! Das lässt keinen kalt.«

»Schließlich haben sie es ja selbst zu verantworten«, sagte ich.

»Wenn sie von außen auf die Stadt schießen, ist das eine Sache, aber wenn sie selbst in der Stadt sind und sehen, was sie anrichten, ist das etwas anderes, etwas ganz anderes. Einfache Stadtbewohner haben sie in diesen Alptraum gestürzt. Und es ist kein Ende abzusehen, sowohl für uns als auch für sie nicht. Das kann man nicht so einfach wegwischen, nicht wahr?«

In der Dämmerung war ihr Gesicht nicht zu erkennen, vielleicht weinte sie. Ich nahm ihren Arm. Hier und da war das Straßenpflaster von Geschossen aufgerissen. Während der Blockade hatte ich gelernt, die schwarzen Granattrichter im Dunkeln zu erkennen, es gab kein Fünkchen Licht, nur Schmelzwasserpfützen blinkten manchmal auf.

»Was meinst du, wenn man solche Leute durch die Stadt führen würde, könnte es ihr Bewusstsein beeinflussen?«, fragte sie.

»Nehmen wir es mal an, und was weiter?«

»Sie werden dann nicht mehr dieselben Soldaten sein.«

»Wir senden es im Radio, agitieren sie über Lautsprecher. Es ist sinnlos. Die verstehen nur Stärke und Fausthiebe.«

Sie schwieg lange, dann sagte sie nachdenklich: »Die Faust … Sie ist für euch das Wichtigste, aber für mich ist es die Hand.«

Ich dachte darüber nach, wie recht sie hatte, man hat es in der Hand, man kann den Fausthieb wählen oder den Händedruck.

Einige Tage später wurde ich zum Bataillonskommandeur gerufen. Bei ihm saß unser Politoffizier Jelisarow und fragte, was ich Maria da eingeredet hätte. Mir war klar, worum es ging. Es stellte sich heraus, sie hatte nicht mehr und nicht weniger getan, als im Stab des Verteidigungsbezirks zu erscheinen, hatte sich zur Politabteilung oder zum Politoffizier durchgekämpft und vorgeschlagen, deutsche Offiziere einzuladen, die Stadt zu besuchen und sich anzusehen, was sie angerichtet hatten … Die Deutschen, das heißt die Fritzen, unsere Todfeinde.

»Begreifst du, wozu du sie da angestiftet hast«, sagte Jelisarow, »sie hätten sie ins Irrenhaus sperren können.«

Der Bataillonskommandeur stimmte ihm zu. Er hatte natürlich eins aufs Dach bekommen. Ich weiß nicht, wie sie Maria dort herausgeholt hatten, vielleicht hatten sie alles auf mich abgewälzt. Ich war begeistert von Marias Idee.

»Warum grinst du so?«, fragte der Bataillonskommandeur verärgert.

»Ihre Maria hat eine verblüffende und eigenwillige Art zu denken. Darauf muss man erst mal kommen … Tolle Frau, dass sie sich so was ausdenkt. Das könnte doch was bringen.«

»Das habe ich mir gedacht«, sagte Jelisarow. »Da haben wir die Wurzel des Übels. Ab in die Politabteilung, damit sie dir dort den Kopf zurechtrücken. Schämst du dich nicht, eine Frau vorzuschicken?!«

Aber der Bataillonskommandeur wollte nicht, dass ein derart dämlicher Offizier das Bataillon blamierte. Sie wussten nicht, was sie mit mir machen sollten. Was war von meinen Worten zu halten und was davon, dass ich etwas so Absurdes befürwortete und nicht für absurd hielt?

Wirklich, warum hätte man es nicht probieren sollen? War das Trojanische Pferd etwa nicht absurd gewesen? Schließlich verdankten die Achäer ihm ihren Sieg.

Draußen und drinnen

Mein anderer Bataillonskommandeur, Kominarow, war ganz anders, nervös und leidenschaftlich, in ihm tobte eine Energie, die ihn unermüdlich tätig sein ließ, er konnte ohne jedes Werkzeug einen Panzer reparieren, war ein Ingenieur von außerordentlicher Begabung. Ich machte auch etwas aus meiner Ausbildung als Ingenieur, baute Öfen aus Benzinfässern, die nicht schlecht funktionierten, weitaus schwieriger war es, Brennholz für sie zu besorgen. Aber einige Forderungen meines Bataillonskommandeurs Litwinow konnte ich einfach nicht erfüllen. Als der Frühling begann, mussten die Leichen aus dem Niemandsland weggeräumt werden, doch wie sollte man sie wegräumen, wenn sie sich hinter dem Stacheldrahtverhau befanden, die Zugänge vermint waren und man die Pläne für die Verminung längst nicht mehr hatte. Man wusste weder, wo die deutschen noch wo die russischen Minen lagen. Der Leichengeruch wurde mit jedem Tag stärker, er war süß und übelkeiterregend, man kriegte kaum noch Luft, natürlich kam es uns so vor, als würde der Wind ihn mehr zu uns hintreiben als zu den Deutschen. Als die Deutschen dann anfingen, die Leichen wegzuräumen, wurde uns befohlen, auf sie zu schießen, aber ehrlich gesagt, wir haben nicht geschossen, und selbst wenn wir schossen, dann eher nach oben, um Krach zu machen, denn wir waren ihnen dankbar, dass sie diese verwesende Masse wegschleppten.

Es gibt ein Stadium der Unterernährung, in dem man den Hunger nicht mehr spürt und er einer trägen Gleichgültigkeit weicht. Der Körper kommt einem dann ganz leicht vor. Durch den Kopf jagen zusammenhanglose Bilder, und man kann sich nicht konzentrieren. Die Bewegungen sind verlangsamt. Man sieht alles nur noch aus der Ferne. Alles rückt weit weg, verliert seine Realität.

Wolodja Lawrentjew hatte irgendwo eine Büchse amerikanisches Schmorfleisch aufgetrieben. Er fütterte mich damit in kleinen Portionen. Zuerst schmeckte ich gar nichts, doch dann nahm ich den Fleischgeruch wahr, den göttlichen Geschmack von schmelzendem Fett.

Unterernährte wurden ins Lazarett gebracht. Wie ich ins Krankenbett gelangte, weiß ich nicht. Drei Tage blieb ich dort.

Das Hinterland

Die Werkdirektoren der Kriegszeit hatten was drauf, sie schafften das Unmögliche: Salzman, Nowikow, Sawinjagin …

Im Juli 1941 ordnete Stalin eine Beratung zur Produktion von Gewehren an. Es hatte sich herausgestellt, dass es keine Gewehre gab; die zum Kriegsdienst Einberufenen hatten nichts, womit sie hätten schießen können.

Sie fragten Ustinow, ob das Werk in Ishewsk die Produktion von Gewehren von zweitausend auf fünftausend Stück pro Tag erhöhen könne.

Ustinow war wie immer schlau und wich einer Antwort aus. Mein Stellvertreter Nowikow, er ist aus Ishewsk, er wird Ihnen die Frage beantworten.

»Ich stand auf«, berichtet Nowikow, »und sagte: ›Wir brauchen acht Monate dafür.‹ Berija antwortete wie üblich: ›Nein, drei Monate!‹ Ich sagte: ›Das ist unmöglich.‹ Man setzte eine Kommission ein. Die hatte große Angst und schrieb: drei Monate. Ich unterschrieb das nicht. Sie brachten Berija den Beschluss, Berija schaute ihn sich an. ›Warum hat Nowikow nicht unterschrieben?‹ Ich wurde einbestellt und sagte: ›Weil es unmöglich ist, selbst acht Monate sind ein Abenteuer.‹ – ›Gut‹, sagte Berija, ›dann eben acht Monate‹.

Danach hat er mir geholfen. Wir steigerten die Produktion von zweitausend auf fünftausend, dann auf zwölftausend Gewehre in vierundzwanzig Stunden!

Stalin rief an, ich übergab den Hörer Berija, der sagte: ›Ich habe dem Genossen Stalin versichert, wenn Nowikow sagt, er schafft es, dann schafft er es.‹

Auf diese Weise bürgte er für mich. Ich beschloss, das auszunutzen. Ich rief ihn aus Ishewsk an: ›Wir haben keine Kohle! Es werden Frauen aus Tula für die Herstellung von Maschinengewehrgurten benötigt, sonst schaffen wir es nicht.‹ Er half sofort. Er verstand alles und handelte unbürokratisch.«

Wladimir Nowikow verstand sich gut darauf, Probleme aus der Welt zu schaffen.

Chruschtschow hatte gefordert, Werke für die Produktion von Maisöl zu bauen. Nowikow kam mit ihm überein, dass er sich nach der Maisernte genauer festlegen würde, erst mal sehen, wie die Ernte wird, und dann geriet die Sache allmählich in Vergessenheit.

Meine Frist läuft ab

Anfang 1943 wurde ich zum Leutnant befördert. Bald darauf zeichnete man mich mit einer Medaille aus, danach mit einem Orden. Ich hatte gelernt, die Hacken zusammenzuschlagen, Knöpfe blank zu putzen, Kragenbinden einzunähen, fast wie ein Berufsoffizier, obwohl es mir noch an Haltung mangelte. Ich gab gern mit der Revolvertasche an, obwohl da gar kein Nagant drin war, sie war mit Zeitungspapier ausgestopft. Ich sagte zackig: »Zu Befehl!«, »Ich melde«, ich hatte mir die primitive, aber klare Befehlssprache angeeignet. Ich kam mir vor wie ein Husar, ließ mich fotografieren, bestellte Abzüge und überlegte, wem ich mein neues Ich zukommen lassen sollte.

Mein Ingenieursgehirn arbeitete auf Hochtouren. Wolodja Lawrentjew und ich führten ein, dass man altes Maschinenöl für die Beleuchtung verwendete. Anstelle von Zündschnüren, die rußten, stanken und wenig Licht gaben, erfand ich für die Öllampe einen Docht.

Eines Tages erschien Karpenko, der Chef der Artillerie unseres Bataillons, mit einer Flasche Wodka bei mir im Unterstand. »Ich muss mit dir sprechen.«

Er redete lange um den heißen Brei herum, versuchte den richtigen Ton zu finden, probierte es auf freundliche Art, doch es gelang ihm einfach nicht. Er war gekommen, weil dem Bataillon befohlen worden war, einen Offizier zum Panzer-Lehrgang zu schicken. Der Bataillonskommandeur hatte Karpenko vorgeschlagen, einen kampferfahrenen Offizier von der Artillerie und so weiter. Karpenko wollte nicht, und er schlug mich vor, aber der Bataillonskommandeur schwieg sich aus. Ich würde von Panzern viel mehr verstehen. Karpenko malte mir die Vorteile des Lehrgangs aus, der in Uljanowsk stattfinden sollte: Du bist nicht weniger als anderthalb Monate im Hinterland, dann sicher noch einen Monat, bis sie die Truppe zusammengestellt haben. Das ist doch was, für zwei oder sogar drei Monate von der Front wegzukommen, du wirst ein fettes Leben haben. Im Bett schlafen, warmes Mittagessen – hast du ein Schwein! Ich kapierte nicht, warum er darauf verzichten wollte, bohrte und bohrte, bis er schließlich damit herausrückte. Er hatte einen anderen Plan. Er war bereits für eine Beförderung zum Hauptmann vorgeschlagen, so lange musste er hier noch ausharren, denn dort auf dem Lehrgang würden sie ihn nicht befördern.

Wolodja bestätigte mir, dass Karpenko davon träumte, in den Armeestab zu wechseln, sobald er zum Hauptmann befördert wäre, er hätte das alles ganz genau geplant. Panzeroffizier zu werden war zu riskant, ein Panzer ist ein unzuverlässiges Biest, zu vielen Sternen brachte man es da nicht. Karpenko handelte nach dem Grundsatz: Kann ich die Herde führen und treiben, wozu dann in der Herde bleiben. Karpenko hatte noch ein weiteres Argument, das er erst aussprach, als wir schon ziemlich angesäuselt waren. »Du«, sagte er zu mir, »hast dir das selbst ausgesucht. Aller Wahrscheinlichkeit nach endet dein Glück hier irgendwann, jeden Augenblick kann dich die Kugel treffen, die für dich bestimmt ist – anderthalb Jahre an vorderster Front sind kein Pappenstiel.«

Ich hatte das in letzter Zeit selbst gespürt, wie lange konnte man dem Sensenmann entkommen, man müsste eine Pause einlegen, die Rechnung neu aufmachen. Ich sprach mit dem Bataillonskommandeur. »Wenn du selbst spürst, dass du hier weg solltest«, sagte er, »unterschreibe ich. Obwohl es schade ist.«

Kurz gesagt, eines schönen Tages traf ich in der Panzerschule von Uljanowsk ein. Der verdienstvollen. Der berühmten. Wir waren eine ganze Kompanie von Offizieren mit Kampferfahrung. Wir sollten an dem neuen Pionierpanzer ausgebildet werden. Unser Leben änderte sich total. Kaserne, Doppelstockbett, das Bett musste ordentlich gemacht werden. Wecken, Frühstück, Unterricht, Exerzierübungen folgten. Abends durfte man in die Stadt.

Ein Scheusal von Starschina scheuchte uns. Er genoss es, Offiziere anbrüllen zu können, damit die die Füße hoben und ein Soldatenlied sangen. »Schlecht singt ihr. Im Kreis! Ihr Hurensöhne werdet so lange die Beine bewegen, bis ihr im Chor singen könnt!«

Aber die Stadt war märchenhaft. Auf dem Boulevard blühte der Jasmin. Die Männer trugen Krawatten, Schüler mit Schulmappen rannten vorbei, überall waren junge Frauen in Sommerkleidern mit Locken und roten Wangen … Wieso waren so viele Männer nicht an der Front? Sie rauchten Zigaretten. Man konnte mit dem Bus fahren. Aus der Bäckerei duftete es nach frisch gebackenem Brot, ich ging hinein. In allen Regalen lagen Schwarz- und Weißbrotlaibe.

Das Leben erschien mir völlig neu. Hier gab es saubere Fenster ohne Papierkreuze, man verkaufte Zeitungen, Blumen, Sonnenblumenkerne, mein Gott, ich kam mir vor wie auf einem anderen Planeten. Abends gingen wir in die Stadt, zum Tanzen und sogar zu den Mädchen nach Hause.

Fast jede Woche prügelten wir uns mit denen von der Fachschule für Flugwesen. Wir nannten sie »Ventilatoren«, wegen der Propeller auf den Schulterklappen. Nach einer dieser Prügeleien bestellte uns der Leiter der Fachschule, General Kaschuba, zu sich. Er hatte im Finnland-Krieg ein Bein verloren und war als Held der Sowjetunion ausgezeichnet worden. Er ließ uns an seinem Tisch Platz nehmen und fragte: »Womit habt ihr euch geprügelt?«

»Mit Fäusten.«

»Das ist in Ordnung. Gab es einen Anlass?«

»Wir hatten getrunken.«

»Das ist normal. Was trinkt ihr?«

»Das Übliche.«

»Was genau?«

»Selbstgebrannten.«

»Das ist auch normal. Aber beachtet ihr auch die Regeln?«

Dann nannte er uns drei Regeln beim Trinken:

»Wann?
Mit wem?
Wie viel?«

Die Stadt war berühmt für das Haus der Familie Uljanow und ein wenig auch für den Schriftsteller Gontscharow. Ich besuchte das Lenin-Museum. Lange stand ich vor einem Foto von Alexander Uljanow, Lenins älterem Bruder. Sein jugendliches Gesicht erschien mir sympathisch. Das Museum war leer. Eine Mitarbeiterin trat zu mir und sagte: »Es ist gut, nicht wahr? Das ist ein seltenes Foto. Es wird nicht veröffentlicht.« Ich wollte nach dem Grund fragen, er wurde mir dann aber gleich klar. Sie sagte noch, dass die Mutter ihn hatte retten wollen, und erzählte, wie sehr sie sich nach der Gerichtsverhandlung um ein Treffen mit Alexander bemüht hatte, weil sie den Sohn überreden wollte, ein Gnadengesuch an den Zaren zu richten. Diese Geschichte kannte ich damals nicht. Die Mutter beschaffte sich unter großen Schwierigkeiten die Erlaubnis, sich mit Alexander, den man zum Tode verurteilt hatte, zu treffen, das war eigentlich verboten. Sie flehte ihren Sohn an und warf sich vor ihm auf die Knie. Aber Alexander ließ sich nicht umstimmen. Er sagte: »Mama, stellen Sie sich vor, ich hätte jemanden zum Duell gefordert, hätte geschossen und nicht getroffen. Und jetzt soll ich ihn bitten, nicht zurückzuschießen.« Also reichte er kein Gnadengesuch ein. Die Mitarbeiterin fuhr erregt fort: »Stellen Sie sich um Gottes willen vor, was für ein ritterliches Ehrgefühl er hatte.« Dann begann sie zu weinen.

Uljanowsk (Simbirsk) war eine durchschnittliche russische Provinzstadt geblieben. Kaum Neubauten, alte Häuser, viele davon aus Holz, hier sprach sich alles herum. Es war nicht verwunderlich, dass hier vor der Revolution noch Gerüchte über eine Affäre von Lenins Mutter und seine außereheliche Herkunft umgingen. In solchen Städten gibt es stets Geschichten, die im Verborgenen kursieren, Gerüchte und Tratsch. Auf der Panzerschule gingen damals Geschichten über den Finnland-Krieg 1939/40 um, über unsere ungeheuerlichen Verluste, über die Kuckuck genannten finnischen Scharfschützen, die sich in den Wäldern versteckten, und darüber, dass die Finnen Fausthandschuhe mit zwei Fingern getragen hatten, um schießen zu können.

Diese beiden Städte, das Leningrad der Blockade und Uljanowsk, waren für mich unvereinbar. Das Heldentum von Leningrad und die provinzielle Gemütlichkeit von Uljanowsk. Ich zog Letzteres vor. Ich sehnte mich nach diesem ruhigen Leben, fern von der Geschichte, alles ist bekannt, es passiert wenig, und was passiert, ist nicht so wichtig. In Uljanowsk war es gut, vor allem weil meine Stadt Staraja Russa dem Krieg zum Opfer gefallen war, ebenso wie Lytschkowo. Alles, was mich an meine Kindheit erinnerte, war zerschossen, zerstört …

Nach dem Ende des Lehrgangs schickte man uns nach Gorki. Dort absolvierten wir ein Praktikum auf der Panzerfahrschulstrecke: Panzer rechts gestaffelt und Panzer links gestaffelt, Feuer im Halten und im Fahren, aus einer 122-Milimeterkanone, aus Maschinengewehren. Auf gegnerische Panzer, auf Häuser aus Sperrholz. Tanken. Auf der Erde schlafen, im Schnee. Wir legten uns auf Tannenzweige und deckten uns mit dem Soldatenmantel zu – richtige Kampfbedingungen, als ob wir die nicht schon zur Genüge genossen hatten, und zwar in echt und nicht nachgestellt.

In Gorki zog man mich zur Herstellung von Lehrmitteln hinzu. Ich zeichnete einen Panzer im Querschnitt, von der einen und von der anderen Seite, außerdem Diagramme. Dafür wurde mir erlaubt, privat zu wohnen. Ich teilte mir ein Zimmer mit Andrej Korsakow, das wir in einem Privathaus gemietet hatten. Wir hatten uns gemeinsam eine technische Vorrichtung ausgedacht. Wenn man im Panzerkampf über Funk mit der Führung verbunden war, schaltete sich im selben Moment die interne Funkverbindung ab, so dass der Panzerfahrer nicht mitteilen konnte, was er vor sich sah. Andrej und ich hatten uns überlegt, wie man das ändern konnte, die Führung freute sich und verpasste uns im Vorbeigehen jedem ein Sternchen. Ich wurde zum Hauptmann befördert. Nun schrieb ich an Rimma, dass sie mich besuchen solle, solange ich noch ein freies Leben hatte. Es gelang ihr, für drei Tage zu kommen. Im Unterschied zu mir sah sie nicht schlecht aus. Bei mir hatte die Blockade ihre Spuren hinterlassen. Sie konnte nicht an sich halten. »Du hast ganz schön was abbekommen.« Zum ersten Mal begriff ich, dass auch ich alt werden würde. Mit einundzwanzig Jahren alt werden? Das war nicht einfach. In den drei Tagen gab sie sich alle Mühe, mich aufzupäppeln, den Alltag von Andrej und mir zu verbessern. Ich spazierte mit ihr durch Gorki, es war so eine Art verspätete Hochzeitsreise. Die durch den Krieg unterbrochene, frühere Nähe kehrte zurück, wenn auch nicht ganz. Es waren Tabus entstanden, sie vermied Gespräche über meine Rückkehr ins Werk, ich hörte auf, meine Entscheidung zu verteidigen, dass ich mich zum Kriegsdienst gemeldet hatte.

Als unsere Panzerbrigade zusammengestellt wurde, schickte man uns nach Tscheljabinsk ins Panzer-Werk, um die Panzer abzuholen. Zusammenstellen bedeutete, es wurden drei Zugführer ernannt, zu jedem Zug gehörten drei Panzer, mich machte man zum Kompaniechef. Erstens war ich Hauptmann, die anderen nur Oberleutnant, außerdem berücksichtigte man die Ergebnisse beim Schießen.

Das Werk in Tscheljabinsk sah nicht im Entferntesten wie ein Werk aus – die Montagehalle, in der wir arbeiteten, befand sich noch im Bau und hatte keine Wände. Es gab ein Dach, eine Kranbrücke und eine Brandmauer aus Ziegelsteinen, an der Heizkörper standen, der Schnee wurde hereingeweht, und die Panzerteile waren mit Raureif überzogen. Wir sollten den Montagearbeitern helfen. Die Teile waren schwer und so eiskalt, dass man sie nicht anfassen konnte, weil die Hände daran kleben blieben. Die Montagearbeiter – das waren jugendliche, blasse, schwächliche Kerlchen und in Tücher gehüllte Frauen. Bis heute erinnere ich mich an jeden der Zugführer: Sascha Morosow, ein richtiges Lastpferd, Klim Wassiltschuk, ein dünner Mathematiklehrer mit fleischiger, großporiger Nase.

Die Zugführer hatte man gut ausgewählt. Wassiltschuk war der Älteste, Wassja Frolow der Jüngste von uns, ein Brillenträger, der als Korrektor in einem Verlag gearbeitet hatte. Wir schlossen sofort Freundschaft. Jeder hatte drei Panzer in seinem Zug, insgesamt waren es neun, alle hatten Dieselmotoren und 122-mm-Kanonen – damit war nicht zu spaßen, hervorragende Panzer. Ich würde mich im Turm neben Frolow einquartieren, ich hatte ihn mir ausgesucht, weil er der Dünnste war, damit es uns nicht zu eng wurde. Eine Panzerbesatzung besteht aus vier Mann, der Kompaniechef musste als Fünfter irgendwo mit unterkommen. Für ihn hatte man einen Winkel mit Sicherheitsglas abgeteilt, das war alles, viel Platz war da nicht. Ich hatte einen eigenen Sitz und eine eigene Funkverbindung.

Sowohl in Tscheljabinsk als auch in Gorki standen mehrere zerschossene Panzer auf dem Hof, die man als Anschauungsmaterial dorthingeschleppt hatte. Es war ein grässlicher Anblick – sie waren ausgebrannt, von Panzerabwehrgeschossen durchschlagen oder sonst wie beschädigt worden. Man hatte innen das verbrannte Fleisch abgekratzt, aber sie stanken trotzdem noch danach. Menschenfleisch hat einen eigenen, ganz widerwärtigen Geruch. Der Anblick dieser zerstörten Panzer erweckte nicht gerade Begeisterung in uns.

In Gorki wurden wir mit unseren Panzern auf einen Zug verladen. Es brauchte viel Sorgfalt, ein solches Ungetüm auf den Güterwagen zu stellen, das ist Präzisionsarbeit, man durfte den Panzer immer nur ein bisschen, fast zentimeterweise anheben oder drehen. Meine Zugführer kamen zu spät, wir luden also ohne sie auf. Als sie auftauchten, drucksten sie herum, sie hätten keine Uhr gehabt. Dabei hatten alle Zugführer Armbanduhren mit Leuchtzifferblatt erhalten. Schließlich gaben diese Schurken zu, sie versoffen zu haben. So fuhren wir mit einer einzigen Uhr an die Front, mit meiner.

Die neuen Panzer waren gut und gut ausgerüstet, da gab es nichts zu meckern. Interessant war Folgendes: die englischen und amerikanischen Panzer waren viel schlechter als unsere, jedenfalls die, die wir bekamen – die »Valentines« und die »Matildas«. Aber ihre Autos, die amerikanischen »Willys« und »Studebaker«, waren gute Armeefahrzeuge, die man nicht mit unseren Klapperkisten vergleichen konnte. Warum war das so? In all den Jahren sowjetischen Lebens war es uns nicht gelungen, ein gutes Auto zu bauen, wir bauten nach und übernahmen – aber das haute alles nicht richtig hin, die Autos waren unzuverlässig, fraßen viel Benzin, machten Lärm, waren nicht geländegängig und um ein Vielfaches schlechter als englische und amerikanische. Welchen Grund hatte das? Niemand konnte es verstehen. So was Kompliziertes ist ein Auto nun auch wieder nicht, und wir hatten viele Konstruktionsbüros, aber es ging immer schief. Warum?

In Tscheljabinsk hatten wir mit den Panzerkonstrukteuren darüber diskutiert und uns darauf geeinigt, dass Autos für Privatpersonen gebaut werden, für den Halter, seine Familie, sie sind zum individuellen Gebrauch bestimmt, und darin liegt das Problem, denn noch nie waren wir in der Lage, etwas für den individuellen Gebrauch herzustellen. Offenbar können wir für die Landwirtschaft und die Verteidigung produzieren, aber Konsumgüter kriegen wir nicht hin. Für einen einzelnen Menschen muss man sich nicht anstrengen. Außerdem weiß doch keiner, wer dieser Mensch sein wird – ein Privatmann.

In Gorki wartete ein Brief von Jermakow auf mich. Irgendwie hatte er herausbekommen, dass man seine Taïssja nach Deutschland verschleppt hatte. Alle jungen Frauen aus jenem Dorf waren verschleppt worden.

Wir wohnten in Kanawina. Andrej und ich gingen in Zivil auf den Markt und tauschten Machorka und Wodka gegen Fisch und Gebäck ein. Wir hatten erstaunlich schnell herausgefunden, wie und womit man handeln konnte, luden unsere Vorgesetzten ein, veranstalteten kleine Festessen. Doch ungeachtet dieses ungebundenen Lebens im Hinterland war ich nach wie vor mager von der Blockade, alles hing an mir, sowohl die Militärbluse als auch der Soldatenmantel, weder Rimma noch Andrej war es gelungen, mich aufzupäppeln. Auf einem Foto aus jener Zeit sehe ich entkräftet und schwächlich aus. Mein Vorgesetzter in Gorki hatte mir angeboten, dort im Regiment zu bleiben und das Kabinett für Lehrmittel zu leiten. Andrej und ich würden mit voller Offiziersversorgung in den Stellenplan übernommen werden, und alles wäre tipptopp.

Zum wiederholten Male stand ich am Scheideweg, konnte nach links oder rechts gehen. Auf dem Foto steht Andrej Korsakow neben mir, durch ihn sehe ich mich deutlicher. Wie jung und wie dumm wir waren! Wie konnte mein Schicksal mir vertrauen! Was hat mich dazu bewogen oder, genauer gesagt, was bestimmte meine Wahl, warum wählte ich erneut den Krieg? Er war mir bereits unerträglich geworden; von seiner Romantik, von der patriotischen Begeisterung jener Tage im Juni 1941 war nichts geblieben. Und siehe da, er verzichtete auf das Kabinett für Lehrmittel, auf eine so friedliche, angenehme Arbeit.

Warum? Diesen D. kann ich nicht verstehen. Ich betrachte die Fotografie aus jenem Jahr, mein blasses, abgemagertes Gesicht – und finde keine Antwort.

Der Vormarsch beflügelte uns. Wir stürmten vorwärts und brachten alle Berechnungen der Stabsoffiziere durcheinander. Wir nahmen Verluste in Kauf, obwohl es wesentlich weniger geworden waren. Im Mai 1944 schlugen sich die deutschen Soldaten genau wie wir 1942 nachts durch die Sümpfe zu ihren Truppen durch, ohne die auf dem Rückzug befindliche Front einholen zu können.

Wir waren in einem unsicheren, von Hochwasser überschwemmten Gelände stecken geblieben, unsere schweren Panzer wurden schon wieder aufmunitioniert, als der Regimentskommandeur über Funk mitteilte, dass vor uns eine deutsche Division wenden würde und auf uns zukäme. Woher kamen die plötzlich? Unsere Panzer rasten los. Als hätte man ihnen eins mit der Peitsche übergezogen, donnerten sie auf die Chaussee, jagten auf die genannte Stadt zu. Alle die Namen dieser Städte, die kleinen Plätze mit den Rathäusern verschwammen zu einem einzigen Bild der Angst mit menschenleeren Straßen, zerschlagenen Fenstern und Auslagen. Wir aber jagten dahin, schossen in voller Fahrt aus den MGs, auf wen und wozu, das wussten wir nicht so genau, es geschah aus Triumphgefühl. Der Himmel gehörte uns, wir hatten den ganzen Himmel besetzt, wir durften es noch erleben.

Die deutschen Straßen waren großartig, als wären sie extra für schwere Panzer gebaut worden, zuverlässige Brücken! Hätte es bei uns solche Straßen und Brücken gegeben, ich weiß nicht, ob wir dann standgehalten hätten. Dummköpfe und Wege, wie sie schon Puschkin beschrieb, das gab es bei uns, aber gerade die schrecklichen russischen Straßen hatten uns geholfen. Die Dummköpfe zu nutzen war uns nicht gelungen.

Das Leben wird begreifbarer, wenn es hinter dir liegt, du blickst zurück und verstehst, was geschehen ist; sonst lebst du, ohne nach vorn zu schauen und darauf zu achten, was auf dich zukommt. Jeder misst die Zeit nach seinem eigenen Maß. Bei dem einen eilen die Stunden dahin, der andere hofft, dass sie vergehen, was richtig ist, weiß niemand, es gibt keinen Vergleichsmaßstab, auch wenn die Uhr für alle die gleiche ist.

Auf dem Vormarsch raste die Zeit dahin wie nie zuvor. Wir schafften es nicht, uns die neuen Gegenden anzusehen, Wälder, Gärten, Teiche, unbekannte Landschaften tauchten auf und verschwanden im graublauen Rauch der Auspuffgase.

Irgendwo in Estland stießen die Panzer an einem Fluss auf eine Holzbrücke, die recht morsch aussah. Morosow fuhr als Erster, er setzte zurück, gab Gas und flog buchstäblich hinüber, die Brücke erbebte nicht einmal. Die anderen folgten Morosow mit voller Geschwindigkeit. Wären wir nur ein wenig langsamer gefahren, wäre die Brücke eingestürzt. Später erklärte Morosow, er hätte natürlich gern angehalten, um die Brücke in Augenschein zu nehmen, abzuschätzen, ob sie ein solches Ungetüm von immerhin sechsundvierzig Tonnen tragen könne. Ich denke, mit Vorsicht wären wir nicht über diese Brücke gekommen. Vieles lösten wir damals durch Verwegenheit.

Der letzte Vers

Wir waren zu jener Zeit noch viele. Und wir hatten Kraft genug, um Ängste und Hunger auszuhalten, Munition, Kanonen, Verwundete zu schleppen, uns wieder einzugraben, im Panzer zu frieren, im Schnee zu schlafen, zu jubeln, wenn wir irgendeinen Punkt eingenommen hatten, von dem nur Asche übrig war. Wir haben diesen Krieg nicht nur gewonnen, sondern auch durchgestanden. Am Ende waren wir nur wenige. Es gab viele Invaliden, Witwen und Waisen. Man musste die zerstörten Städte wieder aufbauen, sich in Lazaretten kurieren lassen, Schlange stehen, wieder Kartoffeln, wieder Kascha, aber nicht mehr vom Starschina, sondern auf Lebensmittelkarten, zerrissene Socken und der gleiche Wodka, nur schlechter.

Guten Tag, ihr Freundinnen und Freunde,
Eltern, wir sind zurück aus dem Krieg.
Zu zweit auf drei Beinen sind wir gekommen,
Und haben doch den Faschismus besiegt.

Als ich mich endlich umsah, war niemand mehr da. Alle waren fort, mir schien, ich hätte sie vergessen. Aber nein, sie warteten auf mich und tauchten wieder auf. Ich fing an, mich an jeden wenigstens ein bisschen zu erinnern, holte sie aus dem Dunkel – Morosow, Lewaschow, Merson, Trubnikow, Medwedjew –, sie wussten nicht, dass wir die Deutschen nicht nach Leningrad hineingelassen und den Krieg gewonnen hatten. Sie waren gefallen, ohne erfahren zu haben, wie das alles endete. Das ist ungerecht, aber dagegen kann man nichts machen. Das Vergessen trägt sie von uns fort, man kann den Fluss der Zeiten nicht aufhalten.

Der Fluss der Zeiten seit Gedenken
Trägt Menschendinge fort sogleich,
Um im Vergessen zu versenken
Völker, Zaren, Zarenreich.

So hatte es der sterbende Dichter Gawriil Dershawin einst beschrieben. Dieses Gedicht sollte man über dem Eingang zum Kreml anbringen.

Der Große Vaterländische Krieg, der Zweite Weltkrieg, wurde zur Legende, der Fluss der Zeiten trug auch ihn in jene Vergangenheit, in der sich der Erste Weltkrieg, der Bürgerkrieg und andere Kriege der russischen Geschichte befinden. Heutige Schüler und Studenten haben Teilnehmer des Großen Vaterländischen Krieges nie von Angesicht zu Angesicht gesehen. Das alles haben ihre Großväter oder sogar schon ihre Urgroßväter irgendwann erlebt. Wie Shenja Lewaschow zu sagen pflegte: »Alle Kriege sind gleich für jene Soldaten, die sich ins Jenseits aufmachen müssen.« Er behauptete immer, dass einfache Soldaten dort, ohne anzustehen, aufgenommen werden, ihre Sünden interessieren nicht; ein gefallener Soldat ist frei von Sünden, nicht er hat den Krieg angezettelt. Wenn man Lewaschow zuhörte, hätte man glauben können, dass er bereits mehrfach im Jenseits gewesen war, obwohl er in den drei Monaten weder verwundet wurde noch eine Quetschung erlitt und schon gar nicht getötet wurde. Wenn ich an Lewaschow denke, sehe ich sofort einen blassen, von der Blockade gezeichneten Schwächling neben einem wahren Hünen, der um ein Vielfaches breiter und größer war als ich; seine Militärbluse saß wie angegossen, und die Medaille wirkte wie der Auftakt zu einer ganzen Reihe von Orden. Der Schwächling, das bin ich, Leutnant D.. Dieser Leutnant und ich hatten längst aufgehört, einander zu verstehen, schon nach den ersten Kriegsmonaten. Was er tat, kam mir unsinnig vor, ich sah seine Fehler, die man schon nicht mehr verhindern konnte. Natürlich bin ich im Vorteil, weil ich weiß, wie sich die Ereignisse entwickelten und was aus diesem D. wurde. Aber woher sollte der Arme wissen, dass einen Monat später in Leningrad die Blockade beginnen würde, dass man Zwieback hätte aufheben müssen und dasselbe auch anderen hätte raten sollen, ganz besonders den Verwandten. Dennoch fällt es mir schwer, manches, was er tat, zu verstehen. Zum Beispiel, wieso er sich einverstanden erklärte, an Stelle von Oberst Lebedinski im Regimentsstab zu bleiben. Ich vermute, dass dieser Leutnant D. seine Chance, Kommandeur zu werden, nicht verpassen wollte, um hinterher sagen zu können: »Was da nicht alles passiert ist, ich musste sogar ein Regiment befehligen.« Erst jetzt wird mir klar, wie eitel er war.

Dritter Teil

Mein Schulfreund

Wadim Puschkarjow war in den ersten Kriegsmonaten bei Oranienbaum gefallen. Eine Beerdigung hatte es nicht gegeben. Er galt als vermisst, wie auch seine gesamte Einheit als vermisst galt. Nicht genug, dass Wadims Eltern keinerlei Unterstützung erhielten, sie erfuhren bis an ihr Lebensende nicht, ob ihr Sohn ein Deserteur war! Was mit seiner Einheit passiert war, blieb im Dunkeln.

»Und wenn sie nun zum Feind übergelaufen sind?«, sagte mir ein Kommandeur der Armee nach dem Krieg.

»Und was ist mit der Unschuldsvermutung?« Er wusste nicht einmal, was das war.

»Wenn man seine Leiche findet«, erläuterte er liebenswürdig, »und wenn an der Leiche noch die Erkennungsmarke ist, dann könnte man etwas erreichen.«

»Waren Sie an der Front?«, fragte ich.

Er verzog empört das Gesicht.

»Auch das noch. Für Sie ist nur der ein Mensch, der an der Front war. Und woher haben Sie Nachschub bekommen?«

So ein Gespräch war das.

Der Ostbezirk

Man sollte keine Buchreihe »Das Leben bedeutender Menschen«, sondern eine Reihe »Bedeutende Leben unbedeutender Menschen« veröffentlichen. Das Leben fällt einem entweder zu, als Geschenk mit rosa Schleife, oder es ist eine Verpflichtung. Beim Auswickeln staunt man, was es da nicht alles gibt. Immer finden sich Überraschungen. Es ist immer ein Fest. So ungefähr dachte ich, als ich lebend und weitgehend unverletzt aus dem Krieg zurückkehrte. Das Staunen über dieses Geschenk wollte nicht enden.

Es war Ende 1944. Den Krieg hatten wir gewonnen, es fragte sich nur, wie schnell wir nach Berlin kämen, nach Königsberg, nach Budapest und wo unser Vormarsch enden würde. Das betraf mich nicht mehr. Ich wurde demobilisiert, als Ingenieur für Elektrotechnik aus dem Kriegsdienst entlassen. Die Kaderleiter hatten meine Akte aus Tausenden von Offiziersakten herausgesucht. Sieh mal einer an – ein Ingenieur für Elektrotechnik, hätte ich nur Ingenieur geschrieben, hätten sie meine Akte nicht beiseitegelegt, meinen Namen nicht in die Liste eingetragen, dann wäre ich bei meinem dem Untergang geweihten Panzerregiment geblieben, und Schluss. Nachdem ich weg war, sind fast alle meine Kameraden bei Königsberg gefallen, sowohl Sascha Morosow als auch Wassja Frolow, nur Wassiltschuk blieb übrig. Das erfuhr ich bald.

Die geradezu unanständige Freude darüber, dass ich entkommen und unversehrt war, stieg nicht sofort in mir auf, sie erwachte allmählich im Zug. Ich saß auf dem Dach des Zuges. Wir soffen haltlos. Vor Tunneln oder Brücken musste man sich flach hinlegen. Zweien wurde der Kopf abgerissen, der Inhalt ihrer zertrümmerten Schädel ergoss sich direkt über uns … Zwei Betrunkene fielen runter. Im

Zug saßen befreite Frauen und Kinder aus den besetzten Gebieten. Die Wagen waren krachend voll. Es waren auch ranghohe Offiziere und irgendwelche Zivilisten im Zug. Man führte gerade eine Teildemobilisierung durch. Wir und die Bauingenieure wurden ausgemustert.

Als Panzerkommandant trug ich eine schwarze Lederjacke und Lederhosen. Helm und Wäsche zum Wechseln befanden sich im Rucksack. Die Tulaer Tokarew-Pistole steckte in der Hosentasche. Ich hätte die TT eigentlich abgeben müssen, aber wie sollte das gehen – unbewaffnet sein? Das war ich nicht gewohnt.

An der Militärbluse hingen Orden, Medaillen, wenn auch nicht viele, aber es klimperte. Ich war schließlich von einem Garderegiment und Panzerkommandant. Im Moskauer Ministerium für Energieversorgung gelang es mir, im Vergleich zum Bürokratengesindel mächtig Eindruck zu schinden, meine straffe Haltung und Selbstsicherheit, das Recht, die Schirmmütze aufzubehalten, die Schulterstücke der Armee, die blankgeputzten Chromlederstiefel, meine Jugend und zugleich Erfahrenheit, der Geruch nach Dieselöl und Patronenhülsen, der sich scheinbar auf ewig an mir festgefressen hatte – all das zeigte Wirkung. Sie versuchten mich mit Fragen über Transformatoren, Akkumulatoren, Generatoren und zur Elektrifizierung des ganzen Landes wieder auf den Boden zurückzuholen. Die dachten, ich hätte alles vergessen. Vielleicht stimmte das sogar. Im Krieg waren wir mit anderen Dingen beschäftigt. Aber damit sie es nur wussten – ich hatte eine gute Grundlage, denn das Leningrader Polytechnische Institut war die Nummer eins in Russland. Insofern war ich blaublütig. Außerdem konnten sie mich alle mal, nach der Front waren das alles Kinkerlitzchen. Ins Strafbataillon könnten sie mich nicht schicken.

Irgendetwas an mir gefiel den Mädchen vom Ministerium. Dass ich ihnen damals gefiel, das stand jedenfalls fest. Ihnen gefiel meine glückliche Unbekümmertheit. Ich jubelte innerlich, und weil ich keine Lust hatte, irgendetwas vorauszuplanen, kümmerten sie sich ganz von allein um mich und versuchten, mich gut unterzubringen. Sind Sie Leningrader? Haben Sie eine Wohnung in Leningrad? Wunderbar. Leningrad benötigt ... Der Donbass und Smolensk können warten.

Im gelb-weißen Gebäude von »Lenenergo«, dem großen Energieversorger von Leningrad, auf dem Marsfeld hatte ich schon während meines Diplom-Praktikums am Frequenzregler gearbeitet. Dort gab es einen Erfinder namens Ostrowoi, der hatte mich in Beschlag genommen. Bis in die tiefe Nacht half ich ihm, Kurven aufzunehmen, Punkt für Punkt, Versuchsanordnung für Versuchsanordnung, um die Frequenz in den vorgegebenen Grenzen zu halten. Die Frequenz ist eine Kenngröße des Stroms. Normalerweise bemerkt man sie nicht – das Licht brennt, und fertig, der Motor läuft, also ist alles gut. Ostrowoi wollte eine Frequenz von genau fünfzig Hertz, nicht mehr und nicht weniger.

Im »Lenenergo« geriet ich wieder an die Kaderleiter. Sie schauten sich meine Papiere an, dann schauten sie mich an.

»Wo wollen Sie hin? Es werden Leute für das Swirsker Wasserkraftwerk gebraucht, für das Hochspannungsnetz, Sie können auch im Wärmekraftwerk arbeiten, fahren Sie hin und sehen Sie es sich an.«

»Ich fahre nirgendwo hin, suchen Sie mir etwas aus.«

»Gut, machen Sie mal ordentlich einen drauf. Wir erledigen das für Sie.«

Einen draufmachen – das ist in Ordnung, das tun wir doch gern.

Und los ging's, alles kam in Fahrt. Einer hatte irgendwo

Schulkameraden und Studienfreunde ausfindig gemacht, einige im Lazarett, andere in der Stadt. Manche waren aus der ehemaligen Volkswehr-Division oder aus dem Kirow-Werk. Jedes der Treffen war ein rauschendes Fest! Wir leben noch! Darauf folgten Saufgelage, Festessen, Tränen, Geschichten.

Vor vier Jahren waren wir voller Begeisterung zur Volkswehr gegangen. Wir hatten Schlange gestanden bei der Aufnahme. Erstens wollten wir das Land verteidigen, zweitens wollten wir den Faschisten eins auf die Rübe hauen, drittens war in mir der unausrottbare jungenhafte Drang zu kämpfen. Auch Empörung verspürte ich – was dachten die sich, wir hatten es mit Hitlers Leuten im Guten versucht, aber die überfielen uns heimtückisch und ohne Kriegserklärung. Was für eine Gemeinheit. Dafür sollten sie büßen.

Auf in den Krieg! Es ist sowohl lächerlich als auch beschämend, daran zu denken – um ihnen eine Lehre zu erteilen! Doch der Krieg schaffte wieder Klarheit in unseren Köpfen. Ich war froh, dass ich noch Arme und Beine hatte, als ich da endlich rauskam. Aber um ehrlich zu sein, ich hatte den Kaderleiter bei der Armee gebeten, mit meiner Entlassung noch zu warten. Wir bereiteten nämlich gerade einen Angriff vor, und unser Regiment sollte am Durchbruch teilnehmen. Meiner Kompanie schwerer Stalin-Panzer war die Aufgabe übertragen worden, in die linke Flanke vorzustoßen, zu wenden und in das Hinterland der Wlassow-Division und der deutschen Artillerieeinheiten vorzudringen. Ich war achtundvierzig Stunden lang an der vorderen Linie herumgekrochen, hatte mir alles genau angesehen, um meinen Zugführern zeigen zu können, wo sie langfahren sollten.

Ausgerechnet da wurde ich plötzlich einbestellt und sollte weg, ohne mich zu verabschieden. Was würden die anderen von mir denken? Der hat sich aus dem Staub gemacht, hat die günstige Gelegenheit genutzt …

Der Kaderoffizier, ein Oberst, hörte mir zu, ohne mich zu unterbrechen. Er ließ mich ausreden. Er schaute mich an, ohne zu zeigen, was in ihm vorging, was er von meinen Worten hielt, was er von mir als Mensch hielt und was er sich sonst noch dachte. Dann sagte er: »Du bist ein Vollidiot! Willst du etwa verbrennen? Du hast wohl noch nicht genug vom Soldatsein?« Das sprach Bände.

Man kann auch mit wenigen Worten viel sagen.

Manchmal dachte ich an seine Worte. Warum hat er mir Einhalt geboten? Meine Argumente einfach vom Tisch gefegt, ohne sie gutzuheißen oder zu loben? Offenbar hatte er die gewaltigen, sinnlosen Verluste dieses Krieges satt, die er mit keinem Wort erwähnen durfte.

Selbst als wir gegen Ende des Krieges gelernt hatten, wie man Krieg führt, fuhren wir fort, unsere Leute ohne Ende zu verheizen. Gut kämpft nur einer, der wenig Blut vergießt. Das wussten alle, aber es zählte nicht, oben zählte es nicht, und das setzte sich nach unten fort. Wenn etwas zählte, dann nur, wie viele gegnerische Panzer verbrannt waren und wie viele Kilometer wir vorangekommen waren. Die Kommandierenden wurden nicht nach der Anzahl der Gefallenen eingeschätzt. Interessant wäre, wie es um den Ruf einiger ruhmreicher Marschälle stehen würde, wenn man ihnen die Gefallenen angerechnet hätte.

Eines Tages gestand mir unser Botschafter in den Niederlanden, Ponomarenko, ein ehemaliger Partisanenführer, dass er eine Geschichte des Großen Vaterländischen Krieges aus der Perspektive der Verluste schreibe, eine Sicht, die damals verboten war. Nach Kriegsende wurden die Zahlen der Gefallenen, Verwundeten und in Gefangenschaft Geratenen geheim gehalten. In der Enzyklopädie des Großen Vaterländischen Krieges gab es das Wort

Verlust nicht. Nach dieser Enzyklopädie zu urteilen, hat es im Großen Vaterländischen Krieg keine Verluste gegeben. Ich kann mir vorstellen, was mein Kader-Oberst während seiner Stabszeit alles vorgesetzt bekommen hat, was für Listen und Zahlen er melden musste und was mit diesen Zahlen passierte. Er wusste, dass ich ein Glückslos gezogen hatte, und begriff, dass alles andere Unsinn war.

So war es auch. Meine Kompanie wurde aufgerieben, die Panzer zerstört, zwei brannten aus. Im Panzer verbrannte, wie man mir übermittelte, Sascha Morosow, der an meiner Stelle die Kompanie geführt hatte. Niemand in Leningrad kannte meine Regimentskameraden, und ich hatte niemanden, mit dem ich ihrer gedenken konnte. Ich sagte: »Auf Sascha Morosow!«, aber wer war für sie schon Sascha Morosow, wo sie ihn doch nie gesehen, nicht mit ihm gesungen und gefeiert hatten, nicht mit ihm in Tscheljabinsk bei der Montage unserer Panzer geholfen hatten, bevor wir sie bekamen.

Wäre ich mit ihnen zusammen gefallen? Hätte mich mein Glücksstern gerettet? Aber vielleicht hätte meine Kriegserfahrung ihnen geholfen?

Auf diese Fragen gab es keine Antwort, daher stiegen sie von Zeit zu Zeit immer wieder in mir auf, besonders wenn ich getrunken hatte. Nachts träumte ich davon. Ich freute mich, dass ich am Leben war, und fühlte mich zugleich schuldig. Niemand von ihnen konnte mir etwas vorwerfen, da es nicht irgendein Befehl gewesen war, der mich fortgerufen hatte, sondern ein Befehl des Staatlichen Verteidigungskomitees, also haltet alle die Klappe. So wie die Dinge lagen, konnte mir niemand etwas vorwerfen, nur ich selbst.

Anderthalb Monate lang tauchte ich nicht im »Lenenergo« auf, bis ich das ganze Geld, das man mir bei meiner Entlassung ins Zivilleben aushändigte, verjubelt hatte. Eine gewisse Summe stand einem für die »Ausstattung« zu, also faktisch zum Versaufen. Die Demobilisierten feierten. Wir, die geschossen hatten, erkannten einander in Schaschlyk- und Bierstuben, in Kneipen. Andere wurden von uns nicht akzeptiert, alle diese Leute vom Nachschub, die Treib- und Schmierstofftypen, Bade- und Wäscherei-Verantwortlichen, diese Leute vom Stab und der allgemeinen Truppenversorgung – das waren alles Etappenschweine. Wir erkannten nur die Nachrichtenleute und Ärzte an. Orden zählten auch nicht. Die meisten Orden hatten sich die aus den Stäben selbst verliehen. Wer gibt, der hat.

Beim kleinsten Vorfall fragten wir: »Wer bist du denn, wo hast du dich im Krieg verkrochen, du Hinterland-Ratte?« Weder mit Milizionären noch mit Wirtschaftsleitern, weder mit Eisenbahnern noch mit Schaffnern gingen wir zimperlich um, sobald irgendwas war: »Halt's Maul, du Mistvieh«, und wir griffen in die Tasche, um die Pistole zu zücken. Ohne Schulterstücke war ich natürlich nichts weiter. Trotzdem trat ich auf wie einer vom Garderegiment, suchte Streit, benahm mich flegelhaft und beleidigend.

Die Leningrader ließen sich nichts gefallen. Diejenigen, die die Blockade erlebt hatten, mussten so viel durchmachen, obwohl sie nicht geschossen hatten, dass wir Frontkämpfer es uns nicht vorstellen konnten.

»Ihr seid an der Front nicht vor Hunger verreckt, habt kein Menschenfleisch gegessen. Euch haben sie nicht so oft bombardiert, auf euch haben sie nicht so viel geschossen.«

»Seht euch doch die Stadt an und nicht euer Kinderspielzeug, was ist nur aus dieser Stadt geworden?«

In der Stadt waren überall Ruinen, manchmal waren sie eingezäunt und mit Aufschriften in blauer Farbe versehen: »Diese Straßenseite ist bei Artilleriebeschuss am gefährlichsten.« An den Fenstern sah man noch Papierkreuze, viele Fenster waren mit Sperrholz vernagelt. Zu den am meisten benötigten Handwerkern gehörten die Glaser. In allen Haushaltswarenläden arbeiteten Glasschneider. Die Antiquitätenläden waren voll mit Trumeaus, Klavieren, Flügeln; keiner konnte sperrige Gegenstände gebrauchen. Die Evakuierten kehrten zurück. Manch einer beeilte sich, loszuschlagen, was er während der Blockade bei den Nachbarn gestohlen hatte.

Das Geld war alle, und ich erschien im »Lenenergo«. Es stellte sich heraus, dass mein Schicksal bereits entschieden war. Mir blieb nichts anderes übrig, als seiner Majestät, dem Leiter des städtischen Kabelnetzes, Direktor Michail Grosnow, zu dem man mich geschickt hatte, unter die hellen Augen zu treten. Mein Aussehen war etwas beeinträchtigt – ich war aufgedunsen, mein Blick trübe, aber die Hacken schlug ich zackig zusammen, setzte mich aufrecht in den mir angebotenen Sessel, hielt die Schirmmütze in der Armbeuge und gab militärisch knappe Antworten.

Grosnow war ein Mann so breit wie hoch, mit Augenbrauen so dick wie ein Schnurrbart. Er war vernünftig und wissbegierig, vor allem wollte er wissen, ob ich nur gern mal einen trinke oder ein Trinker bin. Dann erkundigte er sich danach, was es bedeutet, Kommandeur einer Panzerkompanie zu sein, wie viele Menschen einem da unterstehen und was für welche, wie man mit ihnen umging. Er interessierte sich nicht für meine Fachkenntnisse, sondern dafür, wie ich mit Leuten fertig wurde, weil Kabelmonteure ihre Freiheit lieben, so wie Kosaken, sie zu kommandieren will gekonnt sein.

Am Tag darauf wurde ich zum Leiter des Kabelnetzes im Östlichen Stadtbezirk ernannt. Nach den Maßstäben des »Lenenergo« war das kein hoher Posten, im Leben der Stadt bedeutete er jedoch viel.

Zu Hause

Anfang 1944 war Rimma nach Leningrad zurückgekehrt, um ein Kind zur Welt zu bringen. Sie zog in unser Zimmer ein. Die Wohnung stand leer. Die evakuierten Bewohner und die Frontsoldaten waren noch nicht zurück. Rimma fand einen Ofensetzer und ließ in unserem engen Heim einen Herd aufstellen. Der Weg über den Korridor zur Küche war weit. Sie fürchtete sich dorthinzugehen, denn dort hausten Ratten. Sie waren gleich nach der Blockade als Erste zurückgekehrt. Da es nach Essbarem roch, nagten sie ein Loch bis zu unserem Zimmer durch. Rimma stopfte das Loch mit Glasscherben zu.

Brennholz für den Herd kaufte sie auf dem Kusnetschny-Markt. Der war zwei Kilometer von uns entfernt. Das Brennholz wurde bündelweise verkauft. Sie erwarb ein Bündel und brachte es mit der Straßenbahn nach Hause. Sie musste sich beeilen. Sie hatte Marinka allein zu Hause gelassen. Sie schleppte das Bündel Brennholz in den vierten Stock, um Brei für die Tochter zu kochen.

Ich wurde Ende 1944 demobilisiert, kam nach Hause und fand all das vor. Im Fenster musste die Glasscheibe eingesetzt werden, ein Tisch, Stühle und ein Bett mussten besorgt werden. Während der Blockade hatte die Nachbarin alles verbrannt. Morgens um acht Uhr hatte ich auf der Arbeit im »Lenenergo« zu sein, und spätabends kam ich zurück. In der Mittagspause sollte ich zur Milchküche, oder wie das damals hieß, fahren, um Milch für die Kleine zu holen. So begann unser Nachkriegsleben, obwohl der Krieg noch weiterging, irgendwo in Europa, ohne mich.

Für mich war es schon das Nachkriegsleben. Wer sollte denn sonst jubeln? Feiere, mein Lieber, du hast ein Recht darauf, du bist am Leben geblieben. Ich musste für die anderen mitfeiern, für meine Leute, die nicht überlebt hatten in diesem verfluchten, menschenzermalmenden Fleischwolf.

Ehrlich gesagt, ich hatte mir meine Rückkehr anders vorgestellt. Die Salutschüsse und Siegesberichte freuten mich, aber wir hatten nichts zu beißen. Ich bekam eine Lebensmittelkarte auf der Arbeit, Rimma ebenfalls, auch für das Kind gab es eine, trotzdem reichte es nicht. Damit wurden wir irgendwie fertig, schlimmer stand es mit der Wohnung – wir froren. Den Herd hatten sie Rimma im Zimmer aufgestellt, er diente zum Kochen und zum Heizen zugleich. Ich erinnerte mich noch an das Bett, das mein Vater gebaut hatte. Wir hatten es immer das Mahagoni-Bett genannt, denn es war mit roter Ölfarbe gestrichen. Auch dieses Bett gab es nicht mehr. Die Möbelgeschäfte boten alte Möbel zu unerschwinglichen Preisen an. Das Essen stellten wir auf das Fensterbrett. Akimow, ein älterer Kabelmonteur, kam zu mir. Er hinkte, war von kleinem Wuchs und hatte aufgrund von Erfrierungen ein lilafarbenes Gesicht, doch er war sympathisch. Er sagte, der Direktor hätte ihn beauftragt, in unserem Zimmer einen Zähler anzubringen, damit wir elektrisch heizen könnten. Als er den Zähler brachte, sah er unsere kärgliche Einrichtung und war der Meinung, meine Kriegstrophäen müssten irgendwo anders lagern. Als er erfuhr, dass ich keine hatte, war er sehr verwundert. Im Korridor ächzte er und rauchte. Schließlich schlug er vor, dass wir uns abends Möbel anschauen sollten. Die Möbel befanden sich in einem heruntergekommenen Transformatorenhäuschen, wie sie allen Kabelmonteuren in ihren Stadtteilen zur Verfügung standen. Die Türen waren aus Gusseisen, auf ihnen prangte ein furchteinflößender Totenschädel und eine Aufschrift, die vor Hochspannung warnte. Er erschien spätabends mit einem Wägelchen, und Rimma und ich zogen mit ihm zusammen durch die leeren nächtlichen Straßen. Unterwegs fragte Akimow immer wieder, wie ich ohne jede Trophäe hatte nach Hause zurückkehren können.

»Wieso erstaunt Sie das so?«, sagte ich ärgerlich. »Haben wir etwa für irgendwelchen Krimskrams gekämpft?«

»Aber auf dem Fußboden schlafen, finden Sie das in Ordnung?«, fragte Akimow.

Er sagte, er fände es gut, wenn jemand was aus Deutschland mitnähme, er verurteile auch die Offiziere nicht, die ganze Lastwagen voll irgendwelchen Zeugs herbrächten. Das sei doch normal, die Faschisten hatten uns ausgeplündert, sowohl in den Dörfern als auch in den Städten. Außerdem hatten sie ihren Juden alles weggenommen, ohne sich zu schämen. Im Krieg sei es üblich, Beute zu machen. Unser Staat mache ja auch welche, schaffe Kabel aus Deutschland raus, Transformatoren, und den Leningradern stehe das allemal zu. Er kannte zwei Generäle, die aus Ostpreußen ganze Eisenbahnwaggons voller deutscher Stoffe und Bilder nach Hause geschickt hatten.

»Na und, was macht das schon?«

Nein, damit war ich nicht einverstanden. Das hieße ja, wir sind kein bisschen besser als die Hitlerleute, so etwas sei eine Schande für unsere Offiziere und unsere Armee. Da stieß mich Rimma in die Seite; später passte sie einen Augenblick ab, um mich zu warnen. Ich solle meine Zunge hüten.

»Hier ist nicht die Front. Hier gilt eure blöde Regel nicht: Weiter als an die Front können sie uns nicht schicken, mehr als eine Kugel können sie uns nicht verpassen. Hier kann man euch durchaus weiter wegschicken, und einem werden Sachen verpasst – da bettelt man um eine Kugel.«

Irgendwie war sie plötzlich reifer als ich. Sie sah mich

an, als hätte ich nicht mehr alle. Zu Hause versuchte sie mich davon zu überzeugen, dass unsere Zeit der Freiheit vorbei sei. Ich wollte nichts davon hören, »unsere Zeit« – sie hatte doch noch gar nicht begonnen. Wofür hatten wir gekämpft? Um wieder den Mund zu halten? Das kam nicht in Frage.

Wie ich mit ihr stritt, war nicht gerade klug, es ist mir peinlich, daran zu denken, wie ich den Mutigen hervorkehrte. Sie kannte das Leben im Hinterland besser als ich. Geld hatte im Hinterland wenig Bedeutung, Beziehungen waren das Wichtigste. In der Stadt war man mit allem von der Parteiführung abhängig – Aufenthaltsgenehmigungen, Aufträge … Das Leben in der Stadt unterschied sich grundlegend von dem an der Front. Das Leben in Leningrad unterschied sich von dem in Moskau. Die während des Krieges evakuierten Stadtbewohner wollten zurück in ihre Stadt. Ganz gleich, ob ihre Häuser in Trümmern lagen oder verbrannt waren, sie wollten zurück. Aber die Stadt nahm sie nicht auf, in erster Linie brauchte die Stadt Bauarbeiter, um die Häuser wiederaufzubauen, keine Lehrer, keine Buchhalter, keine Künstler. Aus den umliegenden Regionen wurden Menschen angeworben – eine begrenzte Anzahl, Dorfbewohner, Hilfsarbeiter aus dem Pskower und Wologodsker Gebiet; sie sprachen Dialekt, trugen Wattejacken, kauten Sonnenblumenkerne … Sie kannten weder Straßenbahnen noch die vornehme »Passage« auf dem Newski-Prospekt und auch keine Abfallgruben im Hof. Doch was sollte man machen? Die Stadt war stärker als die dörflichen Gewohnheiten. Irgendetwas an Petersburg, die Seele, der Charakter der Stadt, ließ die Auflösung seiner Kultur nicht zu. Sie, die Zugereisten, ahnten nicht, was die Blockade für die Stadt bedeutet hatte und was das für eine Aufschrift war: »Diese Straßenseite ist bei Artilleriebeschuss am gefährlichsten.« Die Grasflächen wurden hier nicht gemäht. Auf den Märkten verkaufte man Kleidung, Schuhe und kaum Lebensmittel.

Man musste die Einschusslöcher in den Häusern beseitigen, die Trümmer wegräumen. Das alles musste schnell geschehen. Die Leute hatten keine Wohnungen. Sie hausten in Bunkern, die aus der Zeit der Blockade stammten.

Wir hatten uns also auf den Weg gemacht, um Möbel zu holen. Ich hatte Rimma nur mit Mühe überreden können mitzukommen. Es war Dezember. Der Schnee wurde kaum irgendwo weggeräumt. Eine Schneewehe versperrte die Tür zum Transformatorenhäuschen. Wir gruben uns mit den Händen zur Tür durch, danach brauchten wir lange, um das Eis von der Schwelle abzuschlagen. Das Transformatorenhäuschen stand in einer dunklen Straße. Wir öffneten die Tür, drinnen war es warm. Ein schwaches Lämpchen beleuchtete die bis zur Decke aufgetürmten Möbel – Hocker, Sessel, Spiegel, Regale, Teppiche, Matratzen, Liegen, die aufrecht standen, ein altes Harmonium. Was es dort nicht alles gab; es roch nach trockenem Holz.

Wir wählten drei Stühle aus, damals nannte man die noch Wiener Stühle. Rimma hatte sofort ganz hinten einen schmalen furnierten Schrank entdeckt, er war zerkratzt und sah schäbig aus. Akimow schlug ihr vor, einen anderen zu nehmen, einen niedrigen aus Eiche, aber sie wollte nicht, der brauche zu viel Platz. Außerdem offerierte er uns einen dreiteiligen Spiegel im ovalen barocken Rahmen aus dunklem Holz. Rimma entdeckte Flecken darauf, Akimow bot an, ihn aufzuarbeiten. Nein, mit so was wolle sie sich nicht abgeben, sie könne Luxus in unserem Loch nicht gebrauchen. Augenscheinlich hatte Akimow während der Blockade zusammengetragen, was einigermaßen wertvoll aussah. Da war ein Tisch aus karelischer Birke, dessen Beine Löwenköpfe zierten. Er bot uns nur das Allerbeste an und wiederholte ständig, dass er dafür nichts haben wolle. Er flüsterte mir ins Ohr, dass er sich davon keine Privilegien erhoffe, sondern dass ein Frontkämpfer einfach einem Frontkämpfer half, sie hätten hier in Leningrad nicht weniger abbekommen als wir an der Front. Inzwischen betrachtete Rimma eine geblümte Liege. Dass Akimow ablehnen würde, sie uns zu geben, hatte sie nicht erwartet. Er litt sichtlich, wurde rot, nein, ich kann das nicht machen. Wieso? Er druckste herum, zögerte, dann erzählte er, wie er im Februar 1942 seine Schwester besuchen wollte. Sie wohnte in Lesnoje. Er stieg die Treppe zu ihr hoch, betrat die Wohnung, alles stand offen, dort lag sie mit ihrem Mann auf dieser Liege, sie hielten einander in den Armen. Beide waren tot. Einer von ihnen war zuerst gestorben, danach der andere, beide erfroren. Wie das geschehen konnte, wusste keiner. Akimow schaffte es nicht, sie zu trennen, man legte sie beide gemeinsam ins Grab. Es war schon Ende März, die Erde begann aufzutauen. Die Liege erinnere ihn an das alles. Er verstummte plötzlich. Wir suchten uns eine andere aus und luden sie auf den Wagen. Wir fuhren durch die nächtlichen Straßen. Am Sommergarten hielt uns eine Patrouille an. Akimow und ich hatten Passierscheine für die Nacht, aber sie wollten wissen, wieso wir nachts Möbel durch die Gegend fuhren. Rimma haute uns raus. Ihre beiden Männer müssten tagsüber arbeiten, sie hätte uns daher nur mit Mühe überreden können, die Möbel nachts in unser neues Zimmer zu schaffen. Wir wüssten allerdings noch nicht, wie wir das alles ins oberste Stockwerk kriegen sollten.

»Jungs, könnt ihr vielleicht helfen?«

Sie winkten ab, nein, nein, das dürften sie nicht.

Solange D. an der Front war, waren er und mein Leutnant mehr oder weniger eine Person. Jedenfalls erkannte D. sich in ihm wieder. Nach der Demobilisierung löste er sich schnell von ihm.

Im ersten Monat hatte er getrunken, mit allen möglichen Leuten gefeiert. Mal wurde er von den Männern aus dem Kraftwerk zu abendlichen Zusammenkünften geschleppt, mal von Weibern, Händlern oder kleinen Natschalniks. Er setzte ihnen mit Frontgeschichten zu und schnitt mächtig auf, das war normal. Wie sollte es auch anders sein, sowohl seine Gesundheit als auch der Sieg erlaubten es ihm, zu trinken und einen draufzumachen. Die Ehefrau erlaubte es nicht? Sie konnte ihn mal ... Sie konnten ihn alle mal, er hatte ein Recht darauf!

Er war ein unverschämter, eingebildeter Haudegen. Und je weiter unsere Truppen auf Berlin vorrückten, desto eingebildeter wurde er, als wäre es seine Panzerkolonne, die da durch Deutschland rollte. Er wurde zum Direktor gerufen. Das Arbeitszimmer des Direktors lag am Ende eines Flurs, ein roter Teppich wies ihm den Weg. Dort saß eine Sekretärin an einem Tisch mit fünf Telefonen. Eine halbe Stunde ließen sie ihn im Vorzimmer schmoren.

Der Direktor bot ihm einen Platz an und musterte ihn lange schweigend.

»Treibst dich immer noch rum? Es wird Zeit, dass du zu dir findest. Wozu hat man dich von der Front geholt, Säufer haben wir auch ohne dich genug ...« Dann wusch er ihm gründlich den Kopf.

Ziemlich schnell hatte ich herausgefunden, dass wir, die Kabelmonteure im Leningrad der Nachkriegszeit, äußerst wichtige Leute waren. Die Umspannwerke waren teilweise zerstört, die Kabel durch Beschuss und Bombenangriffe beschädigt. Während der Blockade hatte man sie notdürftig geflickt. Doch dieses schadhafte Verteilernetz ging mal hier und mal dort kaputt. Die Energiemenge reichte nicht aus. Die technische Ausstattung hatte die Blockade nicht heil überstanden. Man bedrängte uns von allen Seiten –

schließt uns ans Stromnetz an, gebt uns mehr Strom! Das Leben kehrte zurück, da brauchte man vor allem Elektroenergie. Bei uns im Warteraum saßen von früh bis spät Bittsteller herum. Aber sie baten nicht, sie stellten Forderungen. Sie schrien, drohten und wollten etwas beweisen. Auf uns machte das nicht den geringsten Eindruck. Was sollten uns ihre Drohungen und Beschwerden? Ich erklärte all diesen Natschalniks, dass sich ihnen das Ohm'sche Gesetz nicht unterordnen würde. Es ordne sich niemandem unter – weder Moskau noch dem Zentralkomitee. Außerdem sei es unmöglich, diesen Herrn Ohm herbeizuzitieren: Bitte verlegen Sie neue Kabel und stellen Sie einen neuen Transformator auf.

Doch einiges kriegten wir hin. Ich versorgte Lazarette mit Strom. Der Oberingenieur besorgte kleine Strommengen, um Schulen zu heizen. Auf dem Newski-Prospekt öffneten die Restaurants wieder. Dort wurden wir empfangen, als wären wir der Kaiser von China. Wenn wir sie nicht ans Stromnetz angeschlossen hätten, hätten sie nicht öffnen können. Geld nahmen wir nicht. Geld war nichts wert. Lachs, den man mit nach Hause nehmen konnte, war etwas wert, auch ein Stück Räucherwurst.

Das Bekleidungswerk ... Die Werkzeugfabrik ... Das Institut für Geschichte ... – verzeihen Sie, meine sehr geehrten Damen und Herren, wir haben nicht ein einziges Kilowatt für Sie.

Trotzdem zwangen uns die Bitten, gegen alle Regeln zu verstoßen, mit Provisorien zu arbeiten, eigentlich unbrauchbare, veraltete technische Ausrüstungen einzusetzen. Wir fühlten uns als Herrscher und Wohltäter dieser leidenden Stadt.

Staatsanleihen

Die Zeichnung der Staatsanleihen war mit einer Menge Aufruhr verbunden. Mit den Meistern dauerte das Gespräch nicht lange. Als wir mit den Arbeitern, den Monteuren, besonders aber mit den Frauen zu reden begannen, da ging's los. Die blieben stur. Sie weinten, fluchten, überschütteten uns mit all ihren Problemen: der Mann ist nicht von der Front zurückgekehrt, die Mutter ist krank, die Kinder sind krank, Schulden … Das war nicht gelogen. Man nahm so eine Arbeit nur an, wenn man völlig verzweifelt war. Bei jedem Wetter mit Brecheisen und Spitzhacke den verdammten Asphalt aufstemmen, die schweren Kabelmuffen schleppen, Feuer machen, um diese beschissene Kabelmasse zu erwärmen. Die ganze Drecksarbeit blieb an den Frauen hängen, die Meister kommandierten, die männlichen Monteure waren an den Fingern abzuzählen. Ich hatte ab und an ihre mit Werkzeug und sonstigem Zeug beladenen Wagen gezogen, einen, manchmal auch zwei Kilometer – wie eine Rikscha.

Wir riefen sie einzeln in unser Büro. Außer dem Oberingenieur Komow und mir versuchte auch Parteiorganisator Poljakow auf sie einzuwirken. Sie kamen in Wattejacken, Kopftüchern und Gummistiefeln. Schmutzige Tränenspuren liefen über ihre Gesichter, sie hatten schon vorher in der Montagehalle geweint. »Einen ganzen Monatslohn sollen wir hergeben? Von unseren paar Kopeken? Ihr Natschalniks habt weder Scham noch Gewissen, eure Frauen müssen ja auch nicht jede Kopeke zweimal umdrehen!«

Komow verschonten sie mit ihren Mutterflüchen, er hatte die ganze Blockade über mit ihnen zusammen geschuftet. Aber ich bekam alles ab; blöd wie ich war, hatte ich extra alle Orden und Medaillen angelegt aus Anlass dieser verfluchten Angelegenheit.

»Bist doch aus dem Krieg zurückgekommen, also unterschreib selber! Sieh an, wie der sich rausgeputzt hat!« Olga Lebedjewa konnte sich nicht beherrschen, sie geriet noch mehr als alle anderen in Rage und schrie: »Ich habe schon alles für die Heimat hergegeben – sowohl den Vater als auch den Ehemann, mich braucht ihr nicht zu agitieren, ich habe vier hungrige Mäuler zu stopfen! Wirst du sie vielleicht ernähren? Ich soll für eure beschissene Anleihe unterschreiben? Zum Teufel damit!«

Bei ihr halfen weder Versprechungen, noch dass wir ihr Prämien in Aussicht stellten. Sie trat ganz nah an mich heran und sagte: »Die Unterschrift ist freiwillig, oder? Wieso besteht ihr dann darauf? Du willst dich doch bloß hochdienen. Von wegen Monatsanleihe, nicht mal eine Wochenanleihe würde ich unterschreiben!«

Sie hatte sich hochgeschaukelt, wie Poljakow es ausdrückte.

»Wenn euch das nicht passt, dann schmeißt mich doch raus! Ich habe nichts zu verlieren, ihr könnt mich alle mal!«

Ihre gefärbten feuerroten Haare waren zerzaust und klebten an der Stirn, sie hatte die Arme in die Seiten gestützt und sprang immer wieder auf und warf den Kopf nach hinten.

»Aber hübsch ist die!«, rutschte es Poljakow plötzlich raus.

Doch dieser Ausruf männlicher Bewunderung brachte sie endgültig zum Explodieren. Sie schlug sich zwischen die Beine.

»Damit werde ich Geld verdienen, ihr Parteitypen zwingt mich doch dazu.«

»Ist ja gut«, sagte ich, »lass es bleiben, wenn du nicht willst, dann unterschreib eben nicht.«

Als sie rausgegangen war, sagte Poljakow: »So geht das

nicht, auf die Weise zeichnet hier keiner eine Anleihe, sie wird jetzt sämtliche Weiber aufhetzen.«

Er hatte recht. Nicht nur in der Abteilung Kabelnetz landeten wir auf dem letzten Platz, sondern im ganzen »Lenenergo«, sogar im gesamten Stadtbezirk – wie man uns im Parteikomitee des Stadtbezirks erklärte. Dorthin waren wir vom Ersten Sekretär bestellt worden. Wir hätten ihnen die Zahlen verdorben und »faulenden Liberalismus« gezeigt.

»Daran messen wir jeden Leiter, alle Kommunisten«, sagte der Erste Sekretär in indifferentem, kaltem Ton, womit er uns zu verstehen gab, dass er die Sache nicht auf sich beruhen lassen würde. »Ihr habt uns die wichtigste Kampagne verdorben. Wie arbeitet ihr eigentlich?«

Ich sagte, dass es für uns am wichtigsten sei, unfallfrei zu arbeiten. Poljakow bedeutete mir, ich solle schweigen und nicht herumstreiten, sollten sie uns ruhig als schlechtes Beispiel hinstellen oder sogar eine Rüge verpassen. Eine Rüge ist keine Tuberkulose, das Parteikomitee des Stadtbezirks muss sich vor der Stadt rechtfertigen. Er hatte recht, aber ich konnte den arroganten Ton, in dem uns der Sekretär abkanzelte, nicht ertragen.

»Wissen Sie eigentlich, wie viele Soldatenwitwen wir haben?«, sagte ich.

»Das ist deine Sache, mein Lieber. Man muss die Leute überzeugen können, dazu bist du eingesetzt worden.«

»Dazu wurde ich nicht eingesetzt«, erwiderte ich.

Der Sekretär stand auf. Er war hochgewachsen, breitschultrig, einen Kopf größer als wir, seine hellen Aluminiumaugen schauten, als wollte er sich uns einprägen.

»Ein ideologischer Fehltritt ist nach deiner Meinung also eine Lappalie?«

Er redete und redete, wiederholte, was er bereits gesagt hatte.

»Kommen Sie doch zu uns und bringen uns bei, wie man sie überzeugt.«

»Heißt das, du willst die Parteiorgane vorführen? Und du, Poljakow, machst da auch noch mit? Verstehe.«

Er beendete seine Rede mit Worten, die keinen Widerspruch duldeten.

»Die Zahlen müssen stimmen, und wenn ihr das Geld selbst hinblättert, wie ihr wollt.«

Für die Lebedjewa zeichnete ich die Anleihe. Dennoch reichte es nicht, um die Vorgaben zu erfüllen. Sowohl Komow als auch Poljakow mussten noch etwas drauflegen.

Die Lebedjewa bedankte sich weder, noch wurde sie mir gegenüber freundlicher. Sie sah mich spöttisch an und sagte: »Na und, was ist das schon, ein Frontkämpfer? Vielleicht hast du dort deine Soldaten auch nicht geschont, so wie du uns nicht schonst.«

Im nächsten Jahr geschah dasselbe, es war Nötigung ohne Erbarmen.

Außer der Anleihe verlangten sie, dass wir mit einem anderen Stadtbezirk in den Wettbewerb traten, forderten uns auf, zu Demonstrationen zu gehen, in irgendwelche Gesellschaften einzutreten und an freiwilligen Arbeitseinsätzen teilzunehmen, die man Subbotnik nannte.

Dennoch wurde ich von diesem Ersten Sekretär noch einmal ins Parteikomitee des Stadtbezirks bestellt. Er hatte sich mit der Bitte an mich gewandt, einen Gebrauchtwarenladen ans Stromnetz anzuschließen; es war, als wollte er sich mit mir versöhnen. Ich erklärte ihm, dass wir in diesem Abschnitt keinen Strom übrig hätten. Er versuchte mir irgendetwas zu beweisen, während ich den Kamin in seinem Arbeitszimmer betrachtete. Den prunkvollen Kamin mit den Marmorgöttinnen zierte ein kunstvoll geschmiedetes Gitter. Das gesamte Arbeitszimmer mit der glänzenden dunkelblauen Stofftapete an den Wänden, deren Muster man passend zum Stuck an der Decke ausgewählt hatte – die ganze Einrichtung dieses luxuriösen Raums entsprach überhaupt nicht dem groben Kommandoton des Sekretärs. Ich dachte darüber nach, wie seltsam es war, dass die Menschen in diesem fürstlichen Haus nicht spürten, dass man sich hier anders benehmen musste, und auch darüber, dass der Sieg uns nicht milder gestimmt hatte.

Das andere Leben

Ich erinnere mich, wie die Leute gleich nach der Demobilisierung zum Newski-Prospekt aufbrachen, um einfach spazieren zu gehen. Auf der Anitschkow-Brücke waren die Pferde noch nicht wieder aufgestellt, der Prospekt war gereinigt, die Granattrichter waren mit Sand zugeschüttet, die Schaufenster von Schutzvorrichtungen befreit und geputzt, der Prospekt glänzte, die Leute schlenderten dahin und lächelten einander zu. Sie sahen merkwürdig aus, hatten Wattejacken, Soldatenmäntel, lange Mäntel, Matrosenjacken, Regenmäntel an, viele gingen am Stock, trugen Mützen, Soldatenmützen oder Kopftücher. Der Newski – das ist ein Ort zum Flanieren, und nun kehrten die, die ihn liebten, endlich zu ihm zurück.

Wir blieben vor einem Gebrauchtwarenladen stehen, er war geöffnet, und wir gingen hinein. Was es dort nicht alles gab: Gobelins, Vasen, Geschirr, Bilder, allen möglichen Krimskrams, alles, was vom Vorkriegsleben und der Blockade übrig geblieben war. Hinten im Laden befand sich eine Damenabteilung. Dort hingen Kleider, Jacken und Pelzmäntel. Rimma begann, Pelze anzuprobieren. Die Verkäuferin reichte ihr einen Fehpelz, dann einen Persianer, dann einen glänzenden Sealmantel; offenbar hielt sie mich für einen von denen, die damals mit Taschen voller Geld herumliefen.

Rimma drehte sich vor dem Spiegel, hierhin und dorthin, stolzierte vor mir herum, sie bewegte sich passend zu dem jeweiligen Pelzmantel, den sie anprobierte. Ihre Augen leuchteten. Ich bewunderte dieses Schauspiel, mal war sie eine Dame von Welt, mal eine Kokotte, mal eine ganz Bescheidene; nie hätte ich gedacht, dass sich in ihr so viele verschiedene Wesen verbargen. Sie hatte nicht vor, etwas zu kaufen, wir hätten auch nicht genug Geld dafür gehabt, sie genoss es einfach, sich einmal anders zu sehen, wenigstens einige Minuten vor dem Spiegel zu stehen und schick gekleidet zu sein. Ich wusste, selbst wenn wir einen der Pelze gekauft hätten, sie würde so etwas nicht tragen, es gehörte zu einem anderen Leben.

Als wir ein Café betraten, fiel mir plötzlich ein, wie wir vor dem Krieg hier gesessen hatten. Wie ich sie zu Törtchen und Kaffee mit Sahne eingeladen hatte. Wie lustig das gewesen war, unser Geld war knapp, das Wichtigste war für mich, ihr zu gefallen; wie hatte ich mich ins Zeug gelegt.

Törtchen gab es nicht, dafür gab es Eclairs, die schlechter waren als früher. Ich nahm ihre Hand, damit mein Wunsch zurückkehrte, einfach dazusitzen und in ihr Gesicht zu schauen. Sobald man neben ihr saß, zeigte sich die Schönheit dieser Frau, Berührung half, jenes Geheimnis zu erspüren, das sich in ihrem Innersten verbarg. Wie früher wollte ich schweigend neben ihr sitzen und Hand in Hand diese Nähe und dieses Schweigen genießen.

Ich ging den Newski entlang, vorbei an jenem Gebrauchtwarengeschäft. Im Schaufenster stand ein großes Bild. Ein nasser Bahnsteig aus Brettern, ein Sommerabend, es dämmert, glänzende Schienen führen in die Ferne, auf beiden Seiten der Eisenbahnstrecke Wald, und man sieht das rote Licht eines abfahrenden Zuges. Der Bahnsteig ist leer, nur eine Frau im blauen Regenumhang steht dort. Sie hat jemanden begleitet, ist zurückgeblieben und schaut dem Zug hinterher. Man sieht das Oval der Wange und einen Augenwinkel, die eine Vorstellung von ihrem Gesicht vermitteln. Stille tritt ein, die feuchte Traurigkeit einer verlassenen kleinen Bahnstation, die nur ein Zwischenhalt ist. Blaugraue Dämmerung kriecht aus dem Wald. Nebel würde bald das rote Licht in der Ferne verhüllen.

Beeindruckt von der Melancholie dieses Bildes, stand ich lange vor dem Schaufenster. Irgendetwas verband mich mit ihm. Wahrscheinlich meine Kindheit, die ich in der Nähe so einer kleinen Bahnstation verbracht hatte. Nachts kam mir der Gedanke, wie es wäre, wenn ich dieses Bild kaufen würde? Nehmen und kaufen. Ich hatte noch nie ein Bild gekauft. Der angegebene Preis war für die damalige Zeit ziemlich hoch. Einige Tage überlegte ich, wie ich meiner Frau diese überraschende Ausgabe erklären sollte. Ich borgte mir Geld von einem Freund und ging zu dem Geschäft. Das Bild war nicht mehr da. Es war am Abend zuvor verkauft worden. Ich war nur einen Tag zu spät gekommen. Das war bitter für mich. Es war, als hätte jemand etwas, das mir gehörte, gestohlen. Seitdem sind viele Jahre vergangen, doch dieses Bild kann ich nicht vergessen. Wahrscheinlich hätte es mich immer traurig gemacht. Wozu brauchte ich so etwas? Ich weiß es nicht. Aber aus irgendeinem Grunde dachte ich, dass es gut gewesen wäre, so etwas Trauriges zu Hause zu haben. Die Sehnsucht nach diesem Bild half mir, es in mir zu bewahren. Unsere Bahnstation Knewizy verschmolz damit, und wenn ich an meine Kindheit denke, sehe ich die sich entfernenden roten Lichter.

Mit ihnen entfernen sich auch mein Krieg und meine Schützengräben …

Was Rimma mir sagte

»Ich habe den Eindruck, dass wir noch nicht angefangen haben, wirklich zu leben. Erst haben wir darauf gewartet, dass der Krieg zu Ende geht, danach auf eine Arbeit für dich, dann auf eine bessere Wohnung – die ganze Zeit lag immer alles noch vor uns, wie die Möhre vor dem Maul eines Esels. Das wirkliche Leben verschieben wir auf später. Aber das Leben lässt sich nicht verschieben. Man kann durchaus in so einem Loch leben und mit Lebensmittelkarten zurechtkommen. Wir beide wurden in ein teuflisches Spiel hineingezogen, man hat uns das Heute weggenommen, für uns gibt es kein Jetzt, alles geht morgen in Erfüllung. Nur Geduld, Geduld … Was meinst du, warum ich deine Rumtreiberei ertragen habe? Ich wusste, dass nicht du das bist, es waren die Folgen der Zeit an der Front. Es wäre dumm zu fragen, weshalb ich mich in dich verliebt habe und dich all diese Jahre über geliebt habe, diese schrecklichen Jahre. An der Front hattest du auch gute Momente, ich hingegen hatte aus Angst um dich keinen einzigen guten Moment. Dann bist du endlich zurückgekehrt, es schien, als würde nun unser gemeinsames Leben beginnen, aber nein, du hast es wieder aufgeschoben, weil du saufen musstest, egal, mit wem …

Du bist nicht zu mir gerannt, sondern dahin, wo alles erlaubt ist, zu den Weibern, du benutzt mich wie deine Regimentsnutten. Natürlich bist du überzeugt, du würdest die Energieversorgung der Stadt wiederaufbauen, den Menschen das Licht bringen, ein Wohltäter sein, dabei hast du mir selbst gesagt, dass in erster Linie die Anweisungen des Parteikomitees des Stadtbezirks und des Parteikomitees der Stadt erfüllt werden müssen. Und wer bekommt was von denen? Restaurants, Gebrauchtwarengeschäfte, die Häuser der Natschalniks – ihre ganze beschissene

Nomenklatura. Du dienst Kriminellen. Du hast mir erzählt, dass ihr Staatsanleihen zeichnen musstet, wie du das durchgesetzt hast, wie du deine Arbeiter ohne Gnade dazu gezwungen hast und wen du dazu genötigt hast – unglückliche Weiber! Zahlst ihnen nur Kopeken und zwingst sie noch, sich zu Staatsanleihen zu verpflichten. Na gut, nicht du bezahlst sie, sondern unsere liebe Staatsmacht zahlt ihnen nur Kopeken und beutet sie gewissenlos aus …«

Alles stimmte, aber ich hätte anderes anführen, meine Wahrheit darlegen können. Doch wozu? Meine Wahrheit war von gestern, ihre – von heute.

Auf ihr lastete der ganze Haushalt, sie kümmerte sich um das Kind und ging außerdem noch arbeiten. Morgens das Kind in die Krippe bringen, dann zur Arbeit, auf dem Heimweg Lebensmittel einkaufen, dann kochen. Im Institut prüften sie Panzerungen, verbesserten und entwickelten sie, machten sie haltbar und elastisch. Ich verstand nichts davon, für mich war die Panzerung entweder fest oder schwach. Rimma fuhr nach Kolpino, bereitete Panzerplatten für den Schießplatz vor, wo sie ausprobiert wurden, dann ging's ins Ishorsker Werk, dann wieder ins Institut, danach musste sie zu Hause noch waschen, aufräumen und kochen. Ihre Pflichten nahmen ständig zu und waren kaum noch zu bewältigen. Trotz der Geheimhaltungspflicht hatte sie mich auf den Schießplatz geschmuggelt. Dort schossen sie mit unterschiedlicher Munition auf verschiedene Panzerungen. Splitter, Löcher. So also sah es von außen aus, wenn man auf den Panzerturm, die Bordseiten und verschiedene Ecken feuerte. Hinter solchen Platten hatten wir Panzersoldaten gesessen. Ob nun sowjetische oder deutsche Panzersoldaten, Menschen eben. Rimma gab die Befehle, alle arbeiteten mit Kopfhörern, wir dagegen waren auf dem Schlachtfeld taub geworden.

Ich wollte nicht an den Krieg erinnert werden, ich wollte ihn vergessen. Sie hatte damals in Tscheljabinsk Panzerplatten hergestellt und für mich gebetet. Sie nannte das Schicksal Gott, doch für mich war Gott die Panzerung. Sie betete, das Schicksal möge uns verschonen. Das Gebet war ihre einzige Zuflucht. Sie glaubte an die Liebe, wie andere an Gott glauben. Sie ging nicht in die Kirche, verneigte sich nicht vor dem Altar. Sie legte alle Hoffnungen ins Gebet.

Irgendwann hatten Shenja Lewaschow und ich uns darüber unterhalten, wann der Mensch Gott zu spüren vermag. Wahrscheinlich wenn er kreativ ist, dichtet oder malt. Auch in der Natur kann er Gott spüren, am stärksten aber, darin waren wir beide uns einig, in der Liebe. Die Mutter begegnet Gott in ihrem Kind. Liebe – das ist der direkteste und kürzeste Weg zu Gott.

Ich konnte sie nicht weinen sehen. Kleine Tränen flossen immer schneller, die Hände waren mit dem Kind beschäftigt, sie wiegte es und versuchte, sich das Gesicht an der Schulter abzuwischen.

Ich aß, wo es sich ergab, übernachtete mal hier, mal dort. Ich war der Ansicht, das Kind lasse mich nicht ausschlafen. Außerdem wollte ich nicht zu Hause auftauchen, wenn ich betrunken war, das gab ich zumindest vor. Sie fand sich damit ab. Wahrscheinlich wartete sie darauf, dass ich endlich zur Vernunft käme.

Sie weinte lautlos, wendete sich ab wie ein Kind. Plötzlich sah ich, wie jung sie war und wie alt ich. Verbraucht war ich, ich stank nach Tod, war von Hass durchdrungen. Sie hatte gedacht, ein Prinz auf einem weißen Ross wäre zu ihr gekommen, der lange von ihr geträumt hatte. Wenn sie gewusst hätte, wie tief der Krieg sich in mich hineingefressen hatte, wie fest er an mir klebte, in keinem Dampfbad ließ sich das abwaschen. Ja, ich hatte sie enttäuscht. Sie verstand, dass es am Sieg lag, dass alle Männer völlig aus dem Gleichgewicht waren. Ja, das Schicksal hatte mich verschont, aber wozu eigentlich? Sie meinte, mein Direktor hätte recht, wie lange wollte ich noch saufen und feiern? Ich erklärte ihr, dass ich an der Front den Sinn des Lebens gespürt hatte, bei allen Enttäuschungen hatte es dort immer einen Sinn gegeben, ein Ziel, und dieses Ziel verschlang alle Gefühle. Ohne Krieg war das plötzlich alles weg, ja, zum Glück war ich noch am Leben, aber das war ein kurzes Glück, das vorüberging. Und wie nun weiter?

»Dass wir endlich zusammen sind, hat das keine Bedeutung für dich?«, fragte sie mit geröteter, schniefender Nase. Als würde sie mich zum ersten Mal genauer betrachten, als würde sie plötzlich feststellen, dass ich nicht der war, den sie erwartet hatte. Sie hatte meinen Briefen geglaubt.

Mit einer gewissen Feindseligkeit zeigte sie auf den Koffer, der als Wiege für das Kind diente, die verschlissenen roten Gardinen, die verräucherte Decke. »Das gefällt dir wohl nicht?«

Unser feuchtes Zimmer, in dem die vom Holzfeuer stickige Luft nach den Windeln roch, die auf dem Herd trockneten, der Korridor war voller Ratten.

»Das gefällt dir nicht?«

Liebe ist nicht immer gleich, sie ist wie eine Inselkette, es gibt blühende, kahle, große, kleine Inseln, erloschene Vulkane und Riffe. Ihrer beider Liebe ähnelte keiner anderen. Doch das glauben alle. Aber D. wusste, dass die Liebe mit ihr so schön war wie mit keiner anderen, er wusste das so genau, als hätte er die tausendjährige Geschichte der Liebe studiert. Er konnte es einfach nicht glauben, dass dieses magere, zerquälte, himmlische Geschöpf ihn liebte. Womit hatte er das verdient? Wer war er denn? Ein Weiberheld und Hurenbock. Warum verzieh sie ihm alles?

Von Zeit zu Zeit kam es über ihn, er überschüttete sie mit Liebesschwüren. Ein Verliebter hat den Drang, mitzuteilen, was ihn erfüllt, Petrarca schrieb endlose Verse über seine Liebe zu Laura. Im »Hohelied des Königs Salomo« findet man immer neue Bekenntnisse, immer neue Entdeckungen – die Geliebte hat die zärtlichsten Hände, ihr Mund ist voll Süße, alles ist Wonne an ihr, ihre Augen sind Tauben, köstlich ist der Duft ihrer Salben. Liebe verlangt ständig nach Bestätigung.

Und D. machte ebenfalls seine Entdeckungen – die Männer werden traurig, wenn sie mit mir zusammen an ihnen vorübergeht. Auch ich werde traurig, weil ich bei ihr bin.

Sie war glücklich, dass er überlebt hatte. Dass ich mir noch keinen Namen gemacht hatte und wir uns auf der Schattenseite des Lebens befanden, war ganz in ihrem Sinne. Sie war völlig damit zufrieden, dass ich als Leiter des Kabelnetzes eines Stadtbezirks arbeitete. Natürlich wäre sie froh gewesen über eine größere Wohnung mit etwas höheren Decken. Sie fürchtete die Unterschiede zwischen ihr und mir, wir hatten auf gleicher Höhe begonnen. Er rechtfertigte seine Ambitionen, wollte mehr, sie verstand nicht recht, wozu. Sie teilte seine Misserfolge und Kränkungen. »Auch mächtige Wasser können die Liebe nicht löschen, auch Ströme schwemmen sie nicht hinweg.« Das hatte sie den ganzen Krieg über vor sich hin gesagt und ihn so vor dem Tod bewahrt.

Die Schuld

Eines Tages erhielt D. überraschend einen Brief von Klim Wassiltschuk. Der Brief kam aus Borsk, einer Stadt oder Siedlung, die D. nicht kannte. Klim schrieb, dass er verwundet wurde, erblindet und ausgemustert sei. Man hatte ihn invalidisiert, und er war zu seinen Angehörigen zurückgekehrt, wo er nun wohne. Das teile er seinem ehemaligen Kompaniechef mit. Außerdem deutete er vorsichtig sein Problem an: Man wolle ihn in ein Heim stecken, genauer in ein Heim für hoffnungslose Fälle. Er bat nicht um Hilfe. Wie D. verstand, hatte man ihm nirgends geholfen, und auch D. würde kaum etwas erreichen. Aber er würde ihn gern mal wiedersehen, von den Kameraden erzählen, er könne nicht darüber schreiben, das Schreiben fiele ihm ohnehin schwer, diesen Brief hätte er mit Hilfe einer Schablone geschrieben.

D. überlegte, ging zum Direktor des Kabelnetzes und bat ihn um drei Tage Urlaub. Michail Grosnow begegnete ihm kühl. Jetzt sei der Winter bald auf dem Höhepunkt, da gebe es keinen Urlaub. Überhaupt müsse endlich Schluss sein mit dem Trinken und den Siegesfeiern. Es werde Zeit, das Kabelnetz des Stadtbezirks wirklich in Ordnung zu bringen. Bei D. sei die Zahl der Unfälle am höchsten ... Ja, sein Stadtbezirk hatte während der Blockade am meisten abbekommen, das Zentrum war bombardiert und beschossen worden, das wussten alle. Aber sämtliche Stadtbezirke waren bombardiert worden, und niemand entschuldigte sich jetzt mehr mit dem Krieg. Man verlege neue Kabel, repariere Umspannstationen, alle schuften und schuften. Sie hatten gehofft, dass der neue Leiter, der jüngste, ordentlich loslegen würde ...

In dem Moment tauchte Oberingenieur Ustinow auf, schätzte die Lage ein und kam unverzüglich zu dem Schluss: der Plan für die Verlegung neuer Kabel sei nicht erfüllt worden, die Abnehmer beschwerten sich, ob D. im Recht sei oder nicht, interessiere keinen. Sie würden ganz schön eins reingewürgt kriegen ...

Der Oberingenieur hielt es für ausgeschlossen, D. freizugeben, und sei es auch nur für drei Tage. Hier bekäme jetzt niemand Urlaub. Wir sind hier nicht bei der Armee, wo man um die Erlaubnis bitten kann, sich von der Truppe zu entfernen, hier wird rund um die Uhr gearbeitet …

Da unterbrach ihn der Direktor plötzlich. Sie hätten hier ein Gesetz, das Gesetz der Kameradschaft, das gelte natürlich nicht für alle und alles, aber anständige Menschen würden es verstehen und nach ihm handeln. »Und du«, wandte er sich an D., »mach dich auf den Weg. Aber denk dran, sollte was vorfallen, bist du in Zukunft Monteur, da kenne ich keine Gnade.«

So also schätzte man ihn hier ein. Ob einer an der Front war oder nicht – hier spielte das keine Rolle mehr. Man behandelte ihn wie alle anderen, seine Verdienste im Krieg lockten längst niemanden mehr hinterm Ofen hervor.

Rimma hörte sich sein Gejammer an und gab dem Direktor recht. Sie sah ihren Mann fast genauso. Wieso sollte man sich groß um ihn kümmern, wenn er kaum zu etwas nutze war?

Sie sagte das in kühlem Ton, ohne etwas zu beschönigen. In den vergangenen Monaten hatte sie den Mund gehalten, hatte geglaubt, wenn alle es dulden, müsse auch sie es tun. Wie lange kann man sich rumtreiben, trinken, feiern? Sie hätten das Recht, zu wissen, ob er noch Ingenieur sei oder nur eine Lachnummer. Vielleicht sei er weder Offizier noch Ingenieur, sondern Leiter, aber auch davon merke man nichts. Möglicherweise hatte er zunächst seinen Alltag regeln wollen, aber selbst das sei nicht geschehen. Ihr Zimmer sah immer noch aus wie zum Zeitpunkt seiner Rückkehr. Das Essen stand auf dem Fensterbrett, sie schliefen auf Klappbetten. Das Fenster falle fast aus dem Rahmen.

Das alles hatte sich in ihr angestaut. Ja, nichts hätte sich verändert – die Decke sei voller Ruß, die Luft stickig vom

Brennholz und dem Herd, an dem Windeln getrocknet und auf dem Kartoffeln gebraten wurden.

Das Kind fing an zu weinen. Rimma nahm die Tochter auf den Arm, wiegte sie und fing selbst an zu weinen. Kinder spüren Streit. Rimma weinte lautlos, und da sie keine Hand frei hatte, konnte sie sich die Tränen nicht abwischen, sie schniefte durch die Nase. D. konnte ihre Tränen nicht ertragen. Zweimal blieben ihm besonders in Erinnerung. Das erste Mal, als er zurückkam, als er in der vom Alkoholgeruch des Moskauer Zuges getränkten ledernen Uniformjacke hier eintrat und sie zu ihm gestürzt war und losweinte, und jetzt. Es waren unterschiedliche Tränen.

Er setzte sich hin, spuckte auf den Schleifstein, schärfte ein Messer. Mit diesem Messer schnitten sie Brot und machten sie Kienspäne zum Heizen. Mit Armut hatte das nichts zu tun, es war mangelnde Häuslichkeit. Er war noch nicht wirklich zu Hause angekommen, sie hatten noch nicht begonnen, zusammen zu leben. Und wieder sah er, wie jung sie war und wie alt er selbst. Im Moment war er zu beleidigt, um sich mit ihr zu versöhnen. Er wollte sich nicht rechtfertigen. Er sagte nur: »Ich fahre jetzt.«

Im Zug dachte er weiter über sein derzeitiges Leben nach. Von seiner Jugend war nichts geblieben. Es war alles dahin – ihn hatte man getötet, er hatte getötet, er war vom Gestank des Todes durchdrungen, alles hing ihm zum Halse raus. Die Arme suchte immer noch jenen jungen Mann, der unbedingt zur Volkswehr wollte, der verliebt war in sie, in den Krieg und seine zukünftigen Heldentaten.

Kreist und dreht sich ein blauer Ball,
Kreist und dreht sich hoch oben im All,
Kreist und dreht sich, wünscht sich im Fall …

Angst und Zorn hatten ihn zerrieben, er war abgestumpft, ihm schien, er habe alles, was wichtig ist, bereits erlebt.

Sein Chef hatte ihn abgekanzelt. Machte ihm das was aus? Ganz und gar nicht, es machte ihn wütend. Ja, er war beleidigt, ja. Damit würde er sich nicht abfinden, er würde nicht zu Kreuze kriechen. Natürlich hatte er Glück gehabt, aber das war doch kein Zufall. Er hatte was dafür geleistet. Im tiefsten Innern hielt er sich für sehr klug. Hätte er gewollt, er hätte das mit dem Kabelnetz des Stadtbezirks eins fix drei erledigt. In seinen Augen war er immer der Klügste, der Edelste und der Beste gewesen.

Bis hierher war der Krieg nicht gekommen, das Städtchen sah noch aus wie zur Zarenzeit. Der Handelshof, Gärten, Pflastersteine, die uralte Schlamperei. Auf dem Bahnhof wurde D. von Wassiltschuks Ehefrau empfangen. Eine auffällige Brünette mit aufreizender Figur und großem Busen. Den ganzen Weg lang klagte sie über die Behörden vor Ort, das Stadtparteikomitee, das Bezirksparteikomitee, das Militärkommissariat, die Sozialfürsorge, die Schule, in der ihr Mann gearbeitet hatte, die städtische Abteilung für Volksbildung. Es gab in diesem Städtchen erstaunlich viele Behörden, Organisationen und Natschalniks.

Klim Wassiltschuk saß auf einer Bank neben seinem Haus. D. vermochte in ihm zunächst nicht den lächelnden und höflichen Zugführer von einst zu erkennen. Er nahm nur eine große dunkle Brille, einen Gehstock und eine Schirmmütze wahr. Darüber, was ihm zugestoßen war, über das Schicksal der Kompanie wollte Klim nicht reden, er tat es mit einigen Sätzen ab. Sein Gesicht geriet dabei derart ins Zucken, dass er die Wangen mit den Händen zusammenpressen musste. Soweit D. verstand, wurde ein Teil der Panzer von Panzerfäusten beschädigt, zwei blieben im Sumpf stecken, und dann hatte es noch eine Auseinandersetzung mit ein paar »Tigern« gegeben.

Aber all das war nicht so wichtig, das Wichtigste war, dass man vorhatte, ihn in ein Heim für Kriegsinvaliden zu stecken. Er hegte den Verdacht, seine Ehefrau und deren Verwandte wollten ihn loswerden. Er könne sie ja verstehen. Sie lebten in einer Zweizimmerwohnung, und im Grunde seien sie drei Familien. Die Eltern seiner Frau, die Familie ihrer Schwester und sie beide. Die Schwester sei obendrein noch schwanger. Klim Wassiltschuk wollte jedoch nicht in ein Invalidenheim, um nichts in der Welt. Lieber würde er auf der Straße leben, von Dorf zu Dorf ziehen und sich mit einem armen Kerl zusammentun, der noch sehen konnte …

Dazu wäre er fähig. D. kannte ihn. D. als sein Kommandeur sollte also zu den örtlichen Natschalniks gehen und ein Zimmer für Wassiltschuk fordern. Darin bestand seine Bitte. Ein Zimmer nur für ihn allein. Er wollte mit niemandem zusammenwohnen. Er würde sich schon daran gewöhnen.

Alle Gesprächspausen füllte D. selbst. Ähnliche Geschichten passierten in jenen Jahren überall, aber das hier war Klim Wassiltschuk. D. hatte eine besondere Rechnung zu begleichen, Klim Wassiltschuk konnte beim Kompaniechef auf Sonderrechte pochen. D. hingegen hatte seine Rechte eingebüßt, weil er seine Kompanie verlassen hatte, seine Jungs. Alles, was dort geschehen war, lastete auf seinem Gewissen. Ganz zu schweigen von solchen Bemerkungen: »Du bist doch am Leben, bei dir ist alles in Ordnung, in bester Ordnung.« Was D. auch anführen mochte, er war »in Ordnung«.

Nach D.s Erfahrung war es besser, mit seinen Bemühungen nicht gleich in den oberen Etagen zu beginnen.

»Elektrostrom«, so nannte sich die Institution, lag gegenüber vom Rat der Stadt. D. sah das große blaue Schild, und irgendetwas veranlasste ihn, zunächst dorthin zu gehen und nicht zum Rat der Stadt. So etwas passierte ihm ab und zu mal, es war wie eine Eingebung. Er trat ein und befand sich in einer Halle, in der viele Menschen vor einem Schalter standen. Er lauschte, das kannte er doch. Auch hier bat man um mehr Strom, einen Stromanschluss, Handwerker. Er lief den Flur entlang bis zu einer Tür mit der Aufschrift K. A. Owerkin. Der Name kam ihm bekannt vor. Er suchte vergeblich in seinem Gedächtnis, dann ging er hinein. Nachdenklich, ohne etwas um sich herum wahrzunehmen und ohne die Sekretärin zu beachten, schritt er direkt in das Büro des Natschalniks. Dort blieb er stehen und betrachtete den kleinen Mann mit der dicken Brille, den lockigen Haaren und dem abgetragenen Wolljackett, der hinter dem Tisch saß, mit heiserer, durchdringender Stimme sprach, mit vier Telefonen beschäftigt war, ohne sein Gespräch mit zwei Frauen zu unterbrechen. D. kramte in seinem Gedächtnis. Woher kannte er ihn. Woher? Doch plötzlich, noch bevor ihm das einfiel, schrie er: »Kostja!«

Und dann erinnerte er sich wieder an seinen Studienkameraden aus dem Institut, Kostja Owerkin, ein oder zwei Studiengänge über ihm war er gewesen, der vielgerühmte Autor des Studententheaters.

Owerkin hob den Kopf und schaute D. ebenfalls einen Moment lang an, dann sprang er auf, stürzte ihm entgegen und umarmte ihn. »Mein Gott, mein Gott!«, wiederholte er unablässig. »Du lebst!«

Seine Besucherinnen schickte er kurzerhand hinaus. Er bat D., Platz zu nehmen, und konnte sich kaum beruhigen, klopfte ihm auf die Schulter, lachte, fragte ihn, wo er jetzt sei und als was er arbeite, weshalb er hergekommen sei, wie er sich in diese Einöde verirrt habe.

»Lenenergo? Wie schön!«, frohlockte er. »Endlich sind wir wieder vereint.«

Als D. zu seiner Bitte kam, stand auf dem kleinen Tisch neben dem Schreibtisch bereits eine Flasche mit einer trüben Flüssigkeit, ein königliches Getränk, hergestellt von den Schnapsbrennern des Ortes aus Zucker und anderen geheimnisvollen Dingen. Dass D. für Wassiltschuk ein Zimmer suchte, nahm Owerkin voller Mitgefühl zur Kenntnis. Er schnalzte mit der Zunge und lehnte kategorisch ab. Vieles könne er möglich machen, aber das nicht. Die Wohnverhältnisse in der Stadt seien katastrophal. Die Evakuierten, darunter übrigens etwa dreihundert, die wegen der Blockade aus Leningrad hergekommen waren, könnten die Stadt bisher nicht verlassen, weil sie noch keine Erlaubnis dazu hätten. Die Bauern aus den Kolchosen flohen vor dem Hunger in die Stadt, alle Häuser seien überfüllt, in einem Zimmer seien zwei bis drei Familien untergebracht. Natürlich war Wassiltschuk ein Held und ein Kriegsinvalide, aber davon gäbe es überall mehr als genug.

»Was bedeutet er dir?«

»So viel nun auch wieder nicht, er war Zugführer in meiner Kompanie.«

»Ein einfacher Zugführer, das ist kein hohes Tier, da wird nichts zu machen sein. Wieso geht dir das denn so nahe?«

»Er tut mir leid ... Ich bin ihm etwas schuldig.«

»Geht es um eine große Schuld?«

»Wie auch immer, sie muss beglichen werden.«

Mehr bekam Owerkin nicht aus ihm heraus.

Aus irgendeinem Grund versuchte er es jedoch immer wieder, aber D. wich seinen Fragen ebenfalls aus irgendeinem Grund immer wieder aus. Sie verabredeten, sich in Leningrad zu treffen, doch Owerkin zog das Gespräch in die Länge, ließ ihn nicht gehen, holte noch eine Flasche von dem königlichen Getränk. Es gelang ihm nicht, D. unter den Tisch zu trinken, und schließlich rückte Owerkin heraus mit der Sprache: D. sollte ihm helfen, nicht dienstlich, sondern aus Freundschaft, die Ausrüstung für eine Umspannstation zu besorgen. Dann wäre es auch einfacher, das Problem Wassiltschuk zu lösen, die Behörden würden darauf eingehen, denn sie wären daran interessiert – sie wollten die Ölfabrik erweitern. Heutzutage bedeutete das einen großen Zuwachs an Macht. Welch schöner Traum.

»Die wollen sich auf Kosten eines Invaliden bereichern« – so verstand D. das. »Diese Hurensöhne.« Das heroische Hinterland hatte sich eingerichtet, wie man sah. Wofür sie gekämpft hatten, weshalb jemand zum Krüppel geworden war, das ging die nichts mehr an.

Wenn D. den Transformator besorgen würde, dann würde man dem Zugführer helfen. Es gehe nun mal nicht anders.

»Komm schon«, setzte Owerkin noch einen drauf. »Ich habe noch ganz andere Dinge von euch Brüdern gehört.«

Der Transformator stellte für Owerkin das Hauptproblem dar, er war für kein Geld der Welt zu bekommen. Er hatte ans Ministerium geschrieben, an die Staatliche Plankommission – sie hatten ihm den Transformator in ein bis anderthalb Jahren in Aussicht gestellt. Dieser Papierkrieg war sinnlos –, nichts als Absagen, Versprechungen und Aufforderungen.

D. verteidigte sich, du hast gut reden, ein Transformator, das ist heute absolute Mangelware. Wie könne er ihm einen Transformator abgeben! Wie sollte er das begründen? Man würde denken, er habe ihn verkauft.

In Leningrad könne man für einen Transformator im Moment bekommen, was man wolle! Aber er durfte nicht zu sehr übertreiben, noch ein wenig, dann würde Owerkin abwinken. Na, wenn es gar nicht geht, dann eben nicht. Und es wäre aus mit dem Geschäft. Im Hinblick darauf, was erlaubt und was verboten sei, wisse Owerkin bestens Bescheid. Er hätte schon ganz andere Dinge hingekriegt, ohne dass jemand etwas dagegen sagen könne, mit so was solle er ihm nicht kommen. Hatte es während der Blockade Umspannstationen gegeben? Es hatte sie gegeben. Waren die Transformatoren feucht geworden? Sie waren feucht geworden. Gab es Bombenangriffe und Beschuss? Waren die Gehäuse gerissen? Hätte man nicht das ganze Innenleben der Transformatoren als Altmaterial abschreiben müssen? Also stellen wir uns nicht so dumm, wir beide wissen doch, wie's geht.

Stöhnend erklärte sich D. einverstanden. Blieb die Frage zu klären –, welche Leistung sollte der Transformator haben? Hundertachtzig Kilowatt waren Owerkin zu wenig, er wollte mindestens zweihundertvierzig. Zweihundertvierzig – das war nicht zu machen. Das wird nichts. Sie feilschten. Weder der eine noch der andere wollte nachgeben, an dieser Stelle hätten sie auseinandergehen müssen, doch Owerkin ließ nicht locker. D. merkte, dass er Oberwasser bekam, dass Owerkin angebissen hatte. Auch er konnte nichts anderes tun als dranbleiben, denn er wollte Wassiltschuk unbedingt helfen. Jetzt, da es eine Chance gab, durfte er sie nicht verpassen. Er beschloss, sich Owerkin von einer anderen Seite zu nähern, etwas zu erzählen, das er noch niemandem erzählt hatte, woran er nie wieder denken wollte. Es hatte den Anschein, als hätte er es vergessen, als hätte er geschafft, es zu vergessen, aber dem war nicht so. Da war er wieder, jener sonnige Platz auf dem Hof des Instandsetzungsbataillons, wohin man ihre Panzer nach den ersten beiden Wochen voller Vormärsche und Hinterhalte geschickt hatte, die ganze Kompanie hatten sie hergeschickt, das war Vorschrift, die ersten, noch unerprobten Panzer mussten überprüft werden, sowohl das Fahrgestell als auch die Motoren, die Kupplungen, die Kanone, der Turm, wo tatsächlich etwas klemmte. Die Überprüfungen und Messungen nahm eine Brigade vor, die extra dazu gekommen war und teilweise aus dem Werk, teilweise aus der Armee stammte. Seine Jungs saßen in der Sonne, rasierten und wuschen sich, ließen sich braun brennen.

Plötzlich tauchte aus heiterem Himmel ein Natschalnik mit seinem Gefolge auf, das in mehreren Autos saß. Ein General und ein paar Offiziere. Was für ein General? Weiß der Teufel, wahrscheinlich ein Panzergeneral, Armeestab oder Frontstab, aber keiner von den kämpfenden Truppen, denn er stützte sich auf einen Stock und hinkte, vielleicht war er auch verwundet. Generäle waren D. während des ganzen Krieges bisher so gut wie nie begegnet, doch nun stieg ein General aus dem Auto, stand höchstpersönlich mit seiner Militärmütze vor ihm und schaute sich um. D. gab ein Kommando. Die Panzersoldaten, die in der Nähe saßen, sprangen auf. D. trat auf den General zu und machte, wie es sich gehört, mit voller Stimme Meldung. Der General jedoch schenkte ihm kein Gehör, sondern begann wüst zu fluchen: »Ihr Scheißkerle, liegt in der Sonne, wollt euch hier verstecken, ihr Feiglinge, Missgeburten, Hurensöhne!« D. entgegnete, sie wären hier aufgrund einer Instruktion und auf Befehl. Der General ging erneut in die Luft, schlug ihm mit dem Stock ins Gesicht, einmal, zweimal. D. sprang zur Seite, zum nächsten Panzer, dort blieb er stehen. Die Jungs erzählten ihm später, er hätte dagestanden, kreidebleich, er wollte etwas sagen, aber er bekam nichts heraus. In diesem Moment sprang, woher auch immer, Wassiltschuk auf einen der Panzer, verschwand bis zum Gürtel im Turm und brüllte aus Leibeskräften: »Auf die Knie!« Damit meinte er den General. Dann richtete er die Kanone, dieses unendlich lange Ungetüm, direkt auf die widerliche Fresse des Generals. D. konnte ihn nicht sehen, er stand mit dem Rücken zu ihm, aber die Jungs erzählten, Wassiltschuk hätte so furchterregend ausgesehen, dass allen klar war, er würde schießen. Die Offiziere stürzten zur Seite, stoben in alle Richtungen auseinander, nur der General blieb stehen, klammerte sich an seinen Stock, vielleicht wollte er auf die Knie fallen, vermochte es aber nicht. Aber vielleicht wollte er es auch nicht, immerhin war er Armeegeneral. Die Berichte waren äußerst widersprüchlich. Für D. blieb das alles in dichtem Nebel. Sie sagten, von seiner Schläfe sei Blut herabgetropft, doch er hätte stocksteif dagestanden, wie auf Kommando, wie im Halbschlaf, oder wie Morosow sagte: »Als ob dich das alles nichts anginge.« Dann hatte derselbe Morosow die Situation gerettet, er schrie Wassiltschuk mit Bassstimme zu: »Zurück!«

Weiter passierte Folgendes: Der General kam zu sich, ging auf D. zu, streckte ihm die Hand entgegen und sagte: »Na gut, wir haben uns gehenlassen, vergessen wir das.« D. beachtete seine Hand überhaupt nicht und stand weiter wie versteinert da. Wassiltschuk war irgendwo im Turm abgetaucht und nirgends zu sehen. Da kamen die Offiziere brüllend angerannt. Morosow sagte zu ihnen: »Was wollt ihr denn, die Kanone war doch nicht geladen, wie es Anweisung ist, geht hin und überprüft das, sie war nicht geladen«, wiederholte er.

Der General war schon zum Wagen gegangen, alle anderen folgten ihm, während Morosow ihnen immer noch hinterherrief: »Die Kanone war doch nicht geladen!«

So merkwürdig es klingt, die Sache hatte keinerlei Folgen, wenn man das Pflaster auf D.s Jochbein außer Acht ließ. Niemand verlor jemals ein Wort darüber. Sie hatten kurz darüber geredet, alles einfach runtergespült und vergessen. D. vergaß die Geschichte. Alle vergaßen sie. In der Armee wurde sie allerdings später zur Legende, schön ausgeschmückt. D. erschien darin weitaus edelmütiger, der General hatte sich natürlich in die Hose gemacht und so weiter. Im Kern blieb die Geschichte erhalten.

Jetzt, Jahre später, erzählte D. lächelnd davon, doch sein Lächeln wirkte gezwungen, auf dem Jochbein war nichts zurückgeblieben, aber die Seele hatte einen Knacks bekommen, und der ließ sich nicht reparieren.

Owerkin starrte schweigend auf den Tisch.

»Ja … wie soll man nach so was noch kämpfen? Auf wen soll man schießen?«

Wir schwiegen. Dann sagte Owerkin: »Man sagt, Shukow hätte gnadenlos zugeschlagen.«

»Das war immerhin Shukow«, sagte D. müde.

Diese Geschichte, die er in der hintersten Ecke seines Gedächtnisses verborgen hatte, hätte er nicht hervorholen sollen. Er hätte nie gedacht, dass er die brennende Scham nicht verwunden hatte. Er hatte es geduldet, hatte kein Sterbenswörtchen gesagt. Und er wollte ein kampferfahrener Offizier sein.

Sie einigten sich ehrenhaft, ohne schriftliche Abmachungen. Owerkin sagte, auch wenn er keinen Transformator bekäme, wäre er bereit, Wassiltschuk zu helfen, aber D. hielt sich an seine Zusage.

Wassiltschuks Frau hieß Oksana. Sie wirkte leidenschaftlich, war ein dunkler Typ, ihr wundervolles Haar und die tiefschwarzen Augen betonten das. Sie stammte irgendwo aus Sibirien, eine exotische Schönheit. Beim Sprechen zog sie die Worte ein wenig in die Länge, was D. ebenfalls gefiel.

Sie hatte am »Elektrostrom« auf ihn gewartet. Als sie erfuhr, was er erreicht hatte, freute sie sich, begleitete D.

zum Bahnhof und blieb mit ihm bis zur Abfahrt des Zuges in der Bahnhofsgaststätte sitzen. Sie wollte sich vor D. rechtfertigen und nannte ihn Genosse Hauptmann.

Auf keinen Fall wolle sie bei ihrem Mann bleiben. Er hätte das als Erster zur Sprache gebracht. So ein Opfer brauche er nicht. Sie hatten gemeinsam überlegt, wie man vorgehen solle. Insgeheim wollte er in ein Kloster. Ja, das wollte er. Aber er könne sie nicht mit ihren Verwandten, von denen inzwischen sieben aus dem Dorf zu ihnen gekommen waren, in dieser Hütte zurücklassen. Von dem Kloster wisse keiner etwas. Würden sie es erfahren, wären alle Mühen umsonst gewesen. Ja, sie wolle frei sein. Sie wolle nicht mit einem Blinden leben, seine Blindenführerin werden. Ohnehin hätte sie schon über ein Jahr auf ihn gewartet, während er in Lazaretten herumhing. Dazu käme noch die Zeit, die er im Krieg war.

Was es bedeutete, mit einem Blinden zu leben? Er könne sie nicht sehen. Ihre Schönheit hatte sie für ihn bewahrt, aber er könne sie nicht sehen … Er würde sie niemals mehr sehen können. An ihr könne man doch noch Gefallen finden, in sie könne man sich noch verlieben. Sie wolle eine Familie und Kinder haben. Er würde ja nicht einmal seine Kinder sehen können. Wenn er ohne Arm oder ohne Bein zurückgekommen wäre, würde sie ihn nicht verlassen.

Sie hätten das alles im Guten geklärt. Er wolle, wie er sagte, mit seiner Seele allein sein und mit Gott. Wenn er im Dunkeln allein bliebe, würde ihn nichts mehr ablenken, keine weltliche Geschäftigkeit. Gott würde es ihm ermöglichen, sich von der Geschäftigkeit der Welt zu entfernen, sich von Kränkungen, Neid und Bosheit zu befreien.

D. hörte ihr zu, betrachtete sie mit Vergnügen und dachte, dass diese Sibirierin ein Recht auf das alles hätte, dass es nicht grausam sei, nicht egoistisch, sie wolle ihr Leben retten, wie sie damals das ihre gerettet hatten, als sie flohen und sich in den Wäldern versteckt hielten; all das gehörte zur Niederträchtigkeit des Krieges. Witwen, Krüppel, Waisen – wie viele Jahre würde Russland noch unter den Folgen dieses Krieges leiden?

Wassiltschuk hatte sich von den anderen Offizieren des Regiments durch seine Bildung und seine Höflichkeit unterschieden. D. fand kein anderes Wort dafür. Bei den Panzertruppen war das zu nichts nutze, er fiel auf dadurch und wurde nicht zum Kompaniechef befördert. Doch als man D. aus der Armee entließ, setzte der Regimentskommandeur Wassiltschuk an dessen Stelle. Irgendwie war er wohl doch geeignet. Von dem, was weiter passierte, wusste er wenig. Die Panzer wurden ungünstig aufgestellt – so hatte es Wassiltschuk Oksana erklärt, auch D. hatte es so von ihm gehört. Wassiltschuk gab sich selbst die Schuld. Die Hälfte der Panzer ging drauf, einer war schon auf der Anfahrt in einer Schlucht stecken geblieben. Beim Rückzug geriet Wassiltschuks Panzer in Brand, sie konnten ihn gerade noch herausziehen. D. kannte keine Einzelheiten. Morosow war verbrannt, Frolow im Lazarett gestorben.

Unter D. wäre so etwas nicht passiert. So dachten sie in der Kompanie … Das wusch ihm kein Regen ab.

D. konnte sich ungefähr vorstellen, wie es geschehen war. Man hatte sie an Stelle von Selbstfahrlafetten eingesetzt. Ohne zu manövrieren …

Unmerklich lenkte sie das Gespräch darauf, ob man ihr nicht ein Recht auf das Zimmer sichern könnte, so dass niemand es anfechten könne, sonst würde man ihr das Zimmer wegnehmen, wenn Klim ins Kloster ginge.

D. schüttelte nur den Kopf. Das war jetzt offenbar ihre

größte Sorge. Aber konnte man sie dafür verurteilen? D. konnte ihr nicht helfen. Dabei war er an allem schuld.

Das Schuldgefühl hatte ihn während der gesamten Zugfahrt nicht verlassen. Dafür gab es keinen Trost. Vielleicht hätte er das, was dort bei Reisburg geschehen war, wirklich verhindern können. Dieses Gefühl hielt ihn gefangen, wahrscheinlich würde er es nie mehr loswerden.

Der Jahrestag

Das Ende der Blockade jährte sich wieder einmal, und die Obersten des Stadtbezirks hatten mich aus diesem Anlass zu einem Treffen zwischen Jugendlichen und Zeitzeugen in ein Restaurant eingeladen. Man setzte mich neben einen General, der ebenfalls an der Leningrader Front gewesen war. Wir saßen am Präsidiumstisch, der gewöhnlich quer zu den übrigen Tischen im Saal steht und an dem man stets besonders gut bewirtet wird. Da gibt's nicht nur Lachs, sondern auch Stör, ein bisschen mehr Kaviar und einen Kognak, der einen Stern mehr hat.

Der General hatte zur 189. Division gehört, die damals rechts von uns lag. Er war Generalleutnant, noch im Dienst, ein schöner Mann mit silbergrauem Schnurrbart, in Uniform, mit Orden und Medaillen behängt, wertvolle Orden für Gefechte. Ich hatte mir nur die Medaille »Für die Verteidigung Leningrads« ans Jackett gesteckt, aber der General und ich kamen dennoch schnell ins Gespräch, und wir stießen an wie Regimentskameraden. Der General sprach ohne Mikrofon, er hatte eine kräftige Kommandostimme. Ich lauschte seinen Worten voller Interesse. Eine Schlacht mit dem Gegner folgte der anderen. Die Versuche der Deutschen, die Stadt einzunehmen, wurden von der standhaften Division sämtlich vereitelt, ihre Regimenter schlugen alle Angriffe zurück, ließen dem Gegner keine Ruhe, fügten den Deutschen große Verluste zu. Auch unser Bataillon kam in der Geschichte vor, die er erzählte. Mir war, als redete er von einem mir vollkommen unbekannten Krieg, in dem unser Bataillon damals mitgekämpft hatte, an denselben Orten, zur selben Zeit. Auch ich hätte dort gewesen sein müssen, doch da war ich bestimmt nicht.

Dem General wurde kräftig applaudiert, mir auch, und man sah mich voller Anerkennung und Dankbarkeit an.

»Na, wie fandest du das?«, fragte mich der General.

»Bemerkenswert«, sagte ich, »gut ausgedacht und gut vorgetragen.«

Er bestätigte mir, dass sein Vortrag stets Erfolg habe, in anderen Städten sogar noch mehr, er höbe dadurch das Ansehen unserer Stadt. Doch da ging ihm auf, dass ich »ausgedacht« gesagt hatte. Er fragte, was ich damit gemeint hätte.

»In unserem Abschnitt gab es keine Schlachten, und schon gar keine erbitterten.«

»Und die am Newski Pjatatschok?«, fragte der General.

»Aber das war doch in einem anderen Abschnitt, außerdem hatten wir dort einen Misserfolg nach dem anderen.«

Seine Freundlichkeit begann zu schwinden. Ich hätte kein Recht, ihn zu kritisieren. Wer sei ich denn? Als Hauptmann hätte ich zu den mittleren Rängen gehört.

»Versteh doch, mein Lieber, so wie wir das früher gesehen haben, damit kann man heute nichts mehr anfangen; wir haben die Truppen des Gegners abgelenkt, das war ein Gewinn. Und jeder Gewinn war ein Sieg.«

Er war nun äußerst herablassend, der nette General. Das »Du« und »mein Lieber« war bei denen üblich, nicht ein einziger Oberst hatte mich jemals mit »Sie« angeredet.

»Gut, dass Sie nicht mein General sind.«

»Was wäre denn dann?«

»Dann würden Sie mir ›Stillgestanden‹ befehlen und mich wegtreten lassen.«

»Generäle kann man sich nicht aussuchen, ich sehe schon, du kannst sie nicht leiden.«

»Stimmt.«

»Und warum?«

Da zitierte ich: »Soldaten geben Städte auf, Generäle nehmen sie ein.«

»Das ist spitzfindig. Wer hat das gesagt?«

»Wassili Tjorkin … Das heißt sein Erfinder, Alexander Twardowski.«

»Ein Dichter? Das ist eine Beleidigung … Das hätte man ihm verbieten müssen.«

Wir unterhielten uns leise, während ein anderer Zeitzeuge sprach. Da ertönte eine Stimme aus dem Saal: »Gestatten Sie eine Frage, Genosse General?« Ein ganz junges Mädchen in einem Jeansanzug wollte wissen, warum wir die Blockade neunhundert Tage lang nicht hatten brechen können, wenn wir so erfolgreich gekämpft hatten. Sie fragte das ohne Ironie, aber im Saal spitzte man die Ohren und starrte uns an.

Der General erklärte, dass unsere Kampfhandlungen den Gegner gebunden und ihm große Verluste zugefügt hätten.

Der herablassende Ton des Generals verdarb alles, das Mädchen schüttelte den Kopf und wandte sich an mich, ob ich das auch so sähe.

Ihr sympathisches stupsnasiges Gesicht veranlasste mich, zu antworten, dass ich etwas anders darüber dächte. Ich wollte mich nicht auf eine Grundsatzdiskussion mit dem General einlassen, wollte schon irgendwie im Einklang mit ihm bleiben, aber es gelang mir nicht. Ich sagte, dass unsere Generäle und Marschälle leider Fehler gemacht hätten. Sowohl Kulik als auch Merezkow hatten den Blockadering nicht durchbrechen können, und von innen heraus hatten wir uns am Newski Pjatatschok gegen ihn gestemmt, nicht eine geschickte Operation hatte es gegeben, immer nur einen Frontalangriff nach dem anderen, ungeachtet der Verluste.

Nach dem feierlichen Teil der Veranstaltung nahm mich der General beiseite und sagte, ich hätte kein Recht, über das Vorgehen der Kommandierenden zu urteilen. Was wüsste ich denn schon, wo ich doch die ganze Zeit im Schützengraben und im Unterstand gesessen hätte? Mit einem solchen Horizont könne man nur über seine Soldaten urteilen. Das Soldatenleben sei jedoch längst nicht alles; mit meinen Vorurteilen gegenüber Generälen hätte ich ein verzerrtes Bild vom Krieg.

Ich nickte.

»Was weißt du schon über unsere Arbeit?«

Woher sollte ich etwas wissen, wo ich doch den ganzen Krieg über nur zweimal einen General gesehen hatte und mich möglichst nicht daran erinnern wollte. Aber was wussten die Generäle darüber, dass wir oft drei Wochen lang in unseren Klamotten geschlafen hatten? Es gab weder Dampfbad noch Entlausung. Sie hatten nicht ein einziges Mal zu uns in den Unterstand hineingeschaut. In ihren Stäben hatten sie keine Kascha mit Splittern und Schrapnellen gefressen, sie kannten den Winter nicht, wenn man sich weder aufwärmen noch trocknen konnte. In ihren Scheiß-Stäben hatten sie keine Ahnung davon, wie wir einander begruben, die Toten in flache Gräben warfen, weil die Kräfte nicht ausreichten, um tiefer zu graben, und im Frühling warfen wir sie ins Wasser …

Ich hatte nicht gedacht, wie viel Wut auf alle diese goldenen Achselklappen sich in mir angestaut hatte, auf all diese unausrottbaren Parasiten, die sich gut gemästet in Jeeps und Dienstwagen versteckten.

Warum sind sie so mit uns umgegangen, und warum tun sie es bis heute? Weil es von uns immer genug gegeben hat. Morgen schicken sie Sibirier, dann Uraler, dann Kasachen. Nicht mit Menschen muss man sparsam umgehen, sondern mit Munition.

Die Berührung

Niemals fragte sie ihn nach dem Krieg. Sie fragte nicht, wie viele Menschen ich getötet hatte, wie das war. Das Thema Krieg war kein Tabu, sie wollte nur einfach nicht mehr darauf zurückkommen. Jener D. hätte nichts dagegen gehabt, von seinen Heldentaten zu erzählen. Im Großen und Ganzen war er mit seiner Kriegsvergangenheit zufrieden. Doch aus irgendeinem Grund gab es keinen Anlass, zu dem er sich sein Blech hätte anstecken können. Er trug nur die Medaille »Für die Verteidigung Leningrads«. Außerdem liebte er das Gardeabzeichen, die anderen Orden und Medaillen blieben jedoch in der Kassette. Einmal bestellte er sich im Militärgeschäft eine vollständige Ordensleiste. Dabei zeigte sich, dass er irgendwelche Spangen für das Baltikum nicht erhalten hatte und noch irgendetwas. Nehmen Sie ruhig, sagte man zu ihm. Wir verlangen keine Dokumente. Die langen bunten, über die ganze Brust reichenden Leisten sahen schön aus, wirkten jedoch nicht vertrauenerweckend. »Für die Eroberung von Prag«, »... Warschau«, »... Budapest«, »... Tallinn« und so weiter. Die Sammlung war zu umfangreich für einen einzigen Soldaten. Wenn man auch nur bei der Eroberung einer dieser Städte dabei gewesen und am Leben geblieben war, hatte man Glück gehabt. Daher machten die Frontsoldaten bald Schluss mit der Mode, Orden zu tragen. Dazu hatten auch die staatlichen Behörden ihr Teil beigetragen.

Rimma interessierte sich für alle Umstände meines Lebens außer dem Krieg. Warum? Ich kann nur Vermutungen anstellen. Das Schmutzige des Krieges stieß sie ab. Verbrannte Panzer mit verkohlten Überresten der Besatzung, die nicht abgeschabt werden konnten, wurden ins Werk gebracht. Die ständigen Erfolgsmeldungen, die sowohl im Werk als auch an der Front erfunden wurden. Es kamen Frontsoldaten aus den verschiedensten Armeen – überall das Gleiche. An der Front zählte niemand mehr die Toten, geweint wurde im Hinterland. Überall Witwen, Begräbnisse, Krücken, Prothesen. Am achten Mai bat man sie, auf einer Zusammenkunft der Frauen eine Rede zu halten. Sie hatte schon zwei Monate lang keinen Brief mehr von mir bekommen. Sie sagte während ihrer Rede, dass Soldat nicht der beste Berufsstand für einen Mann sei. Viel wichtiger und notwendiger sei es, Ehemann, Sohn und Vater zu sein. Dafür wurde sie zur Sonderabteilung bestellt, wo sie ihr eine Gehirnwäsche verpassten. Sie brüllten und drohten …

Die Kriegsinvaliden sprachen nicht über ihre Verstümmelungen. Warum, weiß ich nicht, vielleicht weil ihren Verwundungen keine Achtung entgegengebracht wurde oder weil es zu viele von ihnen gab. An den Geschäften stand man Schlange. Kriegsinvaliden wurden außer der Reihe bedient. Das nutzten sie natürlich aus. Kauften für sich ein, kauften für andere ein, damit ließ sich etwas dazuverdienen. Was bekamen die Kriegsinvaliden vom Staat? Eine kärgliche Rente, das war alles. Außerdem waren sie verpflichtet, jedes Jahr vor einer Kommission zu erscheinen, um zu zeigen, dass die amputierte Hand noch nicht nachgewachsen war.

Rimma hatte wegen ihrer Äußerungen ordentlich was

abbekommen, aber sie ließ sich davon nicht beeindrucken. Überhaupt trat sie für jene Zeit viel zu unabhängig auf. Sie hatte sich gefreut, dass D. lebendig zurückkehrte, auch darüber, dass ihr Bruder überlebt hatte und zum General befördert worden war. Die Größe des Sieges rief in ihr keinerlei Begeisterung hervor. D. vertiefte sich nicht in die Gründe dafür, ihn kränkte, dass der ihm liebste Mensch ihn nicht fragte, wie es im Krieg gewesen war. Die heldenhafte Geschichte der Leningrader Blockade, die erste Panzerschlacht, Aufklärung, Einkesselung, er hatte viel erlebt …

Kaum begann er, etwas zu erzählen, hatte sie Angst, er würde das Kind wecken, oder sie heizte den Herd, manchmal ging sie, um Wäsche zu waschen. All das war wichtiger, duldete keinen Aufschub.

Seine Kränkung wuchs. Wahrscheinlich war auch sie gekränkt. Er konnte sich einfach nicht vorstellen, dass sie ihm etwas übelnahm. Das Kind störte ihn, weil es sie vom gemeinsamen Leben abhielt. Es hinderte sie, gemeinsam Besuche zu machen, irgendwo hinzufahren. Sie spürte nicht den Vater in ihm. Er verstand nicht, dass dieser winzige Körper ein Wunder war.

Man beging den Tag der Befreiung von der Blockade. D. war zu einer Festsitzung eingeladen. Man hatte ihm mitgeteilt, dass er im Präsidium sitzen würde. Der Anzug wurde gereinigt, Rimma hatte die Bügelfalten der Hose aufgefrischt, die Orden und Medaillen angesteckt. Es waren sehr viele, zu viele. D. bestand darauf, allen Schnickschnack zu entfernen, nur die Orden und die Medaille »Für die Verteidigung Leningrads« dranzulassen. Er war etwas früher erschienen und wurde in das Zimmer des Präsidiums geführt. Dort stand ein mit belegten Broten, Tee und Kaffee gedeckter Tisch, wie es sich gehörte. Der

Sekretär für Agitation und Propaganda des Parteikomitees vom Stadtbezirk nahm ihn beiseite. Er betrachtete ihn missbilligend, runzelte die Stirn und riet ihm, das ganze Blech abzunehmen.

»Wieso denn das?« D. wunderte sich.

»Sieh mal, der Chef hat so was nicht, sein Jackett ist leer, da hat man auch uns davon abgeraten.«

D. fluchte: »Schert euch doch alle …«

Er nahm kein einziges Ehrenzeichen ab und setzte sich in den Saal.

Als sie sich unserem Leutnant hingab, war Rimma noch unberührt. Die Anmut ihrer mädchenhaften Schüchternheit und Schamhaftigkeit hatte er damals nicht zu schätzen gewusst. Er war blind wie ein neugeborenes Katzenkind.

Berührungen, Küsse, Umarmungen waren für sie voll reiner Freude, waren für sie eine Offenbarung. Nicht ein einziges Mal wagte sie es, sich von selbst an ihn zu schmiegen, sein Hemd aufzuknöpfen. Die einfachsten Liebesspiele lernte sie nur mühsam.

Mir scheint, es war an Stalins drittem Todestag; wir begegneten dem Datum mit einiger Angst und Verwirrung. Damals gab es ein interessantes Gespräch zwischen meinem Leutnant und mir. Ich sagte zu ihm: Erinnerst du dich, wie wir an jenem Tag, nachdem wir von Stalins Tod erfahren hatten, auf den Schlossplatz gingen? Niemand hatte uns dorthinbestellt, aber von überall her strömten die Leute auf den Platz, Tausende Menschen. Damals hieß er Urizki-Platz, wer Urizki war, weiß heute kaum noch jemand. Dort traf ich zwei Kolleginnen aus dem Labor von »Lenenergo«, die weinend auf mich zustürzten.

»Was soll nur aus uns werden, was wird jetzt werden«, wiederholten sie tränenüberströmt, »wir sind verwaist, wir werden zugrunde gehen.«

Drei Jahre später traf ich eine von ihnen wieder und sagte zu ihr: »Erinnern Sie sich noch an jenen Tag auf dem Platz, Sie haben so geweint?«

»Ach was«, sagte sie, »niemand hat geweint, wir sind nur alle hingegangen, weil wir Angst hatten vor dem, was danach kommen würde.«

Sie wollte sich um nichts in der Welt zu ihren Tränen von damals bekennen, aber es hatte sie gegeben. Weshalb hatte sie geweint? Weshalb hatten wir beide geweint? Wir waren eben Produkte des Personenkults.

Der Leutnant stimmte mir nicht zu, er war überzeugt, dass die Tränen ihre Berechtigung gehabt hatten, dass wir das Ende einer Epoche beweint hatten, einer großen Epoche mit einem großen Traum; außerdem glaubte er, dass wir uns nach jenem Land, das es nun nicht mehr gab, noch sehnen würden. Er war überzeugt, dass mit Stalins Tod jene Zeit endete, die von einem Traum bestimmt war, den es in der Geschichte der Menschheit noch nicht gegeben hatte. Er erinnerte an die Pariser Kommune. Aber wer weiß schon noch etwas davon, genauso wie niemand mehr weiß, wer Urizki war oder Wolodarski, dessen Namen der Litejny-Prospekt einst trug. Und das zu Recht. Diese Frauen wollten sich nicht an ihre Tränen erinnern, und auch das zu Recht.

Du willst damit sagen, dass Russland ein unbeständiges Land ist, zu keiner dauerhaften Liebe fähig? Ich aber denke, dass wir uns nach diesem Land sehnen werden, wir werden wieder und wieder zu meiner Zeit zurückkehren, sie war heroisch und schön. Ihr habt die Fahne mit Hammer, Sichel und Stern heruntergeholt, doch was habt ihr gehisst – den Zarenadler, eine Mutation mit zwei Köpfen, die sowjetische Hymne habt ihr euch angeeignet, aber die Internationale singt ihr nicht mehr.

Warte, sagte ich, erlaube mir, dich an jene Partei zu erinnern, in die du mit den hehrsten Gefühlen eingetreten bist. Wie heißt es in dem Lied: »Wir wollen mutig in den Kampf für die Sowjetmacht ziehen und sterben gemeinsam im Kampf für sie.« Aber wo ist deine Partei jetzt? Sie hatte dreiundzwanzig Millionen Mitglieder, eine gewaltige Zahl; und plötzlich ist sie verschwunden, leise, unrühmlich. Wie ein trockener, überflüssiger Zweig vom Baum abbricht, so war sie plötzlich weg. Selbst in der fernen Provinz erhob sich niemand zu ihrer Verteidigung, es gab keine Barrikaden, keine Meetings. Wo ist sie geblieben?

Dafür schäme ich mich, bekannte mein Leutnant, ich schäme mich, weil wir uns so einfach von jenem Ziel losgesagt haben, das sich unsere Väter und Großväter gestellt hatten, für das sie ihre Freiheit opferten; niemand weiß, wie das geschehen konnte.

Das heißt, es war falsch, sagte ich.

Nein, damit werde ich niemals einverstanden sein. Eher ist falsch, was jetzt ist.

Für ihn sprach seine unerschütterliche Überzeugung, die mich an die Verse von Sergej Narowtschatow erinnerte:

Nichts könnte schwerer ich ertragen,
Würd ich auch hundert Jahre alt,
Als diesen nasse Schützengraben,
Als diesen Morgen, grau und kalt.

Im nassen Regenumhang steh ich,
Zieh meinen Helm tief ins Gesicht,
Verfluch den Staat und ohne Vorsicht
Das, was erlaubt ist und was nicht.

… Erst wenn der Krieg zu Ende ist,
Geschieht das Wichtigste im Leben!

Ich ahnte nicht, dass niemals mehr
Mir irgendetwas wird begegnen,
Was besser mir gelungen wär.

Nichts wichtiger – erlebt zu haben,
Würd ich auch hundert Jahre alt,
Als diesen nassen Schützengraben,
Als diesen Morgen, grau und kalt.

Er öffnete die Augen und sah sich um. Er lag nur in Unterhose auf dem Fußboden auf einer Bettdecke. Neben ihm eine Frau. Sie war nackt. Sie schlief und schnaufte ab und zu. Durch das Fenster schien hell die Sonne, die Schornsteine auf den Häusern glänzten. Der noch junge rosa Himmel versprach einen heißen Tag. Dieses Zimmer kannte er nicht. Flaschen standen herum, Wodkaflaschen, Bierflaschen. Die Luft war stickig, eine Mischung aus Tabak und säuerlichem Schweißgeruch. Ein anderes Paar schnarchte auf dem Diwan. Überall Zigarettenstummel, Schalen von Sonnenblumenkernen, Strümpfe. Sein Jackett war unter den Stuhl gefallen. Das Hemd konnte er nicht finden. Er zog sich an. Zog das Jackett über den nackten Oberkörper. Er vermochte sich an nichts zu erinnern, auch nicht an diese Weiber. Ihm war übel. Er suchte, die Flaschen waren alle leer, nicht ein Tropfen mehr drin. Wenn man wenigstens die Bitterkeit im Mund mit Wasser wegspülen könnte. Er verspürte einen widerwärtigen Brechreiz.

Er trat auf die Straße. Der Boulevard war voll bebendem grünem Blattwerk, der Flieder blühte, allerlei Vögel sangen. Das üppige Grün des jungen Sommers füllte den Morgen. Er setzte sich auf eine Bank, die noch nass war vom Tau. Nirgends war jemand zu sehen. Er dachte an jenen Morgen in Puschkin, und wie sie abgerückt waren. Er sah sich, den Leutnant.

Heilige Mutter, bist du das etwa? Der Leutnant musterte ihn, schüttelte mitleidig den Kopf. Was ist mit dir los?

Alles hatte damit angefangen, dass mein Chef Michail Grosnow, der Leiter des städtischen Kabelnetzes, verschwunden war. Man sprach darüber nur hinter vorgehaltener Hand. Dann wurde bekannt, dass er im Zusammenhang mit der Leningrader Affäre verhaftet worden war, später sagte man, er sei erschlagen worden. Nicht erschossen, sondern tatsächlich erschlagen. D. hatte es vom Verantwortlichen für die Stromversorgung des Großen Hauses, der Leningrader KGB-Zentrale, erfahren. Beim Verhör war Grosnow mit dem Untersuchungsrichter aneinandergeraten, und sie haben ihn dort … Gwosdew, der für die Planung zuständig war, richtete die Gedenkfeier aus. Sie saßen einfach da und soffen. Gwosdew erzählte, wie sie während der Blockade das Hochspannungskabel über den Ladogasee gelegt hatten. Michail Grosnow hatte das organisiert, und obwohl sie beschossen wurden, war er auf dem Kutter geblieben. D. erklärte seinem Leutnant, wie gut sie es doch beide an der Front gehabt hätten – dort stand der Feind, hier waren die eigenen Leute, alles war klar, es gab keinerlei Zweifel, man wusste, wohin man schießen musste. Der Feind hatte seine Uniform, wir trugen unsere.

Die Sonne wärmte bereits. Leute gingen vorüber. Er hatte Durst. Er fühlte sich schmutzig und zerschlagen. Wieso haben sie ihn abgeholt? Damit war er wieder bei der Sache mit Michail Grosnow. Was hätte ich denn tun können? Was?, antwortete er dem Leutnant bissig. Hätte ich für ihn bürgen sollen? An Stalin schreiben? An Berija schreiben? – Junge, du bist ein Idiot, du verstehst überhaupt nichts.

Es stellte sich heraus, dass es Sonntag war. Rimma fragte ihn nichts. Sie zog ihn aus und wusch ihn im Zuber. Rubbelte ihm den Kopf. Die Haushaltsseife brannte in den Augen. Sie spülte ihn mit kühlem Wasser ab. Wischte den Fußboden trocken, kochte Tee, gab ihm ein sauberes Hemd. Alles tat sie schweigend und schnell, so wie die Pfleger im Lazarett.

»Ein Sieger ... und was hat es für einen Sinn?«, fragte er.

Sie sagte nichts, sie war auf der Seite des Leutnants, sie waren alle gegen ihn. Er konnte hören, was sie verschwiegen, sie verachteten ihn. Dieser Leutnant war ein kleiner Junge, was wusste er schon vom heutigen Leben? D. verstand es selber nicht, niemand verstand es. Sie wagten nicht zu fragen. Sie wagten nicht, sich zu wundern. Sie taten so, als ginge alles seinen gewohnten Gang, als würde man sich im Kreml schon etwas dabei gedacht haben, schließlich gab es keinen Rauch ohne Feuer. Sie schauten weg, diese Scheusale. Aber du bist kein bisschen besser als sie, bist genauso ein Nichtsnutz.

Dieser kleine Leutnant kannte kein Pardon. Rimma schwieg sich aus, dafür erlaubte er sich ...

Plötzlich sah er, wie müde sie war, wie rau ihre Hände geworden waren. Die Wäsche, begriff er, die ganze Zeit musste sie waschen. Und Geschirr abwaschen. Und den Fußboden wischen.

Sie kam zu ihm und drückte seinen Kopf an sich.

»Denk bloß nicht, dass ich mit dir nur leide. Denk daran, wie wunderbar es vor dem Krieg in jenem Zimmer war. Es wird uns bessergehen, wenn du erst wieder zurück bist ...«

Er verstand, wollte es aber von ihr hören.

»Von wo?«

»Aus dem Krieg, aus dem Panzer.«

»Ich kann Panzer nicht leiden. Der Krieg war immer ein Krieg von Soldaten und nicht von Maschinen ...«

Sie redeten wie früher miteinander. Noch hatten sie

nicht richtig zusammen zu leben begonnen. Fast ein Jahr lang hatte er einfach keine Ruhe gefunden. Sie trieb ihn nicht, machte ihm keine Vorwürfe. Auf der Arbeit hatte er ein Klappbett, manchmal übernachtete er dort. Er fiel nieder und schlief tief und fest wie im Unterstand. Häusliche Gemütlichkeit brauchte er nicht. Er frühstückte mit den diensthabenden Dispatchern und den Fahrern des Entstörungswagens. Hätte Rimma ihm deshalb Szenen gemacht, wäre er gar nicht mehr nach Hause gekommen. Sie wartete. So wartet ein erfahrener Arzt darauf, dass der Körper sich von selbst hilft. Erfahren war sie nicht, ihr half der Instinkt. Der unerklärliche Instinkt einer Katze, der verhindert, dass sie sich verirrt, der sie den Weg nach Hause finden lässt.

Irgendwann wählte sie in der Ermitage »Die Rückkehr des verlorenen Sohnes« von Rembrandt zu ihrem Lieblingsbild. Sie konnte und wollte nicht erklären, was sie daran so beeindruckte.

Trotzdem muss er gewusst haben, wie schlecht es ihr ging. Mehrmals hatte sie beschlossen, wegzugehen. Sie stand mit ihrem Bruder im Briefwechsel, der in Moskau lebte und eine Dienst-Datscha besaß. Sie hatten verabredet, dass sie dort mit der Tochter wohnen könne. Eine Arbeit würde er für sie finden.

Er war ein schlechter Ehemann, ein schlechter Vater, ein schlechter Hausherr, der zu Hause nichts tat, nur Holz hackte, es in die Wohnung brachte – das war alles. Niemals hatte er sich um das Kind gekümmert, seinetwegen musste das Kind in eine Krippe gegeben werden, die rund um die Uhr geöffnet hatte. Seine Kabelmeister hatten ihm einen Sack Kartoffeln geschenkt, er sah nicht einmal hin.

Nur wenn sie allein war, hatte sie ihm Vorwürfe gemacht, ihn beschimpft; sie wartete ab, vielleicht würde er sich ja noch besinnen …

Aber nun hatte sie seinen Kopf an sich gedrückt, er legte die Arme um sie, schmiegte sich an, und all das war zu Ende. Was bedeutete es schon, wenn es das hier gab, man konnte es für immer vergessen, wenn sie nur zusammen waren.

Sie saßen beim Abendbrot, D. sah sie an, er konnte zuschauen, wie sie immer schöner wurde, wie sich ihre Wangen röteten, die Haare zu glänzen begannen.

Die Leningrader Affäre

Die Direktoren der Werke und Institute verschwanden einer nach dem anderen. Auch die Sekretäre der Stadtbezirksparteikomitees, die Vorsitzenden der Stadtbezirkssowjets, die Leiter der Militärkommissariate – sie waren plötzlich alle weg. In der Presse stand keine Zeile davon, keine einzige Mitteilung, der Mensch hatte sich in Luft aufgelöst, als hätte es ihn nie gegeben. Er existierte nicht einmal mehr als »Volksfeind«. Der Chef des gesamten »Lenenergo«, Boris Straupe, der sich während der Blockade einen legendären Ruf erworben hatte, verschwand auf einmal spurlos. Die Kreise über ihm wurden kleiner, die Oberfläche glättete sich, dann war da nichts mehr. Gegen niemanden wurde öffentlich Anklage erhoben. Höchstens wegen Verbindung zur städtischen Leitungsebene oder wegen Nähe zu ihr. Das war unwichtig. Die gesamte Leningrader »Gruppe« wurde ausgetauscht. Beseitigt! Ähnlich hatten sie es nach dem Mord an Kirow gemacht. Aber damals hatte es zumindest eine Opposition gegeben. Doch hier war nichts, nur grundlose Verhaftungen. Schließlich konnte doch nicht die Blockade die Ursache dafür sein. Übrigens verhafteten sie gerade jene, die während der Blockade in der Stadt ihre Arbeit getan hatten. Das war nicht Anlass für gesellschaftliche Anerkennung, sondern Anlass für Verdächtigungen. Die Stadt wurde von Panik erfasst. Man hatte Angst, ohne zu wissen, wovor, fühlte sich schuldig, doch wofür eigentlich … Im Haus der Offiziere wurde den führenden Persönlichkeiten der Stadt aus Partei und Verwaltung hinter verschlossenen Türen der Prozess gemacht. Das Haus der Offiziere gehörte zum Östlichen Bezirk. D. war dazu verdonnert worden, dort eine störungsfreie Stromversorgung zu gewährleisten. In den Sitzungssaal durfte er nicht hinein. Zwei stumme Riesen begleiteten ihn überallhin. Schweigend geboten sie ihm Einhalt, wenn er in die falsche Richtung wollte. Er begegnete den Angeklagten, als sie in den Saal geführt wurden. Man hatte sie offensichtlich neu eingekleidet und geschminkt, dennoch glichen sie lebendigen Leichnamen. Vorn ging Kusnezow. Während der Blockade war er Sekretär des Leningrader Stadtparteikomitees. Um das Neujahrsfest 1942 herum hatte er ihren Truppenteil besucht. Er hatte Geschenke mitgebracht, jeder bekam einen Apfel, eine Flasche Bier, Schokolade und noch irgendwas zu beißen. Er hatte einen glänzenden braunen Ledermantel mit Persianerkragen getragen, aber keine Mütze, war kräftig, rotwangig, fröhlich, wie es sich gehörte, immer zu einem Spaß aufgelegt. Damals gefiel er ihnen. Er hatte sie zum Beispiel gefragt, wie's denn bei ihnen steht, ein uralter Soldatenwitz. Jetzt war dieser Mann nur noch ein Stück weichgeklopftes Fleisch, vielleicht war es auch gar nicht Kusnezow.

Man hatte sie vergeblich geschminkt, ihre Gesichter schienen aus weißem Gips zu sein, wie Totenmasken. Der Hauptverantwortliche für die Energieversorgung im Großen Haus lud D. ein, nach der Pause am Prozess teilzunehmen, einen Passierschein könne er besorgen. D. lehnte ab. »Vielleicht gestattet man ihnen noch ein letztes Wort«, sagte der Hauptverantwortliche für die Stromversorgung,

»du solltest es dir überlegen, das ist doch ein historischer Augenblick, das Schicksal des Vaterlandes wird entschieden.« Aber D. hatte das ewig unentschiedene Schicksal des Vaterlandes satt. Man sagte, dass die Verhandlung für Stalin übertragen wurde.

Mit der Begründung, den Schaltraum nicht verlassen zu können, weil sonst eine störungsfreie Stromversorgung nicht zu gewährleisten sei, hatte D. abgelehnt.

Ihm hatte jene Erschießung gereicht, an der er mit Shenja Lewaschow …

Alles wurde noch am selben Tag beendet, man führte sie sofort in das benachbarte Große Haus, wo sie erschossen wurden.

Der Hauptverantwortliche für die Energieversorgung des Großen Hauses (D. hatte überall seine beruflichen Verbindungen) erzählte ihm später, dass sie nackt erschossen wurden. Wieso nackt? Er erklärte, dass ein nackter Mensch gefügiger ist, weniger Schwierigkeiten macht, das hätten die Nazis herausgefunden, als sie die Gaskammern eingeführt hatten. Dieser Vergleich verblüffte D.

»Warum nimmt dich das so mit?«, sagte Rimma. »Die sind doch alle gleich.«

»Wie kannst du so was sagen?«

»Ganz einfach. Während der Blockade haben die für drei gefressen. Rumkuchen wurden für sie gebacken und Wiener Gebäck. Als dein Kusnezow nach Moskau geschickt wurde, fing er an, Erschießungslisten zu unterschreiben. Warum können die sich nicht zurückhalten, wieso müssen sie sich wie die Schweine benehmen?«

Sie antwortete selbst: »In zwei, drei Jahren sind die, die dann da oben sitzen, wieder genauso. Sie haben all ihre Prinzipien und Versprechungen über Bord geworfen, sie haben nicht die Kraft, sich daran zu halten, sie interessiert nur ihre Macht.«

Als Stalin starb, habe nicht ich geweint, sondern mein Leutnant. Er stand in der Küche am Radiogerät, und die Tränen rannen wie von selbst aus seinen Augen. Ich weiß nicht, ob Napoleons Soldaten geweint haben, als sie vom Tod des Imperators erfuhren. Ich denke, viele haben geweint. So weinten auch Stalins Soldaten, darunter mein Leutnant.

Stalin war grausam, seine Grausamkeit im Krieg war nicht zu rechtfertigen, ihm unterlief ein Fehler nach dem anderen, er schob die Schuld auf andere und ließ diese anderen hinrichten. Aber wir hatten gesiegt.

Wie viele Misserfolge, Fehler, Niederlagen hatte es gegeben. Den ganzen Krieg über war er bei uns, obwohl er es nicht ein einziges Mal in den vier Jahren gewagt hatte, an die Front zu fahren, dazu war er zu feige. Aber wir hatten gesiegt.

Er hatte kein Mitleid mit den Soldaten, und seine Generäle hatten auch keins, sie verheizten die Menschen, ohne sie zu zählen. Niemand weiß, was uns der Krieg gekostet hat. Wir hielten unsere ungeheuren Verluste geheim. Ganze Dörfer wurden entvölkert, das Land war voller Witwen, Kriegsinvaliden und Straßenkinder, aber wir hatten gesiegt.

Das sagte sich mein Leutnant immer wieder, wenn er traurig war und nach Erklärungen suchte. Ich teilte seinen Kummer und machte ihm keine Vorwürfe. Rimma hingegen grämte sich nicht wegen dieses Todes, obwohl ich bemerkte, dass sie Mitgefühl mit meinem Leutnant hatte.

Sie erinnerte mich daran, dass ich unbedingt zur Volkswehr wollte, wie ich nach einer Rechtfertigung für unseren Rückzug gesucht hatte und wie ich darunter gelitten hatte, dass wir flohen, aber nie hätte ich den Glauben verloren.

»Du hast damals geglaubt, aber woran?«, forschte sie mich aus.

An die Gerechtigkeit? Nein, das kam später. Doch damals? Stalin war ein Bestandteil deines Glaubens gewesen.

Sie suchte mein Foto aus dem Krieg hervor. Darauf war ich noch als Leutnant in Pelzweste, abgemagert von der Blockade, mit einer Schirmmütze, keinem Schiffchen, ich schielte. Wahrscheinlich war ich betrunken. Das Foto war vom Januar 1942, als die Hungersnot am größten war. Dann fiel es mir wieder ein. Wir mussten uns für Parteiausweise fotografieren lassen. Wir waren vielleicht fünf oder auch drei Männer. Zum Fotografieren schickte man uns in den Armeestab am Blagodatny-Prospekt. Der Fotograf hatte sich nicht an die Front schleppen wollen und gesagt: »Ich habe Angst um den Fotoapparat.« Um uns hatte dieses Scheusal keine Angst. Wir mussten zwei Kilometer hinter uns bringen, der Weg war zugeschneit, mit den Filzstiefeln kam ich ganz gut durch den tiefen Schnee. Während wir im Stab herumsaßen, wurde es wärmer, der Schnee taute, und auf dem Rückweg waren die Filzstiefel schnell durchnässt, eisiges Wasser schwappte hindurch.

Das kleine Foto hatte Rimma von dem alten Parteiausweis abgerissen, hatte es vergrößern lassen, es mit einem Rahmen versehen und an die Wand gehängt; lange hing er dort, mein Leutnant.

Je länger er da hing, desto mehr gefiel er ihr. Sie sagte, dass er unversehrt geblieben war, dass der Zahn der Zeit ihm nichts anhaben konnte. Er war von einer Idee beseelt gewesen, nicht so wie wir.

Wenn mich die Erinnerung nicht trügt, war dieser Leutnant damals, als er seinen Parteiausweis bekommen hatte, glücklich, dass er als Kommunist sterben würde.

Als Kommunist sterben ist einfach, aber unser Politoffizier Jelisarow hatte gesagt, dass sie uns im Stab etwas zu essen geben würden.

Einen Scheißdreck könnt ihr kriegen! »Das ist nicht vorgesehen, man hätte euch Proviant mitgeben müssen.« Hurensöhne, so ging uns das Abendbrot flöten. Dieses Foto kam uns teuer zu stehen.

Das war mir immerhin im Gedächtnis haftengeblieben. Was das Essen betraf, kannten wir kein Pardon. Man wusste nicht mehr wohin vor Hunger. Rimma ahnte nichts von diesem Abendbrot, wenn sie das Foto anschaute, erfreute sie sich an meinem Leutnant, wahrscheinlich gefielen ihr die eigenen Jugendfotos ebenso. Ein ziemlich romantischer Bursche, ein echter Pawel Kortschagin oder Gavroche oder Rachmetow, und wen es sonst noch so gab …

Das Schicksal dieses Fotos war seltsam. Es hing an der Wand, dann bekamen wir eine andere Wohnung, zwei Zimmer in einer Gemeinschaftswohnung, danach eine richtige eigene Wohnung. An einem der Tage des Sieges griffen wir uns an den Kopf, wo war das Foto geblieben, bei irgendeinem Umzug hatten wir es vergessen, nichts sonst hatten wir vergessen, aber dieses Foto.

Zu einem Tag des Sieges wurde ich interviewt. Die Journalistin bat um meine Fotos aus dem Krieg. Da fiel mir ein, dass keines meiner Fotos aus der Blockadezeit mehr vorhanden war, es gab nicht ein einziges aus dem ersten Kriegsjahr. Die Journalistin, sie hieß Tatjana, wunderte sich. »Wie kann das sein, hatten Sie denn kein Gefühl für Geschichte?« Ich weiß nicht, was ich für ein Gefühl hatte, aber als wir auf dem Rückzug waren, als wir flohen, da war mir nicht nach Fotos zumute. Als wir während der Blockade in den Schützengräben lagen, hatten wir uns auch nicht fotografiert, warum, weiß ich nicht, vielleicht weil wir nicht glaubten, dass wir überleben würden, oder weil es keine Fotoapparate gab, die Journalisten kamen nicht bis zu uns durch, sie blieben im Regimentsstab hängen.

An den vergangenen Tagen des Sieges hatte niemand nach dem Rückzug gefragt, das interessierte keinen, die Blockade war nicht in Mode, die Journalisten wollten etwas über Angriffe hören, über die Zerschlagung der deutschen Truppen. Diese Journalistin war anders, eine von den neuen. In Lederhosen und Lederjacke mit Nieten, auf unglaublich hohen Absätzen, mit einer jungenhaften Frisur und grellgeschminktem Gesicht – von oben bis unten Markenware. Ihre Fragen waren naiv, vielleicht schien es mir auch nur so, weil ich lange keine Interviews gegeben hatte. Sie fragte, warum man Leningrad nicht zur offenen Stadt erklärt hätte wie Paris? Das hätte die Menschen vor dem Hungertod retten können. Ich hatte keine Lust, ihr das zu erklären. Sie fragte, warum wir nicht jagen gegangen wären, um etwas zu essen zu haben, was für Literatur in den Unterständen gelesen wurde? Dann auch noch: »Woher nahm man die Tinte zum Briefeschreiben?«

Mit den Jahren wurden die Fragen immer einfältiger. Ich hörte auf, mich zu ärgern, ich sah, wie die Zeit mich von dieser Generation entfernte. Sie hatte mich gebeten, das Interview in meinem mit Orden und Medaillen geschmückten Jackett zu geben. Für die Fotos. Ich hatte kein solches Jackett. Sie wollte es nicht glauben. Sie hatte solche Jacketts bei anderen Frontkämpfern gesehen. Sie waren schwer, nur für die Feiertage, man trug sie dreimal im Jahr.

Ihr Lächeln berührte mich unangenehm. Was außer diesen Jacketts war den Frontkämpfern geblieben? Nichts. Es gehörte sich nicht, darüber zu lachen.

Einige Fragen schienen mir interessant, ich finde, dass ein guter Journalist seinen Gesprächspartner in die Ecke drängen muss, ihm Fragen stellen muss, die ihm noch niemand gestellt hat. Sie begann plötzlich solche Fragen zu stellen. Sie fragte: »Würden Sie sich heute zur Volkswehr melden, wenn sie jung wären?«

Ich antwortete nicht sofort, sie beobachtete aufmerksam mein Gesicht. Ich zögerte, wollte mir darüber klarwerden. Würde ich mich melden? Nein, ich würde es nicht tun. Ich hätte sagen können, vermutlich würde ich mich nicht zur Volkswehr melden. Aber ich hatte das kleine Wort vermutlich nicht hinzugefügt. Ich wartete auf ihre Frage, warum ich es nicht tun würde. Sie fragte nicht. Wahrscheinlich hatte sie es begriffen, wollte das aber vielleicht nicht schreiben. Manchmal ist es besser, etwas nicht zu schreiben. Soll sich der Leser sein Teil denken. Sie fragte noch, ob ich es bereut hätte, zur Volkswehr gegangen zu sein? Auch das war für mich interessant. Schließlich hatte ich vier Jahre meines Lebens verloren, und was hatte ich dafür bekommen? Dafür hatte ich eine Rechtfertigung zu leben bekommen. Hatte ich sie oder nicht? Ich hatte sie auf jeden Fall, mein Leutnant bestand darauf.

»Manchmal.«

»Nicht immer?«

»Mit der Zeit werden die Kränkungen immer tiefer …«

Nachdem sie mich über alle vier Jahre meines Krieges ausgefragt hatte, sagte sie: »Da hatten Sie natürlich gewaltiges Glück, aber sind Sie dadurch mutiger geworden?«

»Was meinen Sie damit?«

Dann stellte sie eine Frage, über die ich selbst oft nachgedacht hatte – was Mut im Krieg sei und was Mut im Zivilleben. Beide unterscheiden sich voneinander. Der Krieg fordert eine bestimmte Art von Mut, das Zivilleben eine andere.

Ja, das war eine lohnende Frage.

Ich dachte an die Geschichte mit Rimma. Rimma hatte beschlossen, aus der Partei auszutreten. Sie war während des Krieges im Tscheljabinsker Werk eingetreten. Plötzlich beschloss sie, aus der Partei auszutreten. Für mich kam das unerwartet. Ich denke, für sie auch. Es erwies sich als nicht so einfach. Sie musste eine Menge Unannehmlichkeiten über sich ergehen lassen, doch sie blieb dabei.

Es war unmöglich, Tatjana das alles begreiflich zu machen. Sie konnte es nicht verstehen. Wieso durfte man nicht aus der Partei austreten? Man musste ihr die einfachsten Wörter erklären: Kompromittierendes Material, Kaderakte, politische Unzuverlässigkeit. Mein Wortschatz war veraltet. Warum wurde jemand, den man aus der Partei ausschloss, zu einem aus der Gesellschaft Ausgestoßenen? Denn damit hatte man Rimma gedroht. Sie wurde bockig; die hätten doch wissen müssen, wie sie ist.

Tatjana wollte Rimma gern kennenlernen.

Es war nicht einfach, sie aus der Küche herauszuholen. Sie hatte die Schürze umgebunden, roch nach Gebratenem, trug ein Kopftuch und machte ein ärgerliches Gesicht. Tatjana gab sich besonders freundlich. Rimma antwortete ungeduldig: »Ich bin aus der Partei ausgetreten, weil ich die Lügen satt hatte …«

»Welche Lügen?«

»Als ob Sie das nicht wüssten …«

In der Schule hatte man ihnen Lügen über den Kapitalismus erzählt und im Institut Lügen über die Parteigeschichte. Sie war inmitten von Lügen aufgewachsen. Niemand konnte ihr erklären, weshalb die Balkarzen im Krieg zwangsumgesiedelt wurden. Oder die Kalmücken.

Sie richtete den Finger wie eine Pistole auf Tatjana.

»Was haben sie den Tschetschenen angetan? Und so ging das Jahr für Jahr. Man hat Alexander Twardowski gehetzt, Solomon Michoëls umgebracht. Was hinter den Lügen steckte, das ließ sich noch herausfinden. Aber wenn man alles verschweigt? Sie waren schuld an Katyn und haben es den Nazis in die Schuhe geschoben.«

Tatjana nickte ruhig, schaute auf das rote Lämpchen des Aufnahmegeräts und fragte, warum sie denn trotz dieser Lügen in die Partei eingetreten war.

»Weil ich dumm war, weil ich den Versprechungen geglaubt hatte, Chruschtschow hatte ich geglaubt, doch der hatte zum Schlag ausgeholt und dann den Mut verloren. Irgendwie wirtschaften sie sich alle schnell ab.«

»Und passierte dann etwas?«

»Ja, durchaus.«

»Was genau?«

»Ich schämte mich wegen der Leningrader Affäre, weil alle geschwiegen hatten.«

»Was geschah weiter?«

»Sie haben meinen Mann einbestellt.«

»Wie interessant. Und dann?«

»Man sagte zu ihm, rede ihr das aus!«

»Und er?«

Rimma schaute mich an. Ich nickte.

»Er sagte: ›Ihr habt sie so weit getrieben, ich kann da nichts mehr machen.‹«

Sie erzählte das mit unverhohlenem Triumph, aber ich schätzte die höfliche Abfuhr, die ich ihnen erteilt hatte, nicht mehr so sehr.

In Wirklichkeit war alles viel einfacher gewesen. Einer meiner Schulfreunde war im Zentralkomitee der Partei. Ich war gerade bei ihm in Moskau. Er kannte Rimma und blieb angesichts ihrer Entscheidung gelassen. Er rief jemanden an, und der wiederum riet den Leningradern, die Sache nicht überzubewerten, denn Leningrad könne keinen weiteren Skandal gebrauchen. Nach der Leningrader Affäre ging noch viele Jahre die Angst in der Stadt um.

Es zeigte sich immer häufiger, dass Rimma recht gehabt hatte. Jeder neue Führer verlor nach zwei, drei Jahren die Achtung der Bevölkerung. Auch alle seine Mitstreiter hatten dann ihre schönen Rüstungen abgelegt, sangen Lobeshymnen auf den Generalsekretär, krochen ihm in den Arsch, lasen ihm jeden Wunsch von den Augen ab …

Bald darauf hatte man D. in den Smolny bestellt. Zum ersten Mal war er während des Krieges dort gewesen. Damals war der Smolny mit einem Tarnnetz überzogen und von Flakgeschützen umringt. Ihm wurde der erste Orden verliehen, von Shdanow, der ihnen gute Wünsche mit auf den Weg gab. Das war im Winter 1942. Sie hatten Shdanow zugehört und zu begreifen versucht, welche Entwicklung der Krieg nehmen würde. Sie hatten nichts verstanden. Was er gesagt hatte, ließ sich nicht wiedergeben. Aber das Mittagessen war ihm im Gedächtnis geblieben, er hatte ein Stück Weißbrot mitgenommen und für Wolodja Lawrentjew ein Stück Konfekt.

Der heutige Smolny war anders: Teppiche lagen auf den Fluren, die Türen glänzten, es war warm, sauber, still, kein Ton war zu hören.

Der Parteisekretär für Industrie, blond, rundlich, mit weichen Händen, die weißen Brötchen ähnelten, teilte ihm feierlich mit, dass man in Erwägung zog, D. an Stelle von Michail Grosnow zum Direktor des städtischen Kabelnetzes zu ernennen. Man brauche junge, frische Kader, die keine Nähe zu den Verurteilten gehabt hätten. D. sei dafür am besten geeignet.

D. schüttelte den Kopf. Das kam nicht in Frage. Er hätte noch nicht einmal seinen Stadtbezirk im Griff, kenne das Netz noch nicht genügend, wie solle das gehen. Er sei ein Neuling.

Es sollte so aussehen, als lehne er aus Bescheidenheit ab.

»Ein Neuling! Die Partei vertraut dir, und du willst dich ihr entziehen.«

»Ich will mich ihr nicht entziehen, ich trage mein Kreuz, ohne zu murren.«

»Ich verstehe, mein Lieber, du willst, dass dein Kreuz leichter wäre und Golgatha weiter unten läge. Daraus wird nichts.«

Vor dem Sekretär lag eine dicke Mappe, in der er blätterte und unwiderlegbare Argumente fand. Du hast ein Kind, die Ehefrau arbeitet, da wird eine Kinderfrau gebraucht, aber wo soll sie wohnen? Das kennen wir. Er vertiefte sich in mein Problem. Wir beschaffen dir eine normale Wohnung in einem Gebäude, das uns gehört. Eine Wohnung für Nomenklaturkader mit drei Zimmern, wie sie dir zusteht. Auch alles andere wird erledigt, was die Versorgung betrifft.

Er war sich sicher, dass ich angesichts solcher Wohltaten keinen Widerstand mehr leisten würde. Dass D. finster dreinschaute, das hatte nichts zu bedeuten. Zwei Tage würde man ihm geben, um nachzudenken, sich mit seiner Frau zu beraten, das sei normal. Doch solle er nicht außer Acht lassen, dass es eine Parteidisziplin gebe, dass die Zeiten hart seien und es das Wichtigste sei, dass die Partei einem vertraute …

Dann bekannte er kummervoll: »Gräm dich nicht, mich hat man aus dem Ural hierherversetzt, und keinen Mucks darf ich von mir geben. Ich kenne hier nichts und niemanden. Doch was soll man machen?«

Sie dachten, der Krieg hätte ihn das Befehlen gelehrt, hätte ihn gelehrt, andere zu etwas zu zwingen, ohne Rücksicht auf Verluste. Er sei ein Frontkämpfer und hätte das Recht, die schon erwähnte Lebedjewa anzubrüllen.

Der Ton wurde schärfer, als der Sekretär Michail Grosnow als Volksfeind bezeichnete. Diese ganze Leningrader Bande hätte sich gegen das Zentralkomitee gestellt und die Stadt Lenins mit Schande befleckt; für solche Leute könne es keine Gnade geben!

»Lass das«, brach es aus D. hervor; er ging nun auch zum

»Du« über. »Was verstehst du schon von der Blockade, du wurdest doch nicht bombardiert und beschossen in deinem Ural, du hast kein Recht, so etwas zu sagen.«

Der Sekretär lief rot an.

»Nicht ich urteile, sondern das ZK. Geh nicht zu weit. Euch Frontkämpfer rührt keiner an, halt dich zurück, wag dich nicht zu weit hervor. Sieh mal, da hat sich ja ein Verteidiger gefunden. Wen verteidigst du, wen?«

Er sprach die einzelnen Wörter bereits überdeutlich aus, gefährlich überdeutlich.

Wenn sie vorhätten, ihn zu zwingen, erklärte ihm D., würde er an das ZK schreiben, dass es auf Grund seiner Unerfahrenheit zu einem Zusammenbruch der Stromversorgung und der städtischen Energiewirtschaft kommen könne. Niemand hätte Stalins Richtlinie »Die Kader entscheiden alles« für ungültig erklärt.

»Wer will dich denn zu etwas zwingen?«, fragte der Sekretär verwundert. »Wenn du so blöd bist und deine Chance nicht nutzt, lass dich doch gleich einsargen. Du hättest es weit bringen können.«

Rimma erklärte er seine Absage so: Die anderen Stadtbezirksleiter würden es nicht verstehen. Sie würden annehmen, er hätte es auf fremde Kosten zu etwas bringen wollen. Das wäre unschön, beschämend und auch gefährlich. Heutzutage geht es dir schon beim kleinsten Fehler an den Kragen. Tauche nie unter ein Floß – diese Regel hatte er schon begriffen, als er als Kind unter ein Floß getaucht war und sich unter den Stämmen nicht mehr zurechtfand; bis jemand darauf aufmerksam wurde, wäre er fast ertrunken, man konnte ihn gerade noch wiederbeleben.

Rimma seufzte, sie hatte davon geträumt, aus diesem Loch herauszukommen. Nein, er hätte recht, doch jenes Glück, das sie mit dem Flügel gestreift hatte, erschien ihr wie ein Traum – eine ganze Zimmerflucht, eine Diele, Flure, eine Küche, ein Bad –, all das hätte ihr gehört, nur ihr … Na dann eben nicht, Gott sei Dank, dass er sich herausgeredet hatte. Es war natürlich schade, aber wie ihr Chef zu sagen pflegte: »Geld hat man genug, doch wohin damit?«

Eine Ehe gleicht dem Gesetz der kommunizierenden Röhren. Was man auch tut, es wirkt sich auf den anderen aus, jede beliebige Entscheidung, Stimmung …

Abends kam Gwosdew, um zu erfahren, wie die Sache ausgegangen war. Alle Kollegen hätten davon gehört, welchen Posten man ihm zuschanzen wolle. Gwosdew gab ihm recht, es sei das Beste, sich nicht mit denen einzulassen, wie schon die alten Griechen sagten: Fürchte die Danaer, auch wenn sie Geschenke bringen.

Gwosdew hatte Schnaps mitgebracht, Rimma holte Salzgurken, und so feierten wir. Vorwärts zur Freiheit! Halt dich in der Nähe der Küche auf und weit weg von den Natschalniks!

»Du hast recht! Man soll das Unglück nicht heraufbeschwören!«, verkündete Gwosdew.

Kaum war Gwosdew gegangen, torkelte ein betrunkener Nachbar herein – Sliwnjak. Er schrie unglaubliches Zeug: Alle, die die Blockade wirklich miterlebt hätten, seien umgekommen, nur Plünderer und Menschenfresser seien noch da.

»Wir beide haben die Stadt gerettet, aber eigentlich haben wir Banditen gerettet. Sie veranstalten Festgelage, sitzen auf sämtlichen Posten.«

»Waren Sie an der Front? Sie haben doch erzählt, dass Sie beim Nachschub waren«, sagte Rimma.

»Gute Frau, was verstehen Sie davon«, heulte Sliwnjak, »der Gegner hatte eine Landungstruppe auf uns angesetzt!«

Sliwnjak war D. gegenüber von größter Ehrerbietung

erfüllt, seit sie die Ratten im Flur erschossen hatten. Sie hatten Wurst hingeworfen, sich an das andere Ende des Flurs gelegt und gewartet. D. hatte zwei Ratten erschossen, Sliwnjak schoss daneben.

Danach hatte Rimma verlangt, er solle die Pistole abgeben. An dieser TT, einer Tulaer Tokarew-Pistole, hingen so viele Erinnerungen. Er wollte nicht, dass sie in fremde Hände kam. Sie waren zur Fontanka gegangen. Dort hatten sie am Ufer gestanden. D. sagte: »Verzeih, meine Beste!« und warf die Pistole ins Wasser.

Dinge sind mit Erinnerungen behaftet. In jedem Ding bleibt ein Stück deiner Vergangenheit zurück. Mit dieser Pistole war er seelenruhig durch Estland gegangen, durch das nächtliche Tilsit.

Die Journalistin versuchte D. zu überreden, eine Ansprache an die Jugend, an die zum Militärdienst Einberufenen zu halten. Was hätte er sagen können, wo er doch selbst spürte, dass er nicht gelernt hatte zu leben. Es gibt Beispiele, aber keine Rezepte. Seinerzeit hatte er einige solcher Ansprachen gehört, gehalten von ehrwürdigen Wissenschaftlern und Philosophen, alle klug, scharfsinnig und nützlich – keine davon hatte sich für ihn als brauchbar erwiesen. Wie man leben soll – das kann man niemanden lehren, das kann man nur lernen. Irgendwann hatte ihm ein Gedanke von Niels Bohr gefallen: »Diese Meinung ist vollkommen richtig, aber die entgegengesetzte ist auch richtig.« Wo liegt die Wahrheit? Hat sie ihm etwas genützt? Etwas hatte ihm der Vater mitgegeben – die Güte, den Triumph der Güte, den Vorteil der Güte. Er erinnerte sich, wie man den Vater in den Dörfern empfangen hatte, man hatte gelächelt und ihn an den Tisch gebeten. Damals als Kind hatte er gedacht, dass sich das so gehöre … Ein Beispiel bewirkt mehr als jede Losung. Allerdings ist es leichter, Losungen zu verkünden.

Mitten in der Nacht wachte er auf, er hatte von einer Kirche geträumt, eigentlich war es keine Kirche, sondern ein Tempel, ein antiker Tempel, ein ägyptischer oder griechischer mit weißen Marmorsäulen auf einem Hügel. Im Tempel saßen lockenköpfige Götter, die ebenfalls aus Marmor waren, sich jedoch bewegten und laut lachten. Sie fragten D., ob sie ihm früher schon einmal begegnet wären, ob sie ihm geholfen oder ihm geschadet hätten? Er konnte ihnen die Antwort nicht schuldig bleiben. In Wirklichkeit war es an der Zeit, sich selbst gegenüber Rechenschaft abzulegen, immerhin hatte er schon viel erlebt und noch mehr durchgemacht, wusste er etwa keine Antwort? Warum nur hatte es Dinge gegeben, die ihm geholfen hatten zu leben, zum Beispiel die Natur, in ihr konnte man den Göttern begegnen. Manchmal, besonders in der Kindheit, hatte er ihre Anwesenheit gespürt, auf dem Feld oder im Gesang der Vögel, doch in den letzten Jahren war er weder im Wald noch auf einem Feld gewesen. Und wenn es ihm auf der Arbeit gelang, etwas zu erfinden, gab es manchmal Momente voller Glück und Erstaunen, aber auch das geschah immer seltener. Dann war da noch etwas, woran er nur voller Angst dachte, tief verborgen in seinem Bewusstsein, dessen er selbst im Schlaf gewahr wurde. Er rang sich zu einem Entschluss durch und sagte, die einzige Heimstatt der Götter, die er sich bewahrt hatte, sei die Liebe. Erst jetzt sei ihm klargeworden, wie wenig und mit wie vielen Unterbrechungen er geliebt hatte. Warum?

Dann drehte sich etwas, begann zu kreisen, ein Karussell tauchte auf, die Götter nahmen im Karussell Platz, und D. sah, wie sein Leutnant Arm in Arm mit Rimma zum Karussell ging, sie setzten sich ebenfalls auf das Karussell und ließen sich zur Leierkastenmusik zusammen mit den Göttern drehen. Er winkte ihnen, aber sie beachteten ihn nicht.

Er wollte Rimma von diesem lustigen Traum erzählen. Doch dann würde sie anfangen, nach dem Leutnant zu fragen. Er hatte nicht vor, ihn in ihr Leben hineinzulassen.

Mein Leutnant schätzte Stalin, ich nicht; er begeisterte sich für Shukow, mir lag Shukows Grausamkeit nicht und dass er unnötig so viele Soldaten geopfert hatte; der Leutnant verfluchte unsere Luftflotte, ich wusste, wie heldenhaft sie mit ihren Sperrholzflugzeugen gekämpft hatte. Wir waren zu verschieden und einander ziemlich fremd geworden, verstanden uns kaum noch. Ich war schon älter und wusste viel, doch wie heißt es in der Bibel: »Denn wo viel Weisheit ist, da ist viel Grämen, und wer viel lernt, der muss viel leiden.« Wenn auch sonst nichts, aber viel gelernt hatte ich. Der Leutnant hatte seine Götzen, ich hatte andere. Wahrscheinlich wird man auch sie stürzen. Ein Sockel nach dem anderen wird frei. Nur die leeren Postamente stehen noch da.

Mein Leutnant glaubte immer noch treu und fest an den Traum von der wunderbaren Zukunft, für die man Opfer bringen müsse. Bisher bin ich trotz aller Bemühungen nicht in diese Zukunft gelangt.

Zu jenem Leutnant zurückzukehren, zu verstehen, was er dachte, ist schwierig. Es ist, als wolle man heute in unsere Schützengräben zurückkehren. Vor kurzem war ich in Schuschary. Von unseren Gräben, die wir so oft von neuem ausheben mussten, ist nichts mehr übrig. Sie sind zugewachsen, eingefallen, haben sich mit der Wiese vereint. Sie haben sich in Vertiefungen ähnlich wie Fahrrinnen verwandelt und sind mancherorts ganz verschwunden. Sie gleichen alten Schrammen. An kaum wahrnehmbaren, langsam abfallenden Grasflächen erkannte ich zwei Unterstände. Vereinzelt standen Sträucher. Die deutschen Stellungen auf der anderen Seite der Chaussee sahen ebenso aus wie unsere. Zwischen dem Blei wuchs dürres Herbstgras, schob die Splitter mühsam auseinander. Die Menschen hatten den Krieg vergessen, aber die Erde konnte es noch nicht. Etwas weiter, seitlich von unserer Stellung, entdeckte ich neue Schützengräben, die Verbindungsgräben waren mit Brettern verkleidet. Man sagte mir, dass sie Filmaufnahmen gedient hätten. Schauspieler in neuen Uniformen und mit neuen Helmen hatten uns gespielt, unsere Verteidigung, unsere Standhaftigkeit, unsere Verwundungen und unseren Tod. Wenn wir solche Gräben gehabt hätten.

Der Ausflug

Auf dem großen grünen Feld hatte man Kreuze aufgestellt, Dutzende von Steinkreuzen. Ein deutscher Soldatenfriedhof wurde eröffnet. Der deutsche Botschafter war gekommen, der Stellvertretende Bürgermeister von St. Petersburg war da, Vertreter des Außenministeriums, eine Delegation deutscher Kriegsveteranen und entsprechend auch Veteranen des Großen Vaterländischen Krieges. Wir trugen Orden und Medaillen, während die Deutschen nur winzige Abzeichen der Truppenteile, Divisionen, Fliegerstaffeln und Stäbe, in denen sie gedient hatten, an den Jacketts hatten …

Einer der Veteranen, ein bärtiger Matrose, flüsterte D. undeutlich ins Ohr, dass diese Faschisten nicht schlecht gelebt hätten und nun auch wieder bequem liegen würden, während die Knochen unserer Jungs in den Wäldern verstreut lägen.

Genauso war es, doch D. empfand trotzdem eine gewisse Befriedigung. So viele von denen hatten sie ins Jenseits befördert. Sie hatten nicht umsonst gekämpft.

Ein junge Dame aus dem Konsulat trat mit einem hageren Deutschen zu uns und stellte ihn vor: Gustav von Etter. Während des Krieges hatte er irgendeine Abteilung der Luftwaffe geleitet und war danach im Stab der 18. Armee gewesen. Ein großer eleganter Aristokrat mit grauem Schnurrbart und grauer Mähne, beim Lächeln entblößte er schneeweiße Zähne, er hatte einen kräftigen Händedruck. Gustav hatte seinen Enkel, einen zwölfjährigen Jungen, mitgebracht, einen blassen, schmalen Brillenträger, der Erik hieß. Gustav sprach fließend Russisch. Woher? Vor dem Krieg hatte er in Woronesh gearbeitet oder studiert, wir hatten dort deutsche Piloten ausgebildet. Bis 1941.

Sowohl Unsere als auch die Deutschen lasen ihre Reden ab. Die Dolmetscher übersetzten. Die Reden ähnelten sich, die Deutschen sagten dasselbe wie wir. Wir sagten dasselbe wie sie. Frieden, Freundschaft, die Nationalsozialisten hätten den Krieg entfesselt, die Clique um Hitler …

Es begann zu nieseln, Gustav hielt liebenswürdigerweise einen großen blauen Schirm über D. An alle Deutschen waren Schirme verteilt worden und auch an die höhergestellten Persönlichkeiten von uns. Die Übrigen wurden gehorsam nass.

Schließlich war alles beendet, man spielte die Hymnen, und alle gingen hinüber unter ein Schutzdach zu Tischen mit belegten Broten und Wodka. D. fragte Gustav, wo er gekämpft hatte. Es stellte sich heraus, dass er nicht an der Front gekämpft hatte, sondern für die Versorgung des Frontabschnitts Pawlowsk-Puschkin-Pulkowo-Kusmolowo verantwortlich gewesen war, für operative Dienste. Was das hieß, verstand D. nicht so richtig, aber da es sich um seinen Abschnitt handelte, wurde er lebhafter; sie stießen darauf an, dass sie sich getroffen hatten, als wären sie Regimentskameraden.

Gustav kam sehr bald auf einen Traum zu sprechen, den er seit langem hegte – er wollte St. Petersburg kennenlernen. Er hatte viel über diese Stadt gehört, sie soll eine der schönsten Städte Europas sein. Gustav fragte, ob D. mit ihm zusammen einen Ausflug dorthin machen, ihm die Stadt zeigen würde. Ein Auto würden sie bekommen, sie könnten ein wenig umherfahren und dann in einem Restaurant Mittag essen. Er lade ihn ein.

Die Stadt anschauen – gern, aber das Essen im Restaurant lehnte D. ab. Man muss eine eiserne Gesundheit haben, um in einem Restaurant Mittag zu essen, und die hatte er nicht. Er schlug vor, bei ihm zu Hause zu essen, das, was gerade da war. Der Deutsche stimmte mit Vergnügen zu. Auf halbem Wege rief D. Rimma an. Sie jammerte, dass sie nichts Besonderes dahätten.

»Frau«, sagte D. zu ihr, »koch Kartoffeln, kauf Pelmeni, Wurst und Wiener, dann haben wir ein Mittagessen nach Art des Hauses.«

D. führte gern Leute durch St. Petersburg, er war seit langem davon überzeugt, dass es nirgends sonst ein ähnliches Zusammenspiel von Durchblicken auf das Wasser, Uferpromenaden, Kanalsystemen, Flüsschen und Brücken gab. Er hielt den Stolz auf seine Stadt nicht zurück. Der Eherne Reiter war das schönste Reiterstandbild der Welt, die Alexander-Säule und der Schlossplatz waren unübertroffen. Der Sommergarten war die feinsinnigste Schöpfung der Gartenkunst. Nirgends berührten einen die Weißen Nächte so wie in dieser Stadt. Hier war Dostojewski und dort Gogol gewesen …

Offenbar stand Gustav in hohem Ansehen, denn das Konsulat stellte ihm einen Mercedes mit Diplomatenkennzeichen zur Verfügung, von dem aus schauten sie sich die Stadt an. Hin und wieder stiegen sie aus, gingen zu Fuß über die Brücken; der Wagen folgte ihnen langsam. Gustav gefiel das Panorama der Stadt, er mochte den Blick auf die Peter-Pauls-Festung, auf die Moschee – alles lag hier so frei vor einem wie nirgendwo anders, in keiner Hauptstadt der Welt gab es etwas Ähnliches. Ihm fiel auf, dass die ganze Stadt das Gesicht dem Fluss zugewandt hatte. In Venedig sei alles zusammengedrängt, dort habe man ein Gefühl von mittelalterlicher Enge, hier hätte man der Architektur Raum gelassen, sie folge dem Lauf des Flusses. Es sei nur zu verständlich, dass Architekten aus ganz Europa gern hierhergekommen waren – Italiener, Franzosen, Deutsche –, um sich auf dieser Ebene zwischen Himmel und Wasser zu verwirklichen, mit Vertikalen und Kuppeln zu spielen.

D. lauschte Gustav mit Vergnügen, seinen nachdenklichen Einschätzungen, er sagte nicht einfach nur »Oh, wie schön!«, er würdigte die Rostrasäulen, den Newski-Prospekt, besonders gefiel ihm die Kathedrale des Smolny-Klosters, das geniale Bauwerk Rastrellis. Er hatte sich auf diese Reise vorbereitet, Reiseführer gelesen. Wer hätte gedacht, dass es in Russland eine solche Stadt gibt.

Sein Wunsch, St. Petersburg nicht nur von oben aus dem Flugzeug durch ein Fernglas zu sehen, hatte sich erfüllt.

»Wir sollten 1941 die Stadt einnehmen. Alles war vorbereitet.«

Auf welch unkomplizierte Weise er zu jenem schrecklichen Morgen zurückgekehrt war, zu dem Feld, wo sich Tausende von Menschen unter den Kugeln der deutschen Stukas zu Boden warfen.

Ohne das alles zu wissen, hatte sich Gustav an denselben Tag erinnert, an seine Hoffnung, in Leningrad einzumarschieren; auch ihm war das alles im Gedächtnis geblieben. Noch am Abend zuvor hatten sie sich vorgestellt, wie sie über den Newski marschieren würden. Doch plötzlich brachte ein Befehl aus dem Generalstab, später aus Hitlers Hauptquartier, sie zum Halten. Niemand erklärte ihnen, was da vor sich ging. Gustav erinnerte sich an die Fassungslosigkeit und die Entrüstung der Offiziere. Kapitulation … Der Regen ging in Schneefall über. Am Horizont zeichnete sich die Stadt mit ihren Kuppeln und Schornsteinen ab, so glänzend und unerreichbar wie ein Trugbild.

»Alles ist echt«, lobte Gustav. Kohlsuppe, Pelmeni, marinierte Pilze, Sauerkraut, Hering – alles, was Rimma uns vorsetzte. Wir aßen mit großem Appetit. Im Ausland wurde D. in der Regel nicht zum Mittagessen nach Hause eingeladen, Mittagessen zu Hause waren seltene Ausnahmen, man lud ihn in Restaurants ein, jedes Gericht war ein Kunstwerk. Hier war, um mit Gustavs Worten zu sprechen, alles russisch, klar und einfach und schmeckte daher umso besser. Er fragte, warum die Kohlsuppe »Rund um die Uhr« hieße und die Pelmeni »Sibirische Pelmeni«.

D. verfolgte seine eigenen Absichten. Vor ihm saß nicht einfach ein ehemaliger Soldat, sondern ein Offizier, der dem Armeekommando nahegestanden hatte, wo man möglicherweise zu Ohren bekommen hatte, was im Hauptquartier vorging. Vielleicht wusste er, was die Generäle einander zugeflüstert hatten, kannte Andeutungen, Gerüchte, all das, was man in keinem Dokument findet. Gustav erinnerte sich, dass man alles für den Einmarsch in Leningrad vorbereitet hatte. Man hatte Passierscheine gedruckt, Offiziere für die Kommandantur ernannt, die Stadt bereits in Bezirke aufgeteilt.

Doch dann war irgendetwas in Hitlers Hauptquartier geschehen, das Hitler veranlasste, den Beschluss zu ändern und den Befehl zu geben, nicht in die Stadt einzumarschieren. Er war ein Mystiker, er glaubte an Vorahnungen und Erleuchtungen. Eine Erklärung bekamen die Kommandeure nicht. Gustav wusste nicht, was geschehen war. Ihn interessierte etwas anderes – warum war es gelungen, Europa zu erobern, Russland aber nicht.

D. hatte keine rationale Erklärung dafür.

»Wahrscheinlich, weil wir einen gerechten Krieg geführt haben.«

Gustav stimmte höflich zu, darüber hätte er nie nachgedacht.

D. fragte, ob es Gustav schade fände, damals im September 1941 nicht in die Stadt einmarschiert zu sein.

Gustav dachte nach.

»Damals fand ich es schade, jetzt bin ich froh. Das ist natürlich zu einfach. Schade fand ich es, weil ich Offizier war und die Stadt für mich ein militärisches Objekt darstellte. Jetzt ist die Stadt für mich ein Kunstwerk, und ich …« Er dachte nach. »Vielleicht bin ich jetzt einfach nur ein Ausländer?« Er sah D. fragend an.

»Ihnen haben die Nürnberger Prozesse geholfen, von all dem frei zu werden«, sagte D., »der Zwang hat Ihnen geholfen, wir hingegen müssen uns selbst aus der Vergangenheit herausholen. Über uns werden keine fremden Leute zu Gericht sitzen.«

»Was bedeutet Zwang?«, fragte Gustav, der das russische Wort nicht verstanden hatte.

Von Zeit zu Zeit fragte er: »Was bedeutet ideologische Unzuverlässigkeit? Was sind Kontras? Was heißt türmen?« Er verstand vieles nicht. Warum feierte man jedes Jahr den Sieg, war denn nichts Neues entstanden? In Europa erinnert man sich selten daran, ebenso wie an den Ersten Weltkrieg.

Keine Ahnung, warum D. in diesem Moment der verregnete Tag einfiel, an dem sie Vitja Lomonossow, den Scharfschützen, begraben hatten; wie leicht er war, ausgetrocknet und fast verhungert. D. hatte seine Leiche wie ein Brett unter dem Arm getragen.

Rimma kam herein und ging wieder, ohne sich in ihr Gespräch einzumischen. Gustav musterte sie von oben bis unten mit männlichem Blick – die Beine, den Busen. D. mochte es, wenn sie anderen gefiel. Einmal, als Rimma hinausgegangen war, unterbrach Gustav ihren Disput, während sein Blick ihr folgte.

»Ich beneide Sie«, sagte er. »Ich bin älter als Sie und weiß inzwischen, dass es nichts Wichtigeres gibt als Familie und Liebe. Alles kommt und geht, alle diese Meinungsverschiedenheiten, von denen wir gesprochen haben, Geschichte, Musik – alles vergeht, aber das bleibt.« Er nickte zur Küche hin, in der Rimma verschwunden war. »Das bleibt uns bis zum Schluss und versöhnt uns in der letzten Minute mit dem Tod. Ich weiß, dass es mir so ergehen wird. Meine verstorbene Frau hat mir geholfen, mit der Bitterkeit unserer Katastrophe fertig zu werden. Wissen Sie, wie sie aus dem Leben ging? Ohne einen einzigen Vorwurf, sie erinnerte sich an keine meiner Schlechtigkeiten, Betrug, Lügen, Heucheleien – alles hatte sie hinter sich gelassen, sie erinnerte sich nur an unsere glückliche Liebe, ohne Enttäuschungen und Tränen.«

Wirklich, wozu soll man sich an das Schlechte erinnern, dachte D. Als sie ging, hatte sie ihrem Mann für alles Gute gedankt, das bedeutete ihm viel, es ließ ihn den bitteren Verlust leichter ertragen.

Man sagt, die Verbrechen der Regierenden dürften nicht in Vergessenheit geraten. Doch nehmen wir den Krieg, er bestand doch nicht nur aus dem Sieg. Rimma hatte zu ihm gesagt: »Komm endlich aus dem Schützengraben raus, aus dem Panzer, es reicht, was willst du herausfinden, du bist doch kein Historiker.« Warum ließ ihn die Vergangenheit nicht los? Unter der Oberfläche der Gegenwart war sie ständig da. Mal brach sie hier hervor, mal dort, sie ließ einem keine Ruhe. Manchmal tauchte sie plötzlich aus heiterem Himmel auf. Vor kurzem hatte er sich während eines Gesprächs mit seiner Tochter daran erinnert, wie sie im Bataillon das letzte Artillerie-Pferd verspeist hatten. Erst einige Monate später bekamen sie durch die Lend-Lease-Aktion zwei amerikanische Jeeps. Lawrentjew und er lernten, damit Kanonen durch den Frühlingsschlamm zu ziehen. Die Räder der Jeeps drehten durch, und er musste Äste sammeln und sie darunter legen.

»Wissen Sie, Gustav, ich will ehrlich sein, sonst hat es keinen Sinn. Wir wussten, dass ihr Kommissare, Kommunisten, Juden, Natschalniks und dergleichen erschießt.«

»Wir Soldaten haben so was nicht gemacht.«

»Klar, ihr habt Kaffee getrunken und darauf gewartet, dass die Einwohner Leningrads verhungern. Ihr habt die Anweisungen des Führers, also Eures Oberkommandierenden, ausgeführt.«

»Wir wurden genauso getötet, sind erfroren … Herrgott, worüber reden wir?«

»Entschuldigen Sie, wenn ich das alles aufgerührt habe.«

»Sind Sie sicher, dass man uns hier nicht abhört?«

»Da spuck ich drauf.«

»Ich denke, dass Sie ohne Erlaubnis Stalins die weiße Fahne nicht hissen durften.«

»Wir haben die ganze Zeit versucht, die Blockade zu brechen.«

»Wahrscheinlich gibt es die einzig wahre Interpretation der Geschichte nicht«, sagte Gustav. »In Russland haben wir uns wie Schweine benommen. Es ist beschämend, daran zu denken.«

Gustav spießte die letzte Pelmeni auf die Gabel, tunkte sie in die saure Sahne, kniff genießerisch die Augen zusammen, lobte Rimma, schwärmte: »Die sind unvergleichlich ...«, und fuhr fort:

»Durchs Essen und nicht durchs Trinken
Verloren wir das Paradies.«

Plötzlich öffnete er sich, erzählte, dass seine Tochter sich von einem Fabrikanten, einem Nachkommen Bismarcks, hatte scheiden lassen und einen Juden geheiratet hatte, mit dem sie nach Israel gegangen war.

»So etwas schafft die Vorsehung, auch das ist ein Wunder.«

Genauso wie der Umstand, dass er bei einem Menschen säße, der ihn hatte töten wollen, vor dem er geflohen war, es sei ein Wunder, dass sie beide überlebt und einander getroffen hätten, dass sie so beisammen sitzen könnten.

Gustav sagte: »Die Vergangenheit schenkt uns Staunen, keinen Trost.«

D. war damals über die Disziplin der deutschen Offiziere erstaunt gewesen, unsere Kommandeure hätten sich wohl kaum zurückhalten können, sie wären in die Stadt eingedrungen.

Da mischte sich Rimma ein. Sie fragte, ob die Deutschen eine Vorstellung davon gehabt hätten, was sich in der Stadt abspielte.

»Natürlich hatten wir eine Vorstellung.«

»Ihnen war klar, dass Sie eine Stadt verhungern ließen, dass Sie nicht gegen Soldaten, sondern gegen die Bewohner der Stadt kämpften?«

»Natürlich war Leningrad nicht gerade die ehrenhafteste Operation«, stimmte Gustav ihr zu. »Die europäischen Städte hatten in solchen Fällen ihre Tore geöffnet. Doch Leningrad leistete Widerstand.«

»Ja, wir haben nicht aufgegeben«, sagte D., »wir wussten, mit wem wir es zu tun hatten. Womit endete der Fall von Troja? Als die Feinde schließlich in die Stadt eingedrungen waren, wurde Troja vernichtet. Hitler hatte gesagt, man würde Leningrad dem Erdboden gleichmachen.«

Er war scharf geworden, eine peinliche Pause entstand, doch Gustav war ein weltgewandter Mann und holte ein Foto von 1941 aus der Brieftasche. Ein junger eleganter Offizier in der Uniform der Luftwaffe steht, auf einen Stock gestützt, zwischen ausgebrannten Jagdflugzeugen. Er fragte D., wo sein Fotoalbum sei. Aber D. hatte kein Fotoalbum, er besaß nur einen Briefumschlag mit einigen schlechten, verschwommenen Fotos von seiner Panzerkompanie, auf denen seine Offiziere und er zu sehen waren, als sie Ostpreußen erreicht hatten. Erik, Gustavs Enkel, bemächtigte sich sofort des Briefumschlags und begann, die Fotos genau zu betrachten.

Im August 1941 auf dem Weg zum Stab von Generalfeldmarschall von Manstein hatte Gustav zusammen mit einem Major im Dorf Nisowka übernachtet. Gustav richtete sich im Auto ein, während sich der Major zur nächsten Hütte aufmachte. Mitten in der Nacht wurde er von dem entsetzten Major wachgerüttelt. Die Wanzen hätten ihn fast aufgefressen, er hatte vergessen, dass es hier Wanzen gab. Hunderte von ihnen waren über ihn hergefallen, hatten sich von der Decke auf ihn herabgelassen, er war vollkommen zerstochen.

»Wozu«, schrie er, »wozu mussten wir in dieses wilde Land kommen? Sümpfe, Armut, keine Straßen, bejammernswerte Dörfer.« Dass sie in Frankreich einmarschiert seien, in Holland, das begreife er ja – dort sei das Leben normal. Hier in Russland gäbe es gar nichts, man lebe wie in der Urgesellschaft. »Der Hass muss den Führer blind gemacht haben.«

Gustav musste lachen, als er sich an jenen Major erinnerte. Aber was, fragt man sich, hat sich seitdem verändert? Als sie mit dem Zug hierhergefahren waren, hatte er aus dem Fenster geschaut – dieselben Hütten, immer noch keine Straßen, wahrscheinlich auch noch dieselben Wanzen, man sagt, Wanzen leben lange.

In seiner samtenen Freundlichkeit spürte man das Mitgefühl eines Menschen aus einer anderen Welt. Ja, auch bei ihnen war alles zerstört gewesen, und dennoch war es bei ihnen anders. D. stimmte zu: es gab hier Wanzen, Armut und keine Straßen. Wie es war, so ist es geblieben. Doch wie konnten wir euch ungeachtet eurer Autobahnen und Mercedes-Wagen schlagen, warum hat euch das alles nichts geholfen? Warum haben wir gesiegt? Unsere Popen meinen, dass sei ein Wunder. Aber D. lehnte es ab, die Gabe von oben anzunehmen. Jedes Mal hatte er eine Straße vor Augen, ein Panzer brannte, eine Detonation riss den Turm ab. Der nachfolgende Panzer wurde getroffen, er drehte sich wie wahnsinnig auf der Stelle, bei der Detonation war die Munition explodiert. Das Bild erschien lautlos immer wieder und wieder. Grüne Hügel, Säulen aus rußigem schwarzen Rauch stützten den Himmel, doch der Panzer drehte sich noch immer und wühlte die Erde auf. Der Gestank von glühendem Metall, der Gestank von Schmieröl und Menschenfleisch – alles zusammen, alles auf einmal in einem Feuer. Der Panzer, der durch die Detonation umgekippt war, qualmte, man konnte von keiner Seite an ihn herankommen, sie verbrannten alle in seinem Innern – ein Krematorium für die ganze Besatzung.

»Aber für mich war es ein Wunder«, sagte Rimma plötzlich. »Ich weiß, dass es mein Wunder war.«

»Gott hat euch mit Vergebung gestraft und uns mit dem Sieg«, sagte D. »Euch hat er mit Schande gebrandmarkt und uns mit dem Tod von Millionen der besten Menschen.«

»Nein, es war ein Wunder«, wiederholte Rimma hartnäckig. »Für mich war es mein Wunder!«

Gustav sagte: »Frauen können erspüren, wozu uns der Zugang verwehrt ist.«

Überraschend fragte Erik etwas, wobei er D. anschaute.

»Was hat er gesagt?«

Gustav runzelte die Stirn.

»Etwas Dummes ... Ob Sie im Krieg Menschen getötet haben?«

Er wurde nicht zum ersten Mal danach gefragt. Gewöhnlich tat er die Frage mit einem breiten Lächeln ab. »Was denn sonst, im Krieg beschäftigt man sich doch mit nichts anderem.« Was hätte er sagen sollen?

Es war bei einem Treffen mit Kindern in einer Schule auf der Petrogradskaja-Straße. Er hatte geantwortet, dass der Krieg dazu da sei. Wir wurden überfallen, wir mussten zurückschlagen. Das magerste von allen Mädchen mit zwei dünnen Zöpfchen hatte ihn danach gefragt. Als D. geantwortet hatte, wartete sie weiter, und die anderen warteten ebenfalls schweigend. Jemand bat: »Erzählen Sie.« – »Keine Lust«, sagte D..

Nach der Begegnung hatte die junge Lehrerin errötend zu ihm gesagt: »Verzeihen Sie, dieses Mädchen ist religiös gebunden, bei der ist nichts zu machen.«

D. beruhigte sie, das sei normal. Inzwischen ging er nicht mehr zu solchen Veranstaltungen. In den letzten Jahren war etwas geschehen. Man interessierte sich weniger für Heldentaten und Panzerschlachten. Wie viele hatte er getötet? Wie sollte er das wissen.

»Wie viele?«, wollte Erik wissen. »Wie viele haben Sie getötet?«

D. zuckte die Achseln. Man schießt aus dem Schützengraben in den anderen Schützengraben oder auf die Straße. Weiß der Teufel, ob man getroffen hat oder nicht. Das Ziel verschwindet. Hat es sich versteckt? Ist es gefallen?

Gustav brabbelte unwirsch etwas, aber der Junge schaute D. weiter an. Von diesem Blick wurde ihm unwohl zumute. Es hatte eine Zeit gegeben, da hatte er mit Vergnügen erzählt, wie sie in ihrer Blödheit auf ein Haus gefeuert hatten – und das Haus war weg, nur Staub und Trümmer. Du siehst aus dem Triplex, da ist kein Haus mehr, sondern nur noch ein Haufen Schutt, der zusammen mit den Seelen der Bewohner durch die Luft wirbelt, wie viele es auch gewesen sein mochten, sie flogen alle gen Himmel.

Jetzt vermochte er diese Bilder weder Erik noch irgendeinem anderen zu beschreiben. Warum, darüber legte er sich keine Rechenschaft ab.

»Ich weiß nicht, wie viele es waren«, bekannte er und fügte energisch hinzu: »Ich weiß nur, dass von den Unseren mehr getötet wurden als von den Deutschen.« Das war keine Antwort. Man hatte ihn gefragt, wie viele er im Krieg getötet hatte, wie viele Menschen. Er hatte Faschisten getötet, aber Erik fragte nach Menschen, darin bestand das Problem.

Bevor wir uns verabschiedeten, standen wir an einer Uferstraße. Es war dreiundzwanzig Uhr, aber die Abenddämmerung wollte nicht enden, das Wasser im Kanal spiegelte den farblosen Himmel, der auch ohne Sonne Licht ausstrahlte, man verstand nicht, woher es kam.

»Wie seltsam alles aussieht«, sagte Gustav.

In meiner Jugend hatten mich die Weißen Nächte fasziniert, ihr durchsichtiges Licht, das tief in die Toreinfahrten drang, in jede Ritze, in die Reliefs, alles trat deutlicher hervor, man sah Dinge, die man vorher nie gesehen hatte.

»Irgendetwas ist hier seltsam … Ich versteh das nicht«, murmelte Gustav.

Bis heute bin ich nicht vollkommen hinter das Geheimnis der Weißen Nächte gekommen. Ein wenig hatte ich verstanden, als ich eine Illustration von Dobushinski zu Dostojewskis »Weiße Nächte« betrachtete. Darauf war genau so eine Uferstraße dargestellt. An ihrem Geländer standen zwei Menschen. Die Illustration war schwarzweiß. Mehr zeigte uns der Künstler nicht. Aber es war nicht Tag, sondern Nacht, eine Weiße Nacht. Woran ließ sich erkennen, dass es eine Weiße Nacht war? Wie hatte Dobushinski das erreicht? Das ließ mir lange keine Ruhe. Eines Tages begriff ich: Da waren keine Schatten! Weder Menschen noch Gegenstände hatten Schatten. Ein heller weißer Himmel, und es gab keine Schatten.

Meine lange zurückliegende Entdeckung interessierte Gustav. Er hob den Arm, bückte sich und suchte seinen Schatten, es gab keinen. Auf den Platten des Bürgersteigs war nichts zu sehen. Gustav räusperte sich ungläubig. Er konnte sich nicht vorstellen, dass so etwas möglich ist. Wir dachten an eine phantastische Novelle von Chamisso, in der der Held dem Teufel seinen Schatten verkauft und damit Unglück auf sich herabbeschwört. Während des Krieges hatte es in den Schützengräben sowohl bei uns als auch bei den Deutschen Weiße Nächte gegeben, aber sie waren anders. Wir erinnerten uns daran, dass man in diesen Nächten keine Leuchtraketen sah, denn man konnte auch ohne sie das Niemandsland erkennen, das war bequem, aber ohne jeden Zauber.

»Eine märchenhafte Stadt …« Gustav schwieg und fügte hinzu: »Wie gut, dass sie nicht zerstört wurde, dass wir hier nicht eingefallen sind.«

»Wie gut, dass wir uns nicht ergeben haben«, sagte ich.

Mir kam der Gedanke, dass wir, von allem anderen

abgesehen, die Stadt der Weißen Nächte bewahrt hatten. Vieles hatten wir bewahrt, aber die Menschen hatten wir nicht zu bewahren vermocht. Sie gingen fort, fast alle waren weggegangen. Unter ihnen sah ich plötzlich meinen Leutnant. Auch er ging fort, zusammen mit Shenja Lewaschow und Wolodja Lawrentjew. Er war noch ganz jung, schmal, hatte das Koppel eng geschnürt, seine dichte Tolle ragte unter der verwegen sitzenden Schirmmütze hervor. An seiner Seite baumelte die Kartentasche. Er gefiel mir. Obwohl ich ihn, ehrlich gesagt, ziemlich satt hatte. Ich hatte seine Naivität und seine Leichtgläubigkeit satt, er konnte einfach nicht verstehen, was mit mir geschehen war. Natürlich war es schade, dass wir uns trennten, aber es wurde Zeit, ohne ihn zu leben, ohne seine Träume und Vorwürfe.

Teffy
Champagner aus Teetassen
Meine letzten Tage in Russland
Aus dem Russischen von
Ganna-Maria Braungardt
Herausgegeben von Christa Ebert
285 Seiten
ISBN 978-3-351-03412-2
Auch als E-Book erhältlich

Eine grandiose Trouvaille in deutscher Erstübersetzung.

Teffy (1872–1952) war die berühmteste Satirikerin des Zarenreichs. Sie verkehrte in den exklusivsten Salons und saß mit Rasputin an einem Tisch. 1918 brach sie aus dem hungernden Moskau zu einer Lesereise nach Kiew auf. In Wirklichkeit jedoch floh sie wie andere Aristokraten, Künstler und gutbetuchte Bürger vor den Bolschewiki. Es wird eine Reise voller Gefahren für Leib und Leben und ein Abschied für immer.

Der Bericht einer abenteuerlichen Flucht voller Schrecken und Komik.

Regelmäßige Informationen erhalten Sie über unseren Newsletter. Jetzt anmelden unter: www.aufbau-verlag.de/newsletter

aufbau

Grigori Kanowitsch
Kaddisch für mein Schtetl
Roman
Aus dem Russischen von
Ganna-Maria Braungardt
509 Seiten
ISBN 978-3-351-03610-2
Auch als E-Book erhältlich

Ein wunderschöner Familienroman

Ein anrührendes und sehr poetisches Denkmal für ein verschwundenes Stück jüdischen Lebens.

Der junge Schneider Schlojmke wird für zwei Jahre in die litauische Armee eingezogen, doch seine Liebe zu Chanke überdauert diese Zeit. Schließlich setzt er sich gegen seine strenge Mutter Roche durch und darf seine Chanke heiraten. Ihr gemeinsamer Sohn Hirschele – Grigori Kanowitsch selbst – erzählt die Geschichte seiner Familie in den zwanziger und dreißiger Jahren des 20. Jahrhunderts, die zugleich die Geschichte vom Untergang des Schtetls in Osteuropa ist. Ein warmherziger, nostalgischer Blick zurück. Trotz der Umwälzungen und Bedrohungen der Zeit nicht im Zorn, sondern mit viel Sympathie und ein wenig Wehmut erzählt.

a aufbau

Eduard Kotschergin
Sechs Jahre sind die Ewigkeit
Roman
Aus dem Russischen von
Renate und Thomas Reschke
und Ganna Maria Braungardt
235 Seiten
ISBN 978-3-351-03526-6
Auch als E-Book erhältlich

Die Odyssee eines Kindes

Geboren im Jahr des großen Terrors 1937, verliert ein dreijähriger Junge seine Eltern – der Vater wird erschossen, die Mutter, eine Polin, »als Spionin« für 10 Jahre ins Lager gesperrt. Der Junge wird in ein NKWD-Waisenhaus im sibirischen Omsk verschleppt. Sobald der Krieg zu Ende ist, flieht er aus dem Kinderheim, um in Leningrad seine Mutter wiederzufinden. Die Flucht über Tausende Kilometer, eine ununterbrochene Kette von Gefahren für Leben und Seele eines Kindes, dauert sechs Jahre.
Kotschergin zeichnet ein bestürzendes Bild vom zerstörten Land der Sieger des Zweiten Weltkriegs und zeigt menschliche und behördliche Niedertracht, aber auch immer wieder Momente von großer Herzensgüte.

»Direkt und sprachgewaltig.« Eulenspiegel
»Ein glänzender Schriftsteller.« Radio Bremen
»Wahrscheinlich die beste Prosa der letzten Jahre.« Echo von Moskau

Regelmäßige Informationen erhalten Sie über unseren Newsletter. Jetzt anmelden unter: www.aufbau-verlag.de/newsletter

aufbau

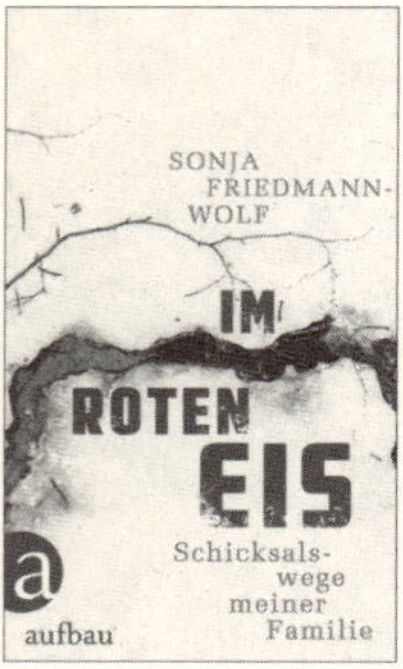

Sonja Friedmann-Wolf
Im roten Eis
Schicksalswege meiner Familie
Herausgegeben von Reinhard Müller, Ingo Way
460 Seiten
ISBN 978-3-351-03538-9
Auch als E-Book erhältlich

Ein verstörendes Selbstzeugnis

Sonja Friedmann-Wolf schildert die Gewalt des Terrors aus der Perspektive des Mädchens bzw. der traumatisierten Frau. Ihre Eltern, Ärzte, Juden und Kommunisten, mussten vor den Nazis fliehen. 1934 kamen sie mit den beiden Kindern nach Moskau, wo der Vater 1938 als angeblicher »trotzkistischer Gestapo Spion« zum Tode verurteilt wurde. Die Mutter beging 1940 Selbstmord. Sonja war mit 17 Jahren alkoholabhängig und NKWD-Informantin. Als sie sich ihrer eigenen Verstrickung in das stalinistische System voll bewusst wurde, wollte sie sich umbringen, der Bruder rettete sie. Beide wurden 1941 nach Kasachstan deportiert. Die Ehe mit dem litauischen Zionisten Israel Friedmann erleichterte Sonja zeitweise den Alltag in der Verbannung. Im Oktober 1944 brachte sie die Tochter Ester zur Welt. Ihr Dasein im Lager beschreibt Sonja ebenso rückhaltlos wie ihre Krisen im Jahrzehnt nach der Rückkehr in »normale Verhältnisse«. Trotz Krankheiten und neuer Nachstellungen des NKWD betrieb sie die Rehabilitierung ihres Vaters und die Ausreise (ab 1956).

aufbau